河出文庫

現代語訳

南総里見八犬伝（上）

曲亭馬琴

白井喬二 訳

河出書房新社

目次

◇現代語訳　南総里見八犬伝（上）

第一集

第二集

第三集

現代語訳

南総里見八犬伝（上）

浪中得上龍門去
不歎江河歳月遷
里見治部大輔義實
稚子余春
忍光八
難波江乃
始世毋
辛之河余
加久余
世波　著作堂
金碗八郎孝吉

麻呂小五郎信時
安西三郎大夫景連

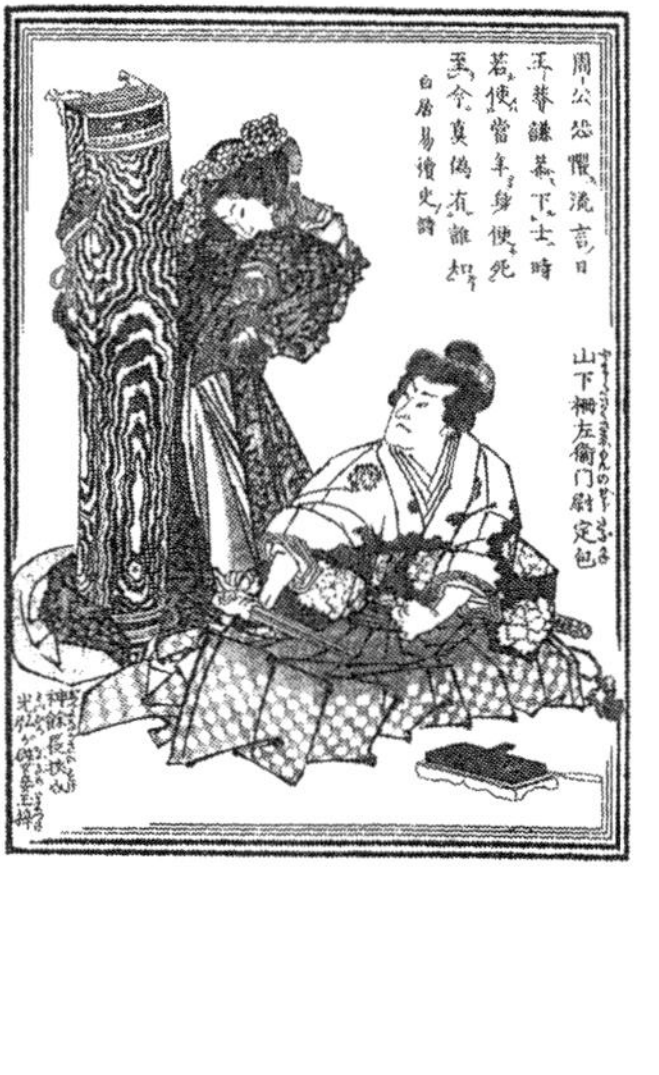

周公恐懼流言日
王莽謙恭下士時
若使當年身便死
至今眞僞有誰知
白居易讀史詩
山下柵左衛門尉定包
神餘長狹介光弘

羅文
金鞠大輔孝徳

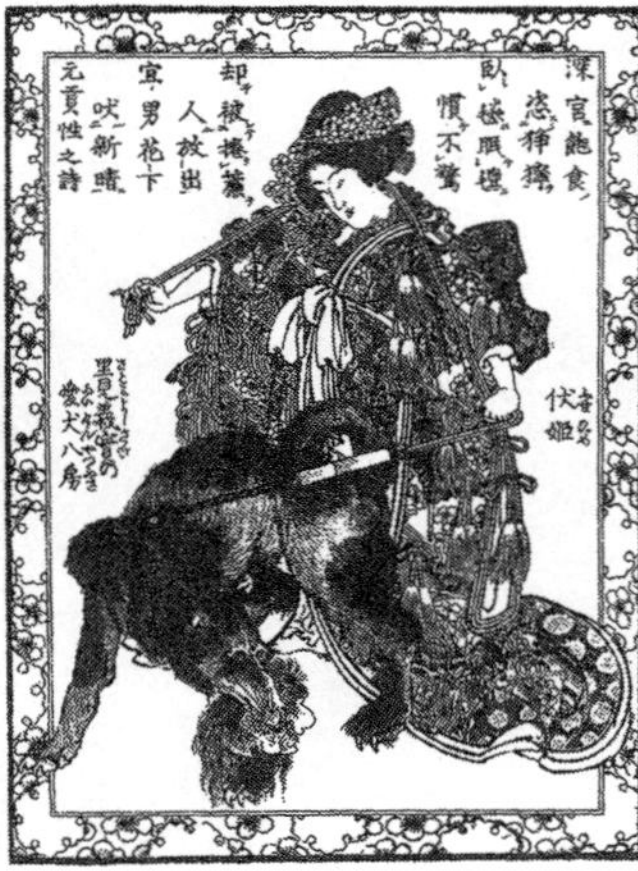

深宮飽食
怒猙獰
臥毯眠氊
慣不驚
却被攙攙
人放出
宜男花下
吠新晴
元貢性之詩
伏姫
愛犬八房

地蔵之図

八犬子髪

第一集

巻の一

第一回　季基訓《すえもとおしえ》を遺《のこ》して節《せつ》に死す　白竜雲《はくりゅう》を挟《さしはさ》みて南に帰《おもむ》く

後花園《ごはなぞの》天皇（一四一九―七〇年。在位一四二八―六四年）の御代《みよ》、永享《えいきょう》十年（一四三八年、室町時代）のことであった。

京都にいた六代将軍足利義教《あしかがよしのり》（一三九四―一四四一年）と、関東管領《かんれい》として鎌倉にいた足利持氏《あしかがもちうじ》（一三九八―一四三九年）との間が不和となって、ことごとにいがみ合った。そして、あげくのはて合戦（永享《えいきょう》の乱、一四三八―三九年）となった。この合戦で、持氏は、将軍方についていたわが家来の上杉憲実《うえすぎのりざね》（一四一

○―六六年）に攻めたてられて、鎌倉の報国寺《ほうこくじ》でとうとう詰腹《つめばら》を切らされた。これは翌十一年の三月十日のことだった。

このとき、長男の義成《よしなり》は父、持氏《もちうじ》とともに自害したが、二男の春王《しゅんおう》と三男の安王《やすおう》は、あやうく敵軍の囲みを逃れて、下総《しもうさ》の国（今の茨城県南西部）に落ちのびた。というのは、この土地には持氏《もちうじ》の家来、結城氏朝《ゆうきのうじとも》がいたからであった。氏朝は義を知る武士であったから、さっそく主君のわすれがたみ二人を迎え奉《ほう》じて、京都側の命令に従おうとしなかったばかりか、やがて攻め寄せて来た追っ手の大軍にも屈せず、迎えうけて勇敢に闘った。さればそれを聞いて、里見《さとみ》季基《すえもと》をはじめ持氏にかねて恩顧《おんこ》のあった武士どもは、死をも辞せずわれもわれもとばかり走《は》せあつまってきて、一団となって防ぎ戦ったので、結城《ゆうき》の城はいっかな陥《おち》る気配もなかった。

籠城《ろうじょう》すること、永享《えいきょう》十一年（一四三九年）の春のころから、嘉吉《かきつ》元年（一四四一年）の四月まで、前後じつに三年の長きにおよんだ。けれど孤立無援――そうそうは守りつづけられるものではなかった。第一、もう兵糧《ひょうろう》も矢種《やだね》もつきてしまった。

ある日ついに、一の木戸《きど》やぶれ、二の木戸やぶれ、敵兵はどんどんと城内に入ってきた。結城《ゆうき》の一族、里見の主従、今はこれまでと覚悟をきめ、木戸をおしひらいておのおの切って出たので、見る見るうちに味方の屍《しかばね》は山をきずき、たちまち城は落ちてしまった。

俗にいうこれが、結城の合戦である。

里見季基《すえもと》も、落城と見ると、いざ最後の一戦とばかり馬にむち入れて走り出ようとした時、ちょうど目の前で長男の義実《よしざね》も、やはり討死《うちじに》の覚悟らしく、獅《し》子奮迅《ふんじん》のいきおいで戦っていたが、さらに敵陣深く追いすがろうとするところだった。

「おお、又太郎《またたろう》、待て——」

と季基《すえもと》は思わず馬上から呼びとめた。せがれの治部大夫義実《じぶのたいふよしざね》（治部は律令制の役職名）、このときはまだ十九歳の又太郎御曹子《おんぞうし》(1)。そう呼ぶ方がふさわしかった。

「はっ父上、わたくしもごいっしょに」

「おろかもの、親子もろともここで死んだら、里見の家はだれが継《つ》ぐぞ。京、鎌倉を敵としてこれだけ戦えば、武士の面目はもはやじゅうぶん。父は節義《せつぎ》のために死ぬが、子は後日を考え、ひとまずここを落ちのびて、時機をまって里見家再興をはかるこそ、汝《なんじ》のつとめとわからぬか」

激しくしかられて、義実《よしざね》は鞍《くら》の上に頭《こうべ》を低くたれ、そしてその首を少しく左右にふった。

「いえ父上、その儀《ぎ》は私とてわからぬではありませぬ。しかしながら、逃れることなら三歳の童児もできますが、大切なのは死すべき時に死すことかと心得ます。文武の道、順逆《じゅんぎゃく》の理《ことわり》（道理にかなうか否かの理屈）、かねてのわきまえから申しても、ぜひぜひこのまま冥土《めいど》のお供つかまつりとうございます」

「まだわからぬか」

季基《すえもと》はしきりと嘆息した。しかしそれはまた感動でもあった。せがれの顔をつくづくと見つめて、よく成人したものだと、腹の中でたのもしく思って喜びにたえなかったが、今はここで長談義《ながだんぎ》の余裕はなかった。口ではわざと怒った語気をつかって、強くしかりつけ、かつ、さとして聞かせた。

「これでもわからねば、もはや親でもない子でもない」

とまで最後に言い切った。

こうなっては義実《よしざね》も、父に逆らうわけにはいかなかった。はっ――とばかり、馬の鬣《たてがみ》に取りすがってさめざめと落とす涙、その間に父季基は乱軍の中へと影を消した。

「いざ、若殿――」

悲痛にくれる義実の両わきにすばやく駆け寄って、馬のくつわを取ったのは、譜代《ふだい》の老臣である杉倉木曽介氏元《すぎくらきそのすけうじもと》と、堀内蔵人貞行《ほりうちくらんどさだゆき》の両人であった。さあ、お供つかまつらん――と、口早にいざなった。そして、そのままとうとう馬を走らせ、西を指して落ちて行った。

ふりかえれば結城《ゆうき》の城のやぐらは、はや炎々《えんえん》とひと筋、赤い炎をあげて燃えさかり、すごい黒煙につつまれていた。父はおそらく戦死したであろう。里見冠者義実《かんじゃよしざね》はあとに心を引かれながら、逃れ逃れて、相模《さがみ》の国（今の神奈川県）は三浦《みうら》の矢取《やとり》の海辺にたどりついたときは、嘉吉《かきつ》元年四月十七日の日はもう沈みかけ、夏霞《なつがすみ》がしずかに夕ぐれの海をこめ、白い鷗《かもめ》の眠るのであろう、ときどき鳴く音も聞こえて、打って変わった平和なのどかさが、そこにあった。

「若殿、あれが安房《あわ》（房総半島南部）の山々でございます」

ゆびさして、堀内蔵人《ほりうちくらんど》が言った。かなたにぼんやり浮かぶ鋸山《のこぎりやま》、まことに鑿《のみ》でけずったような緑と土くれの絶壁のながめだった。だが義実は、やがて、いつまでも安閑《あんかん》とながめておられる旅の身そらでないと気がついたか、急に口を切った。

「そうだ。くらんど、きそのすけ両人」

「はっ」

「安房《あわ》へ渡ろう。安房へ渡って里見家再興をはかろう」

「いかにも。それがよろしゅうございます」

「しからば木曽介《きそのすけ》、舟をさがしてまいれ」

はっと答えて、杉倉木曽介は舟をさがしに出かけた。

じつをいえば舟も舟だが、食べものにも飢えていた。家来のぶんざいとしては、自分はともかくとして主君へなにか適当な食べものをまいらせねばならぬ。しかし、舟一艘《いっそう》見つからぬばかりか、ひとかけの糧《かて》さえ手に入らなかった。

そのとき、海の方がとつぜん荒れ模様となってきた。やがて、しのつく雨、稲妻さえひらめき、はては雷が鳴りはためいたかと思うと、むら雲立つ中に、何かきらきらと光るものがあった。目のせいか、気の迷いかはわからぬが、その光りものは竜のうろこのように見えた。いや、たしかに白竜《はくりゅう》と思えるものが、ひとつ、波しぶきを巻きあげ、雲をかきわけるようにして南を指して飛び去った。

「あっ、りゅう……」

「うん。そちがたの目にも、そう見えたか」

義実《よしざね》は勇みたつ声でさけんだ。竜は神物《しんぶつ》であるから、これは吉祥《きっしょう》にちがいない、必定《ひつじょう》、わが家の興《おこ》る前ぶれであろうと、主従はいろいろと古事《こじ》を引き合いに喜んで語り合い、さればと堀内蔵人《ほりうちくらんど》が船を求めに出かけると、今度はうまく一艘さがしあてた。そのとき、雨後の空はさわやかに晴れて、月もよく風もよく、清い光の水に映るなかを、舟はなめらかに走って、やがて主従はつつがなく安房《あわ》の地についた。

第二回　一箭《いっせん》を飛《とば》して俠者《きょうしゃ》白馬を愋《あやま》つ　両郡を奪《うぼ》うて賊臣朱門《ぞくしんしゅもん》に倚《よる》

安房《あわ》は、三方を海に囲まれた一握《ひとにぎ》りにできそうな小さい国であった。そのほぼ東岸には長狭《ながさ》、朝夷《あさひな》の二郡、西岸には平群《へぐり》、安房の二郡がそれぞれ南北につらなり、あわせてもわずかに四郡の小国ながら山々に限られているので、なかなか幽邃《ゆうすい》な土地柄をほこっているのであった。

ところがよくしたもので、こんな辺鄙《へんぴ》な国であればこそ、遠くさかのぼって平家《へいけ》全盛の昔、治承《じしょう》四年（一一八〇年）は秋の八月、源氏《げんじ》再興の旗挙《はたあ》げがならず、石橋山《いしばしやま》の戦《たたかい》にやぶれた源 頼朝《みなもとのよりとも》が、敗残の身をかろうじてこの安房に寄せたとき、この国の土豪《どごう》であった麻呂《まろ》、安西《あんざい》、東条《とうじょう》の三氏がまっさきに馳《は》せつけて無二の志をささげたのであった。その功によって源氏が天下統一の後は安房四郡をそれぞれに分かちあたえられて以来、ずっと長い間というもの、はげしい世の有為転変《ういてんぺん》の波にもかえって襲われずに済んできたともいえるのであった。

さて、義実《よしざね》主従が逃れて安房に着いたころは、平群《へぐり》の滝田《たきた》の城は東条《とうじょう》の一族である神余《じんよ》氏がうけついで、当代の城主は神余長狭介光弘《じんよながさのすけみつひろ》であった。それから館山《たてやま》の城主は安西三郎大夫景連《あんざいさぶろうたいふかげつら》、平館《ひらたて》の城主は麻呂小五郎兵衛信時《まろのこごろうひょうえのぶとき》で、さながらかなえの足のように対立していた。中でも神余《じんよ》の勢いがもっともさかんで、本家東条の領地もあわせて、ほとんど安房の半ばを領し、安西、麻呂の両家をおさえて安房の国主として臨んでいたときであった。

ところがこの長狭介光弘《ながさのすけみつひろ》は心おごって酒色《しゅしょく》にふけり、側女《そばめ》の玉梓《たまずさ》という淫婦《いんぷ》に心をうばわれて、家来の賞罰のことまで口ばしを入れさせたので、心ある良臣はみな去り、あとに残る側臣《そくしん》は佞人《ねいじん》（こびへつらう人）ばかりとなってしまった。中でも山下柵左衛門定包《やましたさくざえもんさだかね》という色白く鼻高くくちびるの赤い、言葉づかいのごく柔和な家来は、うまく玉梓《たまずさ》にとりいってひそかに姦《かん》を通じ、あげくのはて主君の光弘《みつひろ》を殺して、自分が滝田の城主になろうという不敵の考えをいだくにいたった。すると滝田の近村、蒼海巷《あおみこ》に住む杣木朴平《そまきのぼくへい》というものがあったが、百姓ながら武術にすぐれて、気概《きがい》にみちた男だったので、同志洲崎無垢三《すざきむくぞう》と語らって、領内の平和を保つために定包《さだかね》を討《う》ちとることを思いたった。ある日、定包が主君とともに遊山《ゆさん》に出かけたときをねらって矢を放ったが、運悪くその矢は定包にあたらず、あやまって主君の光弘にあたって殺してしまった。定包にとっては、みずから手を下さずして思う壺《つぼ》にはまったと言えるのであった。

けれども、もとより定包《さだかね》はそんな気ぶりは露《つゆ》ほども表さず、木陰にかくれていてヒュウと矢を放つと、腕前のすぐれぬため、矢は少しねらいがはずれて朴《ぼく》平《へい》の股《また》のあたりにグザと刺さった。定包はそのときはじめて木陰から姿をあらわして、声高らかにさけんだのであった。

「やあやあ。国のためには数代にわたる主人、民のためには父母にもあたる尊い殿を、そこない奉《たてまつ》るとはなんたる逆賊《ぎゃくぞく》ぞ、ここに山下柵左衛門定包《さくざえもんさだかね》あり——

ただいまの一矢《いっし》は、わざと生《い》け捕《ど》るために急所をはずしたのである。それ、者ども、かやつに駆け寄って容赦なくひっとらえよ」

わっと鬨《とき》の声をあげて、兵どもはおしよせた。杣木朴平《そまきのぼくへい》はもとより命を捨ててかかっていることだから、兵などには恐れはしないが、この時はじめて、さっき射落としたのは主君の光弘《みつひろ》で、当の定包《さだかね》は無事であることを知って、さすがにびっくり仰天《ぎょうてん》した。

「や、さては仕損じたか。鶍《いすか》の觜《はし》のくいちがい(2)とはこのことであろう。無念だ残念だ――」

じだんだ踏んでなおも戦ったが、多勢に敵しがたく同志の無垢三《むくぞう》は討ちとられ、朴平《ぼくへい》はついに捕われて牢《ろう》に引かれて行き、そこで拷問《ごうもん》にかけられた末、痛手《いたで》にたえやらず即日死亡したのであった。二人の首はさっそく青竹の先につらぬかれて梟首《さらしくび》にされ、これでこの騒動もひとまず終わりをつげた。もうけものをしたのは悪運の強い定包であった。その後いろいろと手段を用いて、まんまと安房《あわ》の国主になりすましてしまった。

定包《さだかね》の国主ぶりは、まことに言語道断《ごんごどうだん》であった。まず滝田の城を玉下《たました》城と改名した。自分の山下の下の字に、淫婦《いんぷ》玉梓《たまずさ》の玉をくっつけたのである。そしてその玉梓を本妻としたばかりか、光弘《みつひろ》時代の他の妾《めかけ》どもは、そのまま全部自分の妾として枕席《ちんせき》にはべらせた。

人間の野心は、とどまり知れないものである。彼は城内の富貴《ふうき》歓楽《かんらく》だけでは満足することができず、威《い》を近隣に示そうと思いたった。そこで隣郡の館山《たてやま》と平館《ひらたて》へ使者をつかわしてこう言ってやった。定包は不肖《ふしょう》にして、こんど思いがけなく長狭《ながさ》と平群《へぐり》の主《ぬし》となった。そこで御両君と親交をむすぶ必要があると思うが、当方から出むいて行こうか、それとも御両君の方からやって参らるるか否や、というのであった。言葉は表面おだやかだが、その底は威嚇《いかく》であるから、受けとった方では無礼《ぶれい》を感じないはずはなかった。

そこで平館《ひらたて》の城主麻呂小五郎信時《まろのこごろうのぶとき》は、ぐっとこたえたものか、ある日、館山《たてやま》の城主安西景連《あんざいかげつら》をたずねて、定包との対抗策について相談を持ちかけた。

「おぬしと力を合わせたなら、定包のごとき何事かあろうと思う」

供養塔

「いや、その心はわしも同感だが、急に攻めたてることは険呑《けんのん》（あぶない）であろう」

二人はしばらく意見をたたかわした。

この押問答《おしもんどう》の最中、はたはたと廊下に足音がきこえて、安西《あんざい》の家来が伺候《しこう》した。

「ただ今、里見《さとみ》又太《まただ》郎《ろう》義実《よしざね》と名乗る武士が、おとずれてまいりました」

「なに、里見義実が」

「はい、見たところ十八、九歳かと思われます。従者はわずかに二人、下総《しもうさ》結《ゆう》城《き》（今の茨城県西部）の落人《おちうど》なりと申しつげております。三浦より渡海して、当国白浜《しらはま》へ着いた由《よし》にございます」

「して、何の用事で参ったと申している」

「用事は主人に見参《げんざん》の上にてとのことで、答えませんでした。いかが取り計《はか》らいましょう」

「はて――」

と安西景連《あんざいかげつら》は、とっさに取り計らいの決断がつかないか、小首をかたむけ、はては眉までひそめて、しばらくは思案沈吟《しあんちんぎん》のていであった。

巻の二

第三回　景連信時暗《かげつらのぶときあん》に義実《よしざね》を阻《こば》む　氏元貞行厄《うじもとさだゆきやく》に館山《たてやま》に従う

義実《よしざね》がたよって来たとのことを聞いていた客人の麻呂信時《まろのぶとき》は、思案《しあん》のつかずにいる景連《かげつら》にむかって、こう言葉をはさんだ。

「里見《さとみ》は名ある源氏《げんじ》ではあるが、ここには縁《えん》もよしみもない。それに親の討たれるのも見返らず、おめおめ逃げかくれて流浪《さすら》うごとき義実である。対面したもうな」

「しかし彼は名に負う勇将であるから、一応対面して、もしわれらの下に使える者ならば、定包《さだかね》討伐の一方の将としてはいかがでござろう。もしまた、会って気に入らねば、その時は滅ぼすばかりだ」

「なるほど。よし、それもよかろう」

信時《のぶとき》はうなずいて賛成した。

そこで対面となると、相手が実戦の場数をふんだ勇将づれであるだけに、こちらとしても警戒を要した。物々しい警護の士を張りこませたりして、準備万端《ばんたん》やっととととのうと、義実主従をはじめて座敷の中にみちびき入れた。

義実はこの大げさな警戒をそれと察したが、少しも動揺の色もなく、

「お会いくだされてかたじけない。結城《ゆうき》の敗将、里見《さとみ》又太郎《まただろう》義実、亡父《ぼうふ》治部《じぶの》少輔《しょうゆう》季基《すえもと》の遺言《ゆいごん》によって、生くべきでない身を、敵軍の囲みから逃れて走り、漂泊《ひょうはく》の末にここへ参じた次第でござる」

「ここを目指して参られたる次第は」

景連《かげつら》は、じっと見つめながらそう言って問い返した。

「そのことでござる。なんと申すこともなけれど、ただ御当国は、都はさらなり、鎌倉管領《かんれい》にも属さず、まったくの自由の天地。ここにたよって安国《やすくに》の民となるこそ、このうえもなき幸いと思ったからでござる。ところが、到着してみて必ずしもさにあらずと感じ申した」

「さにあらずとは」

「ここにはここの波乱あり、自然と耳にふれる巷談街説《こうだんがいせつ》（世間のうわさ話）、それもよしこれもよいが、武士は武芸を志すものゆえ、義によって一臂《いっぴ》の力をつくす（助力する）こともあらばと存じ、思わず虎威《こい》をおかして参上つかまつった次第。敗軍の将をきらわず対面をおゆるしたまわった寛度《かんど》、かたじけなく存ずる」

義実の言うことは謙譲だったが、態度は堂々としていた。

そのとき目を光らせていた麻呂信時《まろのぶとき》が、主人席の横から口を入れて言った。

「これ客人待たれい。当国は三面すべて海であるから、室町殿《むろまち》からも管領《かんれい》からも犯されぬという意味か。それならば一知半解《いっちはんかい》（十分理解できていない）、われらは隣国の強敵にも犯されずに、今日までの日を過ごしてきているのじゃ」

「それは存じております」

「存じておるなら、貴公から国内の安泰《あんたい》を説かれる義理はない。第一、身のおきどころがないからといって、縁もゆかりもない、それも罪人同然の者を救って、わざわざたたりを後日に招くようなことをするのはばかげている。わしはこの対面は反対であった」

地金《じがね》を現わして信時はののしった。

けれど、義実はにっこり笑って臆《おく》しなかった。今までと変わりのない態度で、自分が結城《ゆうき》の城にたてこもったのは、義の一字を守るためだったと言った。鎌倉の管領持氏卿《もちうじきょう》が、世にさかんなころは、安房上総《あわかずさ》はいうまでもなく、八州の武士はたれ一人として出仕しない者はなかった。それだのに、いったん持氏が滅亡したとなると、誰も恩ある昔を顧《かえり》みようとしなかった。その中で、わが父季基《すえもと》は幼君のおんために家をわすれ身をすて、氏朝《うじとも》に力を合わせて、結城の城にたてこもって義を全《まっと》うしたのである。だが勢いにつくは人心《ひとごころ》、麻呂《まろ》、安西《あんざい》の御両所が、私を救うては後日のたたりをおそれると言うならば、それまでの話。和議《わぎ》をあきらめ、縁なきものと思い、袖《そで》をはらってこれよりただちに辞去いたす、ときっぱりした口調で答えた。

「これ客人、お待ちあれ」

景連《かげつら》は立ち上がろうとする義実を、いそいで押しとどめた。そして、胸に一物《いちもつ》というのか、そっと信時をなだめ、さらに義実にむかって言った。

「そなたは、かつて結城の守将ではあったろうが、今はともかく流浪《るろう》の人だ。わが陣に加わって、この土地の悪将滝田《たきた》の城の定包《さだかね》を討つとならば、それはやはり、まずわが軍令に従わねばなるまい。もとより、おぬしの力で大功を立てた暁《あかつき》には、二郡の主となっても少しも異存はない。さあどうじゃ、それでも去るか、それともここにとどまるか」

「わかりました。仰《おお》せのとおり寄るべなき身の上、ここにとどまりましょう。とどまるからには万事、お指図《さしず》に従うことにいたそう」

「よくぞ申した」

景連は満足そうにうなずいてから言った。

「しからば、わが家の嘉例《かれい》（めでたい先例）として出陣の首途《かどで》に、まずもって軍神に鯉《こい》を供《そな》えたい。三日のうちに貴殿が手ずから釣りあげて来られよ。約束を違《たが》えたならば和議の志なしと見て、容赦なく処置いたすかもしれぬぞ」

これはすこぶる難題だった。なぜならば安房一円どこへ行っても土地がらとして鯉はいないとわかっていた。それを見越しての申し条であるから、約を果たさなかった時は、いい口実にして主従の首をはねようという悪辣《あくらつ》な魂胆であった。

「いや心得ました。鯉をとらえて参ろう」

そうとは知らぬ義実は気軽に承知してしまったが、納まらぬは氏元《うじもと》、貞行《さだゆき》の二人の老党であった。事もあろうに主君を漁師扱いにする彼らの非礼なやりくちに、思わずかっと憤《いきどお》って、ここをすみやかに見限って上総《かずさ》へ参りましょうと、袖《そで》にすがらんばかりにしきりとすすめたが、義実は左右の二人を顧《かえり》みて静かになだめた。

「はやるまいぞ、両人。君子は時を得て楽しみ、また時を失うても楽しむと聞く。いにしえ太公望(3)のごとき人傑《じんけつ》でさえ七十近くまでも世に知られず、渭浜《いひん》の里にむなしく釣《つり》をしていたではないか。漁《すなどり》を卑《いや》しむことはない」

と言い聞かせ、ひたすら釣の用意をうながすのであった。

第四回　小湊《こみなと》に義実《よしざね》義を聚《あつ》む　笆内《かきのうち》に孝吉《たかよし》讐《あだ》を逐《お》う

義実《よしざね》主従は毎日足をはこんで、あの淵《ふち》この川岸に立ちつくして、朝から晩まで糸をたれ竿《さお》を握ったが、ほかの魚はいくらでも釣れるのだが、鯉《こい》は一匹もかからなかった。今日で三日目、長狭《ながさ》の白箸川《しらはしがわ》の岸べに来て、しんぼうづよくやってみたが、やっぱりだめだった。

「今日が三日目か」

「期限の日でございまする」

主従は顔を見合わせて、思わずため息をつくのであった。

このとき、はるか川下から、誰か何か歌いながらやってくる者があった。耳をすまして近寄るのを待っていると、どうやらその者は同じ歌をくり返しくり返し歌っているらしく、だんだんと文句が聞きとれてきた。

里見えて、里見えて
白帆《しらほ》走らせ、風もよし
安房《あわ》の水門《みなと》に寄る船は
浪《なみ》にくだけず潮《しお》にも朽《く》ちず
人もこそ引け、われも引かなん

「ほう……」義実は異様な気持にとらわれた。それはまず冒頭の「里見えて」というのは、偶然かもしれないが自分の姓名に片寄せたように思えたからだった。気の迷いかもしれない、となおもその人物の現れるのを待っていると、やがて姿が目の前に近づいて立ち止まった。よく見るとそれは、一人の乞食風態《こじきふうてい》の者だった。乞食はそこに立ってじっと義実の釣のありさまを見ていたが、とうとうのぞきこむようにして言った。

「なぜ、せっかく釣った魚を、そのように捨てなさるのだ。鮒《ふな》も蝦《えび》も、川魚としてはまず上の部じゃのに、心得ぬ人たちだ」

「わしが釣りたいのは鯉だからだ」

義実が正直なことを答えると、乞食は無遠慮に前にかがむようなかっこうをして、声高らかに笑い出してしまった。

「なに、鯉を釣るのだと。はははは、この土地で鯉を求むるのは、ちょうど佐《さ》渡《ど》で狐を捕えようとし、伊豆の大島で馬をさがすに似ておる。労して功なきことだ、おやめなさい。安房一国には土地柄で鯉は生ぜぬわ、それを知らぬとは迂《う》闊《かつ》千万の仁《じん》じゃ。また、鯉は魚の王で、一国十郡に満たぬ所には住まぬとさえ、昔から言い伝えられておるほどじゃ」

なかなか物知りの乞食である。義実はそれを聞いて思わず竿《さお》を引き上げてしまった。なるほど、言われてみるとこれで麻《ま》呂《ろ》、安《あん》西《ざい》の魂《こん》胆《たん》がよめた。今までそれに気がつかなかった自分の不覚が急にはずかしくなった。乞食はやや顔色を柔《やわ》らげ、なぐさめ顔に言った。

「いやしかしな、一国十郡に満たねば鯉は住まぬというのは、おそらくこじつけじゃろう。その証拠には陸奥《むつ》（今の東北地方）は五十四郡なのに、やはり鯉はおらぬ。鯉の反対に人間は十戸《こ》の村でもけっこう忠臣孝子《こうし》があらわれる。また里見の御曹子《おんぞうし》が上毛《かみつけ》に生まれながら、こんな所にさすらって膝《ひざ》をいれる余地もないというのも、考えてみれば理に合わぬおかしな話だ」

「や、ではそなたは、わしの名を里見と知って言わるることか」

「じつはうすうす存じて、これへ参りました。まず人目なき木陰へ参り、つぶさにお話しつかまつろう。いざかなたへ」

主従はそれに従って山路へさしかかり、座を定めてまともに応対した。乞食はここに至ってはじめて里見義実と見こんでこれへ来た旨《むね》を、逐一《ちくいち》語り明かしたのであった。

「それがしはじつは、神余《じんよ》長狭介光弘《ながさのすけみつひろ》の臣金碗八郎孝吉《かなまりはちろうたかよし》と申す者のなれのはて。父は老臣の第一席にすわる身分でござったが、その父死亡後、私は年少のため微禄《びろく》となり近習《きんじゅう》に出仕《しゅっし》しておりました。そのうち、主君の行状《ぎょうじょう》は日に日にみだれ、淫婦《いんぷ》玉梓《たまずさ》の色香《いろか》におぼれて、日夜の酒池《しゅち》肉林《にくりん》、ついに佞人《ねいじん》山下定包《さだかね》を重用して、政務は手のつけられぬ乱麻《らんま》のありさまとなりました。この儀《ぎ》、お聞き及びではありませぬか」

「うわさは、この土地にはいるや否や、すぐ耳にいたした。暗君のある所、みなそれだ」

「はい。で、私、おこがましいけれど、身をもって殿を切諫《せっかん》いたしましたところ、とうてい容《い》れられぬばかりか、身の危険をさえ感じて参りましたので、やむなく城を退《しりぞ》いて他へ逐電《ちくでん》（逃げて姿を隠すこと）、そのままちょうど五年の月日を経過いたしました。そのうち主家はついに滅亡。それも、奸臣《かんしん》定包とあまって主君を射たる朴平《ぼくへい》、無垢三《むくぞう》の両人は百姓ながら、父の代には一度若党《わかとう》としてわが家に召し使ったことのある者ども。されば両人の無念を晴らすためにも、城を乗っとって今を時めく定包を討たねばなりませぬ。けれど、私は城中にひろく顔を見知られておりますゆえ、ねらえど容易に近づくすべもなく、困《こう》じはてた末、ご覧のとおり全身にうるしの汁を塗って姿を醜《みにく》くやつし、ひそかに機をねらっていたところ、時こそ来たれ。それは、あなた様の当地入国のお噂です」

「ふん、なるほど」

「里見義実公、結城《ゆうき》を落ちてはるばる渡り越されしと聞くからに、私をどんなに喜ばせ、かつ勇気づけたことでしょう。かかる名君を擁《よう》して義兵を起こしたなら、悪政になやむ民たちはたちどころにみな、君を慕《した》い寄るは火を見るよりも明らかでございます。たとえ、麻呂《まろ》や安西《あんざい》のやからがこばもうとも、何ほどのことやありましょう。定包を除いたあとは、安房《あわ》一国は平和に復し、里見の仁徳に国じゅうあげてなびくは必定《ひつじょう》と信じます。この儀《ぎ》はいかがでございます。なにとぞ御決意のほどを」

「わかった、やろう」

やや長い沈思《ちんし》黙考《もっこう》のすえに、義実はきっぱりと答えた。

義実主従は釣道具をなげすて、その夜すぐ八郎孝吉《はちろうたかよし》とともに小湊《こみなと》におもむいて旗挙《はたあ》げの企《くわだ》てに乗り出した。

孝吉《たかよし》は道々、さっきの歌の話をして聞かせた。「里見えて里見えて」と歌ったのはあなた方の御様子を探るためにとっさに作ったもので、里見をきかせたことはお察しのとおり。それから「白帆《しらほ》走らせ、風もよし」は、白帆は源家《げんけ》の旗になぞらえたもので、旗挙げの縁起のため。「安房の水門《みなと》による船は」の船は、荀子《じゅんし》（中国紀元前三世紀の思想書）に君は船なり、という言葉がございますので、ふとそれをもじったまでの話、いやとんだ拙作《せっさく》をお耳に入れて赤面しごくだと告白した。義実も学を好む武将であったから、たいそうこの話をおもしろく聞いた。さて小湊《こみなと》に着いたときは、夏の日もとっくに暮れて、二十日あまりの月が山の端《は》から出かかってまだ出《い》でず、空のみ美しくぼっと明るかった。その時ひびく誕生寺《たんじょうじ》の鐘をかぞえて見て亥《い》の刻（午後十時）だとわかった。

「亥の刻とすれば、人ははや寝静まっておろうか」

「さよう、都ならば夏の夜のこと、まだ涼《すず》みを終えますまいが、田舎のことゆえもはや寝入りしことと」

「いかがいたそう」

「心得たることがございます」

孝吉《たかよし》の考えとして竹藪《たけやぶ》に火を放って、とにかく里人《さとびと》を集めることにしようと言った。義実もためらっている場合でないので、よろしい、やろうという気になった。

月の出しおの一瞬の闇《やみ》にぱっとあがる渦《か》炎火柱《えんひばしら》、梢《こずえ》の小鳥は寝ぐらから驚いて飛びたち、誕生寺の鐘は火災を知らせるため、がんがんと早つきに鳴りはためいた。里人は、すわ、とばかり皆戸外にかけ出したが、中にもものに恐れぬ土地の若者たちおよそ百五十余人、火のあがる場所を目がけてまっしぐらにかけ集まって来た。

「火事はどこだどこだ。お寺ではないのか」

「一同しずまれ。おぬしたちのうちには顔馴染《かおなじみ》の者もあろう、かく言うわしは金碗八郎孝吉《かなまりはちろうたかよし》だ。いや知らぬ人が多ければ素姓《すじょう》を名乗って聞かすほどに、暫時《ざんじ》が間《あいだ》、どうか静かに聞いてくれ」

手で制しておいて、おだやかな口調《くちょう》で言った。

「わしはこの国の旧臣であるゆえ、日ごろ領内の衰亡を見るに忍びず、それを救うには暴君、定包《さだかね》を討つより法はないと思って、いろいろ苦心に日をかさねて来たものの、何ぶん力弱くて一人ではどうすることもできなんだ。しかるにここに天から降った幸せというか、またとない吉兆《きっちょう》にめぐり会った。今それを領内の皆に告げたいと思ったが、一人一人に話している暇がないので、人騒がせながら火を放って集まってもらった次第、一同この心をくんで、わが願いを聞いてくれ」

それから、そばに立つ義実を引き合わせた。文武《ぶんぶ》の良将里見冠者《さとみのかんじゃ》義実とはこの人である、国乱れて忠臣あらわれ、家貧しくて孝子《こうし》出《い》づというが、それにも増してこの人の到着は、当国救世の宝も同然と言わねばならぬ。われらのために破邪顕正《はじゃけんしょう》（不正を破って正義を明らかにすること）の力を示して、一国の平和をもたらし、民々の苦しみを救うてくださる決心をかためられた。だがそれには、どうしてもそなた方一同の力を借りねばならぬ。ぜひこのさい一郡の平和のため協力してくれ、と声涙《せいるい》ともに下る熱弁をふるった。

義実もこの時、一歩前に進み出て、あいさつをした。

「まことに重大事ゆえ、よく考えて子々孫々のため、できることなら助力を頼みたい。さすればわれわれもまた奮起して必ず一同のために尽くすであろう」

こう言われて土地の者どもは、しばらく顔見合わせて黙っていたが、そのうち寄りよりにささやきかわしたあげく、やがて村長《むらおさ》らしい老人が腰をかがめて前に出で、一同になりかわって答えた。

「はい、お話の筋《すじ》はよくわかりましてございます。お旗挙げに私ども同心させていただきます。ついては、土地の者といたしまして、いささか愚案《ぐあん》がございますので、一応お聞きねがいあげます」

そしてその献策《けんさく》というのを語った。そもそも、この長狭《ながさ》の郡《こおり》は定包の股肱《ここう》(腹心)の老党、萎毛酷六《しえたげこくろく》と申す者の勢力範囲であって、この酷六は東条城《とうじょう》というのに立籠《たてこも》っている。さればまず定包を討つには手近の東条城を攻めてかかるのが肝心で、この城さえ手に入れることができれば、物具《もののぐ》も兵糧《ひょうろう》も思いのままであるから、挙兵にはまずこれが万全の策だというのであった。

「なるほど、それは武将の軍略とも合致する。よかろう、一同の説を採用して血祭はその策で行くことにしよう」

義実は流るるごとくに裁決した。

そこで、善はいそげ、決行は神速にやることになった。今宵《こよい》これから、村の若者ども百五十余人に武装させ、三隊にわけ、その中の一隊は、わざと金碗孝吉《かなまりたかよし》に縄をかけて先頭に歩ませ、謀反人《むほんにん》を捕えたと欺《あざむ》いて東条《とうじょう》の城門をひらかせ、その機に乗じてドッと攻めこむという作戦だった。

間拍子《まびょうし》（時のはずみ）というのか、これが、まんまと図に当たった。作戦どおり城門をひらかせて中にはいると、孝吉を縛めた縄は偽《いつわ》りだから、自分ではらりと解《と》き、いきなり城兵の刀を引き抜いてハタと切りたおした。あっと驚く間もなく、どっとあがる喊声《かんせい》とともに義実の老党氏元《うじもと》も貞行《さだゆき》も、寄せ手にまぎれこんで、いっしょになって切りまくった。だが義実がそれよりも気にかかるのは、敵将萎毛酷六《しえたげこくろく》のことだった。これを逃してはならぬ、もし逃したなら滝田の本城に急を告げて定包に戦いの用意をさせるだろう。そうなると、こっちは寡兵《かへい》だから不利に陥《おちい》る道理と思って、城内くまなくさがしまわったが、酷六の姿はどこにも見当たらなかった。

「さてはすでに逃走したか、しくじった」

と思ったとき、金碗孝吉が、城の外からはせもどって来て、そこへさし出したのを見ると、いま逃したのを残念がったその酷六《こくろく》の首であった。

「逃ぐるを追うて討ち取ってまいりました」

「おお、でかした。これで滝田の城も味方にとって一段と攻めやすくなった」

義実の喜びに孝吉は陣中大いに面目《めんぼく》をほどこした。かくて東条の城もなんなく落ち、おとなしく降服する者は助けてやり、従う意志のある者は選んで家来とした。味方にはまた手落ちなく恩賞の約束をし、とっさの場合だが義実のやり口は機敏でさすがに名将の器《うつわ》というにふさわしかった。

一同気をよくして万歳をとなえ、歓喜のうちにいよいよ滝田の城にむかって進軍することになった。東条の城には氏元《うじもと》をのこして守らせ、義実は孝吉、貞《さだ》行《ゆき》たちと二百騎ばかりをひきいて出かけた。その夜、前原浦《まえばらうら》と浜荻《はまおぎ》の間にある堺橋《さかいばし》のところまで来ると、里見の勢と聞いて野武士《のぶし》や郷士《ごうざむらい》が、百騎二百騎と団を組んではせ加わり、とうとう千騎あまりの軍勢となった。それゆえ、後々までここは名も千騎橋《せんきばし》と呼ばれて里見家ゆかりの名勝の一つとなったのである。

巻の三

第五回　良将策《はかりごと》を退《しりぞけ》て衆兵仁《しゅへいじん》を知る　霊鴿《いえばと》書を伝えて逆賊頭《こうべ》を贈る

さて、滝田《たきた》城攻めの日のことだった。ちょうどそのとき、城主山下柵左衛門《やましたさくざえもん》定包《さだかね》は、いつものことながら大酒宴を開いていた。何しろ淫婦《いんぷ》玉梓《たまずさ》をはべらせて、昨日は後園《おくにわ》の花に、今日は高楼《たかどの》の月にというありさまだった。こうなると上のなすところ下これを見習うのたとえのとおり、老党《ろうとう》も若き家来も争うて主君にならって酒色《しゅしょく》にふけった。人間は往々《おうおう》、こうした生活を全盛と思いあやまるものだが、一時は天日《てんじつ》に恵まれたように見えても、それは長いこと続くものではないのが世の常である。それかあらぬか、里見の義軍がこの時すでに城外まぎわまで攻め寄せて来ていた。殷鑑《いんかん》遠からず（戒《いまし》めは身近にある）というのはまさにこのことであろう。

「申しあげます、ただ今、敵勢らしきものが当城へむかって進んでまいります」

「なに、敵勢らしきものが」

大杯を下において、定包は酒光りのする顔を別にそれほど変えもしないで言った。

「安西《あんざい》、麻呂《まろ》ではあるまいから、すると物盗《ものと》り山賊のたぐいでもあるかな。とにかくそち、はようそのていたらくを見てまいれ」

一人の侍臣に命ずると、その者はすぐ心得て座敷から出て行ったが、しばらくするとあわただしく駆けもどってきて告げた。

「仰《おお》せのとおり、やはり安西、麻呂ではございませぬが、さりとて山賊でもございませぬ」

「それなら何だ」

「はい、誰とはわかりませぬが千騎ばかりかと見受けます。陣列隊伍《じんれつたいご》はどうやら法にかなない、中軍に一とながれの白旗《しらはた》を押し立てておるありさまが目につきます」

「白旗とな。はて、白きは源氏《げんじ》の旗印、安房《あわ》上総《かずさ》に白旗を用うるものがあるとは存ぜなんだが、おそらく当方を惑わすための謀《はかりごと》であろう。よし、ともあれ軍兵を出して追いはらえ、岩熊鈍平《いわくまどんぺい》、錆塚幾内《さびつかいくない》の両人にしかと命ずる」

「はっ、かしこまりました。さらば」

二人は、さっきから酒をしたたかにくらっているところではあるし、居ならぶ座敷の男女の手前、大いに面目《めんぼく》をほどこして立ち上がった。その両人が五百の軍兵をひきいて城門をくり出して行ったとの報告を受けると、定包は、もうだいじょうぶだとすっかり安心した。

「さあ酒だ酒だ、度胸は男にまかせ、女どもは愛嬌《あいきょう》よく踊れ」

多少は気がかりになるが、しきりと威勢か虚勢かを示しているところへ、しばらくすると表が騒々しくなってかつぎ込まれたのを見ると、戸板に乗せられた深傷《ふかで》の岩熊鈍平だった。そのうえ、東条《とうじょう》の城もすでに落ちたとわかった。これがため、酒席はにわかに混乱におちいってしまった。その中で一番あわてふためいたのは、今まで城主定包のそばにくっついて家臣一同を流し目に見下していた濃艶《のうえん》な玉梓だった。彼女は驚きのあまりか、へなへなとくずおれるほどのていたらく、日ごろの見幕《けんまく》にも似合わない醜体《しゅうたい》ぶりであった。

定包も案に相違の戦況に、ただ茫然《ぼうぜん》とあきれるばかりで、

「こりゃどうしたことか、相手はそんなに強いのか、いったい何者だ」

「里見《さとみ》の冠者義実《かんじゃよしざね》と名乗っております」

「えっなんと、さては」

相手はついにわかった。定包はわかってみると容易ならぬ敵だと察したが、

「里見ごとき何ほどのことがあろう。四囲《しい》を固めて籠城《ろうじょう》の用意をいたせ。彼ら

はもと烏合《うごう》の勢（統一も規律もない軍勢）であるから、疲れと飢えのため、そのうちみずから弱りはてるにちがいない。その機をすかさず城の中から切って出《い》で追い撃ちいたせば、敵はたちまちくずれ逃げてわれらの勝利は必定《ひつじょう》、勝ちにのって敵の大将義実を生け捕《ど》りにすることも、さまで困難ではあるまいぞ」

そのうえにもう一つ計略があると付け加えて言った。

「それは、ほれ、かの安西、麻呂の両人に急援をたのんでやることだ。誰か進んで使者に立とうと、みずから願う者はないか」

「ござります。この私をおつかわしなされてくださいまし、謹《つつし》んで志願つかまつりまする」

「おお、妻立戸五郎《つまだてとごろう》か。そちなら必ず仕遂げて帰るであろう。だが、安西、麻呂は利をもって誘わねば容易に加担するやからではない。ついてはこういう方法を用いるのだ。よいか」

定包はその方法というのを語って聞かせた。使者として安西、麻呂の許《もと》に参ったなら、定包は平群《へぐり》一郡滝田《たきた》一城だけで満足しているから、もしもおぬしがすみやかに出陣して義実の奪った東条の城をふいに襲って攻めおとしてくれたなら、長狭《ながさ》郡に熨斗《のし》つけてただちに進上つかまつろう、お頼み申す、とていねいに申し入れて加勢を決めてくることだった。

「申しあげます。御諚《ごじょう》（御命令）ではございますが、戸五郎《とごろう》少々意見がございます」

とさえぎった。戸五郎の言うのでは、たとえそのため里見がほろびても、長狭郡を人に取らせて、自分の所領を削るようなまねをしては、なんにもならぬ、きっと後悔する時が来るであろう、不賛成でございますと、他の老党ともどもにいさめた。

「ははは、そち方もそう考えるか」

定包は笑い、かつ、うなずいて見せた。

「そこにはまた、深い謀《はかりごと》がめぐらされてあるのだ。考えてもみるがよい、たとえに鷸蚌《いっぽう》争うて漁者に獲《え》らるというではないか。(4)長狭《ながさ》一郡をいったん安西、麻呂に与えたとて、両人は利に迷い、やがて両将は必ず争闘するであろう、さすれば一方は傷つき、一方はすたれるにちがいない、手を下さずとも長狭は元の鞘《さや》にもどるばかりか、虚《きょ》に乗じて安房朝夷《あわあさひな》の二郡をもおさめ、都合《つごう》四郡はわがものとなる勘定《かんじょう》。どうだ遠大《えんだい》でもあり愉快な話ではないか、万事このとおりぬかりはないから安心して使者に立て」

「はっ、おそれいりました」

戸五郎は間道をまっしぐらに館山《たてやま》さして駆け出して行ったのであった。

さて城外では攻め手にまわった里見の軍勢も、これで三日三晩、息をもつかず迫ったが、滝田の城は神余《じんよ》数代の名城であるから聞きしにまさる要塞堅固《ようさいけんご》で、急には落つべくもなかった。それにいちばん困ることは、城兵が一人も出て来ないことだった。寄せ手は戦わなくとも気がはりつめたままだから、いつしか疲れをおぼえ、一方、兵糧《ひょうろう》もだんだん乏しくなって来る。長びけば長びくほど、残念ながら城外勢の不利となるわけだった。

「殿、困り申した、第一すでに兵糧が尽きてまいりました。この辺の田畑に実る秋麦を兵を、やって刈り取らせようかと存じます」

「待て、それはならぬ」

義実は貞行《さだゆき》、孝吉《たかよし》などの申し出を、首をふって制止した。義実の言うには、われわれがいまこうして滝田の城を攻めるのは、民の塗炭《とたん》(5)を救おうがためである。それだのに、その自分が力ずくで生麦《なまむぎ》をかすめとり農家を荒らしては、やはり今までの城主と同じ民を食う虎狼《ころう》となるではないか。それではたとえ城を落として勝ったとて、けっして民は心から従わぬ道理である。そういうことはこのわしにはできぬと言うのであった。

「いかにも、仁心《じんしん》深きお言葉。それではしかたがございませぬが、さればと申してこのままでは」

思うに目ざすは暴君、定包一人である。定包は不徳漢であっても、その家来までが皆悪人というわけではあるまい。おそらく権力におそれ、威《い》におののいて、心楽しまずとも仮りに服している者たちも多かろう。そこを思案して、わしには一つの策略が浮かんだのだと言った。

「おお、わが君の策略とは」

「人心に訴え、動かす手だてだ。城兵に正義をのべて破邪《はじゃ》の心をおこさせ、敵中みずから敗色の因を作ることにせば、これ上策であろう」

「だが、そのようなことが」

「できる、やってみようではないか」

義実はこの城を囲んだときから、城中に数十羽の鳩《はと》が飼ってあるらしく、朝、城から飛び立ってきて遊んだうえ、夕べにはまた城の中に帰るのを見て知っていた。そこに着目したのだった。

「この鳩をとらえて足に檄文《げきぶん》（主張を述べて同意を求め、行動を促す文書）をむすびつけて放てば、城中に持ち帰って城兵どもの読むところとなるであろう。檄文が正しいと思えば、すでに心に勝ったことになる道理、案外この方法は成功するかもしれぬ、なぜなら、定包の悪道は城兵こそ最もよく知りつくしているのだから、いわば打てば響《ひび》くのたとえのように、敵陣混乱の口火《くちび》とならぬものでもない」

「仰《おお》せにしたがい、決行つかまつりましょう」

「しからば檄文《げきぶん》の文句はわしが案ずる、紙と硯《すずり》をこれへ持て」

義実はそれから考え考え一文を草《そう》した。まず人間の順逆《じゅんぎゃく》から説き起こし、滝田の城主定包のごときに従えばいつかは天罰をこうむるであろう、わが城攻めの目的はただ定包一人を討つことであるから、城兵が帰順《きじゅん》を誓えば他のものはことごとく温情を垂《た》れ与えるという主旨のものだった。

さてこの檄文を撒布《さんぷ》された滝田城内の様子はいかにと見ていると、義実の予想どおり、はたして人知れぬ混乱におちいった。早くもこの不穏《ふおん》の形勢を察した戸五郎は、驚きあわてて鈍平《どんぺい》のところへ駆けて来て、二人額《ひたい》をつき合わせて相談した。

「身の危険をどうしたらよいであろう、おめおめ雑人《ぞうにん》ばらの手にかかるも心外」

「そうとも。城中だれが敵か味方かわからない」

「いっそ、先んじてわれらの手で定包を討ち、里見へ降参の手みやげとしたらどんなものだろう。さすれば、城兵どもの怒りもやわらいで、彼らとともに事なきを得るにちがいない」

いったんそうときまれば、ためらっている場合でないから二人はしめし合わせて、すぐ定包のいる奥殿《おくでん》目がけてふみこんで行った。

定包はその時、戦況《せんきょう》の気鬱《きうつ》を慰《なぐさ》めるためか尺八《しゃくはち》を口にあて軽くふいているところだった。どやどやとかけこんで来た鈍平、戸五郎の姿を見ると吹く手をやめて顔をむけた。

「おお、両人いかがいたした」

「申しあげることがございます」

「何ごとか」

「城中の者、みなそむきました。さながら蜂《はち》の巣をつついたありさま、このうえはやむを得ませぬ、すみやかにお腹を召《め》されませ」

「なに腹を召《め》せとは」

「切れと申すのです。さあ、われら介錯《かいしゃく》つかまつろう」

戸五郎が刀をきらりと引き抜いて、余裕を与えずやにわにおどりかかって切りつけた。

「推参《すいさん》（さしでがましいこと）すな、側臣《そくしん》の分際《ぶんざい》で不忠者」

定包は驚いてさけんだ。しかし、うかつにも刀が遠いところに置いてあって丸腰《まるごし》だったから、とっさに手にもつ尺八でちょうとうけとめた。笛ははすかいに切れて頭の方だけが向こうにふっ飛んだ。続いて打ちこむ鈍平の刃《やいば》の下を定包はからくもかいくぐって、尺八の手槍《てやり》の穂先のようになったやつを、戸五郎めがけて手裏剣《しゅりけん》がわりにはっしと投げつけた。それが戸五郎の右の腕に突き刺さったので、思わず刀をとり落とした。すかさず定包は駆け寄ってその大刀を拾い取ろうとしたが、さはさせじと、かたわらの鈍平が肩先を目がけてさっと切った。しかし鈍平も刀をたたき落とされ、あとは組んずほぐれつ、上になり下になりの力闘となった。けれど鈍平はついに定包を下に組み敷き、さっき戸五郎の腕に刺さった尺八を手をのばして引き寄せ、とがった先で咽喉元《のど》をグザグザと突きさし突きさし、ひるむすきに刀を引き寄せて首を切りおとしてしまった。

主を殺して城を奪った定包も、わずか百日あまりの栄華《えいが》の夢を見ただけで、自分も同じく家来の手にかかって滅ぼされたのは、罪をおのれに戻して償《つぐな》ったようなものであった。

第六回　倉廩《そうりん》を開きて義実《よしざね》二郡を賑《にぎわ》す　君命《くんめい》を奉《うけたまわ》りて孝吉《たかよし》三賊を誅《ちゅう》す

これで滝田《たきた》の城はついに陥《おち》たので、大手の門をおし開き、寄せ手の勢すなわち里見《さとみ》義実《よしざね》の軍兵は、隊伍堂々と入城したのであった。入城軍の先鋒《せんぽう》は金碗八郎《かなまりはちろう》だった。つづいて義実みずから老党貞行《ろうとうさだゆき》などを従えて到着した。義実が仰いで見ると城楼《やぐら》の上には降参の旗がひるがえっており、地上には鎧《よろい》姿の鈍平《どんぺい》、戸《と》五郎《ごろう》などがひれ伏し、城兵も左右に二列にひざまずいて頭をたれてうやうやしく迎えていた。そこでまず、定包《さだかね》の首実検《くびじっけん》があって、それから城内の巡視をおこなった。神余《じんよ》の時代とくらべ、定包がいかに豪奢《ごうしゃ》をきわめたかは一目でわかった。城内は壮観無比、玉を敷き、こがねを延べたといっても過言ではない、また蔵の中には米穀財宝がいっぱいつまっていた。しかし義実は一指も染めず、皆これは定包《さだかね》が民のものを奪ったのだから、全部のこらず百姓たちに分けあたえると宣言した。

その次の日、正庁《まんどころ》で降人《こうにん》たちの取調べをおこなった。この係りには金碗八郎がすわった。引き出されたのは首脳の鈍平と戸五郎で、昔この城にいた金碗は、二人とはもとより面識の間柄であったから二人の性質はよく知っていた。

「そちたち、何ゆえあって主を討ったか。とにもかくにも、ゆゆしき大事とは思わぬか」

「いえ、かねて期したることでございました」

「はて、主殺しが本願であったと申すのか」

「主殺しと申さるるが、定包こそ主《あるじ》の神余《じんよ》を殺し、土地を奪った悪人にございます。それがしたちは、力なきため、いったん定包の手に属したるも、ひそかに時運を待っていた次第でございます」

「偽《いつわ》りを申せ、言葉たくみであるが、定包の悪事を助け、いっそう民を苦しめる種をつくった元凶は、ことごとくそちたち二人だと申すことは、誰とて知らぬ者はないぞ。このたびも、身の危難をのがるるため、いちはやく定包の首をあげたのだ。げにも、ふとどき至極《しごく》の者どもだ」

もしこのままゆるしたならば、今後賞罰のけじめが乱れ、忠孝のよりどころを失うであろう。仁慈《じんじ》とは正邪《せいじゃ》を見のがすことではない。悪逆は二人とも同じだと孝吉《たかよし》は断定した。

「それ両人を縛して刑場に引け」

「あっ、無態《むたい》です、われらの手柄を取りあげぬ法はない、縄などうけぬ」

狂気のごとくじたばたもがく鈍平と戸五郎の両人を、占領勢の雑兵《ぞうひょう》がかけよって縛りあげ、遮二無二《しゃにむに》ひきずって刑場のまん中に押しすわらせ、時を移さず二人の首をはねてしまった。

「つぎはすみやかに玉梓《たまずさ》を引き立ててまいれ」

孝吉の命令で、こんどは玉梓がつれ出された。玉梓の姿が現われただけで刑場の風景はがらりと一変してしまった。玉梓は聞きしにまさる天与の美人であった。濃艶《のうえん》というより凄艶《せいえん》とでもいうのであろう、伏目《ふしめ》がちの姿は可憐《かれん》でさえもあった。孝吉とは昔城中で見知っているので、恥じらった風情でちょっとあいさつすると、神妙に頭を下げて静かにひざまずいた。

「玉梓、これより申すことをよく聞けよ。そちは前国主の側女《そばめ》であったことは隠れもないが、そのころから寵《ちょう》（主君の寵愛）に誇って主君を手玉にとって惑《まど》わし、政道《せいどう》にさえ口ばしを入れて正邪《せいじゃ》を乱し、忠臣はことごとくそこない退《しりぞ》け、あまつさえ主君の目をかすめて定包と密通し、その陰謀悪逆に油をそそぎ、みずからは栄耀栄華《えいようえいが》に日をくらして毫《ごう》も反省《かえりみ》るところがなかった。今ここにこうした姿で引き出されたのは、天罪国罪の報《むく》いと思い知ったであろうな」

声高《こわだか》に叱咤《しった》すると、玉梓ははじめて頭を上げて、悪びれもせずおもむろに答えた。

「おっしゃることは私にはよくわかりませぬ。女はもともと弱いものにて、三《さん》界《がい》に家なし（安住の場所がない）とさえ申します。私は先君の正室《ほんさい》ではございませんでした。主君亡《な》きあと寄るべなき身を定包どのに想《おも》われましたのも、弱い女の誰とても落ちる宿命《さだめ》にほかなりませぬ。忠臣をそこなうの不義密通のと、それは上《うわ》べだけを見ての噂《うわさ》。失礼ながら金碗《かなまり》さまとても上べで申せば、主君の城を捨てて出奔《しゅっぽん》し里見家にお仕えなされる現在、人は何を申すかしれませぬ。私のみひとり責めるは、お恨《うら》みにございます」

「その佞弁《ねいべん》（へつらって口先巧みな言葉）、さすがは城を傾けるだけのことはある、さてさて恐ろしい女だ。だが汝《なんじ》の奸悪《かんあく》は十目《じゅうもく》のみるところ、十指《じっし》のゆびさすところ（多くの人々が認めること）、いちいち実状を示すことができるのだ。(6)

また、わしのことを引き合いに出したが、この孝吉は城を愛し故君の仇《あだ》を報《ほう》じたければこそ、灰を飲み、うるしを塗り、(7)苦心惨憺《さんたん》のすえに今日ここに定包を討つことができたのだ。口前《くちさき》だけで事実を曲げ、人をたぶらかす手は、もはや通用いたさぬぞ」

鋭くきめつけると玉梓は、なんと思ったか急に調子を変えてしおらしく言った。

「はい、おっしゃるとおり、ほんに私は罪深い女でございましょう。けれど里見の殿さまは聞きますところ仁君《じんくん》にてあらせられ、東条《とうじょう》でもこの城でも賞を厚くし罪を軽くし、敵城の士卒《しそつ》でも従う者は殺さずに召し使うというではありませぬか。よし私に罪がありましょうとも、なんの女風情《ふぜい》、ものの数ではありますまい。どうかおゆるしくだされて、故郷へ帰ることができましたなら、こんなしあわせはありませぬ。金碗どの、そなたとは、昔はともに神余《じんよ》家につかえた間柄でござんす、どうかよしなに取りなしてくださいましな、ね」

と流し目ににっこりと笑って見せた。これが海棠《かいどう》の雨にぬれた風情《ふぜい》（美人のうちしおれた様子）というのであろう、においこぼれるばかりつやつやしい黒髪は、肩にかかって春の柳にも似て、美女の魅力があたり一面にあふれたから、満場はただ一瞬あっとかたずをのむばかりの思いだった。

そこでいよいよ罪の決裁となった。義実は孝吉を招き、玉梓の罪は軽くないと思うが、しかしあのとおり助命を請《こ》うておるのだし、死をゆるしてやったらどうかとささやき告げた。孝吉は居住まいを直《ただ》して御前《おんまえ》にかしこまり、お言葉を返すようですみませぬが、それはいけません、定包につぐ罪人の玉梓を、もしここで許したならば城下の目はなんと見るか、里見ほどの人でも色香《いろか》には迷いやすいと見え、玉梓をついに放《はな》ったと、噂は噂を生むに至りましょう。およそ美女といえば、妲妃《だっき》は朝歌《ちょうか》に殺され、大真《だいしん》は馬塊《ばかい》に縊《くび》られたが、玉梓にくらべたら、けっしてまだまだ悪人ではなかった。国難に臨《のぞ》んではそれさえ成敗《せいばい》されたに、今、玉梓ごとき城下怨嗟《えんさ》（うらみ嘆くこと）の女をゆるしては取締りがつきませぬ。この際、情《なさけ》を殺し御決断をこそ望みますと諫止《かんし》（いさめて止める）した。

「わかった。なるほど余《よ》の誤りであった。しからばそちに任せる、引き出して討て」

この一言を聞いたとたん、玉梓の眉根《まゆね》はきりりとあがり、花の顔《かんばせ》はみるみる朱《しゅ》を注いだようになり、上座《かみざ》の主従をはったとにらみつけた。

「金碗八郎、それでよいと思うか。ゆるすという主命《しゅうめい》を、おのれ一存にてこばみ、わらわを切ろうとする。この恨《うら》み死すとも晴《は》らさでおくものか、遠からず汝《なんじ》も刃《やいば》の錆《さび》にしてくれようぞ。また、そちらの義実も言いがいのない愚将《ぐしょう》だ。いったんゆるすと口に出して言っておきながら、その舌で言葉をひるがえすとは、人の命をもてあそぶも同然。殺さば殺せ、子々孫々の末まで畜生道《ちくしょうどう》に追いおとし、この世からなる煩悩《ぼんのう》の犬として仇《あだ》を報《ほう》ずるからそう思うがいい」

「こやつ、引き立てい」

と八郎孝吉は高座《こうざ》からさけんだ。

雑兵《ぞうひょう》四、五人、ついと立ち上がって玉梓を刑場へ引きずって行き、なおものしり狂い悪口毒舌《あっこうどくぜつ》をふり絞《しぼ》ってもがきさわぐのを、有無をいわせず左右から押しすえて、ばっさり首をはねてしまった。

悪の栄えるためしはない、滝田城横暴《おうぼう》の元凶《げんきょう》であった定包、玉梓の男女はこれで滅びてしまった。とはいえ、この玉梓の怨念《おんねん》は長く里見家の上にたたることになったのは史上で明らかなとおりである。結果において同家にとって、それは禍《わざわい》か福《さいわい》かはにわかに判断はできないが、とにかく読む人はこの毒婦の最後の恨《うら》み言《ごと》を記憶に留めておいてもらいたいのである。

巻の四

第七回　景連《かげつら》奸計《かんけい》信時《のぶとき》を売る　孝吉《たかよし》節義《せつぎ》義実《よしざね》に辞《じ》す

東条《とうじょう》の城を守らせてあった例の結城《ゆうき》合戦いらいの老党杉倉《すぎくら》木曽介《そのすけ》氏元《うじもと》から滝《たき》田《た》の城に使者がとどいた。この使者は蜑崎《あまさき》十郎《じゅうろう》輝武《てるたけ》というもので、用件のおもなことは麻呂《まろ》信時《のぶとき》の首を持参したというのであった。その首級《しるし》を挙げるに至った実情はこうであった。

「定包《さだかね》の援軍として出動した安西《あんざい》景連《かげつら》と麻呂信時の両人も、じつを申せば仲悪《あ》しく、ある日、安西より東条の城にひそかに人をよこし、里見殿に力を合わせ、麻呂を城の門外からはさみ討ちにする方策を通じて参りました。最初はわが氏《うじ》元《もと》どのも敵の謀《はかりごと》かと警戒しましたが、しまいには偽《いつわ》りなきことがわかりましたので、ついにそのようにいたして麻呂の首を討ち取った次第でございます」

使者の十郎の言葉をじっと聞いていた義実《よしざね》は、おもむろに言った。

「それは御苦労であった。麻呂の首討ち取ったあと、当の安西は何をしておるか、引きつづきわが陣に留まって忠誠を誓っておるかどうじゃ」

「はっ、その儀《ぎ》にございます。麻呂は首尾《しゅび》よく平《たい》らげましたが、安西はその日のうちに前原の柵《さく》を越えて、どこへともなく退去つかまつりました」

「うん、そうであろう。安西の心はそれで読めた。滝田城の定包は悪逆久しからずおそらく里見の手で滅ぼされるにちがいない、その時自分の味方である麻呂という男はただいたずらに勇気にはやる蛮将《ばんしょう》ゆえ、これと組んでも長く有利は保てまい、この際むしろ里見に同心して麻呂を討っておくが利口の策だと。きっとその辺の考えであろう」

そう言っている言葉の終わるか終わらぬところへ、引きつづき、また東条の城から追っかけの注進《ちゅうしん》がはせつけてきた。

「氏元どのよりの急使にございます。その後の戦場は平穏にございますが、ただ麻呂を挟撃《きょうげき》（挟《はさ》みうち）して打ち滅ぼしました安西景連の行動が奇怪にございます。景連はすぐ戦場よりとってかえし、その足で麻呂の本拠平館《ひらたて》を攻め落とし、またたくまに領地朝夷《あさひな》一郡を自分の手におさめ、今はまんまと二郡の主と成りすましました。さればこの機におん勢《ぜい》を少々さしむけくださらば氏元が先鋒《せんぼう》をうけたまわり、安西を一挙に討って憤《いきどお》りを晴らします所存《しょぞん》。なにとぞ御考慮のほどお願いいたします」

この注進には一座の家来たちも、思わずあっと驚いた。義実が今言ったばかりのことがそのまま的中してしまったのである。二郡をおさめた景連の勢力は今や里見とはまったく互角と言ってもよかった。

「殿、これは今のうちに威圧しておきませんことには、後日の災いとも相成りましょう」

金碗八郎《かなまりはちろう》も堀内貞行《ほりうちさだゆき》もしきりと出軍をすすめた。しかし義実はかぶりを振ってこの進言をきかなかった。

「わしが定包を滅ぼしたのは、なにも自分の栄利を願ったからではない、民の塗炭《とたん》を救わんがための義軍であったはずである。こうして士民《しみん》の力によって長《なが》狭《さ》、平群《へぐり》の主《ぬし》となっただけでも、思わぬしあわせと言わなければならぬ。今このうえ戦《いく》さをおこして土地を荒らしては、民がどんなに落胆するかしれぬ。それに安西はたとえ梟雄《きょうゆう》（残忍で強い人）であっても、定包ほどの悪人ではあるまい。彼が二郡を領したからとて、軍をおくれば領地争いも同然、向こうが攻めてくればその時こそ迎えて雌雄《しゆう》を決すればよいではないか。ゆめゆめ手出しは無用、これがわしの主旨《しゅし》である、今後とも皆忘るな」

そう言い聞かされて、近習《きんじゅう》（側近に仕える家来）一同は感動した。

これで安房《あわ》四郡はその後まったく平穏に帰し、世はのどかな明け暮れとなった。

さてやがて七月にはいって星祭(8)の夜のことであった。その夕ぐれ、義実は杉倉氏元、堀内貞行、金碗孝吉《たかよし》などの功臣のみを召《め》して里見家の家例である点茶《てんちゃ》（抹茶をたてる）の会を催《もよお》した。主従はうちくつろいでいろいろと来しかたなどを語らううち、話はいつか論功行賞《ろんこうこうしょう》のことにおよんで義実は感慨深げにつくづくと言った。

「さて、わしは二郡を領したとはいえ、まだそちたち功臣にもなんの賞することもなしに過ごしている。考えてみると、氏元、貞行は、父の遺命をうけて、わしに従って艱難《かんなん》をともにし、その忠節は今さら申すまでもない。また白箸川《しらはしがわ》のほとりで金碗孝吉に会わねば、この功業はとても果たし得なかったであろう。そのほか、これを考えあれを思う時、人間の運命というものほど測り知られぬものはない。今宵《こよい》は二星《じせい》が逢《あ》う日とか、そこでわしは天に誓おうと思う。まず当城の八隅《やすみ》に八幡宮《はちまんぐう》を建立《こんりゅう》して、例年秋ごとにまつると、それからわが領内で鳩《はと》を殺すことを禁じたい。このくらいの布令はよかろうな」

「はい」

「ではあとは功臣の論賞だ。まず、金碗八郎孝吉には長狭《ながさ》半郡をあたえ、改めて東条の城主となってもらおう。氏元、貞行には、所領おのおの五千貫《がん》を授《さず》けたい。こころよく受けてくれ」

義実はかねてしたためてあったと見えて、かたわらから一通の感状《かんじょう》（戦の手柄を称えて与える書状）を取り出して手ずから孝吉にわたした。孝吉はそれを受

け取って三たびおしいただくと、なんと思ったか、そのままそれを再び義実の手にもどし、

「この私を相伝《そうでん》補佐の老臣にさきだって恩賞賜《たま》わる深い御心を辞退いたしては非礼にあたりますが、某《それがし》は始めより露ばかりも名利《みょうり》の心なく、ただ故主《こしゅ》のために逆臣を誅《ちゅう》せんと念じたまでにございます。いま君が威徳《いとく》によって宿願を果したうえからは、はや他になんの望みもありません、ひとえにこの恩賞はお手元へお返しつかまつりたく存じます」

「ああ、りっぱな志《こころざし》だ」

義実もこれには感動した、しかしそれだけに、よけい金碗に恩賞をやりたかった。

「これだけは軽い気持で受け取ってくれ。わしから、これこのとおり頼む」

「はい」

金碗八郎は義実の差し出す感状《かんじょう》を、やむなく手にうけとりはしたものの、顔は当惑《とうわく》の色にかきくもった。

「あくまで辞退せば恩義を無にする仕儀《しぎ》となり、受くれば私の無欲の素志《そし》がくだかれます。この世あの世の二人の君がため、ええ、今はそれまでにございます」

と言うより早く腰の刀を引き抜きざま、御免《ごめん》とさけび、われと自分の脇腹《わきばら》にぐざと突き立てた。思いもかけぬことであったが、武士の鉄心《てっしん》はもともと異常なものであろう。孝吉は苦しい息の下から言った。

「故主《こしゅ》の横死《おうし》（殺害による死）をとげた時から、すでにこの腹は切るべきでありました。ただ定包を討たんため、今まで生きながらえていた私、また故主を誤り害《そこ》ねた朴平《ぼくへい》、無垢三《むくぞう》の両人は、もと私が武芸を教えたことのある家僕《かぼく》どもでございましたから、その一つだけにても、故主に対して死すべき命でございます。今や尊公の知遇を受け、心では喜びながら、この非礼、なにとぞおゆるしくだされたい」

と言うや小膝《こひざ》に力を入れ、突き立てた刃《やいば》を右の方へ引き回そうとするから、義実は驚いて、

「とめよ」

とさけんだ。老党の貞行、氏元はとっさに孝吉の拳《こぶし》にすがりつき、

「御諚《ごしょう》(主君の命令)であるぞ、はやまるな、冥土《めいど》の旅へ急がずとも語る話はつきぬはずではないか」

「ああ、わがあやまちであった」

と義実は、いくたびもいくたびも嘆息した。

「かねて孝吉の志を知らぬではなかったが、これほどまでの堅固とは思いもよらぬこと。なまじの恩賞沙汰《おんしょうざた》のため、かえって死を早めたのは、返す返すも残念至極《しごく》であった。これ孝吉、かくなると知ったなら早く披露《ひろう》すべきであったを、今は前後したが、そちに餞別《せんべつ》をとらすことがある。木曽介、早くあの老人をここへ呼べ」

と命じた。氏元ははっと答えて、縁側へ出て行くと伸び上がるようにして、

「上総《かずさ》の一作《いっさく》、これへ、はよう参れ」

と声高に呼ばわった。すると声のとどいたあたりから返事が聞こえ、やがて六

板倉氏元

板倉氏元

十あまりになる百姓が姿を現わした。脚絆甲掛《きゃはんこうがけ》に裾《すそ》はし折り、右手には菅笠《すげがさ》、左には五歳ばかりのかわいい男の子の手をひき、木立《こだち》のうす暗い後園《おくにわ》の折戸《おりど》をあけて近寄ってきたが、中の様子をそれと見ると、はっと驚いて、縁側に手をかけて首をさし伸べるように中をのぞきながらさけんだ。

「あっ八郎どの、孝吉ぬし。上総《かずさ》から爺《じい》の一作《いっさく》めがはるばるたずねて来ましたぞ、娘の濃萩《こはぎ》におぬしの生ませた子は、これこの子でございます。やっとたずねて参り、これから引き合わせ賜《たま》わるというので、やれうれしやと思った寸前に、なんたることぞ、おぬしは腹切った様子ではありませぬか、ああどうやらもう口もきけぬと見える」

一作という老人は気も転倒して涙声をふりしぼるのであった。

声が聞こえたのか孝吉は、はっと目を開いたが、ただ瞳《ひとみ》をすえて見るだけで、返事をすることもできない様子だった。

「孝吉どの、事情はそれがしから申そう」

杉倉氏元が二人の間から引き取って言った。その話によると、氏元が館《やかた》へむかって来かかると、路次口《ろじぐち》にこの老人がたたずんでいて、金碗氏《かなまりうじ》の住まいはどこかと尋ねたので、おやと思い、事情を問うてみた。すると今言ったとおり、孝吉の子をつれて来たとわかった。そこで老人を伴《ともな》って館にまいり、殿へこの儀《ぎ》を申しあげたところ、孝吉のかくし子とはおもしろい、またその子は定めし末《すえ》たのもしい者だろう、よしわしが後で孝吉に引き合わせてやる、それまでそっと内証《ないしょ》にしておけ、と一作とこの子を折戸《おりど》の陰に忍ばせておいて、恩賞のあとで引き合わすつもりであった。

「そういう事情だが、娘濃萩《こはぎ》は産後の病で世を去った由《よし》。このたび、孝吉が安房《あわ》にて定包を討って素志《そし》（つね日ごろ抱いている望み）をとげたと聞き、この子の手を引いて喜び勇んで尋ねて参った老人こそ、思えば気の毒なもの」

「いや一作《いっさく》めなどの悲しみはものの数ではありませぬが、この子が大きくなった後、両親の顔知らぬのが何よりむごうございます。これ坊や、あの方がおまえの父御《ててご》さま、よう顔を覚えておくのじゃよ」

と一作は指さして聞かせた。一作はもと金碗家の下男をしていた者だが、孝吉娘濃《こ》が神余《じんよ》家を去って浪人をしているおり、そこをたよって身を寄せ、ついに萩《はぎ》と恋に落ちた。いかに士魂《しこん》のすぐれた武夫《もののふ》でも恋の道はまた別というのか。そして今、一足ちがいでその忘れ形見のわが子と言葉もかわすこともできなかった。この時、子供は指さされて「父さま」と呼んだが、もう孝吉はもの言いたげに動かす唇《くちびる》も色が変わって、はや臨終《りんじゅう》と見えたので、義実は幼な子をかきいだくようにして孝吉にむかって言った。

「そちの子は、この義実がしっかと預かったぞ。そちは余《よ》をたすけて大功をたてた。それをこの子の名として、金碗大輔孝徳《かなまりだいすけたかのり》と名のらせ、父の忠義をうけ継がせる。また成人ののちは、長狭《ながさ》半郡を与えて東条の城主といたす。いいか、安心して成仏《じょうぶつ》いたせよ」

これが耳に聞こえたのか、孝吉は血にまみれた左手を動かし、伏《ふ》し拝《おが》むような素振《そぶ》りをした。そして腹にさした右手の刃を横にきりきりと引いたので義実はうしろにまわり、みずからの刀で孝吉の首を打ち落として介錯《かいしゃく》した。一作はたまらず泣き伏し、幼な子はおろおろと驚きながらも、親の顔をさしのぞいたのでいっそうその場の哀れを誘った。さっきまで、七日の月が天にあったが、そのときいつか西にはいって蒼然《そうぜん》となった。義実はふと過ぐる日、玉梓《たまずさ》が孝吉に向かって、汝《なんじ》もやがて滅ぼすと言いのこした言葉を思い出して、瞼《まぶた》にありし日の玉梓の凄艶《せいえん》な姿をうかべて、思わず人知れぬ鬼気《きき》におそわれたのであった。

第八回　行者《ぎょうじゃ》の岩窟《いわむろ》に翁伏姫《おきなふせひめ》を相《そう》す　滝田《たきた》の近邨《きんそん》に狸雛狗《たぬきいぬのこ》を養う

それから数年の月日が流れた。徳は孤《こ》ならずというとおり、里見義実《さとみよしざね》の仁徳《じんとく》はやがて隣国の武士の景慕《けいぼ》するところとなり、独身の義実を目がけ、いろいろのよしみを通じて婚姻《こんいん》をもとめる者が多かった。なかんずく、上総国《かずさ》（今の千葉県）椎津《しいつ》の城主万里谷入道静蓮《まりやのにゅうどうじょうれん》の息女五十子《むすめいさらこ》というのが、世にも賢く美しいという評判であったが、事実そのとおりだったので、ついにこれをめとることとなった。まもなく義実は一女一男の親となった。第一女は嘉吉《かきつ》二年（一四四二年）の夏の末に生まれたが、おりから三伏《さんぷく》の候(9)であったので名を伏姫《ふせひめ》とつけた。男子は翌年の末に生まれたが、これは二郎太郎《じろたろう》とつけ、のちに父の後を継いで安房守義成《あわのかみよしなり》といった。

伏姫《ふせひめ》は幼いころから非常に美しかった。古《いにしえ》の竹取物語のかぐや姫もこんな乙女《おとめ》かと思われるくらいで、三十二相のどこ一つ欠けたところのない天生の美貌《びぼう》で、肌《はだ》は玉のごとく白く、美しい産毛《うぶげ》が長く項《うなじ》にかかっていた。父母の慈愛はもとよりたいそうなものであったが、どうしたことか伏姫は三歳になってもものを言わず、笑いもせず、ただよく泣く子だった。これが父母にとっては何よりも苦労の種といえた。医療はおろか、高僧験者《げんじゃ》の加持祈禱《かじきとう》にもあれこれと怠《おこた》りなくたよってみたが、何をやってもききめがあらわれないままに日を過ごした。

母の五十子《いさらこ》はずっと前から、安房《あわ》郡洲崎明神《すざきみょうじん》のほとりに役行者《えんのぎょうじゃ》の石像のすえた窟《いわや》があって、そこに祈ると霊験《れいげん》が著《いちじる》しいとのことなので、人をやって祈願をこめさせたが、これもやはりだめであった。しかし目に見えた利益《りやく》はなくても、とにかく三年の間、無事息災《そくさい》に育ったのは、やはり効験《こうけん》の一つかもしれないと思って、お礼参りの使いを立てることにした。他領なので使者の供人《ともびと》には特に老いた男女を選び、忍びで行くことになった。さて七日の礼籠《れいごも》りもおわっての帰り道、姫は何がさわったのかはげしくむずかり出して始末につかなかった。毎度のことだが道中ゆえ女房乳母《めのと》もてこずって、慰《なぐさ》めかねて当惑していると、ちょうど齢《よわい》八十あまりの翁《おきな》が一人、近くの道に休んでいたが、このありさまを見て自分の方から声をかけてきた。

「もしかするとあなた様方は里見家の御一門ではありませぬか、お召物《めしもの》などの御紋でさようにお察しいたす。ほほう、そのお子さまは御同家の姫君と見える、石窟《いわむろ》のお帰りとあれば、この翁《おきな》も一つ加持《かじ》して参らせよう」

里見の従者たちは、声をかけられて驚いてそっちを見た。翁の風貌《ふうぼう》は白い八字の眉《まゆ》をおき、鳩《はと》の杖《つえ》を手にしていたが、その姿はなんとなく品位もそなわって凡人《ただびと》とは思われなかった。翁はじっと伏姫の相をみつめていたが、やがてつぶやくように言った。

「霊《りょう》のたたりとでも申そうかのう」

「えっ、それはまた何ゆえに？」

「いや別に驚くことはない。祓《はら》うことはできなくもないが、しいてそういたさずとも成り行きにまかせるがよいようじゃ。禍福《かふく》はあざなえる縄《なわ》というとおり、不幸は必ずしも不幸とばかりは申せぬ、一粒の木の実、死して大木を生ずる、一人の子を亡くすとも、あながち嘆《なげ》くまいぞと里見の主《あるじ》に申し伝えてくだされ。ついてはこれを進ぜるゆえ、生涯の護身《まもり》とするがよい。さあ」

翁はそう言うと、手に持つ水晶の数珠《じゅず》を姫の襟《えり》にかけた。見るとその数珠の大粒の一つ一つの面には仁、義、礼、智、忠、信、孝、悌《てい》の八字が彫りつけてあった。何か異様な気持がして従者たちは思わず拝礼して受けたものの、思い返すと、やっぱり気がかりになって急いで問い返した。

「あのそれで、ただ今申されましたたたりとは、いったいどのようなことでございましょう。それを一口お聞かせなすってくださいませ」

「いや、それは心配いたされるな。妖《よう》は徳に勝つことはない、よしや悪霊《あくりょう》がたたっていても里見の家はますます栄えるであろう。ただ盈《み》つれば欠《か》くる世の中、これを考えさえいたすなら祓《はら》うまでのことはない。伏姫という名にも何かゆくゆく因縁《ゆかり》が生ずるかもしれぬ。おおそうそう、それよりも一つこのお子のむずかりを止めて進ぜよう、それよいお子、よいお子」

翁はそう言って空中をなでた。そして静かに身をひるがえして洲崎《すざき》の方へ向けて歩き出した。いや歩くというより走るというか、たちまち皆の目の前から離れ、遠くに去ってしまった。茫然《ぼうぜん》とあとを見送った里見の従者たちは気がついてみると、姫のむずかりがいつかやんでいるので二度びっくりした。

その日、滝田《たきた》の城に帰ってからも、この数珠は姫の襟にかけたままにしておいた。そして四年たって姫が七つになった時は言葉も人並み以上に話せるようになっていたばかりか、昼は手習い、夜は管弦《かんげん》の調べにふけり、十一、二になると和漢の書を好んで読み、事《こと》の理《ことわり》をさとり、また親を敬《うやま》い、召使の者をいつくしみ、立居《たちい》振舞《ふるま》いに一つとして非の打ちどころがなかった。こうなると母の五十子《いさらこ》の喜びはもとより、父義実も年来の苦悩をいつか忘れて姫が何よりの自慢の種となった。

さてこのころ、里見の領内に一つの珍しいことがあった。長狭《ながさ》富山《とやま》のほとりに技平《わざへい》という百姓が住んでいたが、この技平の家の飼犬が牡狗《おいぬ》のひとつ子を生んだ。犬のひとつ子は珍しいためか、世間ではそれを優秀だとしてもてはやされることになっていた。この技平の犬もこれが評判で、実際また見るから骨たくましく、力つよく、子犬ながらたいがいの相手はかなわなかった。

ところがある夜、背戸《せど》の垣根をこわして一匹の狼《おおかみ》が侵入して、母犬を嚙《か》み殺してしまった。これには技平《わざへい》もほとほと困った。なぜなら技平は独身者であったから野良《のら》かせぎも相当放埒《ほうらつ》で、昼はひねもす家をあけるばかりか、時には他家へ泊まってくることなどもあって、犬の食事に手ぬかりが多かった。だからこの子犬はとうてい育つまいと心の中で不憫《ふびん》に思っていたところ、不自由な餌《えさ》にもかかわらず死ぬどころか、日を経るにしたがって丸々と肥《こ》えてきてすばらしく大きくなってゆくのは意外であった。

これは妙だと思って、技平は人々にもこのことを語っていたが、ある朝起き出でて、ふと犬小屋の方へ行くと、その犬小屋からぱっと走り出たものがあった。驚いてよく見ると、それは一匹の狸《たぬき》であった。さては子犬はこの狸の乳で育てられていたのか、合点《がてん》のいかぬ話だがどうもそう思うよりしかたがない、技平は思わずあきれたが、それはとにかくもう一度よく見とどけたいものと、その日の夕方、こっそり背戸の物陰にかくれて狸の来るのをじっと待ち設けていたのであった。

黄昏《たそがれ》の色が迫るので、子犬も寂しいか、それとも母を慕《した》うのか、しきりと泣き立てた。すると滝田の城の空から何か流星《ながれぼし》のような燐火《りんか》が一つ現われ、それがちょうど頭上に来てぱっと弧《こ》を描いて地上に落ちた。技平の目には、その場所がちょうど犬小屋のような気がした。すると向こうから今朝見た狸《たぬき》が走ってきて、犬小屋の中につとはいったようだった。おや、と思う間もなく子犬はたちまち泣きやみ、鼻を鳴らして乳をのむ音だけがせわしく聞こえた。このことは四、五十日もつづいた。おそらくこのためであろう、子犬はさらに見違えるばかり大きくなって、もうどこへでもひとりで歩いて行けるし、ひとりで食べられるようになった。するとそのころから狸はもう来なくなってしまった。今もこの辺の土地を犬懸《いぬかけ》と呼んでいる。

そのころ、里見家においては、杉倉木曽介氏元《すぎくらきそのすけうじもと》と、堀内蔵人貞行《ほりうちくらんどさだゆき》は、義実の命令で一年ずつ輪番《りんばん》（まわりもち）で東条の城を守っていた。貞行は非番に回ったので氏元に城をわたし、滝田へ帰ってくる途中、犬懸《いぬかけ》の里を通りかかって、ふと狸の話を聞いた。あまりに噂《うわさ》が高いのでたずねてみると、犬の話はほんとうであった。だいいち、噂にたがわず犬のりっぱなのには感心した。こういう逸物《いちもつ》は唐《とう》でも日本でも珍しい。貞行は大いにおどろいて滝田の城に帰ると、さっそくこのことを主君義実に言上《ごんじょう》した。元来、里見家ではこれまでも犬は数匹飼ってあった、というのは伏姫が小さい時からむずかるので、後園《おくにわ》につないで姫のごきげんを取り結ぶためであった。そこへ貞行がこの逸物犬の話を持ってきたのだから、義実も思わず膝《ひざ》を乗り出すようにして言った。

「同じ犬を飼うならそういう逸物を飼いたいものじゃ。むかし丹波《たんば》（今の兵庫県東部）の桑田村に甕襲《みかそ》という人があって、足往《あゆき》と名づけた犬を飼っていたそうな。これが今聞いたようにたいそうな犬だったらしい。ところが、足往はある日、貉《むじな》（穴熊または狸《たぬき》）と戦ってこれをたおした。ところが、この貉の腹の中から、八坂瓊曲玉《やさかにのまがたま》が現われたと、書紀垂仁記《しょきすいにんき》という本の中に書いてある。狸が犬の子を育てるとはやはり珍事じゃ。とにかく見たいものだ、一度その犬をここへ連れて参ることはできぬか」

「心得ましてございます」

貞行は承知をした。日ならずして、貞行はこの犬を滝田へ引っぱってきて義実の見参《げんざん》に入れた。すると義実は、ひと目見ただけで気に入ってしまった。骨太く、目するどく、大きさも普通の犬の倍はあるだろう、耳はたれ、尾は固く巻き、毛並は白きに黒きがまじって、首と尾に八カ所の斑点《ぶち》があった。なにしろりっぱな風格だから、犬好きの義実は見ただけでは堪能《たんのう》できず、自分の手で飼いたくなった。そこで飼主の技平《わざへい》には謝礼をやって承諾させ、この犬を滝田の城に引き取ることになった。義実は非常に満足して、名をあれこれと考えたすえに、

「首と尾に八つの斑点《ぶち》があるから、八房《やつふさ》と名づけよう」と、きまった。希代《きだい》の猛犬であったがよくなれ、伏姫もよろこび、八房も姫になついた。姫が八房八房とよべば、どこにいても尾を振りつつ走ってくるようになった。春の桜、秋の紅葉《もみじ》、いくたびか木々の色を染めかえて、伏姫も十六という年齢になったが、容色はいよいよ臈《ろう》たけて（美しく気品がある）、におうばかりであった。

するとこの年の秋も八月のころ、天候が悪かったため、安西景連《あんざいかげつら》の領地である安房朝夷《あわあさひな》の二郡が不作だという理由で、景連は老党蕪戸《かぶと》訥平《とっぺい》を使者によこして、滝田の城の義実にこういう申し入れをした。それは、不作のためわが領内は上下はなはだ困窮に陥っている。ついては米穀五千俵《びょう》ほど当方へお貸しくだされたい、来年は調《みつぎ》によって倍にしてお返しいたす、というのであった。それからもう一つ用件があった。景連もはや七十になるが、男の子ばかりか女の子さえもない。そこで貴殿の息女《むすめ》を養うて一族のうちから婿《むこ》をえらび、所領をゆずろうと思うがどんなものであろうか。ぜひお聞きとどけにあずかりたいというのであった。

義実はこの申し入れに対し米穀はすぐ送り届けてやったが、伏姫の養女の件はあっさりと断わった。豊作凶作はまことに天の運であって、安西ばかりのことではない、いつどこに見舞ってくるかもしれぬ、お互いにこういう時、隣国の荒亡《こうぼう》を救うのは当然の話である。しかし子供はわしも一男一女であるから、このうちの一人を他家へつかわすのは親として忍びない、これはお断わりすると。

ちょうどこの時、堀内貞行は東条の城に行っており、また杉倉氏元は老病で自宅に引きこもっていたから、他には意見を述べるものがいない。ただ一人金《かな》碗孝吉《まりたかよし》の一子大輔孝徳《だいすけたかのり》がこの時もう二十歳になっていて、近習《きんじゅう》に取り立てられていた。父孝吉の志を継いで忠義一徹で、この大輔が義実の前に出てつつしんで言った。

「卒爾《そつじ》（失礼）ながら申しあげることがございます。このたび、安西景連《かげつら》の申し条ならびに態度は、注目すべきかと存じます」

「意見があるか」

「はい、ござります。まず恩を知る者ならば、饑饉《ききん》の米穀を借ると同じ使者もて、姫君《ひめぎみ》の養女を申し入るるはずはありません、非礼このうえもなき儀《ぎ》にて、君を軽んじたおこないかと愚考《ぐこう》つかまつります」

「なるほど」

「将来の禍根《かこん》をのぞくため、景連を討つがよろしいと思います。たとえ情けによって穀物を送っても、それは盗人《ぬすっと》に追銭《おいせん》、敵に刃《やいば》を貸すにひとしく、なんの利益もありますまい、どうか御出陣をおきめください」

「ふうん。大輔《だいすけ》ひかえるがよい」

義実もいささか深刻な表情をした。大輔の進言には一理あったからであるが、しかし取りあげなかった。かりに仇《あだ》なす相手だとしても、凶作に乗じて攻めるは無名《むめい》の（名分《めいぶん》のたたない）軍である、無名の軍はけっして人心を得るものではないとしりぞけたが、心では景連に対する憤《いきどお》りを感じた。

その翌年、こんどは義実の領内の平群《へぐり》、長狭《ながさ》が大凶作に見舞われ、滝田の上下はひどい困難におちいった。この時に金碗大輔は再び義実にむかって意見を進言した。それは去年の秋、安西に五千俵の米穀を融通《ゆうずう》したのだから、それを催促《さいそく》して返してもらうのがよいというのであった。義実もそのことはとくに考えていたが、催促しなくても約束によって当然向こうから返すべき義理と思って、しんぼうづよく今日まで待っているところであった。

「それでは大輔、そちが使者となって行け」

「はっ、かしこまりましてございます」

大輔は大いに喜び勇んだ。滝田を朝早く発《た》って安西の城をさして急いだ。従者は十人ほどであったが、馬上で向こうに着くと、まず順序だから去年の使者蕪戸《かぶと》納平《とっぺい》に対面して、いんぎんに主命のおもむきをつたえた。

「なお、さしつかえなくば城主景連《かげつら》どのにお目通りいたしたく、この儀《ぎ》おとりなしよろしく」

「いや、一応わしから申しあげることにいたそう」

そう答えて納平《とっぺい》は奥へ引っ込んだが、日暮れ方まで待たせたあげくやっと出てきて、じつはつぶさに評定《ひょうじょう》（評議して決める）したが当地もまだ回復したわけではないので、速答にひまを取った。なお協議の上で返答するから、貴殿はそれまで当地に逗留《とうりゅう》して人馬を休めてもらいたい、との口上であった。だがその後、いっこうに不得要領《ふとくようりょう》なので、大輔も腹にすえかね、訥平に手きびしく談判したところ、今度は訥平が病気と称して会わなくなってしまった。そこでこっそり城内の様子をさぐると、城内は静かに見せかけながら軍備の最中らしかった。さてはと大輔は驚き、かつ怒った。

「もし一日見破るのが遅れたら、大事となるところであった。不意に滝田を襲われ、われわれもすんでに生け捕《いど》りになる瀬戸ぎわであった。よし、滝田の城に急を告げねばならぬ」

大輔と従者は一人二人ずつに分れ、姿を変えて宿舎を忍び出ると、自領へむかって走った。一里ばかりも来たところで、大輔は路傍《ろぼう》の清水をすくって咽喉《のど》をうるおし、松の根元に腰をおろして汗をぬぐった。そのうち馬のひずめの音が聞こえて、だんだんと近づいて来た。遅れた従者かと見るとさにあらず、蕪戸訥平のひきいる追手の勢であった。先頭の訥平はこなたを見ると、馬のあぶみを踏んばって大音声《だいおんじょう》にどなった。

「大輔孝徳、逃ぐるはきたなし、そちの主人義実は乞食同然の浮浪のすえ白浜《しらはま》に漂着、愚民《ぐみん》をまどわして城主におさまった男だ。麻呂《まろ》を滅ぼしたのもわが君が助けたればこそ、本来なら毎年わが君に貢物《みつぎもの》をささぐべきに、尊大にかまえて身のほど知らぬ痴者《しれもの》。娘伏姫も養女どころか側女《そばめ》として差し出してよいはずのものだ」

「何を言うか奸人《かんじん》ばら、そちの主人景連は義を破って同士の麻呂を討ち、おのれ一人命をまっとうして領地を横取りした世にも卑劣な男だ。里見はいつでも汝《なんじ》を滅ぼすことはできたが、慈愛《じあい》ふかく平和のよしみによって今日に至ったとは知らぬか。去年はたばかって（だまして）米穀を奪い盗《と》り、今年は凶作と見てふいに攻め寄せる、人の不運のみを餌食《えじき》に、この世をわたる大悪将、さようなやからが長く栄えるためしがあろうか。まず汝から血祭だ」

槍《やり》をふるって怒れる大輔は、敵勢の中におどりこんだ。けれども敵は多勢に味方は無勢、およそ半時あまりの乱戦で敵兵三十騎あまりをたおしたが、味方はほとんど全部討死《うちじに》し、地上に立つは大輔一人となってしまった。このうえは訥平《とっぺい》と刺しちがえて死のうと、田畑山野《でんばたさんや》を出没自在にかけめぐってさがしたが、目にあまる大勢にへだてられて、ついに訥平を討つことができなかった。このうえは死してもせんない、いったん血路を開いて後日を期そうと思ったか、大輔はやがてそのまままいずこへともなく、闇にまぎれて行くえ知れずになってしまった。

巻の五

第九回　盟誓《ちかい》を破《やぶり》て景連《かげつら》両城を囲む　戯言《けげん》を信《うけ》て八房首級《やつふさしるし》を献《たてまつ》る

そこで奇襲の計画どおり安西景連《あんざいかげつら》は大軍をひきいて東条《とうじょう》、滝田《たきた》の両城におしよせた。滝田の本拠ではさらばとばかり、里見の勢《ぜい》が命をおしまず奮戦したもののの、何ぶん今年は凶作のことで、兵糧《ひょうろう》が乏《とぼ》しかったところへこの合戦となったのだから、目に見えて将兵の弱り方が早かった。ついに欠食七日というようなありさまにおちいったので、城兵はたまりかねて、夜な夜な、塀《へい》をのりこえて射殺《いころ》された敵の死体から腰兵糧《こしびょうろう》をさぐりとり、わずかに飢えをしのぐ者もあり、しまいには馬をくらい、死人の肉さえもくらう者があるほどの悲惨におちいった。こうなっては、義実《よしざね》も最後の決心をかためなければならない時が来た。

「もう、これ以上多くの兵をこのまま見殺しにするに忍びない」

杉倉木曽介氏元《すぎくらきそのすけうじもと》などの主将たちを招きあつめ、滝田の城は敵に渡すこととし、今夜のうちに、西の城戸《きど》から落ちてくれと言った。

「して、わが君はいかになされる」

「わしか。わしは後に残って城に火をかけて自害する、城主としてこれはあたりまえ、妻子も同じだ。しかし家族のうち二郎太郎《じろたろう》だけは生をながらえ、皆といっしょに落とすとしよう。一同心得てくれよ」

「いやそうは参りませぬ。御諚《ごじょう》なれど、この期《ご》に臨《のぞ》んでわが君を捨て逃げのびましては、これまで祿《ろく》をうけた御恩に対し筋が立ちませぬ。われわれとても潔《いさぎよ》く城を枕に泉下《せんか》（あの世）へお供つかまつります」

義実はいよいよ困《こう》じ果《は》て、このうえにも士卒《しそつ》を救う術《すべ》はないものかと思案にくれた。思いあまって庭へ出た。するとそこへ、ゆくりなくも（不意に）愛犬八房《やつふさ》が、主人と見て尾を振りつつ寄って来た。しかし八房も長らくの飢えのため、肉おち、やせおとろえ、今は鼻もかわいてしまって、ただひょろひょろと足元の定まらぬほどだった。義実はあわれと思い、右手をのばして頭をなでてやった。

「おお、おまえのことはすっかり忘れていた。八房、お城はひどいことになったぞ。人間は不運に臨《のぞ》みて悟《さと》ることができるし、死しても礼節忠義のためということをわきまえもするからまだよろしいが、畜生《ちくしょう》にはその知恵がないゆえ、思えばいっそうふびんだ。飢える理由も知らず尾を振って無心にこびておる。しかし犬は主《あるじ》の恩を忘れぬというが、もしおまえも十年の恩を知るならば、ひとつ何じゃな、寄せ手の陣へ忍びこんで敵将景連の首でも食い殺してこい。しからば犬ながら、人間にも増してその功第一である、のう、どうじゃ八房」

冗談半分にそんなことをつぶやくのも、万策《ばんさく》尽きたからの苦肉の独語《ひとりごと》でもあったろう。ところが、八房はひょいと義実の顔を見た。言葉がわかったとは思えないが、さりとてなんだか心得顔《こころえがお》でもあった。義実はそれを見るといっそうふびんになって、再び頭をなで、背をさすってやりながら言った。

「もしも功を立てたなら、魚肉をふるまってやるぞ。どうだ、ほほう、さまで喜ばぬ様子をしておるのう、魚では恩賞不足か」

まったくそのとき、八房はきょとんとした表情でそっぽを向いてしまった。義実は思いあぐねて苦笑いしながら、しばらく犬と問答した。それでは位《くらい》をやろうか、おややはり不足か、領地はどうか、ふふん、気に入らぬと見えるな。それではわしの子になるか、人間のように婿《むこ》として伏姫《ふせひめ》を嫁にしたなら、さしずめ戦功第一の報《むく》いということになるだろう。伏姫はわしと同様おまえを愛しておるから、似つかわしいぞ、ははは、いや愚痴というものか、と義実は過ぎた冗談にみずから苦笑いしたが、その時思わずはっとして八房を見た。

「おや八房」

八房は、前足を両方屈《かが》めて義実を仰《あお》ぎ、またたきもせず話す顔をジッと見つめていた。義実がそれに気がついて、次の言葉を言おうとするときそれよりはやく、犬は尾を振り一声高く吠えると、さっと身をひるがえして、勇猛な姿でどこかへ駆け出して行った。

「はて」

義実は思わず何か不安になった。これはとんだ冗談を言ってしまったものと、ふと後悔された。敗戦に気が転倒しているためか、思えば常識はずれの戯《たわむ》れを犬にむかって言ったことが、われながら興《きょう》ざめたここちになって、奥へそのまついとはいってしまった。

その夜はおそらくもう、城内の士卒にとっては最後の一夜となるのであろうと覚悟のほぞをきめた。義実は宵《よい》のうち、奥の間に夫人《おくがた》の五十子《いさらご》、息女伏姫、嫡男《ちゃくなん》義成《よしなり》、それから老党の氏元《うじもと》などの面々を召《め》して、いよいよ訣別の杯《さかずき》をさずけることにした。水を酒に代えて文字どおりの水酒盛りである。兵卒たちもこれにならって水をくみかわし、命令のありしだい撃って出ようと待ち構えていた。今宵《こよい》十日の月ももう没《ぼっ》して、空には星の影だけがかすかにまたたいている。ちょうど丑三比《うしみつどき》（午前二時過ぎ）だった、時刻はよしと義実父子は手ばやく鎧《よろい》を取りあげると、五十子に伏姫、召使の老女たちがそばへ寄っててんでにそれを着せかけた。どこかの遠寺《えんじ》の鐘であろう嫋々《じょうじょう》とはるかに聞こえてきた。

さて、用意をととのえ、一同がいざ討って出ようとした時だった。突然けたたましい犬の鳴き声が、どこか闇の中からつんざくように聞こえた。義実は思わず耳をそばだてた。

「おお犬の声、あれは八房に似ている。だがいつもと、ほえ方が違うようじゃ、誰か出て見い」

と命じた。はっと答えて近習《きんじゅう》が二、三人縁側へ出て、手燭《てしょく》を高くさしあげて庭一面を照らして見ながら、名を呼んでみた。

「八房八房」

するに、はたしてさっと空気を切るように、闇から姿を現わして縁側へはしり寄ったのは、夜目にもそれと知れる八房であった。八房は何か口にくわえていた。近づくと、その物を縁の端にとんと置いて、自分は踏石《ふみいし》の上に前足をかけ、そのままの姿でこっちを仰いでいる。縁端に置いたものを見ると、人間の生首《なまくび》だった。

「や、これはいかなることか。八房が生首をくわえて参りました」

大声でわめきながら、近習の者は驚いてかけこんだ。

「なに生首。さては、食に飢えたるため、人の亡骸《なきがら》をあさって食らうのか。早く追いはらわっしゃい」

と氏元があわてて言った。

「待て、わしが行って見る」

義実はそうつぶやいて縁側へ出た。他の者もそれにつづき、手燭《てしょく》をさしのべた。義実は縁に出てひと目見るとさっと眉根《まゆね》を寄せた。

「木曽介《きそのすけ》」

「はっ」

「そちはなんと見るか、この生首。血潮《ちしお》にまみれてさだかでないが、景連《かげつら》に似ておるとは思わぬか」

「えっ、まさかでございます」

「洗って見い。わしの目にはそう見える」

言われたとおり手水鉢《ちょうずばち》のほとりへ引きよせて、血潮を洗いおとした。やがて主従は思わずあっと顔を見合わせた。

「ほう面妖《めんよう》(不思議)な、これはまったく景連の首でございます」

「やっぱりさようであったか」

義実は快然《かいぜん》とすると同時に、何か暗然《あんぜん》ともした。誰一人知らぬことではあったが、八房は主君の言葉を忘れずに約束を果たしたのであろうか。

「八房、でかしたぞ。わしの命令を聞き分《わ》けたとは殊勝《しゅしょう》な。さあ八房ここへ来たれ」

義実がそう言って心からほめそやすと、氏元らも口々にその手柄を驚嘆し、畜生にして人にまさる勲功《くんこう》だと言い合った。その時、斥候《ものみ》の者がかけこんできて敵の陣地に何か異変が起きたらしい様子だと告げた。こっちは思い当たるので、さては敵陣も今やっと大将の死に気がついて、にわかに乱れ騒いでいるに相違ないと、城中の将卒一同は空腹もわすれて思わず勇《いさ》み立った。

「それ時をうつさず撃っていでよ」

「私どもがお引き受けいたします」

小冠者《こかんじゃ》（元服して間もない若者）義成《よしなり》と老党氏元とが、言うより早くすぐやせ馬にうちまたがり三百余騎を二手にわけ、義成は前門から氏元は後門から、城戸おしひらいてまっしぐらに寄せ手の陣中へ突き入った。

「敵の総大将景連の首は、すでにわが手にあげたるぞ」

互いにそうわめき立てた。みんな空腹をわすれ、日ごろの勇気に百倍して勢いあたるべからずであった。大将を失った敵軍は、またたくまに総くずれとなり死者のほかは半《なか》ば逃げ、その大半は降参した。明け方になって、寄せ手の兵糧《ひょうろう》が山のごとく城中にはこばれ、これを見ただけでも幾日ぶりに愁雲《しゅううん》がすっかり晴れわたった。ところへ注進《ちゅうしん》があって、東条の城も包囲軍の敵将蕪戸《かぶと》訥平《とっぺい》が土民《どみん》に殺され、全軍が降服して来た由《よし》を報じてきたので、ここに里見義実は一瞬に逆転して勝利の大将となった。

義実の威徳はその後、朝日の上るがごとく、一国四郡はまったく完全に平定した。このことが室町《むろまち》将軍に伝わったので、持氏の末子成氏朝臣《なりうじあそん》は、復帰してちょうど鎌倉にいたので、書を送ってその功を称賛して義実を安房《あわ》の国守とし、治部少輔《じぶのしょうゆう》に補《ふ》した。こうなると気がかりになるのは、過日《かじつ》、安西景連へ使者として出した金碗大輔《かなまりだいすけ》の消息であった。あのままどうなったものかと、八方へ人をやって調べさせたが、行くえは杳《よう》として知ることができなかった。

義実はまもなく戦功の勧賞《けんしょう》をおこなった。そうなるとどう思っても、第一の功は犬の八房にまちがいなかった。そこで朝夕に美食をあたえ、起伏《おきふし》の小屋もりっぱなものを建造し、犬係も人員を増して常に手落ちのないように待遇してやった。犬ながら当然この寵愛《ちょうあい》はわかるはずと思ったのに、八房はいっこうにこれを喜ぶふうがなかった。頭を伏せたまま、尾を垂れ、食もとらず、多く眠ろうともせず、いつか景連の首をおいた縁側の前に来て、浮かぬ顔できちんと前足をそろえてかしこまっていた。もしも義実が姿を現わすなら、八房は縁側へ前足をかけ尾をふって何かクンクンと鼻を鳴らした。

「おお八房、魚をとらす、さあこれを食べよ」

義実は手ずから魚肉や餅《もち》などを与えたが、八房はそんなものは見向きもしなかった。犬係の者に、縁側から遠く引いて去るよう命じたが、八房はそれをこばみ、むりに引こうとすると時には狂暴にたけりくるった。そのうちに、いよいよその度合が激しくなって、ついには人にかみつき、鎖を切って縁側からかけあがり、奥まった所まで侵入して、捕えようとしてもたくましい犬なので手におえず、障子《しょうじ》を押し倒して鳴きたけった。

ある日のこと、伏姫は奥の間で読書をしていた。文机《ふづくえ》の上に開かれたのは枕の草子だったが、ちょうどそこは、翁丸《おきなまろ》という犬が勅勘《ちょっかん》(勅命による勘当、とがめ)をこうむって捨てられ、またゆるされて帰ってくるていたらくを巧みに書いた部分だった。清少納言の才筆は流るるごとく美しかったので、伏姫は恍惚《こうこつ》となり、うらやましくさえ思って、しきりとそこを読みふけっていた。すると、女どもの叫ぶ声がして、何か背後《うしろ》へ走ってくるものを感じた。

「おや、なんだろう」

と思うまもなく、部屋にたてかけてあった筑紫琴《つくしごと》が、横ざまにからりと倒れ、裳《もすそ》の上にハタと重い物が伏した。とっさのことに伏姫は驚いてふりかえって見ると、それは飼犬の八房であった。まあと二度びっくりして、急いで文机に手をかけて、立ち上がろうとしたが、八房の前足が長い袂《たもと》の中にさし入れてあるので、進退の自由を欠き、立ちあがることができなかった。見ると八房は、目をらんらんと輝《かがや》かし何か哀訴《あいそ》するようでもあるが、その異常な様子に伏姫はとっさに病み狂ったのかと思った。

「あっ、あそこにまあ」

そのとき侍女《おんな》や女中、女の童《めわらわ》などまでが混じって、追いかけて来たと見えて、このありさまに声をあげて驚き、箒《ほうき》を打ちふるって駆け寄り、しっしっと、追い出そうとしたが、八房はびくともしなかった。義実はその騒ぎを聞きつけ、つづいて姫の部屋にはいってきたが、容易ならぬと見たか手槍《てやり》を一本引っさげ、やおら前に進み出て言った。

「これ八房、よく聞け、いかに畜生でも飼われた主家の恩は知るであろう。さあそこのけ、ここから出て行け、このうえ仇《あだ》をなすと承知せぬぞ」

手槍の石衝《いしづき》(柄の金具)をさし延べて追い出そうとしたが八房は少しもうごかず、石衝を見るとかえって牙《きば》をむき、一声高くたけりほえた。

「おのれ、刃向《はむ》こうつもりか。理も非も知らぬ畜生とはいえ、その剣幕《けんまく》はなにごとか。よし思い知らしてやる」

そのとき、伏姫がぱっと両袖《そで》をひろげて楯《たて》となって、義実のきっさきを急いでさえぎった。

「お待ちください、父上様。出過ぎた申し分かは知りませぬが、もし軍に功《こう》ありて賞が行なわれねば、その国はついに滅びましょう、犬とても同じこと、あまつさえ槍先にかけて殺してはあまりにもふびんでございます。だいいち一国の大守が槍持ってみずからそのような振舞いは、もったいない話でございます。

槃瓠

昔高辛氏有犬戎之寇。帝患其侵暴而征伐不克。乃訪募天下有能得犬戎之將呉將軍首者。賜黃金千鎰。邑萬家。又妻以少女。有畜狗。其毛五彩。名曰槃瓠。下令之後。槃瓠銜一頭泊闕下。群臣怪而診之。乃呉將軍首也。帝大喜且謂槃瓠不可妻之以女。又無封爵之道。議欲報之。而未知所宜。女聞以為皇帝下令不可違信。因請行。帝不得已以女妻槃瓠。槃瓠得女。負而走入南山石室中。險絶人跡不至。經三年。生六男六女。槃瓠因自決。妻好色衣服。製截皆有尾。其母後以狀白帝。於是迎諸子。衣裳斑斕。言語侏儞。好入山壑。不樂平曠。帝順其意。賜以名山廣澤。其後滋蔓。號曰蠻夷。今長沙武陵蠻是也。又北狗國人身狗首。長毛不衣。其妻皆人。生男為狗。生女為人云。見五代史。

なにとぞ、まげておとどまりくださいませ」

「いや姫、八房の功はすでに賞してあるつもりだ。朝夕の寵遇《ちょうぐう》をそちも見ているであろう、むしろ過ぎたるとは思わぬか。いかに畜生とても、もはやわしは容赦ならぬ気持だ」

「いいえ、昔から綸言《りんげん》は汗のごとく（君主の言は取り消しがたい）、君子の一言は駟馬《よつのうま》も及びがたしと申します。お父上様には景連を滅ぼして士卒の飢えを救うため、八房にわらわを授《さず》けるとお語りなされたことは実証《じっしょう》でございましょう。たとえかりそめのお戯《たわむ》れとはいえ、この一大事にお約束をたがえるべきではありませぬ。畜生でも人にまさる功をたて、またわらわが賞にすわると申すも皆前世の業報《ごうほう》かと存じます」

「ああ、口は災《わざわ》いの門、思えばわが生涯のあやまちであった」

義実は力なく槍を取り落として、思わず嗟嘆《さたん》にくれた。

「姫、面目ない。姫を与えるなど心にもないのに、どうしてそのような世迷言《よまよいごと》を申したものか。だが思い当たるふしがないでもない、過ぐる年、洲崎《すざき》の石窟《いわむろ》にそなたの息災《そくさい》を願《がん》かけたおり、道にて行きあった老人の予言がある、この幼《おさ》児《なご》の多病は悪霊《あくりょう》のたたりであり、また運命は名によって末《すえ》を判ぜよと申した由《よし》。そういえば伏姫の伏は人にして犬に伴う形となる、盛夏生まれゆえ三伏《さんぷく》の伏を取ったのであるが、ゆくりなくも今はふしぎな予言となった。このたたる霊《りょう》とは、誰かは知らぬがおそらくは玉梓《たまずさ》であろうか、ああ苦しいぞ、姫」

「父上様、どうかお嘆《なげ》きくださいますな。たとえ八房と去りましても、身はけっしてけがしませぬ。命にかけて決意がござりますれば」

伏姫はそう言ってから、さすがに少し恥じらってうつむいてしまった。義実は姫のけなげな決意を聞くと、いくたびもうなずいた。

「おおその一言、姫、よくぞ言うてくれた」

そして八房にむかって、

「汝《なんじ》は去れ、今聞くとおり、伏姫は約束によって与えるゆえ、それでよいであろう、おっての沙汰《さた》あるまであちらへ行け」

と言い放った。八房は黙って義実の顔を仰いだが、その意味を解《げ》したか、まったく気の静まった様子で、そのまま身を起こしておとなしく室内から出て行った。

第十回　禁《きん》を犯して孝徳《たかのり》一婦人を失う　腹を裂《さき》て伏姫《ふせひめ》八犬士を走らす

このときになって母の五十子《いさらこ》はこの騒ぎを聞いて、裳《もすそ》をからげながらあわてて駆けつけて来たのであった。と見ると、犬の八房《やつふさ》は今ちょうど静かに室内から出て行くところで、侍女《おんな》どもは犬に恐れてさっと戸口を左右に開いた。五十子はそこに治部殿《じぶどの》も伏姫《ふせひめ》も無事に立っているのを見ると、姫のそばにはたはたと走り寄ってものをも言わず足元に打ち伏し、声を惜《お》しまず泣きくずれた。伏姫は、それと見ると母の背中に手をやって、やさしくなでおろし、なでおろし、いたわりの言葉をささやくのであった。

「母様もこの場の仕儀《しぎ》をお聞き召《め》されましたか、不慮《ふりょ》の出来ごとにてお悲しみをかけてすみませぬ」

「姫。そなたは、殿へのみ孝行して、この母の嘆《なげ》きを考えてはくれませぬのかえ。幼きとき多病の姫が、やっと成人して安心と思えば、われと自分から贄《にえ》となってどこかへ行きゃる。それもみな物《もの》の怪《け》のためとすれば、はよう惑《まど》いからさめてくだされ、これ姫」

無理ならぬ嘆きだった。伏姫は聞くより堪《た》えかねて答えもできず、袖《そで》の中でひたすら泣いたが、やっと気を引き立てて言った。

「母様への不孝はほんに重いと存じます。けれどもこの命運《めいうん》は、もはやのがれる術《すべ》はありませぬ、幼いころ、行者《ぎょうじゃ》の翁《おきな》から授《さず》かったこれこの水晶の数珠《じゅず》も、このほどから仁義礼智忠信孝悌《じんぎれいちちゅうしんこうてい》の八字は消えて、文字がかわって現われております。八房が懸想《けそう》するやとふと気づいたころからのことにて、なんとしてもふしぎな業報《ごうほう》。ある時は死のうかと思ったこともありますが、死しては罪劫《ざいごう》をあの世まで持ち越す道理《どうり》、この世で強く生きねば悪霊《あくりょう》に勝てませぬ。このうえはどうか勘当《かんどう》なされても、娘のおもむくままにおゆるしくだされまし、母様、頼みます」

「それにしても、ああ、なぜもっと早くこの母に語ってくれませなんだ。今、急にこのような悲しみをかけるとは」

「姫、数珠をちょっとこれへ」

と義実《よしざね》は思わず言った。そして姫から由緒《ゆいしょ》の品を受け取って、つくづくと打ち返して見ていたが、義実の顔には明々とあきらめの色が浮かんだ。

「五十子、これを見よ。なるほど前の文字は消えて代わりの文字が現われておる、ほれ、かすかに読める如是畜生発菩提心《にょぜちくしょうほつぼだいしん》の八字、これを案ずるに菩提心《ぼだいしん》（仏としての悟りを願いもとめる心）は一切衆生《いっさいしゅじょう》（この世に生きているすべての生き物）、人畜ともにすべて同じことであろう。さすれば姫の業因《ごういん》も、いったん畜生《ちくしょう》に導かれたとて、菩提心《ぼだいしん》にわけ入るならば後の世こそかえってやすらかに、真の福運をかちとるとも思われる。せめてもそれが父母の慰《なぐさ》めでもあろうぞ」

そしてつぶやくように言った。姫の婿《むこ》がね（婿と決めている人）は、じつはかねて心ではあの孝吉《たかよし》の一子《いっし》、金碗大輔《かなまりだいすけ》を東条《とうじょう》の城主にすえた後、姫を嫁《とつ》がせるつもりであった。いかに言葉のあやまちとはいえ畜生に与えるなど、うらめしくも口惜《くちお》しいと、またしてもまた愚痴《ぐち》におちたが、義実は再び思い返していやいやと首をふり、ここは悟りが肝要《かんよう》と、嘆く五十子に言葉をつくして説き聞かせるのであった。

「それでは御両親様、わらわはこれから」

伏姫はそう父母に告げて、外出のしたくにとりかかった。再び生きて帰らぬと思うから、姫は頭のかんざしを抜き取って家に残し、白小袖《しろこそで》をかさねきて数珠を襟《えり》にかけた。料紙《りょうし》一具と法華経《ほけきょう》一部、ほかには何一つ持たなかった。すでに外面《とのも》は日がやや暮れかかって、早出《はやで》の月の光が木の間を漏《も》れて、薄く光っているのが、哀れにもの静かだった。母も泣き、侍女《おんな》たちも、ここかしこに泣き倒れて急には起き上がれないくらいだった。伏姫は母に最後の別れを告げて、庭に面した出入口へと出て行った。

そのとき八房は、それと知ったか縁側の下に来てうずくまり、姫の出てくるのを待ち設《もう》けるふうであった。伏姫は縁側に立って、きりりとした口調で言った。

「八房、おまえに申しておきます。いったんの義《ぎ》によって伴《ともな》われて行きますとも、人畜《にんちく》のけじめ、婚姻《こんいん》の分は守ります。これをわきまえず情欲にいずるならば、この懐剣《かいけん》でただ自害《じがい》あるばかりです。もしまたわらわの言に従い、恋慕《れんぼ》の欲を断つときは、おまえは犬ながら菩提《ぼだい》の嚮導人《みちびきびと》となります。これを誓うならば、わらわはおまえに伴われていずこへなりと参ります。八房よいか、ききわけておくれ」

この言葉を言いおわった時、犬は頭を上げて姫の顔を仰ぎ、しずかに一声長ぼえしたが、その形相《ぎょうそう》は誓うというように見えた。そこで伏姫はうなずきながら懐剣をおさめ、縁側から裳《もすそ》をからげて降り、履物《はきもの》をはいた。

「さあ、参りましょう」

姫が促《うなが》すと、八房は喜ばしげにやおら先に立って歩き出した。母君、侍女《おんな》たちはそれを見送ってなおも泣きぬれたが、義実は言葉もなくかすんだ涙の目でじっと見おくっていた。八房は城を出はなれるとそこから姫を背に乗せて、あたかも飛ぶようにはやく走って、木立《こだち》の暗く霧ふかい富山《とやま》の奥へとだんだん分け行った。

ここに話は変わって、先に戦場から行くえ不明となった金碗大輔孝徳《かなまりだいすけたかのり》の消息《しょうそく》であった。大輔は安西《あんざい》の城へ使者となって行き、城主景連《かげつら》に出し抜かれたのを知って滝田《たきた》へ逃げ帰ろうとすると、追ってきた蕪戸《かぶと》訥平《とっぺい》の勢《ぜい》と乱戦となって全員は戦死、幸か不幸か自分一人が助かって滝田の城に帰って来てみると、ここもすでに敵軍に囲まれていて、入城することができなかった。そこで足をまげ、東条《とうじょう》の城へ急を告げて氏元《うじもと》に援兵《えんぺい》を頼もうと駆けつけて行ったが、同じくこの城もすでに敵の重囲の中で苦戦にあえいでいる最中だった。

「ああ、こうと知ったら、さっき滝田の城でたとえ一騎《いっき》たりとも敵を討ちとって、城を枕に死ぬべきであった。使者の用件を果たさなかったうえに、両城には帰ることができず、ここでとまどうとはよくよく不覚千万《ふかくせんばん》な話だ。だが思えば、たとえ囲みを破って城に帰ったところが、なんの面目《めんぼく》があって主君の前に出ることができよう。いっそこのまま蕪戸《かぶと》の陣にかけ入って斬死《ざんし》してやろうか」

大輔はとつおいつ思案にふけった。しかし両城はすでに兵糧《ひょうろう》とぼしく守りも危く見えるから、鎌倉へかけつけて将軍成氏《しげうじ》へ急を告げ、援兵を請《こ》うて敵をうち払ったなら、さきの不覚をつぐなうばかりか、武士の面目もまっとうしたといえるであろうと考えついた。

そこで大輔はただちに白浜《しらはま》から便船して、日ならず管領《かんれい》の御所へ参着して成氏に援兵を懇請《こんせい》したが、義実からの書翰《しょかん》をたずさえていないため正当の使者として疑われ、ついにこのくわだては成功しなかった。大輔は失望落胆して安房へ帰って来てみると、思いきや景連はすでに滅び、一国は平定して義実の世となっていた。ああうれしいと大輔は思ったが、やはり帰るに帰られぬ気持だった。いっそ腹でも切ろうかと決意したものの、短気をおさえ、時節の到来するまで故郷《ふるさと》である上総《かずさ》の国天羽《あまは》の関《せき》村で待つことにきめ、祖父一作《いっさく》の親戚にあたる百姓の家をたよってしばし身を寄せた。ところがある日、風のたよりに伏姫の身にふりかかった災《わざわ》いを耳にして大いに驚いた。たとえ犬に怨霊《おんりょう》がついて神《じん》通力《つうりき》があるとしても、武士として討てぬ法はあるまい。このうえは八房を殺して姫をお連れ申し、詫びをかなえていただこうと思案し、親戚には参詣《さんけい》の旅に出かけると言いのこして、ひとり富山の奥にわけ入った。山路をたずね暮らして五、六日たったころ、霧ふかい谷川の向こうに、ふと女の経《きょう》を読む声がかすかに聞こえて来るのであった。

第二集

巻の一

第十一回　仙翁《やまびと》夢に富山《とやま》に栞《しおり》す　貞行暗《さだゆきあん》に霊書《れいしょ》を献《たてまつ》る

義実《よしざね》の奥方五十子《いさらこ》は富山《とやま》に登った伏姫《ふせひめ》の安否を気づかうあまり、とうとう病の床に臥《ふ》してしまった。別れたときの姫の面影、ことばのはしはしが、夜ごと日ごとに目の前にちらつき、耳の底に残ってどうしてもぬぐうことができないのであった。病状はだんだん悪くなる一方で、姫を祈って神仏に合わせる手の指も糸のようにやせほそり、箸《はし》をとるのも今は重たくものうげであった。生あるうちにただ一目でもよい、姫に会って死にたいと泣き口説《くど》くけれど、こればかりは誰もどうすることもできなかった。義実は心配してときどき病床を見舞った。

「今日は気分はどうか」

義実はそう言いながら、日増しにいっそうおとろえた奥方の容態《ようだい》を見て、心中でひどくおどろいた。

五十子は、いまとなっては、姫に一目でも会うことが、いや、その安否《あんぴ》を知るだけでも、千金の名薬《めいやく》だと、うったえるのであった。すると義実は、自分だとて木石《ぼくせき》ではないから、近く消息をさぐって、知らせるであろうと約束した。そこに嫡男《ちゃくなん》の安房《あわ》二郎《じろう》義成《よしなり》も母の見舞に来て、私が姉君をたずねて富山《とやま》に入りましょうと言うが、父母いますときは遠く遊ばずというほどで、血気《けっき》の勇《ゆう》は不孝であると、義実は許さなかった。

義実は倅《せがれ》の去った後、臥房《ねどこ》にはいったものの目がさえて眠れなかった。こうしたら、ああしたらと、今後のことを考えあぐねて暁《あかつき》となったころ、ようやく疲れのためにとろとろとまどろんだ。自分はいつか富山の山奥の渓流のほとりに立っていた。するとそこへ八十あまりの翁《おきな》が、いつ現われたともなく背後《うしろ》から声をかけて、この山の案内をしようというのだった。これは願ってもないことなのでぜひ頼むと答えると、その翁はうなずいてこの川は渡ることができないから右手の樵夫路《きこりみち》を行きなさい。去年からこの山に登ることを禁じられたので、いばらが茂ってとてもわかりにくいが、自分が枝を折って路標《みちしるべ》をこしらえておいたから、登ることができるだろうと言った。いったいそなたは誰かと義実が問い返そうとしたとき、忽然《こつぜん》として夢はさめた。

「なんだ夢だったのか、夢ではしかたがない」

義実は心に考え考え寝たので、こんな夢を見たのであろうと深くも気にとめなかった。ひと息ついているところへ近習《きんじゅう》の者がかしこまって、ただいま東条《とうじょう》から城番堀内蔵人《じょうばんほりうちくらんど》がお召しに応じて参上しましたと言った。

「はて、わしは貞行《さだゆき》を招いたことはない。取次ぎの聞き違いであろう、たぶん五十子の病気を知って見舞にでも参ったものと思われる。はよう案内して参れ」

いつになく性急に言って、義実は貞行の入って来るのを待ち構えた。主従にとっては期せずして、うれしい対面といえるのだった。

「おお蔵人、そち、つつがなかったか。今日の見参《けんざん》は五十子の病あつしと聞いてみずから臨時に出て参ったのか」

「いいえ、一城を守りますからは君命《くんめい》なくして出ては参りませぬ。火急《かきゅう》のお召《め》しがありましたので、取るものもとりあえず、ただいま参着つかまつった次第でございます」

「何を申すか貞行。もしほんとうにわしから召したと言うなら、そのいきさつをそこでつぶさに証言してみい」

「はい、しからば逐一《ちくいち》申し述べましょう」

貞行は居住《いず》まいを正《よし》してから言った。昨日のこと、年老いた一人の雑色《ぞうしき》（下級役人）が御使者の由《よし》にてわが城に見えたので、私がただちに出て会見いたしたところ見知らぬ者ではあったが、かくべつ疑わしきかどはなく、用件は滝田の殿がこのたび富山におもむくゆえ、供せよとの内命《ないめい》をつたえに参った次第と、うやうやしく申し立てた。私はもとよりこれを信じて時をうつさず馬を走らせて参上したのであるが、今聞けば殿には使者を派せずとの仰せ、しからば昨日の雑色はいったい何者か、まことにゆゆしきことであると顔色を変えて言った。

「や、そうか」

義実はしばらくじっと考えていたが、突然何か思いついたかちょうと膝《ひざ》を打った。昨夜のわが夢と思い合わせて、これは洲崎《すざき》の役行者《えんのぎょうじゃ》の化身《けしん》がたすけを与えてくれるのかもしれぬ。貞行の見たのもあるいはただの夢かもしれぬが、事がこうまで符合したからは、夢は夢としてぜひとも富山にわけ入って伏姫の安否を探ることにしよう。使者の翁の言葉どおり、わしみずから登山することとし、貞行はこのまま供せよ。供は貞行のほかにたかだか十四、五人、それも口の堅《かた》き者を選ぶことにしようと、登山の計画を義実はこまごまと語るのであった。

さて旅行は、遊山《ゆさん》かたがた大山寺詣《おおやまでらもうで》という触れこみだった。ただ嫡男義成《ちゃくなんよしなり》だけには、真実のことを語って聞かせたので、自分が探りに登りたいと考えていた義成も、父の言に従って留守番にのこることを承知した。

「権者《ごんじゃ》(10)のお示しが父上を選んだとすれば、やむをえませぬ。城を守りましょう」

「母五十子《いさらこ》をたのむ。病人の生あるうちに、吉左右《きっそう》(吉報)を持ち帰りたいと思うが、どうなることか」

義実は夜明けを待って出発した。主従二人は騎馬、他の従者は徒士《かち》だったが、思ったよりはかどりがよく、日のあるうちに早くも富山に登ることができた。とかくして山川のほとりに出た。巌石《いわお》のかたち、木立のありさまは、夢に見たのとそっくりだった。いばらをわけて登ると、右手に見おぼえの道があるので驚いた。ここで供人《ともびと》とともに馬を返して麓《ふもと》で待たせることとし、これよりさきは義実と貞行の二人だけで登った。見るところどころに栞《しおり》らしきものが落としてあったので、今は神助《しんじょ》を疑わず勇《いさ》み立って、やがてかの恐ろしい川上《かわかみ》をめぐり、木《こ》の下闇《したやみ》をぬけて川の向こう岸に出ることができた。

第十二回　富山《とやま》の洞《ほら》に畜生菩提心《ちくしょうぼだいしん》を発《おこ》す　流水《ながれ》に泝《さかのぼり》て神童未来果《じんどうみらいか》を説《と》く

思えばこの世は夢のようなものであろう。(11) 祇園精舎《ぎおんしょうじゃ》の鐘の音には諸行無常《しょぎょうむじょう》のひびきがあるけれど、色におぼれた者は女に別れるのを惜しむ朝々、ひたすらにこの鐘を憎むにちがいない。沙羅双樹《さらそうじゅ》の花の色は盛者必衰《しょうじゃひっすい》を暗示《あらわ》しているのだけれど、花の美しいところばかりに気を取られた者は風雨などなくいつも春ばかりであればよいと勝手に考える。思ってみればどこにいたとて不幸があり、また幸福があるというものだろう。さてそうとすれば、富山《とやま》の奥に犬に伴われてわけ入って二た年《とせ》ばかりになる伏姫《ふせひめ》の身の上は、はたしてどんなであったろうか。さかのぼって説くと、伏姫は八房《やつふさ》の背に乗って、だんだん奥へはいって行くと、広い流れに沿うた山の峡《はざま》に一つの洞《ほら》があった。まわりには松柏《しょうはく》類が茂っていたが、この洞は南向きなのでわりあいに明るかった。この前で八房は前足を折って伏したので、姫は犬の背から降りた。洞の中には誰か住んでいたことがあるのか、朽《く》ちはてた円座《わらぶとん》があったので、姫は中にはいって円座を占めた。

八房は少しも姫から離れずそばについた。

　伏姫は護身刀《まもりがたな》のつかをそっとにぎりしめた。そして法華経《ほけきょう》八巻と、料紙《りょうし》（用紙）、硯《すずり》を前におき、しずかに読経《どきょう》で一夜を明かした。その夜は無事に過ぎたが、いつも安全だとはいえなかった。畜生《ちくしょう》の情欲がいつ誓いをやぶっておどりかかってくるかもしれない。そのときは、ただ一と突きに刺し殺そうと胸騒《むなさわ》ぎがするのだった。八房もそれを感じてか、ただほれぼれと姫の顔をながめ、時には臥《ふ》し、時には起き、舌を吐いて息づいたり、ひそかによだれを流したり、自分の毛をねぶって我慢したり、畜生ながら自制しているさまは明らかだった。

　食べ物は、八房がどこからか木果《このみ》蕨根《わらびのね》などを運んできた。日がたつうちに、犬は読経《どきょう》の声に耳をかたむけるようになった。そして姫はようやく身心の安堵《あんど》を得た。これもみな、み仏の慈悲《じひ》と力であろう、姫は栄花《えいが》物語の峰の月の巻《まき》で読んだ牛仏《うしぼとけ》のくだり(12)を思い出した、犬もそれと同じ仏心があることはものの本に出ている。(13)いやそればかりか空飛ぶ鳥も、地をはしる獣も皆ことごとく成仏《じょうぶつ》するはずのものである。

伏姫は二十歳《はたち》にはまだならなかったが、山にはいってからからだは細り、風にもたえぬ柳のようにたおやかだった。春のそよ風が吹きわたるころ、姫はある日、石井戸をのぞいて、はっとした。たしかに自分の姿であるが、頭が犬のように見えたからであった。

「あっ、心の迷いか、仏門への帰依《きえ》がまだ足らぬと見える」

この日は一心に経文《きょうもん》を書写《しょしゃ》した。なんとなく胸のあたりが苦しく、日を経《へ》るにしたがってしだいにお腹《なか》が大きくなってきた。病気であろうかと心細く思うにつれて、母のことが心に浮かんでしかたがなかった。つづいて父のことも、弟の義成《よしなり》のことも、いつになくいとしなつかしい肉親同胞《はらから》のこと、つれなきものは蜻蛉《かげろう》の命ばかりではない。姫は涙にかきくれた。

八房は食をあさりに出て、まだ帰らなかった。伏姫は花を手折《たお》って来ようと思い立って外へ出た。林の中に咲き乱れている黄菊白菊、葉末の露《つゆ》に裳《もすそ》ぬらして、そこまで行った時だった。山路のかなたから、誰が吹くやら笛の音色《ねいろ》がかすかに朗々《ろうろう》と聞こえた。伏姫はおやと思わず聞き耳をたてた。

「まあふしぎなこと」

この山は樵夫《きこり》もはいらず、山男も住まぬに、どうしたことなのか。姫はそう思ってたたずんでいた。すると笛はますます吹き澄《す》ましながら、もう間近までやって来た。見ると牛にまたがった十二、三歳ばかりの草刈童子《くさかりどうじ》だった。腰には鎌《かま》とふぐせ（きり、またはのみ）をたばさみ、鞍《くら》には籠《かご》を二つ掛け、手に一管の笛を持っていた。ここまで来ると姫の方をちらりと見ただけで、笛は口から離さず牛を流れに追い入れ、そのまま川を渡って向こう岸へ行こうとするのであった。

「もしお待ちなさい、そなたはどこから参りし里の子です。この深山路《みやまじ》に一人くるも合点がいかぬが、しかも道に慣れておりますね」

「道ばかりか、お姫さまのこともよく知っておりますよ、このわしは」

童子はにっこり笑って答えた。そして、自分の師匠《ししょう》はこの山の麓《ふもと》または洲崎《すざき》に住まいをする売卜者《ばいぼくしゃ》で、薬を授けることも巧みで万病ことごとくなおらぬものはない。今日も師匠のいいつけで薬草を採《と》りにきたのだと、得意そうに言って聞かすのであった。

「わらわは、この春のころから習《なら》わしの月水《つきのさわり》を見ず、胸元はなんとなく苦しく、おいおいと全身が重くなりますが、なんという病気でしょうか」

「ああ、それはつわりですよ」

童子はためらわずに答えた。

「まあ失礼な、わたしには夫がありませぬに、そのようなはずはなき道理」

「わしは知っているよ」

「ああ、あの八房のことですか。八房によって身ごもるなど断じてあるはずがありません。ああいとわしい」

「それなら申しますが、物類相感《ぶつるいそうかん》の玄妙《げんみょう》は凡知《ぼんち》では測られぬこと。たとえば火は石と金《かね》とを打てば発するが、石なく金なくとも、檜木《ひのき》は友木とすれあって火を発します。松も竹も雌雄の名があっても交情《まじわり》はしませんが、離れたままで殖《ふ》え茂ります。鶴《つる》は相見ただけで孕《はら》むというではありませんか。また、唐《もろこし》では楚王《おう》の妃《きさき》はつねに鉄《くろがね》の柱を抱くを歓びとしたら、ついに鉄塊《てつのまろがせ》を生んだといいます。犯されずとも心に妻と思い、姫はまたかれをあわれとおぼしめすゆえ、神遊《こころかよい》でみごもるということはある道理、これが物類相感だと聞きました」

そしてなおつけ足《た》して言った。だから姫の生むのは形をなしていないかもしれない、八つの善果《ぜんか》となって現われるということも考えられる。これ互いに菩《ぼ》提心《だいしん》がおこったからで、八人の子は善果となって誉《ほま》れは八州にかがやき、そのため里見《さとみ》家はけっして衰微《おとろえ》を見せないであろう。そしてわしの見たところでは、子供が六カ月目に生まれたとき、姫は親と夫に会うという卦《け》が立っておりますよ、これ以上のことはわからぬし、わかっても今は言わぬが花、あとは姫自身で思いあたるがよろしいな。

「ではさよなら」

牛の鼻綱《はなづな》をぐいと引いて、秋の日影のまだのこる山川をわたると見れば、童子の後ろ姿はたちまち狭《さ》霧《ぎり》の中につつまれるように薄れて、行くえも知れずになっていった。

第十三回　尺素《ふみ》を遺《のこし》て因果《いんが》みずから訟《うったう》　雲霧を払《はら》って妖孽《あやしみ》はじめて休《やむ》

伏姫《ふせひめ》は童子《どうじ》に説き聞かされた話で、異常な自分の運命を信じてよいものかわるいものか、迷わないわけにはいかなかった。ほんとうだとすれば無明《むみょう》の眠りからさめて、それなりに今はわが身を悟《さと》るときが来たのだと思った。それにしても懐妊《かいにん》したとはなんたる業《ごう》であろう、またしても心が乱れ腸《はらわた》を絞られる思いにおそわれた。

「ああ、なんという悲しい身の上か。たとえ前世で罪を作ったとしても、わが身に報《むく》いがきて、こんなに苦しむとは人の恨《うら》みの執拗《しつよう》なこと」

けれどもそれが親へのたたりのためだとすれば、後の世で地獄に落ちても少しも悔いることはない。ただはずかしく悲しいのは、童子の言葉が真実なら、畜生《ちくしょう》の気を受けて八つ子を身に宿したことである。

「いっそ、今のうちに水の流れに身を投げて死んでしまおう」

姫はひとりうなずいてもとの洞《ほら》へとはいって行った。そのとき八房《やつふさ》は、自然生《じねんじょう》のやまいも、枝のままの果実などをくわえて洞に帰って来ていたが、姫を見ると待っていたようにうち仰いで、尾を振ったり、膝元《ひざ》にまつわりついたりして、しきりと食をすすめる風情であった。しかし姫は見るもいとうように、一言も声をかけず、そのまま石室《いわむろ》の片すみにすわって、一通の遺書をしたため、煩悩《ぼんのう》のきずなを断ち切るためと、襟《えり》にかけた数珠《じゅず》を手にとった。と、ふと目にとまったその透《す》かし文字が、ふしぎにも如是畜生発菩提心《にょぜちくしょうほつぼだいしん》の八文字は影もなく消えて、はじめの仁義礼智忠信孝悌《じんぎれいちちゅうしんこうてい》に戻っているのだった。

「いいえ、けっしてふしぎではないのでしょう、凡俗にはわからなくても、これがおそらく仏の功徳《くどく》というものにちがいない」

姫は心の中でおぼろげながらそう思い返した。犬さえも読経《どきょう》の声を毎日耳にしているうちに、畜生道《ちくしょうどう》の苦艱《くげん》から脱して菩提《ぼだい》にはいったくらいであるから、この文字の転換はそれの現われで、来世には仁義八行の人道が生まれる由《よし》を示したのかもしれない。それならば八房もわが手に殺して、畜生道の苦を除いてやるのがせめてもの情けではないだろうか。姫はそう決心したので犬の方にむいて言って聞かせた。

「これ八房、わらわのいうことをよく聞きなさい。わらわはこれから念願成就《ねんがんじょうじゅ》して往生《おうじょう》をとげるつもりです。考えてみれば、わらわにもおまえにも幸と不幸の両面《ふたつ》がありました。おまえはわらわとともに山に住んで、ついに人間もむつかしい菩提心にはいったのはなんという幸いでしょう。しかし、そのおまえもついに獣身を変える術《すべ》はないから、やはり四足の苦からはのがれられぬ不幸の運命です。そこでわらわが死んだあとおまえはひとり残っても、明日からおまえのために誰が経を読む者がありましょう。そうなればせっかくの菩提心もだんだん失《う》せてしまうに違いない。それよりか、死して人道《にんどう》の余恵を願うならば、同じ川に身を投げて死ぬるがよい。もし死ぬるつもりなら、お経を読みおわった時に、おまえは立って水岸に行くがよいぞえ、わかったね八房」

話のあいだ、犬は頭をたれて聞いていたが、その様子は憂うるごとくでもあるし、かすかに尾を振って喜ぶごとくでもあった。そこでいよいよ予定のとおり、遺書《かきおき》と経文提婆《だいば》達多《たった》品《ほん》の一巻を手にして、洞《ほら》の入口まで立ち出で、石机の前に端座して経文を読みはじめたのであった。

今日をかぎりと思うためか、姫の声は高く澄みわたって泉のこんこんと走るがごとく、峰の松風もこれに和し、谷のこだまも冴《さ》えてひょうひょうとこたえた。この提婆達多品というのは妙法蓮華経《みょうほうれんげきょう》の巻《まき》の五にある経文で、八歳になる王姫竜女《りゅうにょ》が知恵広大にして、はやくも菩提心にはいったいきさつを説いた、開《かい》闢《びゃく》このかた女人成仏《にょにんじょうぶつ》の最初といわるるあらたかなものだった。

「さんぜん、しゅじょう、ほつぼだいしん。じとくじゅき、ちしゃくぼさつ、きゅうしゃりほつ、いっさいしゅじょう、もくねんしんじゅ」

朗々と最後の一節を読みおわったかと思うとたん、八房はつと身を起こして、伏姫を二度三度見かえり、かなたの水ぎわさして走り寄った。と思ったときだった、向かい岸に何者の放ったのか突然鳥銃《てっぽう》の筒音《つつおと》が高くひびいて、真一文字に飛び来たった二つだま、ちょうど岸べに身を現わした八房ののどのあたりに一発はっしと命中して、煙の中に犬の姿はばたりと倒れた。あまつさえ、余《あま》ったたまはややそれて、石室《いわむろ》の入口にいた伏姫の右の乳の下に命中した。あっと一声叫びもあえず、姫は経巻《きょうかん》を手に持ったまま横ざまにはたと伏《ふ》しまろんだ。

この時見ると、年若い一人の猟人《かりうど》が、靄《もや》の流るる裾《すそ》から右手に鳥銃《てっぽう》を引っさげて向こう岸に立ち現われた。やがて躊躇《ちゅうちょ》もなく岸から走り下って、ざんぶとばかり、こなたをさし、川瀬を渡って来るのであった。またたく間に岸にはせ上ると、八房のそばに急ぎ寄って行って、鳥銃をふりあげざまに力をこめ幾度《いくど》も幾度もちょうちょうと打った。

「これでよし。いで、姫君を——」

若者は八房を退治して満足したのか、にっこと笑って、すぐ石室のほとりに進み寄って行った。だが入口に姫が倒れている姿をふと目に見ると、あっと驚いて思わず全身を取り乱して走り寄ったが、姫は気息《きそく》もない様子だった。

「姫君、姫君。お気をたしかに」

しきりとくりかえして呼んでみたが、傷口の浅いのに脈はもう絶え果てて、全身は氷のように冷たくなっていた。若者ははじめてがっくり膝《ひざ》をつき、天を仰いで狂気のごとく悲嘆にかきくれた。

「ああ思いもかけぬ悲しいことになった。わがなすこと、ことごとく鶍《いすか》の觜《はし》(物事がくいちがい思うようにならないこと)とくいちがって、今日こそ月日ごろの霧も晴れて、ねらう八房を撃ちとめたと思ったら、犬ばかりでなく何ごとぞ、逸丸《それだま》で姫までを撃ちまいらせた。このうえは申しわけに腹をかき切って、姫君の冥土《めいど》の御供つかまつるばかりだ」

若者はつぶやくよりはやく襟《えり》もとを開いて、いきなり刀尖《きっさき》をわき腹に突き立てようとした時だった。木の間にびゅんと弦音《つるおと》が鳴ったかと思うと、一本の矢が飛んできて、やにわに若者の右手の臂《ひじ》にあたった。はずみに、思わず手に持つ刀を地面にとり落としながら驚いてふりかえると、

「金碗大輔《かなまりだいすけ》、待て、はやまるまいぞ」

と声がかかって出て来たのは、里見《さとみ》治部《じぶ》大輔《たいふ》義実《よしざね》だった。義実はしずかに大輔に歩み寄った。あとにはただ一人、堀内蔵人貞行《ほりうちくらんどさだゆき》だけが守護の形で添っていた。

義実の顔はかくしきれぬ憂色《うれい》につつまれ、すでに伏姫の死を知ったか、亡骸《なきがら》をちらりと見ただけで、いち早くそばに落ちている数珠《じゅず》と遺書《かきおき》へ目をやって、

「蔵人《くらんど》、あれを」

と命じた。貞行ははっと心得て、すぐその二品を拾いあげて義実の手に渡した。義実は数珠を受け取って刀の柄にかけ、まず遺書を開いて読んだ。

その間にも、金碗大輔孝徳《たかのり》はわがしくじりを恥じ入る風情で、額《ひたい》に冷たい汗をながしながら一言もはかず、平伏していた、義実は、姫の容態を今一度そっと調べてから、やおらかたわらの石に腰をおろした。それから語を改めておもむろに言った。

「大輔、珍しい所で会うたな。それにしても、法度《はっと》を犯して山に入るばかりか、見たところ、伏姫と八房を射たは、そちの様子であるが、もとより子細《しさい》のあることであろう。とくと聞いてつかわすゆえ、刃をおさめ、近う寄ってつぶさに話してみい」

こう問われても、大輔孝徳は急には返答もできず、なおしだまったまま、

しばらくは頭を上げえなかった。貞行がそれを見ると、二、三歩そばに進み出ておごそかに言った。

「大輔、御諚《ごじょう》であるぞ。なぜ早《はよ》うお返答申しあげぬのだ。大輔、ためろう時ではないぞ」

「ははっ」

ようやく大輔は頭をもたげた。

「それならば身の非を飾るには似ますれど、お言葉に甘え、ありし一条《ひとくだり》の言上《ごんじょう》つかまつることにいたしましょう」

大輔はそれを語り出した。去年、安西景連《あんざいかげつら》に謀《はか》られて使者の任務を果たしえず、単身のがれて立ち帰ったものの、寸功《すんこう》もなくおめおめ帰参《きさん》は面目《めんぼく》なき次第と思い、祖父の郷里にひそんで帰城の機を待っておるうち、ふと耳にした姫君のお噂、これは未曾有《みぞう》の奇聞《きぶん》であるばかりか、何よりも主家の瑕瑾《かきん》（恥辱）と存じました。よし捨ておきがたいその御災難、八房がいかに猛犬であり霊威《りょうい》があろうとも、姿あるものならば討って討てぬはずはない道理。いで、犬を殺し、姫をお救い申しあげ、帰参の手づるをかなえたいものと、用意《ようい》万端《ばんたん》ととのえてひそかに山にわけ登り、もとむること五、六日、ふと、耳にいたした女の経を読む清らかな声に、さてはと胸おどらせながら近づいたのは今日のたった先ごろでありました。はやく川向こうにわたろうと岸べに降り立つと、はたして姫君のお姿が目にはいった。おおとばかり心勇み、川瀬に足をふみ入れようとしたとたん、八房がこなたの水ぎわさして走り来るのが見えました。こやつ、よせつけてなるものか、と決心し、ねらい定めた二つだまの火蓋《ひぶた》を切ってはなつと、的《まと》はあやまたず、犬は水ぎわに倒れました。しめたと思ってかけつけてみると、なむさん、姫も逸丸《それだま》に撃たれて同じ枕に伏したもうておられた。

「身の薄命とはいいながら、悔《く》いても返らぬ重々の不覚、このうえはせめて冥《めい》土《ど》のお供をつかまつろうと、今は心おきなく死する覚悟のまぎわを、思いがけなくわが君にとどめられ死ぬことさえもできえぬは、みな天罰でございましょう。このうえは、君のお手によって御成敗《ごせいばい》にあずかりとうございます」

「うん、さもあろう」

義実も同じく今の話で、不運の家来の心中を察して、しばらく嗟嘆《さたん》するふうであったが、やがてしずかに答えた。

「大輔、そちはいかにも罪がないとはいえない。だが思えば伏姫の死は天命である、何よりもこの遺書《かきおき》を見るがよい。そちに撃たれずともかならず川の水屑《みくず》となったであろう。蔵人、これを大輔に読んで聞かせてやれ」

「はい、心得ました」

聞くうちに大輔はますます慚愧《ざんき》にたえやらぬふうで、ことに姫の貞節義烈《ていせつぎれつ》のくだりには、ただただ感涙《かんるい》にむせぶばかりだった。

「大輔、どうだわかったか。そちはなんと心得るか知らぬが、わしは姫を無事に連れ戻ろうとして、山に登ったわけではないのだ。このほどから五十子《いさらこ》が姫を愛惜《あいせき》のあまり、姫の安否を知りたいとのたっての願い、そこで登山を決意してついにここに参ったのだ。しかしながら考えてみるがよいぞ」

義実はここで声を改めて言った。

「もしも、犬を殺して伏姫が救えるものならば、なんでこの義実が恥を忍び最愛の娘をすてて、今日までべんべんとそちの手を待っておろうか。賞罰は政《まつりごと》の枢機《すうき》（大切なかなめ）である、これを守らねば一国の主《あるじ》はつとまらぬため、ついに涙をのんで今日に至ったのだ。大輔、そちもこの理《ことわり》はわかろうな」

「はっ」

「また、伏姫の身の上はすべて定包《さだかね》の愛妾《めかけ》玉梓《たまずさ》のたたりが業因《ごういん》となっておると思えるので、いかんともすることができぬ。のみならず、玉梓の首をあくまで刎《は》ねたそちの父八郎孝吉《はちろうたかよし》にもたたりは同じく及んで、あのとおり孝吉はまもなく自害、その子の大輔、そちは今またここで伏姫を撃つという大罪を犯したは、みな因果《いんが》のめぐり合わせだと思わねばなるまいぞ」

「しかしながら」

と、大輔は思わず小膝《こひざ》をすすめて、わが身の不覚はさることながら、権者《ごんじゃ》の示現《じげん》によって姫をとわれた君までが、生きて会えなかったとは合点《がてん》がまいりませぬ、と言うと、義実もうなずいて、それは神ならぬ身の知る由《よし》もないが、禍福《かふく》はあざなえる縄《なわ》のごとしで、山に来なければ姫の節操《せっそう》も八房の菩提心も知れず、姫と犬とが情死《じょうし》したように見られたかもしれなかった。こんな結果になっておまえに姫をめあわせて東条《とうじょう》の城主にすることはできなかったが、これでわが家に霊《りょう》の障害がなくなれば子孫は栄えることになろう、と言った。

「だから、今は誰をとがめ、誰をうらむこともない。それよりも、姫の傷は浅いから、もしかすると仮死《かし》かもしれない」

義実はそう言って、先刻拾いあげた数珠《じゅず》をもとどおり伏姫の襟《えり》にかけ、役《えんの》行者《ぎょうじゃ》の名号《みな》を唱えながら祈ると、やがて伏姫の顔に血色がよみがえって、目をぱちりと開いた。あっと狂喜して貞行と大輔が左右から抱き起こし、

「おお姫君《ひめぎみ》、御正気《ごしょうき》づきなされましたか」

「蔵人貞行でございますぞ」

「大輔にございます」

「おん父君も前にわたらせられますぞ」

と、伏姫は左右を見かえり、この場の様子が目にはいると、両袖《そで》を顔におし当ててさめざめと泣き入った。義実はこのときはじめて近くへ寄って、

「伏姫、はじなくもよい。遺書によっておん身のことも、八房のこともよく知った。八房の死はふびんであるが、大輔の手にかかったのも因縁《いんねん》であろう。それよりも大輔はわしが心で姫の女婿《むこ》にと決めていたのだ、滝田へ帰り、病みおとろえた母をなぐさめてやってくれ」

伏姫はわきかえる涙をいくたびも押しぬぐっていたが、ようやく心をしずめ、

「わらわがもとの身でありますなら、み親のみずからお迎えくださるに、なんでそむきしまょう。いつくしみくださるおん父母のありがたさは身にしみますが、父上のみ心に決めた夫とやら、この期《ご》におよんでお聞きしますことは、わたしにとりましてむごく悲しい話でございます」

無理もないなげきだった。そして、姫はこうも言うのである。わたしはひとりあの世に帰るのが正しい運命《さだめ》でしょう、お止めくださいますな。不孝の上の不孝でも、これが罪障《ざいしょう》ゆえお見すてください。母上様にわびごと頼みます。このような父なくて怪しい子を宿すからは、わたしの疑いも人々の疑いも解くため、これこのとおりおゆるしください。というよりはやく姫は護身刀《まもりがたな》をひきぬ

草花を
伏姫神
伏姫

肚を裂て
伏姫八犬子を
伏姫

いて、女手とも思えぬ力で腹へぐさと突きたて、真《ま》一文字にかき切ったのであった。この時、瘡口《きりぐち》から一朶《いちだ》の白気《はくき》がさっとひらめいたように思えた。その白気は襟にかけた水晶の数珠を包んで、虚空《なかぞら》へのぼったように見えた。いや、のぼったのかどうかは不明だが、数珠はたしかに目の前でふっつりと切れて、一《いっ》百《ぴゃく》は連《つら》ねたままがらりと地上に落ち、八つの珠《たま》のみが宙にとどまって燦然《さんぜん》と光るかに見え、しかもそれが飛びめぐり入り乱れ、赫奕《かくやく》たるありさまは、さながら流るる星のようだった。主従は姫の自刃《じじん》を止めそこなったまま、ただ呆然《ぼうぜん》と眼前の幻想か実相《じっそう》かわからぬままに目をみはり、空を仰いであきれ、「あれよ、あれよ」と言うばかりだった。そのうちにさっと吹きくる山おろしの風に、八つの珠がぐるぐると動いたように見えた。すると今度は霊光《ひかり》を放って一つずつ八方へ音もなく散りうせて行くようだった。あ！ と目をまたたけば、空には何もなく、東の山の端《は》に黄色い夕月のみが大きく一つかかっていて、まばゆいばかりゆらゆらと輝いた。

思い合わせると、このことがあってから数年後、世上に八犬士《はっけんし》という者が出現して、里見の家に寄り集まったといわれた。八個の珠《たま》と八犬士、しからば、この日の出来ごとは、はたしてその兆《きざし》だったのだろうか。さて、姫は腹切った深傷《ふかで》にも屈せず、

「まあうれしいこと、父上様。やっぱりわらわの腹には胎児《はらみご》らしきものはありませんでした。神から授《さず》かった腹帯も、今までの疑念《うたがい》も、ともどもさらりと解けて心にかかる雲もなく、浮世《うきよ》の月があれあそこに。この世のなごりに見のこして、急ぐは西の天《そら》、そこは極楽世界でございましょう。おみちびきくださいませ、弥陀仏《みだぶつ》」

と唱《とな》えるようにつぶやいたが、姫はやがて鮮血《ちしお》にまみれた刀を抜きすてて、そのまま前にはたとうつ伏した。

第十四回　轎《のりもの》を飛《とば》して使女《つかいめ》渓澗《たにがわ》を渉《わたす》　錫《しゃく》を鳴《なら》して、大記《ちゅだい》総《ずたま》を索《たずぬ》

姫の自害を見てたまりかねたのは大輔孝徳《だいすけたかのり》であった。姫の死はあたかもかん

ざしの花が散ったようなあんばいに、一瞬にして四辺が寂しくなった。大輔は気が転動したか、亡骸《なきがら》のそばに落ちていた血刀《ちがたな》を、手ばやくひろい取って、先刻のようにまたもや自分の腹に突き刺そうとした。義実《よしざね》はこれを見ると大声に厳命した。

「こら大輔、自分で死ぬことならぬぞ。大罪ありと申し立てながら、君命《くんめい》を待たずに自害せんとは、返す返すも不所存者《ふこころえもの》である。余《よ》が成敗《せいばい》してつかわす、そこへ直れ！」

義実は刀をひっさげて進み出た。大輔は願うところと、居ずまいを直《ただ》して合掌《がっしょう》し、首をさしのべた。頭の上で白刃がきらりと稲妻のごとく光って、太刀風《たちかぜ》が鳴ったと思うと、首ではなく大輔の髻《もとどり》が根元からぷつりと切れて前に吹っ飛んだ。

「おお、わが君」

ふりかえる大輔。そばで成敗を止めかねていた貞行《さだゆき》も、すでに義実の寛大な処置を知った。仁君《じんくん》の恩愛は、大輔のかわりに髻《もとどり》を切ったのである。家来二人は思わず感激におそれ入った。義実は氷の刃《やいば》を鞘《さや》におさめると、自分もたぎる涙をふりはらいながら言った。

「蔵人《くらんど》、見よ、わが手ずから罪人を刑罰したぞ。山に入る法度《はっと》は主君の設けたおきてだが、その主君のわしもやぶった。大輔ひとりを責めるわけにいかぬ。本日の処置は、一つにはそちが亡父への寸志でもある。そちの名は大輔《だいすけ》、わしも大輔《たいふ》（大夫《たいふ》）とよぶ、主従同字のうえ、主のたたりを受くるとは不憫《ふびん》だ。わが子にもまして可憐《かれん》に思うぞ。あたら若者、埋もれ木となることは残念だが、わしの心を知るなら命をたもち、身を愛し、亡父のため、姫のため、仏につかえ苦行して高僧知識として名をあげたがよい。どうだわかったか」

こう言われて、大輔はかたじけなさに泣くばかりだった。貞行も鼻をかみかみ、言葉をひきとって言った。

「今にはじめぬ君の御仁心《じんしん》、姫君の御最期には、かこち（愚痴がましいこと）もあらせず、家臣の上はかくまでかばいたもう。大輔、おぬしの身にとって守寺《しゅじ》の職、万貫《ばんかん》の祿にもましてありがたいことじゃぞ」

「まことに」

大輔もようやく頭をもたげて答えた。

「不肖《ふしょう》なれど、如是畜生《にょぜちくしょう》さえ菩提《ぼだい》を解したと申します。私も今より日本廻国《かいこく》して、霊山霊社《りょうぜんりょうじゃ》を巡礼して、伏姫君《ふせひめぎみ》の後世《ごせ》をとぶらい、わが君御一同の武運を祈ることにいたしましょう。思いますに姫の御落命も、それがしの出家も、みな八房《やつふさ》ゆえのことなれば、犬という字を二つにわって、今はまだ犬にもおよばぬ無言の大輔ですが、大に点をそえ、、大《ちゅだい》と法名《ほうみょう》をいたしとうございます」

「いや、おもしろかろう。犬の文字で思い出したが、かの犬は、黒白八つの斑《ぶ》点《ち》であったので八房と名づけたのだ。今から思うと、八房の二字は一尸《ひとりのしかばね》八方に至るの義《ぎ》となる。さてさてそう申せば、さきほどの数珠《じゅず》の怪、あだしごとでなくば確かに八つの光明《ひかり》が八方へ散乱したと見た。何事かあるのであろう。ともあれ残りの数珠には凡珠《こまだまひもだま》一百、これを菩提のかどでに、そちに餞別《はなむけ》としてとらす、いざ受けとれ」

「ははっ、何よりもありがたき賜《たま》わり物にございます」

大輔はその残りの数珠を、二度も三度もおしいただいてからこう答えた。

「私はこれより諸国を遍歴いたし、飛び去ったと見る八つの珠の行くえをたずねあて、事実目に見たごとく形あるものなら、一百八《いっぴゃくはち》の数に満たして、再び君のおん前に見参いたしましょう。もしまた、私が年経ても帰参しない時は、なお行くえをさがし、旅より旅と野ざらしの苦行をつづけておるか、それとも飢えたる獣の餌食《えじき》になり山野に果てたものとおぼしめしくだされたく存じます」

さて主従がこんな話をかわしている間に、日はすでに暮れ落ちてしまって、夜もはや初更《しょこう》（戌《いぬ》の刻、八〜九時）になっていた。けれどもその明るさ、月は半輪《はんりん》の雲もなく、昼をあざむくばかりだった。山には万樹の影美しく、谷にはとうとうたる水の音、それに和するかのように松風、鹿《しか》の声、猿《さる》さえも時々なきさけぶのだった。まことに希代の神秘境、こんなところに姫ひとりおわしたのかと、またしても、その話にもどって感嘆せずにはおられなかった。

主従はそこで、姫の亡骸《なきがら》はいったん洞《ほら》の中にはこび入れ、枝を折り焼いて円座《まどい》をつくり、しずかに夜の明けるのを待った。すると夜半《やはん》ごろになって、向こう岸に蕉火《たいまつ》の炎が現われ、がやがやという人声がきこえてきた。貞行はそれを見ると、円座からついと立ち上がって、水ぎわまで走り出て行って大声でどなった。

「そこな蕉火《たいまつ》は、われらを迎えに参った者か」

「さようにござります、滝田の殿への急使にございます」

「しからば、そこをはやく渡れ」

下知《げち》(命令)に応じて蕉火《たいまつ》の勢《ぜい》は瀬を渡ってきた。中に女 輎《おんなのりもの》が一つあって、中から急使の柏田《かえた》という女が出てきて、奥方五十子《いさらこ》の重態を伝えた。

そこへ、また川向こうから別の蕉火《たいまつ》が近づいてきて、これも輎《のりもの》から出てきたのは梭織《さおり》という若い女で、ついに五十子の臨終《りんじゅう》を伝えにきたのであった。

「ああ、ついにこときれたか」

義実は暗然としてつぶやいた。そして、

「五十子の願いであった姫の安否をつたえることが、ついに果たせなんだのは、心のこりであるが、末期《まつご》にあわぬのも、しあわせだったかもしれぬ。よし長らえていたとしても、帰ってなんと告げようぞ。そちたちもあれを見よ」

と洞《ほら》の方を見かえって、姫の亡骸《なきがら》をさし示した。柏田、梭織の両女は、はじめてそれと知っておどろき、月のさしこむ洞の中にかけ入って、姫の亡骸に伏しまろび、

「姫君さま、姫君さま」

と声を立てて泣きぬれるのであった。義実は、そこで大輔と両女らにあとの手配を命じてここに残し、貞行以下の従者とともに、暁《あかつき》かけて山を下った。

次の日、大輔は伏姫を棺《ひつぎ》におさめて洞に葬り、里人はこれを後々まで義烈節《ぎれつせっ》婦《ぷ》（義を守り貞節な女性）の墓ととなえた。また、近くに八房を埋めて犬塚《いぬづか》とよんだ。

山から皆が引き揚げたあと、大輔は円頂黒衣《えんちょうこくえ》(14)に身を改め、ゝ大坊《ちゅだいぼう》と法号《ほうごう》して山にとどまり、伏姫の残した法華経《ほけきょう》を読誦《どくじゅ》すること四十余日、一日一夜も怠《おこた》ることがなかった。一方、滝田の城でも義実の帰城をまって五十子の葬式をとりおこない、仏の供養《くよう》としていろいろの慈悲施行《せぎょう》をした。そして、五十子と伏姫

の四十九日の法事を菩提院《ぼだいいん》でおこなうにあたり、、大坊の迎えを富山にやったが、大輔はもうそこにはいなかった。樵夫《きこり》たちに会って聞いてみると、彼らはこう言った。

「ああ、その法師なら笈《おいかご》を背負うて錫杖《しゃくじょう》をつきながら、今朝がたちょうど山を下って行かっしゃったが」

使いの者はしかたなく滝田へ帰って、この由《よし》を告げたので義実はこれを聞いて大いに嘆賞した。

「やはり大輔は誓ったとおり、六十余カ国の遍歴に旅立ったのであろう。飛び去った八つの珠を元の数珠につなぎとめねば生涯安房《あわ》へは帰らぬと申しておったが、珠の行くえと申してもつかみ所のない話、いつ再会のできることやら、思えばのこりおしいことだ」

ひとり言のように言ったまま、行くえを探すことは断念した。しかしあるいはひょっとして山へ帰ることもないとはいえないと思ったか、翌年伏姫の一周忌をむかえる前に、富山に一宇《いちう》の観音堂を建立《こんりゅう》した。そして伏姫の徳義をしるし、八房のことまでしたためた姫の遺書《かきおき》といっしょに厨子《ずし》の中へおさめた。今も富山にはこの義実建立の観音堂が残っている。さてその後いく年を経たけれど、、大坊大輔《ちゅだいぼう》の音信はいっこうに人々の間につたわらなかった。

巻の三

第十五回　金蓮寺《きんれんじ》に番作讐《ばんさくあだ》を撃《う》つ　拈華庵《ねんげあん》に手束《たつか》客《たびびと》を留《とど》む

後土御門《ごつちみかど》天皇の御宇《ぎょう》（御代《みよ》）、足利義尚《あしかがよしひさ》（室町幕府九代将軍。一四六五―八九年）が将軍であった。年号は寛正《かんしょう》・文明《ぶんめい》のころ（一四六〇―八七年）、武蔵国豊島郡《むさしのくにとしまのこおり》菅菰大塚《すがもおおつか》（今の豊島区）の郷《さと》はずれに大塚番作一戍《おおつかばんさくかずもり》という浪人の武士が住んでいた。

この番作の父は匠作三戍《しょうさくみつもり》という人で、遠くさかのぼって語れば、もう一度かの結城《ゆうき》落城のころにおよばねばならぬ。匠作三戍は鎌倉の管領《かんれい》足利持氏《あしかがもちうじ》の近《きん》習《じゅう》であった。永享十一年（一四三九年）持氏が滅亡のとき、匠作はかいがいしく忠義の家臣たちと計って、持氏の子である春王《しゅんおう》、安王《やすおう》の両公達《きんだち》を守護して鎌倉を逃れ、下野国《しもつけのくに》におもむき、結城氏朝《ゆうきうじとも》に迎えられて主従たちは城内に立籠《たてこも》って寄せ手の大軍をひきうけて守り、防戦三年におよんだ史話はすでに巻頭でのべたとおりである。しかるにこの奮戦もむなしく、嘉吉《かきつ》元年（一四四一年）四月十六日、味方である巌木五郎《いわきのごろう》の反忠《かえりちゅう》によって思いがけなく攻め破られ、氏朝父子はもとより味方の将卒《しょうそつ》も敵中に突き入ってことごとく討死《うちじに》し、春王、安王の二公達は不運にも生け捕られてしまった。

　匠作三戍《しょうさくみつもり》は、このとき、今はこれまでと思ったので、今年十六歳になる一子番作一戍《ばんさくかずもり》を陥落まぎわの陣中に呼びつけて、息せきながら言って聞かせた。

「番作、見るとおりのありさま。いよいよ今生《こんじょう》の別れをつげねばならぬ。そちはまだ部屋住みのことゆえ徒死《いぬじに》すべき身ではない。さきに鎌倉を落ちたおり、そちの母と姉の亀篠《かめざさ》は、わずかな縁故《えんこ》をたよって武蔵国豊島の大塚におもむかせた。おまえはここを逃れてそこへたずねてまいり、父の最期《さいご》の模様をつたえたうえ、母に孝養をつくしてくれよ」

「父上はいかがなされます」

「わしか。さよう、わしはもとより討死の覚悟であるが、やはりいったんは徒《いぬ》死《じに》をさけ、若君《わかぎみ》のあとを追うてまいるつもりである。たとえ捕われのおん身でも柳営《りゅうえい》(15)の御肉親、むざとお命には及ぶまいと思うから、ひそかにすきをうかがって奪いかえす覚悟だ。しかし大廈《たいか》の傾くとき一木《いちぼく》をもて支えがたい（大勢が傾きかけているときは一人の力では支えきれない）という、事ならぬ時は討死して黄泉《よみじ》のお供をするばかりだ」

そう言ってから、これは主君重代《じゅうだい》（先祖から伝わる宝物）の佩刀《はかせ》で村雨《むらさめ》と名づける名刀であるが、おまえに預けると言って手わたした。名刀村雨は、源家《げんけ》の重宝《ちょうほう》であって先君《せんくん》が春王君《しゅんおうぎみ》に譲《ゆず》って護身刀《まもりがたな》としたものであるが、若君《わかぎみ》が捕われたとき、この刀だけが残った。殺気ふくんで抜けば中心《なかご》に露がしたたる、人を切ればしたたりはますます流れて村雨の葉ずえを洗うようだというので、この名が生じたのであった。

「そこでもしもだ、若君が悲境から逃れさせられ、再び世に出らるるようなことがあらば、そちが一番にはせ参じてこの宝刀《みたち》を返しまいらせよ。もしまた若君が討たれたまいし場合は君親《くんしん》の形見であるから、これを主君とも思って厚く菩提《ぼだい》をとぶらわねばならぬ。よいか、わかったな」

「はい、不肖《ふしょう》ながら私は、ほんとうを申せば逃るるをいさぎよしといたしません。しかし、ただ今ここで死地についても名聞《みょうもん》はよきも、君家に益なきことはよくわかりました。父上にも必ず虎口を逃れて後図《こうと》をはかられますよう」

「番作、よくぞ申した。わかってくれてありがたい」

そうと決まれば、大鎧《よろい》の威毛《おどしげ》姿では目だつので、雑兵《ぞうひょう》の革具《かわぐ》足《そく》に着かえて落ち支度《じたく》をすばやくととのえた。

「さあ番作、そちが先に落ちよ。わしは後門《からめて》からぬける。さ、そちは別の木戸へ急げ」

この時おこる矢声《やごえ》、剣戟《けんげき》、敵軍がさらに攻め入って来た様子だった。城兵《じょうひょう》はかけむかって討つ者、討たるる者、名もなき葉武者《はむしゃ》（雑兵）は風に散るごとく、塀をのり越え、堀をわたって血路をもとめていずこへともなく、ちりぢりに逃げうせた。大塚匠作と番作の父子も、この混乱に乗じてかろうじて城中を逃れ出た。血路はもとより別々であったから、見返ってもお互いの姿は影さえわからず、まったく両者は離ればなれとなってしまった。

これは、この本の第一集に書いた結城《ゆうき》合戦落城のとき、里見《さとみ》季基《すえもと》が遺訓《いくん》をたれて嫡男義実《ちゃくなんよしざね》を落としたのと、ちょうど同日のことであった。一方は義に立つ知勇の大将、これは忠誠に徹した譜代の家臣、身分に上下の差はついても心は符節《ふせつ》（割り符）を合わせたように同じだった。さて、父と別れ別れに城内を逃れ出た大塚番作は、いきなり袖号《そでじるし》をもぎとり、髪の形を変え、そのまま両公達《きんだち》の監禁場所へ近づいてこっそりうかがった。これは父匠作の消息をそれとなく見届けたかったからでもあろうが、若い忠誠の血はおめおめと逃げ去れなかったのだ。一方、父匠作ははじめから若君救出が目的であるから、むろん敵中にまぎれ込んでいた。すると五月十日、戦乱のおさまるのを待って、管領清方《かんれいきよかた》の従臣長尾因幡介《ながおいなばのすけ》を警固使とし、信濃介政康《しなののすけまさやす》を副使にくわえて、捕われの両公達はみすぼらしい牢輿《ろうごし》に乗せられて、京都へ護送されることになった。

匠作はこの時、いつか副使政康の従卒となりすましていた。しかし、道中で両公達を奪い返そうにも、周囲は二百余騎の大勢で四方八方を固めているから、なかなかそんな油断は見つからなかった。五宿六宿と旅路をかさね、同じ月の十六日、青野原《あおのがはら》を過ぎたころ、京都将軍から使者があって、両公達を今さら京へ入れてもせんない、途中で切って首級《しるし》をとどけよとの内命が下った。警固の長尾らはさらばとかしこまって、美濃路《みのじ》の樽井《たるい》の道場金蓮寺《きんれんじ》に牢輿《ろうごし》をかつぎこんで切ることになった。おりから夜であったが、急造の矢来《やらい》をとりめぐらし、矢来の四面には炎々と篝火《かがりび》をもやした。春王、安王の両公達を敷革《しきがわ》の上にすわらせ、同寺の住持が戒師《かいし》として立ち会い、形のごとく数珠をもみならして十念《じゅうねん》を授けた。(16) いよいよこれが最後と知っても、さすがに両公達は悪びれた様子も見せなかった。春王は安王の方をかえりみて言った。

「かねて、こうあろうかと思ったとおりになった。囚《とら》われの身ゆえ、せんない、心やすらかにな、安王」

「はい、覚悟はついております兄上」

「落城で討死した将卒の初月忌《しょがつき》に死すると思えば、せめてもの罪滅ぼしだ」

「浄土《じょうど》とやらは父上母君のまします所とか、私は道をよく知りませぬゆえ、兄上ともども、はぐれぬよう、どうか引きつれて行ってください」

「ああよいとも、いっしょに行こう」

はや手を合わせ、目を閉じるのだった。このありさまを見て、なみいる武将や雑兵どもまで、そっと鼻をかみ鎧《よろい》の袖《そで》を涙にぬらした。長尾の老党牡蠣崎小二郎《かきざきこじろう》、錦織頓二《にしごりとんじ》、これがこの夜の切り役と見えて、切柄《きりつか》を掛けた刀をさげてうしろに進み出た。さっきから雑兵《ぞうひょう》の中にまじって、始終の様子を見とどけていた匠作三戍《しょうさくみつもり》は、じだんだふむ思いで涙を泉のごとく振り落としたが、この場に至ってはいかに鬼神であっても、もはや助けるすべはなかった。

「なまじここで飛び出しても、いたずらに境内《けいだい》を騒がせ、かえって若君の御最期をけがすばかり。老腹を切ってお供をする前に、せめて当座の仇《あだ》である警固の長尾を討って死ぬるとしよう。おおそうだ」

と決心した匠作は長尾をねらったが、そこへ近づくこともできなかったので、それなら首切り役の牡蠣崎、錦織でも主君を害する恨みは同じことと心にきめた時、人垣の中で矢声が聞こえ、きらりと白く刃《やいば》が光って、両公達の首はすでに下に落ちた様子。匠作はすわやと、警護のかこみを破っておどり入り、まっしぐらにかけ寄った。

「若君のお傅《もり》やく大塚匠作三戌なり、恨みの太刀《たち》うけよ」

怒気《どき》天をつく名のりとともに、二尺九寸（約八十八センチ）の大業物《おおわざもの》を抜く手も見せず、錦織頓二の肩先から乳の下まで、はっしずんと切りおろした。ちょうど並んで立っていた牡蠣崎小二郎は大いに驚き、持った血刀《ちがたな》でとっさにさっと匠作の右腕を切り落とし、匠作が思わずひるむをさらに一歩たたみこんで老いの首をばっさと打ち落とした。瞬間、誰か飛鳥《ひちょう》のごとく飛びこんで、あっという間に両公達の首をひっさらい、匠作の首までいっしょにつかみ上げ、頭髻《たぶさ》

（もとどり）を口にくわえて、片手なぐりに腰刀、抜きうちざまに牡蠣崎を唐竹《からたけ》割《わ》りに切りすて、そのままさっと身を翻《ひるがえ》して逃げて行く者があった。そして、すでに遠くの方から、逃げ行く者の名乗りの声が打ち返してきた。

「仇討《かたきう》ったり、われは大塚匠作の一子番作一戍《ばんさくかずもり》なり、当年十六歳」

「おお、さては結城の残党よな、小わっぱ逃がすな、者ども、それきゃつを生《い》け捕《ど》れ」

長尾因幡介《ながおいなばのすけ》は声をはげまして下知《げち》した。士卒《しそつ》ははじめてわれに返って、番作のあとを追った。だが番作の手にしたのは、かの村雨《むらさめ》の名刀であったから、その太刀風に士卒どもは草の伏すごとく切り払われ、一同思わずたじろぐところへ、時あたかも蕉火篝火《たいまつかがりび》ももえつくし、月さえ皐月《さつき》の雨雲たれさがって、眼前三尺もわからぬ暗夜となってしまったから、とうとうこの年少のくせものを取り逃がしてしまった。

春王《しゅんおう》、安王《やすおう》の首を奪われた警護役因幡介は面目《めんぼく》を失ったが、しかたがないので、京へ使者を派《つかわ》して室町将軍へこのむねを訴えて、成敗《せいばい》を仰いだ。すると、因幡介の今までの軍功にめんじて、このたびは罪せず、今後とも残党をよろしく詮索《せんさく》せよという寛大なもので、長尾の主従はほっとした。

さて、こっちは大塚番作《おおつかばんさく》だった。血路《みち》をひらいて金蓮寺《きんれんじ》をのがれると、東の方角さして山路をたどった。そして十七日の夕方には夜長嶽《よながだけ》の麓《ふもと》に出た。樽井《たるい》から三十里（約百二十キロ）ほども離れているから、追手《おって》はかかるまいと思うと、急に疲れを覚えた。けれども君父の首を携《たずさ》えているので、勇気をふるい起こして嶮阻《けんそ》な山腹絶壁《さんぷくぜっぺき》をふみわけて、やっと孤家《ひとつや》を見つけたが、それは幸いなことに田舎寺《いなかでら》であった。

「ああ、お寺とはありがたい」

月の明かりで見ると持仏堂《じぶつどう》と思える軒《のき》に、ひのきの輪板《まるいた》に「拈華庵《ねんげあん》」の三字を書いた額《がく》がかかっていた。番作はまず裏手の墓地へ行って、新仏と思えるあたりのやわらかい土を掘って、三つの首を埋めた。しばらくぬかずいて合掌《がっしょう》してから、庫裏《くり》（住職らの住む所）の方へとってかえして表から戸をたたいた。

「ご庵主《あんしゅ》へ申します、私は山路《やまじ》に日暮れて飢えつかれた旅人です、なにとぞ一夜の宿をおゆるしにあずかりたい」

　言いながら戸をおしあけてのぞくと、中には思いもかけぬ一人の乙女《おとめ》が行燈《あんどん》の前にぽつねんと人待ち顔にすわっていた。年は十六ぐらいか、鄙《ひな》（田舎）にはまれな美しく愛らしい容姿《すがたかたち》だった。番作は中へはいったものの思わずあきれると、向こうの乙女も驚いて立ち上がり奥へはいろうとした。

「もし、お待ちください、それがしは、けっして夜盗のたぐいではござらぬゆえ御安心ください。ただ今三十里さきで親の仇《かたき》を討ち果たして、ようやくこれへ逃れてまいった者。大事をなしたあと、一食も口にせず飢えはてました。一椀《わん》の飯《いい》をおめぐみあずかりたい」

　番作は一礼して、言った。乙女は行燈の火口《ほくち》をこっちに向けて、じっと見なおした。

「はい、そうしてさしあげたいのですが、庵主はただ今留守中、わたくしは寺の者ではありませぬゆえ、ひとりでは取《と》り計《はか》らいかねますので」

「では、そなた一人でござるのか」

「はい、日のあるうち亡親《なきおや》の墓参りに来ましたところ、庵主の法師《ほうし》に呼びとめられ、ちょっと留守居たのむと言われ、しかたなくただ今までつい長居となりましたが、庵主はいっこうに帰らず困りはて、今か今かと待っているところでございます」

「ああ、さようか。しかし人を救うは出家の本領です、留守居のはからいで飯《いい》をめぐんでも、よもやとがめられるとは思われぬ。万一おん身がしかられたら、私があやまります」

乙女もいなみがたく、麻布《あさぶ》巾《きん》のかかった飯道具をはこんで来た。食べおわって人ごこちがついたので、改めて礼をのべた。乙女は、しずかに飯道具を片づけてから言った。

「飢えをお救いしたうえからは、どうかここより早くお立ちいでください」

「これ、これをご覧あれ」

番作は袖《そで》をまくって、腕の刀傷を見せた。このような怪我人がたとえ同じ寺に伏したとて、疑われるはずもあるまい。飢えが治ったらいっそう疲れて一歩も前に出られぬここちとなった。夏の夜のことゆえ短く、暁《あかつき》も早かろうから、まげて一宿をゆるしてくれと頼んだ。乙女は当惑の様子であったが、またもいなみがたく、それなら本堂へ行って仏壇の前の敷莫蓙《しきござ》の上でなりと寝てくれと言った。

「かたじけない。わがまま、おゆるしくだされたい」

番作は言われたとおり、隣合わせの持仏堂《じぶつどう》へと寝に行った。

第十六回　白刃《はくじん》の下《もと》に鸞鳳良縁《らんほうりょうえん》を結ぶ　天女《てんにょ》の廟《やしろ》に夫妻一子《いっし》を祈る

番作《ばんさく》は持仏堂《じぶつどう》で寝《ね》についたが、疲れているわりあいに傷のいたみが激しく、なかなか眠れなかった。そのうちさすがにとろとろと、しばしまどろんだようであったが、ふとまた人声がするのに目がさめ、聞くともなく耳をそばだてた。どうやら一方は年老いた男の声で、相手はさっきの乙女《おとめ》らしかった。乙女はもう泣き声になっていて、衆生済度《しゅじょうさいど》の仏につかえる御住職が、法衣《ころも》の手前を恥じもせずそのような無態《むたい》なこと、殺すなどとは情けないと、しきりと嘆き騒いでいるのだった。

番作はそれを聞いてさては庵主《あんしゅ》が帰って来たのか、察するところ、その庵主は希代《きだい》の悪僧で乙女を妻として寺に泊めた旅人を殺して金品を奪いとり、それを日ごろのかせぎとする盗賊にちがいない。今の騒ぎもどうやら自分を殺そうとしているのだろう。よし、それなら、先んずれば人を制す、こっちから飛び出してひと泡吹かしてやろうと決心した。そこで番作は刀をおっとり、庵主と乙女の争うている面前へさっと踏みこんだ。

「こら、山賊ばら、誰がおめおめ汝《なんじ》らに殺されようか、こちらから成敗《せいばい》してくれるぞ」

「あっ、こいつ」

悪僧は大いに驚いて向きなおった。そして手に持った菜刀《ながたな》をひらめかして、やにわに切りつけて来た。四十あまりの年配で、案のごとく十分害心《がいしん》のあることがわかったから、番作も身をかわし、足を飛ばして相手の腰眼《いのめ》のあたりをど

ん と蹴《け》った。このため悪僧は前に泳ぎ、やっと踏みとどまると、さらに体を立て直して突っかかってきた。番作はそれを左右に流しておいて、菜刀をたたきおとし、逃げようとする悪僧のうしろから、その菜刀をひろって、

「天罰おもい知れ」

と一撃あびせると、悪僧はあっとさけんで倒れ、二、三度身もだえすると、そのまま絶命してしまった。乙女は、逃げも得ず片すみにうち伏していたので、番作は思わず目を怒らしてにらみつけた。

「さてさて悪夫婦、そちには宵《よい》のうち一椀《わん》の恩があり、また悪僧の害心をどうやらとどめたものと思えるのは殊勝でもあるが、これまでこの手でたくさんの旅人を殺したのであろう」

「いえいえ、わたくしはここの妻などではありませぬ。これが身の素姓《すじょう》でございます。これを見て疑いを晴らしてくださいまし」

「なんだと、身の素姓」

番作は目をおとして見た。それは書式名《な》印《いん》までれっきとした武士の遺書《かきおき》と見

うけられるものだった。

「なるほど、ではわけを聞こう」

「はい」

乙女はほっとして身の素姓を語った。今は隠すに由《よし》なきゆえ打ち明けますが、私は御坂《みさか》の住人井丹三直秀《いのたんぞうなおひで》の娘で、名を手束《たつか》と申す者。父直秀は鎌倉殿（持氏のこと）に恩顧をこうむった武士でしたから、持氏《もちうじ》さま滅亡の時、両公達《きんだち》が結《ゆう》城《き》の城へ立籠《たてこも》らせらるると聞くと、御坂からわずかの手勢をひきいてはせ参じました。合戦年《とし》をかさね、ついに結城の城が落ちました時、名ある人々とともに父も同じく討死《うちじに》しました。この遺書は、落城の朝、老僕にもたせて御坂へ届けてくだされたもの。敗戦の臣として、召使どもも皆ちりぢりに去り、母もこの月の十一日に、私をのこしてこの土地で病没いたしました。きのうは父の初《しょ》月忌《がっき》、きょうは母の初七日《しょなぬか》ゆえ、布施《ふせ》をもって寺参りいたしたのが災難のもと、ここの庵主《あんしゅ》にたばかられて留守居番が長びき、夜中に帰った庵主に、無態の恋《れん》慕《ぼ》をしかけられ、こばめば殺すと手ごめに迫ったまぎわ、あなた様が踏み入ってくだされたのでございます、と乙女は涙もろともさめざめと語るのであった。

「や、井丹三直秀《いのたんぞうなおひで》どのなら、わしも名を聞き知っている、おぬしはその息女《むすめ》だったのか。いや、それなら申すまでもなく同門同臣」

そこで番作も名を告げると、相手の乙女手束《たつか》は驚いて、さっきの遺書《かきおき》を再び開いて文言の端々をさししめした。それには、結城籠城《ゆうきろうじょう》中のある日のこと、番作の父と手束の父とが、若君の武運がめでたくひらけた暁《あかつき》には、われに一人の女児があるから、おぬしの子息《しそく》の嫁《よめ》にまいらせせんと、口約束をかわしたと書いた一節であった。

「危なかった」

「ほんに、これもみんな、親のみちびきでございましょう。そう申せばあなた様が、宵《よい》のうち三つの頭顱《みぐし》をお埋めなされた新仏《あらぼとけ》の場所は、わたくしの母を葬った墓地でございますもの」

聞いて番作もつくづく感嘆した。はからずも両家の舅《しゅうと》姑《しゅうとめ》が塚をならべて両公達《きんだち》の遺骨を守るかたちとなったうえ、自分たち二人、いわば婚約同士がこうやってめぐり会ったのは、たしかに親の霊がみちびいてくれたと思うよりほかに考えられない奇遇《きぐう》であった。

「このうえは、とにかくそなたといっしょに世を忍ぶことにいたそう。婚姻の儀は、親の喪《も》をおわってからでも、ゆるりと相談して」

「はい、わたくしもそう思います。悪僧を討ちましたからは、もはやこの土地にはとどまれますまい。信濃《しなの》(今の長野県)の筑摩《ちくま》は、わたくしの母かたのゆかりのある土地、そこは幸い温泉《いでゆ》がわき、刀瘡《きりきず》に効があると聞きますから、そこへ参ることにしましたら」

「よかろう。では、当座の落ちつき場所としてそこを選ぶことにいたそう」

二人は夜の明けきらぬうちにと、拈華庵《ねんげあん》をいそいで立ち出でた。五、六町も行って、ふと何げなくふりかえると、今の庵寺のあたりがぽっと赤く火の手が燃えあがっているように見えた。手束は思わず顔色をかえた。すると番作は、

「いや驚かんでもよい、心あってわしのやったことだ。あのような悪僧の巣となったからには、残しておいてはいよいよ山賊の集合所《すみか》となるだけの話。聖火

をもって法師を火葬とし、悪魂《あっこん》もろとも灰燼《かいじん》にしたのは、いわばわが老婆心《ろうばしん》だ。もしも将来志を得たなら、あそこへ伽藍《がらん》を建立《こんりゅう》して君父の墓所をまつるつもりだ」

二人は道を急いでこの土地を去り、やがて信濃の筑摩に到着した。ここで湯治《とうじ》したので番作のきずはいえたけれど、腓《こむら》（ふくらはぎ）の筋がつまったものか、ついに歩行の自由を欠くにいたった。このため、ここに長くとどまることとなって嘉吉《かきつ》二年（一四四二年）、二人はすでに祝言《しゅうげん》して夫婦になっていたが、番作の健康がすぐれないので生計《せいけい》はますます困難となり、わずかに手束の織りつむぐ麻衣《あさぎぬ》のかせぎで細々ながら煙をたてるありさまだった。ここに来たとき落武者《おちむしゃ》の身をはばかって、名まえは大塚に一点を加えて犬塚《いぬづか》番作と名乗っていた。

ところがある日、温泉客の語る鎌倉の風聞《ふうぶん》をふと耳にし、たいへんな吉報を知った。それは春王《しゅんおう》、安王《やすおう》の弟である永寿王成氏朝臣《えいじゅおうなりうじあそん》が、長尾昌賢《ながおまさかた》のはからいで鎌倉の武将として返り咲いて、近ごろ戦死した旧家臣の子どもらを忍びさきから召し出しているという話だった。

「手東、そういうことなら、ともかくも武蔵《むさし》(今の埼玉県と東京都)へ行こう」と番作は矢もたてもたまらず言い出した。結城落城の日、父匠作《しょうさく》から自領である武蔵の大塚に母と姉亀篠《かめざさ》を行かせてあるから、そこへたずねて参れと言われていた。今までののびのびとなっていたのだが、ちょうどよいおりである、これから出かけて行き、鎌倉へまかり出て、春王丸のおんかたみである村雨《むらさめ》の一刀を成氏朝臣に献上しよう。同時に父匠作と手東の父井直秀《いのなおひで》の忠死のおもむきをつげて、わが身のことは主君にお任せすることにしよう、番作はそう決心をかためた。

夫婦はさっそく旅立ちの用意にとりかかり、世話になった里人《さとびと》たちに別れのあいさつをして、信濃路《しなのじ》を発足した。番作は杖《つえ》を力に女房手東に助けられつつ、毎日せいぜい三、四里(約十二キロから十六キロ)、八月はじめに旅に出て十月の末にやっと故郷《ふるさと》の近く白屋《くさのや》という所に到着した。まずそれとなく老人に話しかけて、大塚匠作のあとを守る妻と娘の様子を尋ねてみた。

「ああ、そこの母親なら、二年か三年か前にもうとっくに亡《な》くなったよ。なんでも娘さんは前妻の子だちゅうことだが、あんまり看病《みとり》もしなかったそうだ」

「それで娘は今はどうしております」

「婿《むこ》ちゅうだか旦那《だんな》ちゅうだか、この土地で、ならず者で名の通った弥々《やや》山蟇《やまひき》六《ろく》という男と夫婦《めおと》になっているだよ」

なおいろいろ尋ねてみると、蟇六《ひきろく》は今は大塚姓を名乗って同家の主人におさまり、女房になった異母《はらちがい》の姉亀篠《かめざさ》は、これもまた評判の淫奔《いんぽん》娘であることがわかった。あまつさえ蟇六はすでに鎌倉管領《かんれい》に家柄の由緒《ゆいしょ》を届け出たので、八町《はっちょう》四《し》反《たん》の荘園をたまわり、帯刀御免《たいとうごめん》の村長《むらおさ》としてたいそうな羽振《はぶ》りをきかせているという事情が判明、わざわざ遠い故郷へ帰ってきた番作は、すっかり失望してしまった。

番作は気を引き立てて知人をたずね、右のあらましを告げたところ、たちまち村人の同情が集まって皆が親身《しんみ》になって世話をしてくれた。もともとこの村は大塚の采地《りょうぶん》だから、いわば姉婿《あねむこ》の蟇六に横領されたも同然、村人は大いに憤慨して空家《あきや》をさがしてくれたり、田畑を買い求めて与えたり、旧主のために至れり尽くせりであった。足蹇《あしなえ》て不自由な番作も、はじめて渡る世間に鬼ばかりでないことを知った。そこで勇気を奮い起こして自分は村の子供らに読み書きを教え、手束は里の女たちに絮《わた》をつみ、衣《きぬ》を縫《ぬ》うわざを授けて、里人《さとびと》の恩に報《むく》いたから、村じゅうは大喜びであった。

時あたかも嘉吉《かきつ》三年（一四四三年）だった。嘉吉三年といえば、安房《あわ》で去年は里見《さとみ》家に伏姫《ふせひめ》が生まれ、今年は義成《よしなり》が誕生した年に当たるのである。

さて蟇六、亀篠の夫婦は、大塚家の一子番作が帰郷して、里人に尊敬されているのを知って、はたと驚いた。何しろ正統の後嗣《あとつぎ》が突然現われたのだから、いつたずねてくるかと思って不安でたまらなかった。けれど番作の方からはいっこうにやってくる気配がないので、亀篠は使者を立てて言わせた。

「番作どの、たずねて来ないとは無礼《ぶれい》ではありませぬか。わらわは母の遺言《ゆいごん》で蟇六どのを後嗣《あとめ》にして家を興《おこ》したのです。そなたは戦場をのがれ、ほとぼりのさめたころ、女を携《たずさ》えて帰って来たとて、どこに大きな顔をする理由がありますか」

「じつは遠慮していたのだ」

と番作は答えた。自分は戦場から逃れたわけではなく、君父《くんぷ》の首級《しるし》を奪って手厚く葬ったあげく、筑摩の湯場で保養が長引き、ようやく自領に帰って来たのである。

「もし正式に、姉夫婦の宅をたずねるとなると、わしには春王君《しゅんおうぎみ》のおん佩刀《はかせ》、村雨《むらさめ》の一腰《ひとこし》をあずかってここに持っているから、鎌倉へ訴え奉《たてまつ》れば、黒白は明瞭、姉上の不幸を招くことになろうと思って、わざとたずねてまいらぬのだと、帰って亀篠殿におつたえくだされたい」

この返答には、蟇六も、毛を吹いて疵《きず》を求める（余計なあら探しで損をする）不利を知ってか、引っ込んでしまった。

月日のたつのは早いもので、こんなふうに、骨肉相争う《こつにくあいあらそ》対立のまま、いつか十年の春秋が経過した。ちょうど、享徳《きょうとく》三年（一四五四年）十二月、鎌倉では成氏朝臣《なりうじあそん》が、亡父《ぼうふ》の怨敵《おんてき》である管領憲忠《かんれいのりただ》を謀殺して、これがきっかけで、東国は再び乱れ、翌年の康正《こうせい》元年（義実《よしざね》籠城、安西景連《あんざいかげつら》滅亡の年である）には、成氏の軍が敗れ、憲忠の弟房顕《ふさあき》、その臣長尾《ながお》昌賢《まさかた》のために、鎌倉をおい落とされ、下総《しもうさ》（今の千葉県北部）の滸我《こが》の城にたて籠《こも》った。かくして合戦はまたまた数年に及んだ。こういうありさまをながめて、番作は世の行く末をつくづくと考えた。

「手束、幸不幸は戦国の習い、君は臣に討たれ、冠履《かんり》（上下）所《ところ》を異《こと》にする澆季《よのなか》を見ては、わしたちが不運だなどと思ったのはまちがいだった」

「ほんとに、今の境涯を考えますと、不運どころではございません」

「しかし、子のないのが寂しい。人間は自分一代だけで足るものではない。後嗣《あとめ》のないことが一番の薄命と申せはすまいか」

手束もうなだれてしまった。まったく子がないのではなく、この十四、五年の間に、男児《おとこのこ》三人も生まれたのだけれど、一人も育たなかった。夫婦は同庚《おなじとし》の三十歳、そろそろ子宝《こだから》を断念しなければならない年齢だった。しばらくすると手束が顔をあげて言った。

「あなた、いいことがございます。滝の川の弁才天《べんざいてん》にお参りしてみましょう。霊顕《ごりやく》がございます由《よし》ですから、わたしは明日から一心に祈ってみたいと思います」

「そうか。うんよかろう」

それから手束の参詣《さんけい》がはじまった。今年、長禄《ちょうろく》元年（一四五七年）の秋から（この年は、伏姫《ふせひめ》が八房《やつふさ》に伴われて、富山《とやま》の奥へはいった年である）三年の間、一日もおこたらず日参して、ちょうど長禄三年（伏姫の自殺した翌年）九月二十日すぎだった。手束はどうやら刻《とき》をとり違えたらしく、明け残る月影を、東が白みかかったと思って、急いで家を出た。例のごとく、滝の川の社《やしろ》に参詣して帰ろうとしても、まだ夜は明け放れなかった。

「おや、これはまあ、そそっかしい。まだ明け方ではなかったとみえる」

ひとりごとを言いながら、通り慣れた道を稲葉の露《つゆ》をかき払って行くと、田の畔《あぜ》に捨犬《すていぬ》が一匹、尾をふって手束の裾《すそ》にまつわりついて来た。背の黒い腹の白い、かわいい子犬である。手束が追い返そうとしても、なおも慕《した》ってついてくる。もてあまして、行きつ戻りつ、とうとう立ちどまってしまった。

「犬はたくさん子を生み、皆よく育つので、赤子《あかご》の枕べに狗張子《いぬはりこ》を置く(17)というから、縁起がよい。いっそ拾って帰ろうかしら」

と、子犬を抱き上げようとしたとたん、手束は何かはっと光るものを感じて、思わず南のかたを仰いだ。そこには靉靆《あいたい》（雲がたなびき暗いさま）と紫の雲がたなびいていて、よく見ると、その中に人影があった。しかもそれはうつくしい一人の山媛《やまひめ》で、黒白斑《まだら》毛な老犬に腰うちかけ、左手《ゆんで》にあまたの珠《たま》を持っている姿だった。まあ、とあっけにとられた時、山媛は右手で手束を招くと、一つの珠を投げ与えようとする様子だから、手束はいそいで自分の方から手を差しのべて受け取ろうとした。けれど、あいにく珠は掌《てのひら》をすべって、指の股《また》から下へもれて落ち、ころころと子犬のそばに転がった。

「まあ、なんとしたことでしょう」

　子犬の足もとを、ここかしこと、捜してみたけれど珠はどこにも見当たらない。はてふしぎと思って、頭をあげて霊雲《れいうん》のあったあたりを見返ると、そこに

怨を報ひて番作君父の首級をかくす
大塚番作

たつか
庚申塚に手束神女に賜を

はもう雲も神女《しんにょ》の姿もあとかたもなく消えうせていた。そこで、手束は、その子犬を拾って、夢中で家に帰って来て、夫番作にこの出来ごとを告げた。

「もしかしたら、あの珠は神の授《さず》けた子胤《こだね》だったかもしれませんのに」

「いや、聞けばその子犬の足もとに珠がころがったというではないか、そなたが子犬を連れ帰ったからは、子宝の念願成就《じょうじゅ》は疑いない」

その番作の言葉のとおり、手束はまもなく身重となって、寛正《かんせい》元年（一四六〇年）の秋七月《ふつき》、戊戌《つちのえいぬ》の日に男児《おのこご》を安産した。この一子は犬塚信乃《いぬづかしの》と呼び、後に八犬士《はっけんし》の一人として名高い士《さむらい》となった。

巻の四

第十七回　妬忌《とき》を逞《たくましゅう》して蟇六螟蛉《ひきろくひとのこ》をやしなう　孝心《こうしん》を固《かとう》して信乃瀑布《しのたき》に禊《はらい》す

番作《ばんさく》の子に信乃《しの》という名をつけたいわれは、手束《たつか》の考えついたことであった。世に子を息災《そくさい》にそだてるには、男児《おのこご》ならば女《め》の子とし、女の子には男名《おとこな》をつけるとよいとの慣《な》らわしがあるから、⒅そこで古語《こご》にも、長きをしのという、ヽヽ信《しな》濃路《のじ》で夫婦になったのだし、また、子が出世して信濃の守護《しゅご》にでもなってほしい親心をもこめて、そう決めたのであった。だから手束は、この日から信乃の衣装はいっさい女服《おんなもの》にして、嬢《ひめ》よ嬢よと育てた。蟇六《ひきろく》、亀篠《かめざさ》の夫婦はこれをあざ笑って、

「へん、腐《くさ》れ武士めが。結城《ゆうき》合戦の逃げ武者だけあって、いくさが怖《こわ》うてたまらぬのだろう」

とののしった。しかし、亀篠は淫婦《いんぷ》の常として石女《うまずめ》だったから四十になっても子がなく、番作がうらやましく、ねたましく、ついに自分たちも養女を迎えることに相談一決した。

そこで練馬《ねりま》の家臣（武州練馬氏は、豊島左衛門《としまさえもん》の一族で練馬平左衛門といった）某《なにがし》という者の女児《むすめ》で今年二歳になるのをもらった。これは親の忌《い》む俗にいう四十二の二つの子だったから、生涯交際を絶つ約束で、向こうから永楽銭《えいらくせん》七貫文《かんもん》を添えてくれた。さてわが子となってみると、もの珍しく、蟇六夫婦は品物のように明け暮れ抱きあげ、なでまわし、菓子よ玩具《おもちゃ》よとたわいなくかわいがった。

ことに亀篠は、子供の顔や頤《おとがい》を突ついてみたり、足の爪先まで引き伸ばし打ち返して見て、からからと笑い出した。

「あなた、これは掘出し物ですよ、ほれ三十二相ちゃんとそろっているから感心。今に番作の子供なんか見返してやりましょうよ」

「そうだとも、負けてなるものか。金に飽かさず着飾らして、番作ばかりか世間の目をあっといわせてやろうわい」

夫婦の気持は同じだった。養女の名は浜路《はまじ》とつけ、その日から分《ぶん》に過ぎた綺羅《きら》をかざらせた。今日は遊山《ゆさん》、明日《あす》は物詣《ものもう》でというぐあいで、道々は下女に抱かせ、小者《こもの》に先払いをさせ、四十女の亀篠まで鎌倉様《よう》の衣装をかさね、月のうちにいくたびも出あるく日がつづいた。浜路が育って髪置紐解《かみおきひもとき》という年頃には、身丈《みのたけ》に十倍もあるほどの美服をきせて、屈強の男衆の肩に乗せて氏神詣《うじがみもう》でをしたりして里人《さとびと》を驚かせた。いよいよ浜路が成長すると、糸竹のわざや、舞踊《まいおどり》などを朝な夕なに仕込んだので、天性の美が磨《みが》かれて見ちがえるばかりの美人となった。

さて、こっちは犬塚番作の一子信乃《しの》だった。これも成長してはや九歳《ここのつ》、けれど骨たくましく膂力《ちから》があって、一見十一、二歳ぐらいに見えた。相変わらず女衣服《きもの》をきせられたままであったが、遊びごとは雀小弓《すずめ》(19)に紙鳶《いかのぼり》、印地《いんじ》打《うち》(20)に竹馬《たけうま》などで、おのずから武芸を好んだ。これは番作も大きに喜んで、こころみに儒書軍記《じゅしょぐんき》から、剣術拳法《やわら》など教えてみたところ、たちまちいずれも進境いちじるしく、親の番作も舌を巻くくらいになった。近ごろは、乗馬に興味を持ったが、田舎のこととて、小荷駄《こにだ》の馬よりなく、これには当惑した様子であった。そのうち、信乃はふと思いついた。それは母手束《たつか》が、いつか岩屋詣《いわやもう》での帰途、つれてかえった例の犬の子。今は十歳となり、背《そびら》は墨より黒く、腹と四足は雪より白く、馬なら驓《よつしろ》(21)というところだろう。それゆえ、名は四白《よしろ》、いつか与四郎と呼んだ。信乃はこの犬の背にまたがってみると、与四郎《よしろう》も心得て、馬のように走った。そこで手綱《たづな》をむすび、鞍《くら》まで置いて、とうとう騎馬の御法《ぎょほう》をおぼえてしまった。

　ところが、その年の秋、手束はふと病の床に臥《ふ》し、冬の初めになっていっそう衰弱がはなはだしかった。番作の心配はもちろん、信乃は十歳にも足らぬ子供だのに、医師への薬もらいから、薬湯《やくとう》の世話、慰めの言葉、腰までさすって、かいがいしく看病をした。ある日、信乃が薬取りに出かけて行った後、番作が枕頭《まくらもと》で小鍋《こなべ》の粥《かゆ》の塩加減をしていると、手束がそれを見て頭を少しもたげて言った。

「ほんとうにすみません。あなたに竈働《かまどばたら》きさせるなど心苦しくてたまりません。それに信乃の殊勝《しゅしょう》さ、朝夕わたしはどんなにうれしく思っておりましょう。けれど今度の病気ばかりは、しょせん平癒《へいゆ》はおぼつかないと思います」

ばならぬ」

「何を申すのだ。病は気からというではないか、おまえがしっかりしてくれねば困る」

「はい。ですけれど、わたしには病気の原因《もと》がわかっておりますので、それをお打ち明けいたしたいと思います。わたしは信乃の息災《そくさい》を願うため、母の命に換《か》えて子供を護《まも》らせたまえと、滝の川の岩屋の神に、日ごろから、願掛《がんか》けいたしました。そのためかどうか、信乃は御承知のとおり襁褓《むつき》のうちから疳気《むしけ》もなく、怪我もなく、七歳《ななつ》の峠も越えて、もう十歳近く、ここでわたしが死ねば、信乃の行くすえ大吉の念願が成就《じょうじゅ》したも同然でございます」

「そうであったか。しかし、願掛けは親心として無理もないが、そのための病気とは考え過ぎであろう。もしも、わが子の命が換えられるなら、世に子をうしなう親はないはず」

こう言ってさとす番作は、その時もう冬の日足《ひあし》の短く、午《ひる》ちかくなったのに、信乃が薬もらいに行ったまま帰らないのに気がついた。いつになくどうしてこんなにおそいのだろう、ふと心配になって外面《とのも》に出てみようとして、障子《しょうじ》をあけると、縁側に薬筥《くすりばこ》がおいてあった。

やがて未《ひつじ》の刻（午後二時）を過ぎ、日は斜めになっても、信乃はまだ帰らなかった。夫婦は無言で顔を見合わせ、おろおろと父がすれば、母も重い枕をもたげ、往来の足音に耳を傾けたが、それは人違いだった。とうとう番作はたまりかねて立ち上がった。

「手束、ちょっと見てくる。きっと捜して連れ戻るから」

と言いおいて出かけた。日影の短い小《こ》六月《ろくがち》(22)、一刀《ひとこし》佩《はい》して（帯びて）竹杖《たけづえ》あるき、夕陽の中を気もせいて、暮れぬうちにと急ぐ行く手に、ぱったり出会ったのは近所の知人《しりびと》糠助《ぬかすけ》とよぶ男だった。右手に釣竿と魚籠《びく》を持ち、左の腕《かいな》でかかえるように信乃をたすけながら歩いてくるのだった。

「あっ信乃か。どうして糠助どの、何かござったのか、そのありさまは」

「さればさ。今日一日、神宮川《かにわがわ》に雑魚《ざこ》釣りして、今しも滝の川のあたりまで帰って来ると、ここな息子が、不動《ふどう》の滝で水垢離《みずごり》とって（神仏祈願で冷水を浴びること）、身は冷え、壺《つぼ》の中に息もたえだえのところを見つけた。肝《きも》をつぶして引き出し、藁火《わらび》に暖め、薬を飲ませ、やっと息を吹っ返したが、一時はどうなるかと思って、じつはあわてふためいた」

「おお、それはかたじけない。だがこの冬空に水垢離と、当人がたしかに申しましたか」

「申したとも、母の大病平癒《へいゆ》のための祈禱《きとう》だとはっきり言うておるよ。社《やしろ》の法《ほう》師《し》らも神符洗米《ごふうせんまい》をたまわり、母御《ははご》の本復《ほんぷく》疑いなしと保証してくれた」

番作は涙を流さんばかりに喜んで、信乃を糠助《ぬかすけ》からうけとり、わが家につれ帰った。そしてさらに事情をたずね、孝行もほどがあると、きびしくさとした。

するとと信乃は、でも母様が私の命に換えて神へ願掛け、そのための病気じゃと、ふと障子の外で立ち聞きしたので、そのまま滝壺へ飛んで行って、今度は私が母様の命に換えて神様にお願いした、母の願いを聞く神なら、子の願いも聞く道理、それゆえ、私が助かったのでは母様の病気がなおらぬではないかと思って、糠助に助けられたと知って残念でたまらぬと言った。

手束はこれを聞いて、よよと泣き沈んだ。

「世に子を持つ親は多いが、わたしほど幸福の者はありませぬ。今日ただ今、死するともほんに明るい気持で行くことができます。けれど信乃、そなたが滝壺の水屑《みくず》とならずに帰ったのは、運強く、神が行く末をたのもしく思うたからです。このうえは、けっしてそのような祈りをしてはなりませぬ」

　番作も形を改めて、そばから口を添えた。

「信乃、この際おまえに言い聞かせておくことがある。いずれは話すつもりであったが、よく聞けよ、よいか」

とおもむろに、祖父匠作の忠死のありさま、結城落城の後、春王、安王両公達《きんだち》の最期のことなどを述べ、また母手束が一子を祈り、滝の川の廟《やしろ》からの帰途《かえるさ》、神女《しんにょ》をまのあたり見たこと、そのとき神女の手から授かった玉を取ることができず、ただ与四郎《よしろう》のみを拾って帰った。そのあとみごもって生まれたのが、信乃すなわちそなたであった、と語ってから、さらに言った。

「だが、このことは誰にも話さなんだ。そなたを神の授子《もうしご》だと自分たちは思っても、人に語れば愚人の夢物語に似て、世の人はなんというか知れぬ。ただ、知あり勇ある子をはらむであろうとは、ひそかに信じていた。今はじめてそなたに告げるが、わが身の理義《りぎ》をよく心得ておくがよい」

「ふうん、ふうん、そんなことが」

と信乃はしきりと感激して聞いた。そして心の中で思った。母様が神女の授けた玉を取ることができず、犬の子ばかり携《たずさ》えて帰られたから、わが身はこんなに育っても、母様御自身がつねに持病多く、とうとう危篤《きとく》になられたのだろう。それなら、その玉を捜し出してここへ持って来たなら、あるいは本復《ほんぷく》なされるかもしれない。とはいえ、いったいどんな玉だか見たこともないのだから、見つけ出すのは困難。そこで子供心に、仏神に祈願して、ひそかに玉の現われるのを待ったが、十日ばかりして、母の病はますます悪化し、何やら遺言《ゆいごん》をつぶやきつつ、応仁《おうにん》二年（一四六八年）十月下旬、手束は享年四十三歳、ついに眠るがごとく死んでいった。

番作の嘆きはもとよりだが、信乃は座敷にころがって、声をしのんで泣きむせぶありさまは、かわいそうで人々の腸《はらわた》を断った。葬式の日には、信乃は女装のまま棺《ひつぎ》に従ったが、それを見て、ささやき指さして笑う人があったので、信乃は憤懣《ふんまん》やるかたなく、母の中陰《ちゅういん》（四十九日）がすんだ日、なぜ私は女装するのかと、父にむかって思わず怒りを爆発させた。

「そうか、いやそれはみな母者《ははじゃ》の心配からだ」

信乃と名づけたのも同じ理由、そなたを息災《そくさい》に育てたいための慣《な》らわしに従ったのだ、と番作は言って聞かせてから、

「昔から男の子は十五歳まで、額髪《ひたいがみ》をそりおとさず、袂《たもと》の長き衣《きもの》をきせるのが方式。女の櫛笄《くしこうがい》のように、男も烏帽子《えぼし》に櫛《くし》をさしたものだ。(23) 人はいつまでも幼時ではない、そなたも十五、六歳ともなったならば、はじめて一個の男子にかえるがよい。これを笑うのは笑う方が無知だ。それをまた怒るのは、こっちも知慮が浅いぞ。腹太《はらふと》く捨てておくにかぎる」

「はい、わかりました」

さとされて信乃も万事疑いが晴れ、父の言にしたがったが、それにつけても母親の心がありがたかった。信乃は頭をさげ、涙をかくして父の前を引きさが

った。

第十八回　簸川原《ひのかわら》に紀二郎《きじろう》命《いのち》を隕《おと》す　村長宅《むらおさやしき》に与四郎《よしろう》疵《きず》を被《こうむ》る

応仁《おうにん》は二年で文明《ぶんめい》と改元された。今は文明二年（一四七〇年）、信乃《しの》はちょうど十一歳で、母が亡《な》くなってから三年目であるが、父につかえてますます孝行だった。なにしろ番作《ばんさく》は歩行困難のところへ鰥夫《やもめ》となったので、いっそう気力は衰え、まだ五十前だのに歯はぬけ、頭の毛は白く、病《わずら》う日が多かった。そのため里の子らへの手習《てなら》いも休みがちで、それでも病の合間に農業の書を編《あ》んで里人《さとびと》に贈ったりして、世人の評判は悪くない。すると蟇六《ひきろく》は、その評判がねたましい。はては、番作宅の例の与四郎《よしろう》という犬までが気にくわない。そこで自分も負けぬ気で、一匹の牡猫《おねこ》を飼い、その名も紀二郎《きじろう》とつけた。ところが、ある日、この紀二郎を与四郎が追うて、かみ殺してしまった。

そこで蟇六は烈火のごとく怒り、その現場近くに住む糠助《ぬかすけ》をむりやり証人にたのみ、犬を成敗《せいばい》するから引き渡してほしいと、ねじこませた。

番作は笑って、罪ある者を成敗するのは人間の道徳であるが、畜生《ちくしょう》は五常《ごじょう》(24)をわきまえず法度《はっと》も知らず、弱きが強き者に征《せい》せられるのは理の当然、もともと猫は屋内に住み、犬は地上に住むものであるのに、これは地上でおこった事件であるからと、おだやかにことわった。

この返事に、蟇六夫婦はいよいよ怒った。これを案じた糠助の意見で、一時犬を他に預けることにしたが、犬はすぐ帰ってきてこれも失敗。さては信乃の一案で、犬を蟇六の門前にひきすえ叱責《しっせき》を加えてみたら、相手の怒りを解けるではないかと、さっそくこれをこころみた。すると、犬は驚いて蟇六の屋敷内へ逃げこんでしまった。もとより門はぴったりと閉じられ、中から犬の苦悶の声がきこえてくるばかり。

信乃は悄然《しょうぜん》と家に帰って父に告げると、番作も嘆息をもらした。そこに与四郎が血まみれになってよろめきながら帰り、はたと倒れた。

「与四郎、おれがわるかった」

信乃はいたわりながら治療をつくしたが、犬は今にも息絶える様子だった。一方、蟇六夫婦主従は大喜びで、蟇六は亀篠《かめざさ》をよんで、耳に口を寄せ、

「のう亀篠、さっき門前に犬をひきすえてわびたところをみると、わしに帰伏するつもりだろう。してみればこれ幸い、仲直りして、番作の手から村雨《むらさめ》の一刀を取りあげようと思うが、どうだ」

「ほんに、あの刀があれば正真正銘の大塚《おおつか》家の主人として、大威張《おおいば》りで世間に通れますね」

「なにしろ、わしはそなたの夫というだけで、家譜も伝えず、日記もない。あの刀はぜひほしい。鎌倉の成氏朝臣《なりうじあそん》は、顕定《あきさだ》、定正《さだまさ》の両管領《かんれい》と仲わるく、鎌倉を落ちて滸我《こが》の城にたて籠《こも》り、目下《もっか》合戦中じゃ。大塚家は成氏のおん兄にあたる春王《しゅんおう》、安王《やすおう》の家臣だったから、安心ができない。村雨の一刀を献納して、野心なきを示して身を安泰とし、恩賞にもあずかりたいものだ」

「恩賞にあずかれましょうか」

「うん、刀を手に入れさえすればだいじょうぶ。それには計略が一つある、糠

助を使ってこれこれのことをするのだ。さすがの番作もこれにはかなうまい」

蟇六は、亀篠の耳もとにその計略をささやいて聞かせた。亀篠は、まあと感心して、

「ほんに、それはよい思いつき。すぐ糠助を呼び寄せて計略を吹っこみましょう」

そう言うと家人を走らせて糠助を招きにやった。

巻の五

第十九回　亀篠《かめざさ》奸計《かんけい》糠助《ぬかすけ》を賺《すか》す　番作《ばんさく》遠謀《えんぼう》孤児《みなしご》を托《たく》す

亀篠《かめざさ》は糠助《ぬかすけ》を呼びよせると、一通の書状を示して言った。

「これは、この地の陣代大石様《じんだいおおいし》が鎌倉の管領《かんれい》に随身《ずいじん》（貴人の護衛武官）のみぎり、管領家がくだされた御教書《みぎょうしょ》（意向を伝える文書）ですが、ちょうどあのとき夫蟇《ひき》六《ろく》が読んでいると、犬が飛びこんでかみ破ったのです」

「えっ、与四郎《よしろう》犬が御教書を」

「ですから謀反《むほん》も同然として、犬の飼主はもとより、追いこんだ信乃《しの》もそなたも、しょせん死罪はまぬかれますまい」

これを聞いて糠助は蒼白《まっさお》になってしまった。そして、今さら弁解も通るまいから、どうか大慈大悲《だいじだいひ》のこころざしで、お助けくださいと頼んだ。

「それは助けられるものなら助けるけれど」

と亀篠は嘆息して見せ、それにつけて、泣いて夫に救命をすがり、やっと少しばかり手づるをつかんだことがあると言った。

「それというのは、番作《ばんさく》の秘蔵する村雨《むらさめ》の一刀を、管領家に献上して、蟇六から罪科《とが》をわびてもらえば、そなたの身の上はもとより、番作親子もゆるされると思うが、これも、番作が我《が》を折り蟇六に手をさげねば……」

糠助は九死に一生のおもいで立ち上がり、番作を説くことは引き受けましたと、番作の家へかけつけた。

糠助は息せき切って事の次第を述べたて、さらにつづけて言った。

「番作どの、ありがたいではないか。かわいいお子のため、少しもはやく件《くだん》の佩刀《はかせ》を手渡したがよい。村長《むらおさ》に手をさげ姉に降《くだ》ったとて、少しも恥ではありませぬ。さあ我《が》を折ってくだされたい」

「糠助どの、いちぶ始終を聞いて、なるほど大事だとは思うが、おぬしはその御教書《みぎょうしょ》を自身で読まれたか」

「いや自身では読まなかったが、しかし、わしは無筆《むひつ》に近いので、じつは読んでもわからぬ」

「されば、そこが肝要なところではあるまいか」

番作は動揺の色もなく、おちつき払って言った。

「人の心はさまざま、あれほどの姉、姉婿《あねむこ》が、にわかに弟思い、甥《おい》かわいがりになったとは心得がたい。第一、太刀《たち》さえさし出せばつつがないとは、管領家の沙汰《さた》ではなく、下から上へ計ることゆえ、効あるかどうかわからぬ」

「いえいえ。それは片意地《かたいじ》というもの」

糠助は手を合わせて、泣かんばかりにかき口説《くど》いた。番作はほとほともてあまし、よく考えて夕方までに返答しようと、いったん糠助を帰した。

信乃が次の間《ま》からはいって来て、行燈《あんどん》に灯をともして番作の前にかしこまって言った。

「ただ今の話、次の間で手習いしながら、聞きました。御教書のことが事実なら私の罪はまぬかれませぬが、からだの不自由な父さまが明日よりどうなさるかと思うと、不孝がそら恐しゅうてなりませぬ」

「これ、信乃、御教書のことはうそだ」

番作は、嘆息しながら言った。

「あのような虚言《そらごと》で小児は欺《あざむ》くとも、この番作はだまされぬ。蟇六が姉におしえ、糠助をすかして宝刀《みたち》をかすめ取るためだ。この二十年このかた、さまざまの手で村雨の佩刀《はかせ》を奪おうとして、どんなにこの番作を苦しめたかしれぬ。と申すのは、もしわしがこの刀を鎌倉にさし出して、家督《かとく》を争うことになれば、蟇六は難儀におちいるからだ。それから、も一つは、成氏朝臣《なりうじあそん》が没落し両管領の手に属したので、彼は敵方の遺臣ともいえるゆえ何か新たに忠義をあらわさぬと、自分の荘園《しょうえん》を長く保つことができぬ心配があるからだ」

番作は言う、しかしわしは姉夫婦と争わず、今日まで過ごした。だからいまさら、村雨の一刀を惜しむわけではけっしてない。されどこの宝刀《みたち》は、幼君《ようくん》の像見《かたみ》、亡父《ぼうふ》の遺言どおり守る必要がある。父は春王、安王の両公達《きんだち》が討たれたなら、宝刀《みたち》を君父《くんぷ》とも仰《あお》ぎ菩提《ぼだい》を弔《とむら》えと言ったが、永寿王《えいじゅおう》に献ぜよとは言わなかった。それゆえ信乃が成人したら、この宝刀を督殿《かみどの》（左兵衛督成氏《さひょうえのかみなりうじ》のこと）に献じて身を立たせようと思ったからである。

「そこで今宵《こよい》は、急にそちに、この刀を譲《ゆず》ることにする」

見よやとばかり硯筥《すずりばこ》から刀子《こがたな》を取り上げ、天井につるした大竹の筒を目がけて、えいと打てば、釣紐《つりひも》は切れて筒はばったり下に落ち、はずみで筒は両段《ふたつ》に割れて、あらわれ出でたのは村雨の宝刀《みたち》。番作はいずまいを直《ただ》して錦《にしき》の袋を拝

む と見るや、すらりと抜き放った。あっと目もくらむ光、鍔元《つばもと》から刀尖《きっさき》まで目を据《す》えてながむれば、煌々《こうこう》たる七星の文《もん》、三尺の身《しん》に、露結《つゆむす》び、霜凝《しもこご》って、半輪の月かと見まごうばかりのありさま、唐山《もろこし》の太阿竜泉《たいありゅうせん》、わが国の抜丸蒔鳩《ぬけまるまきばと》、小烏鬼丸《こがらすおにまる》なども、やわかこれにはまさるまいと思われた。

しばらくして番作は、刃《やいば》を鞘《さや》に納《おさ》めて言った。

「信乃、これをそなたに譲るとして、その姿では似つかない。そこで髻《もとどり》を短くして名を改めよう。今から大塚信乃戍孝《もりたか》と名乗れ。わしも病気で長くは生きられまい、死なばそなたは十一歳で孤児《みなしご》となる。それが哀れだ」

そして番作は、意外にもやせ腹を切る覚悟を述べた。それは宝刀《みたち》とともに信乃を姉の家にあずけるためだという。

「これがすなわち、わが遠謀《えんぼう》。策には策をもって報《むく》いねばならぬ」

と苦肉の一計を語った。わしが自殺すれば、彼らは信乃を引き取るにちがいない。宝刀《みたち》といっしょだから、いなむはずはない。そこでそなたは常住座臥《じょうじゅうざが》（つねに）、用心して一刀を守りつづけるのだ。

「死すべき時に死なずば、死にまさる恥を招く。とめだては不孝であるぞ」

「いやです」

信乃は刃《やいば》を引き抜こうとする父の手に、とりすがってはばんだ。けれど勇士の力には及ばない、髻《もとどり》は切れ、身をまろばせつつ必死に取りすがる信乃を、片手でおし伏せ、その間に番作は刀を引き抜いて、腹へぐさと突き立ててしまった。血潮《ちしお》の下に泣く信乃、親子今世《こんじょう》の別れに立って、番作の目にも流るる涙。返す切尖《きっさき》で咽喉《のど》を貫いて前に伏せば、あたり一面は秋風寒き蔦《つた》もみじ、信乃はただよよと泣くばかりだった。

この時、約束どおり糠助がやって来た。あっと驚く自殺の現場。糠助は腰を抜かさんばかり庭をよろめき出て、蟇六へ知らせるため駆け出して行った。

信乃はわれに返ると、子供心に決心した。いかに遺言《ゆいごん》でも、あの伯母《おば》、伯母《おば》夫《むこ》に養わるるのはたえられない。戦場では父子もろとも死ぬ例もある、父と同じ村雨の刀で自分も後を追おう、不孝はあの世でわびればよい。その時、庭に伏した与四郎がまだ死にきれずに苦痛の長ぼえをしたので、信乃は気がついて庭に降りて行った。この犬を拾い取ったあとで自分が生まれた、始めに自分と縁があり終わりにも縁があって、ついにこの悲劇となった愛すべきか憎むべきかわからないが苦痛を、除いてやらねばなるまい。

「わしの死ぬ前に、おまえも楽にしてやるぞ」

村雨《むらさめ》の太刀《たち》をとりあげた。犬はそれと知ったか首をさし延べるようにした。如是畜生《にょぜちくしょう》、発菩提心《ほつぼだいしん》、えいとひらめく刃《やいば》の下に、犬の首はころりと落ちた。と、その時、さっとほとばしる血潮《ちしお》の中に、何か戞然《かつぜん》ときらめくものがある。はて、と左手《ゆんで》を伸ばして拾いとどめ、つらつら見ればこれが一個《ひとつ》の白玉《しらたま》だった。

「あ、紐融《ひもとおし》の穴がある。さては——」

これだろう、母手束の拾いそこねたという玉は。初月《しょげつ》（三日月）の光にかざして見ると、玉の中に一字がうっすら浮かんでいる。目をつけて読めば、どうやら孝《こう》の字だった。彫ったでもなく漆《うるし》で記したのでもない、造化自然《ぞうかしぜん》の妙とでもいえようか。この玉が早く手にはいっていたら母君は助かったのではあるまいか。いま犬の切り傷から現われ、わが名の孝の一字が浮かんでも、もはやあとの祭。口惜しさにはっしと庭石に投げつけると、玉はそのままはねかえって、ふところへ飛んで来た。ややと驚き、またなげつけると、再びはねかえってくる。三たび四たび、霊《りょう》があるとしか思われない。信乃はあきれたが、この白玉に心を引かれて死に遅れてはならぬと思い、家の中にあがって父の死骸《しがい》のそばに座し、諸肌《もろはだ》をおしひらくと、ふと目についたのは左の腕《かいな》に一つのあざあと、形は牡丹《ぼたん》の花に似ていた。

「ほう、さっき玉がはねかえった時、腕《かいな》に当たってこんなものができたのであろう。国の傾かんとする時、また人の死なんとする時、怪異《あやしみ》ありと、漢籍《からぶみ》にあるよし親から教わったが、これがそうかもしれない」

信乃は子供ながら作法をもって宝刀《みたち》を握り、腹を切ろうとした一刹那《いっせつな》だった。

「待て、信乃、これ、はやまるな」

とばかり、男女三人が左右から走り寄ってさえぎり止めた。

犬塚番作

第二十回　一双《いっそう》の玉児義《ぎょくじぎ》を結ぶ　三尺の童子《どうじ》志《こころざし》を演《のぶ》

三人の男女というのは、ほかでもない糠助《ぬかすけ》および蟇六《ひきろく》、亀篠《かめざさ》の夫婦であった。信乃《しの》は人のはいって来た様子に急いで腹へ突き立てようとしたが、どうしたことか腕《かいな》がしびれ、一瞬突きおくれた間に、前後からしっかと組み敷かれてしまった。大人三人の力では信乃も身動きができなかった。

「さあ、とにかくこの刀を放せ」

「いやです」

と信乃は口惜《くや》しがって頭をふった。亀篠がまず作り涙の声で言った。親に似て、そなたも心づよい子らしいが、わたしは女の身として弟の所帯《しょたい》を奪ったわけではない、肉親の義絶《ぎぜつ》はみな番作《ばんさく》のひがみからである。今度も親子を救おうとしたのに、邪推《じゃすい》からか早まって自殺したのはなんとも悲しゅうてならぬ。すると蟇六も目をしばたたき、番作が生前ついにわしの本心がわからなかったのは残念、このうえはせめてそなたを養い、ゆくゆくはわが娘、浜路《はまじ》と妻《めあわ》せたなら、血統《ちすじ》を保つこともできる道理。

「御教書《みぎょうしょ》の件は大事は大事だが、犬も死に、飼主の番作も死んだからは、後難《こうなん》はあるまい。短慮《たんりょ》をせず、はやく刃をおさめよ」

こう説かれて、信乃は心の中でおもった。察していたよりは、慈愛に満ちた夫婦の言葉、だいいち宝刀《みたち》のことに一言もふれないのは、やはり深くあざむくためであろう。ここは遺訓《いくん》のとおり自殺をやめてと、ひとまず刀をおさめた。

翌日、蟇六は番作の亡骸《なきがら》を菩提所《ぼだいしょ》に葬送した。その盛大な里人《さとびと》の参列を見るにつけ、こうなったら里人の疑惑を防ぐためにも、わが家に信乃を養う必要があった。もちろん太刀《たち》のことなどおくびにも出さず、早くわが家に来《き》たれと誘ったが、信乃は中陰《ちゅういん》（四十九日）のおわるまでは旧屋《きゅうおく》におると答えたので、手代《てだい》（使用人）の額蔵《がくぞう》をおくって同居させた。

信乃は額蔵も自分より一つ二つ上の若年らしくあったが、心をゆるさなかった。ある日、信乃が行水《ぎょうずい》をつかっていると、うしろにまわった額蔵が背中を流そうとして、ふと信乃の腕《かいな》にあるあざを見てなぜかひどく驚いた。

「あっ、あなたにもあざが、私にもこれに似たようなものがあります、これご覧ください」

と言って自分も肌を脱ぐと、なるほど身柱《ちりけ》（項《うなじ》の下）から胛《かいがね》（肩胛骨）の間に、まったく黒々と大きなあざがあった。形は信乃のとほとんど同じだった。

「私のあざは背中だから、自分では見えませんが、生まれた時からある由《よし》。あなたもそうですか」

と、しきりと話しかけたが、信乃はただ黙ってほほえむだけだった。浴《ゆあみ》をおえると、衣《ころも》を取って着ようとした。するとはずみで、袂《たもと》の間から一個の白玉《しらたま》がころころとまろび出た。額蔵はあっと叫んでそれを手でとどめ、つくづくと見て思わずあきれたように言った。

「これはふしぎ、あなたはどうしてこの玉を得たのです。由来を聞かせてください」

「ああそうだ、玉のことをすっかり忘れていた。これを得たには、むろんわけがある」

と答えた信乃は、額蔵の手から玉を受け取ったが、相変わらず詳しいことを述べない。額蔵はまだ自分を疑うのかと思わず嘆息した様子だった。

「人間はたとえ顔がちがっていても、似たような境涯《きょうがい》の人もあります。また、人心《じんしん》に別はあっても、どこに知己《ちき》（親友）があるかもわかりません。あなたは、私を疑っておるが、私は何もかくしはいたしません。これを見て疑いを晴らしてください」

そう言って額蔵は、ふところの奥深いところから護身嚢《まもりぶくろ》を引き出し、中からさらに一個の玉を出して見せた。これには信乃もはじめて目をみはり、手にとってながめると、自分の玉とまったく同じだった。ただし玉に現われた文字はちがっていて、額蔵のは義《ぎ》の字があざやかに読まれた。信乃はうやうやしく玉を返しながら言った。

「今までそなたを認めず、ずいぶん要心していたが、そなたも何か由緒《ゆいしょ》ある人間であろう。じつは今はすでに疑ってはいない。最初そなたがここへ来た時から、立居《たちい》振舞《ふるま》いの端々は、とうていわしなどの及ばないところがあった。凡人ならずと思って素姓《すじょう》を問いたかったが、今まで黙っていた、悪く思わないでくれ」

ここにおいて信乃は、自分の玉を得た由来を語った。この玉はかようしかじかで神女《しんにょ》の手より授《さず》かったこと、行くえ知れぬ玉が再び与四郎《よしろう》犬の創口《きりくち》から現われたこと、父の先見遺訓《せんけんいくん》のことなど、つつみかくさず述べた。すると額蔵は感動して、さめざめと落涙《らくるい》しながら言った。

「世に薄命《はくめい》な者は私だけでなく、あなたのお身の上も同じでございますね」

額蔵は涙をぬぐって自分の素姓をうちあけた。そもそも私は、伊豆国《いずのくに》（今の伊豆半島あたり）北条《ほうじょう》の荘官《しょうかん》であった犬川衛二《いぬかわえじ》則任《のりとう》の一子《ひとりご》で、幼名を荘之助《そうのすけ》といった。私の生まれたとき、家にいた老僕が胞衣《えな》（胎盤《たいばん》）を埋めようとして閾《しきい》の下を掘ると、そこから一つの玉が現われた。これはなんとも珍しいこと、すばらしい瑞祥《ずいしょう》（めでたいしるし）であろうとみなが言った。けれど生まれた子の背中にあざがあるので、父はなんとなく気がかりになったのか、吉凶を占ってみた。伊豆には易学《えきがく》（占《うらない》の学）の博士《めいじん》がいないので、かねて信心した但郷《ただごう》の黄《おう》

檗寺《ばくでら》の廟《ほこら》で命運の御籤《みくじ》をひくと、第九十八籤《せん》があたった。そのことばは、

百事《ひゃくじ》を経営して精神を費《ついや》す
南北に奔馳《ほんち》して運未新《うんいまだあらた》ならず
玉兎交《ぎょくとまじわ》る時当《まさ》に意を得《え》べし
恰《あたか》も枯木《こぼく》の再び春に逢《あう》が如《ごと》し

というのであった。父は少々文字がわかるのでみずから判《はん》ずると、最初は悪く後は吉ということになった。玉兎《ぎょくと》は月の異名《いみょう》、交わる時は、満月すなわち十五夜のこと。だからこの子は十二、三歳まで多病であるが、十五からは回復するというわけになる。そこで名を荘之助とつけた、荘は盛んなりの意。おりから鎌倉の成氏朝臣《なりうじあそん》は、京の両管領《かんれい》に攻めたてられて滸我《こが》へ落ちた。寛正《かんしょう》二年（一四六一年）、伊豆の北条へは前将軍の四男政知《まさとも》が、右兵衛督《うひょうえのかみ》となって着任したが、政知は武威におごって民を苦しめたので、荘官《やくにん》である私の父はしばしばこれをいさめた。しかし政知は怒って父を殺そうとしたので、父はその前に自殺してしまった。これが寛正六年（一四六五年）秋の九月十一日、私のわずか七歳の

時であった。

「そういう次第で、母はよるべなきままに私の手を引いて、わずかのゆかりをたよって旅々をさすらったあげく、従弟《いとこ》にあたる安房《あわ》の国司《こくし》、里見《さとみ》の家臣蜑崎《あまさき》十郎輝武《じゅうろうてるたけ》（伏姫《ふせひめ》を捜しに富山にのぼって激流に落ち、すでに死亡していた）をたずねることに決心しました。けれども、世は戦国、安房への便船がとぼしく、陸路ここまでたどって参り、村長《むらおさ》の蟇六宅に軒下の一宿を頼みましたが、荒々しくことわられ、母はその夜癪《しゃく》をおこし、吹雪《ふぶき》のため凍死同然に、蟇六宅の門前であわれはかなく死んでしまったのでございます」

そこで、七歳の私は母の空骸《なきがら》に取りすがって泣き明かしたが、これが縁で蟇六に引き取られ、そのかわり母の葬儀代として、私は一生涯蟇六宅で冬は布子《ぬのこ》一つ、夏は貲布《さよみ》(25)一つのお仕着《しきせ》で、あとは無給の飼殺《かいごろ》しということになった。今年でちょうど五年目、その間、ひそかに武士をこころざし、奉公《ほうこう》の片手間に夜ふけてから手習いし、昼はまたまぐさかる際に人目をしのびしのび、木を打ち石を突いて、剣術の骨法《こっぽう》にうきみをやつした。もとよりこれが知れるとどんな成敗《せいばい》を受けるかわからないため、わざと愚直《ぐちょく》を装ったから、人はみな幸い私を鈍物《あほう》とあざけった。と額蔵は、自分のこれまでの身の上を語って聞かすのであった。

「さてさて、そなたは偉いなあ。とてもわしなど及ばん、白玉の件《くだり》なり、あざの件なり、これが縁無しと誰がいえるだろう。同じ薄命、同じ宿運、これで水《すい》魚《ぎょ》の交わり(26)をむすべることになった。つまり枯木《こぼく》再び春に逢《あ》うだろう。わしとて、こんな心強いことはない」

と信乃は喜んだ。額蔵は信乃の誤解がとけたばかりか、水魚の交わりをむすんでくれると聞いて、天にものぼるここちで、

「ああうれしい。あなたが俊才のうえ、孝行で名高いので、もしもお近づきになれたら、千万人を知るよりどんなに益するかわからぬと思っていました。それが今かなったのですから、病雀《びょうじゃく》が花をついばんで生気《せいき》を取り戻したようなものです。今後、師としてつかえますから、なにとぞお導きください」

「いや、十一歳の師ではおぼつかない。それよりも幸い父の遺書があるから、

そなたが学ぶつもりなら、それを貸してあげよう。善には善友、悪には悪友、その中で志の同じものは、四海《しかい》（天下）みな兄弟といえるわけだ。今日から義を結び、そなたと兄弟になろう」

額蔵は思わず感激し、兄弟の盟《ちかい》をむすんだからは、今後よしどんな患難《かんなん》にでも、死をもってともにひきうける覚悟だと言った。そこで水をもって酒に替え、兄弟の誓いをすることになって、お互いの生年月日をうちあけた。額蔵は長禄《ちょうろく》三年（一四五九年）（伏姫自殺の翌年である）十二月朔日《ついたち》生まれ、ちょうど今年十二歳。信乃はそれより七カ月後だったから、額蔵が兄で信乃が弟となるわけだった。信乃は一礼して額蔵に上座をすすめたけれど、額蔵はかぶりをふった。

「年の多少はとにかく、才学からいえばあなたこそ兄にすわるのが順当《じゅんとう》、私の持っている白玉《しらたま》に義の字が浮かんでいるから、父の名の犬川衛二則任《いぬかわえじのりとう》と、私の幼名荘之助《そうのすけ》とから案じて、私はこれからは犬川荘助義任《いぬかわそうすけよしとう》と名乗ることにしたいと思います。けれどこれはただ二人だけの話で、世間にはまだ内証にしておきましょう」

「もちろん。うわべでは今までどおり、やはりそなたを額蔵と呼ぶから、そのつもりで」

「はい。うわべでは私も、あなたをわざとそしるかもしれません、あなたも私をあざけってください」

「よいとも」

二人の気持はぴったり合った。

第三集

巻の一

第二十一回　額蔵間諜《がくぞうかんちょうし》　信乃《しの》を全《まっとう》す　犬塚懐旧《いぬづかかいきゅう》　青梅《あおうめ》を観《み》る

さて番作《ばんさく》の三十五日の逮夜《たいや》（法事の前夜）には、亀篠《かめざさ》が母家《おもや》から膳椀《ぜんわん》家具に、汁膾《しるなます》などの料理をはこび、まめまめしく世話をやいた。信乃《しの》が菩提院《ぼだいいん》から法師《ほうし》を伴ってきて形のごとく看経《かんきん》を終えると、そこへ糠助《ぬかすけ》その他の里人《さとびと》が集まって来て、にぎやかな夜宴《やえん》になった。

そのとき蟇六《ひきろく》が、頃《ころ》はよしとはかったか、上座《かみざ》の障子《しょうじ》をあけてはいって来た。

「皆の衆、よく来てくだされた。わしの女房は大塚匠作《おおつかしょうさく》ぬしの嫡女《ちゃくじょ》で、番作には姉。番作に所領を譲ろうと思っていた際に亡くなった、そこでその子の信乃は孤児《みなしご》となったので亀篠と語らい、こんどわしの手で養うて人となす考え、これは先祖へのつとめ、また人の道である。明日は母家へ迎えて、あっぱれな男に仕立て、女児《むすめ》、浜路《はまじ》を妻《めあわ》せて大塚家の世嗣《よつぎ》にするつもりゆえ、皆様も御承引ください。また番作の田畑《でんぱた》はもとおのおの方の寄付、これはおのおの方に返そうか、それとも信乃に譲るか、今夜ここで決裁してもらいたい」

蟇六の言うことは、まことにりっぱ。これには里人も感心し、寄付した田畑はもちろんそのまま信乃へと答えた。蟇六はすかさず、それなら成人の日まで一時わしが保管すると言ったので、一同はちょっと口あんぐりの気味だったが、亀篠がそれに輪をかけた弁舌《べんぜつ》でおぎなった。

「弟番作は憎しと思ったこともあるが、信乃は実の子の味を知らぬ私にも、目に入れても痛くないほどかわいい。婿《むこ》でもあり子でもある信乃ゆえ、田畑はおろか、公私の役目、かまどの下の灰に至るまで私たち夫婦はすっかり譲る覚悟ができています。今夜はうれしゅうてうれしゅうてなりませぬ」

と言ってとうとう袖《そで》を目にあて、泣き出してしまった。里人も誘われて思わず感動し、気強《きづよ》いようでもやはり肉親、逮夜《たいや》の追善《ついぜん》(死者の苦を除き冥福を祈るための善行)にこんないい話はない、と鼻詰《はなつま》らせて口々に賞賛し合うた。翌朝、引っ越しにさきだち信乃はもう一度墓所に花を手向け、帰って来てみると、その間に蟇六夫婦は家財道具を売る物は売り、母家へ運ぶものはすっかり運んで空家《あきや》同然となっていたので、はっとしたがしかたがなく、引き立てられて蟇六宅へ移って行った。

「おお、よう来た。早くここへここへ、信乃、今日からここがおまえの家じゃ。昨夜も言うたとおり、二十歳《はたち》になったら浜路を妻《めあわ》せ、二代の荘官《しょうかん》とする。浜路、浜路、おまえもここへ来い、この信乃は今は兄弟《はらから》だが、大きくなったら夫じゃぞ。ははは、はずかしがることはない、わしはとにかく、このとおりの無欲」

なんの下心《したごころ》か、悦に入《い》る蟇六の語尾について亀篠も、

「ほんに信乃、今日から気安《きやす》くして、用があったら額蔵でも浜路でも、自由に使うがよい。そなたは、えこじをすて、うち解《と》けるのが何より肝要ですよ。お

部屋も決めておいたが、気に入るかしら、さあ来てごらん」

　みずから西向きの一室に案内したりして、気味の悪いほどの親切ぶりだった。そのくせ、ゆうべの逮夜《たいや》の費用は、信乃が父番作の残した金子《きんす》からさいて渡すと、いなみもせずさっさと受け取ってけろりとしていた。

　さてこの年も三伏《さんぷく》の夏が過ぎて秋風のたちそむるころ、親の忌明《きあ》けとなったので、信乃は女服《おんなぎ》を男衣《おとこぎもの》に改めた。まだ年は十一であったが、普通の子の十四、五にも見えるくらいだった。この日は産土神《うぶすながみ》に詣《もう》で、額のすみをそって元服《げんぷく》の儀をおこない、赤飯《あかいい》などたいて祝った。次の年の春三月、亡親《なきおや》の一周忌を迎えて信乃は墓参りをした。その供人には亀篠のいいつけで額蔵がなったが、二人は道々わざと話もかわさず、うち解けたふうを見せなかった。

　墓を洗いきよめ、花を手向《たむ》けてぬかずけば、信乃は涙にかきくれ、額蔵もその心を思いやってそっと同じ涙を流した。その帰途《かえりみち》、信乃は旧宅の近くを通るので、ふとなつかしく外からでものぞいて見たくなった。二人は棟《むね》に近づき、ついでのことに片折戸《かたおりど》をおして庭の中にはいった。軒《のき》はかたむき壁は落ちて、屋内には一物もなくただ藁《わら》ばかり、変わり果てたありさまにまたしても涙をさそった。すると庭の片すみに、与四郎《よしろう》犬を埋めた土塚、そこの青梅《あおうめ》の木はよく茂っていて、信乃が幹を削って如是畜生云々《にょぜちくしょううんぬん》と小刀《こがたな》で弔文《ちょうもん》をほりつけたことがあったが、浅かったせいかその文字は消えてしまっていた。

「おや、実がなっている、ほれ額蔵、あんなにたくさん。今年はじめてのこと、薄紅梅《うすこうばい》は実がつかぬと聞いたに、犬がこやしとなったためかな」

「なるほど、枝ごとに鈴なりですね、いや待ってください、しかもどの枝にも八つずつついています。世に八房《やつふさ》の梅というのがあると聞きましたが、これがそれでしょうか。なにしろ、みごとみごと」

思わぬ発見に二人は仰いで嘆賞した。ところが、発見はこれだけではなかった。おや、とさらにふり仰いで叫んだ、なんだかただの実とちがう、実ごとに模様が浮いている、と信乃が言い出せば、なるほどと額蔵も枝引きおろして実をもぎ放ち、てのひらに乗せてながめやった。

「あっ」

信乃は異様な気持にうたれた。梅の実の模様と思ったのは、どうやら文字のようであった。一個一個の文字はちがっていて、自分の秘めて持つ玉にもこの文字のようなものが浮かんでいた。梅の実にも同じふしぎが、と思った時、額蔵もやにわにふところの肌護《はだまもり》の袋を開いて、かの秘蔵の玉を取り出して、信乃の目の前にさし出した。信乃の持つ玉には孝とあり、今さし出した額蔵の玉には前にも見たとおり義とあった。

「玉とこの梅の実と、同じ文字が現われておるではないか。何かゆえある事であろうが、わが人知《じんち》ではさとることができない」

「ほんとうです、とうてい深奥《しんおう》はわかりませぬ。けれど察するところ、梅の文字が、かすかに仁、義、孝、悌など八つの文字に読まれるとすれば、玉も同じく八つあるはずでしょう。そうすると、あなたの孝と私の義、この二つのほかに、まだ六つの玉がどこかにないとは申せませせぬ」

「あるかもしれぬ、いやあるに相違ない」

けれど、問えども草木《そうもく》は非情である、たたけども玉石《ぎょくせき》は答えない。二人は自分の身にまつわる奇異を感じたが、これはつかみがたい謎《なぞ》、むやみと口外《こうがい》すべきことではない。もし因縁《いんねん》があるなら必ず後日思い当たるであろうと思って、他人には固く秘めておくことにした。皐月《さつき》（五月）となって梅子《うめのみ》が熟したころ、蟇六の家人や里人たちも、はじめて八房の実に気がついて、珍しい珍しいと口々に騒ぎ出したが、その時には八行《はっこう》の文字はもう消えていたので、このことは誰一人知る者はなかった。

この梅は年々歳々八果を飾ったけれど、後年数度の兵火《ひょうか》にかかって、梅は枯れ、塚は耕《たがや》されて、今は跡をとどめていない。

第二十二回　浜路《はまじ》窃《ひそか》に親族を悼《いた》む　糠助《ぬかすけ》病《やみ》て其子《そのこ》を思う

さて大塚蟇六《おおつかひきろく》は女房亀篠《かめざさ》といっしょに、信乃《しの》をさも愛しているように見せかけたものの、事実はまるで反対だった。

ただ、信乃が世の常の少年《こども》とちがって面魂《つらだましい》がいかにもしっかりしているので、せいては事を仕そんずると思って、時機をうかがっていた。一方、信乃もこの危うき中でゆだんなくかまえ、宝刀《みたち》は腰から離さず、すわるときはそばにおき、寝るときは枕頭《まくらもと》によせ、少しのすきまもあたえなかった。

蟇六は腹の中で高をくくり、せせら笑う気持でいた。

「なあに、村雨《むらさめ》の一刀は、信乃とともにわが家にあるのだから、急に手に入れずともわが物も同然。この際短慮《たんりょ》は禁物、だいいち、太刀《たち》だけ取り上げても信乃がこの世にいては、管領《かんれい》家へ安心して献上することができない」

このむねは、女房亀篠にも言いふくめて、強引《ごういん》の手はひかえ、その代り額蔵にたえず信乃の動静《ようす》をさぐらせた。こんなふうにして年月がたち、文明《ぶんめい》年間もはや九年となるに至った。信乃は十八歳、浜路《はまじ》は二つ下だったから十六歳の春を迎えた。花はさき出で、月またかんばしく、柳は翠《みどり》の色まして、霞《かすみ》の間にそよぐとはまさにこれであろう。一対の美丈夫《びじょうふ》と美少女は、里人《さとびと》の驚異の的《まと》となり、皆そのしあわせを願って、蟇六夫婦に約束どおりはやく婚姻させるよう迫るのだった。

「おお、わしたちもこの祝言《しゅうげん》だけがただ一つの楽しみじゃ」

蟇六はしかたがなく答えたが、こうなったら信乃を早くかたづけなくてはと、害心《がいしん》がここに再発した。とはいっても、十一、二歳の時でさえ始末のつけかねた健児《けんじ》だのに、今は成人して身の長《たけ》五尺八、九寸、比類まれな丈夫《おとこ》となってしまった。蟇六は今さら後悔しながらも、いろいろと奸計《かんけい》をめぐらすのであった。

ところがこのとき、近郷《きんごう》で不意に合戦がおこった。原因は、武蔵国豊島郡《むさしのくにとしまのこおり》豊島の領に豊《と》島《しま》勘解由《かげゆ》左衛門尉《さえもんのじょう》平《たいらの》信盛《のぶもり》という武士がいて、志村《しむら》、十条《じゅうじょう》、尾久《おく》、神宮《かにわ》などの数郷《すうごう》を所領していた。また、その弟の練馬《ねりまの》平左衛門《へいざえもん》倍盛《ますもり》は、練馬を領してそこの館《たち》にいた。その他、平塚《ひらつか》、円塚《まるつか》などの一族がはびこって、なかなか繁栄している旧家だった。しかるに信盛《のぶもり》兄弟は、はじめ両管領《かんれい》に従っていたが、不満をいだくことがあって間柄がおもしろくなくなった。

そこへ、管領山内《やまのうち》家の老臣、長尾判官平景春《ながおのはんがんたいらのかげはる》は、越後《えちご》（今の新潟県）上野《こうずけ》（今の群馬県）両国をたいらげて独立を志し、信盛兄弟をさそった。兄弟は一味に加わることを承諾して、ますます管領に従わなかった。これを察知した山内《やまのうち》、扇谷《おうぎがやつ》の両管領は密議をこらし、まず豊島を討つことを決め、文明九年（一四七七年）四月十三日、巨田備中介持資《おおたびっちゅうのすけもちすけ》(27)、植杉刑部少輔《うえすぎぎょうぶのしょうゆう》、千葉介自胤《ちばのすけよりたね》などの大将約一千余騎が、ふいに池袋へ攻めこんだ。

豊島方では総大将信盛《のぶもり》を一陣とし、練馬、平塚、円塚の軍兵およそ三百騎が、江古田《えこた》池袋にはせ向かって戦った。両軍火花をちらすこと約半日、初戦に勝ちを制したが、やがて逆転して大敗北となり、信盛、倍盛《ますもり》の両大将をはじめ、豊島の一族郎党ことごとく撃たれ、さしもの旧家も一挙に滅亡してしまった。

この合戦は蟇六によい口実を与えた。

「この騒ぎでは、子どもの婚礼もあげられないから、明年波風のおさまったころ、必ず浜路を妻《めあわ》せ、信乃に村長《むらおさ》を譲ることにする」と言って、約束を延期した。浜路は蟇六、亀篠を真の両親と思って育ったが、告げる者があって、まことの親は練馬の家臣某《なにがし》とやらで、そこには同胞《はらから》（兄弟）もあるということを知った。今度の合戦でその練馬家は滅び、一族郎党《ろうとう》主従士卒《しそつ》全滅とのことであるから、真の両親も真の兄弟も、今は討死《うちじに》なされたことであろう。それとも、婦女子は助けられることもあると聞くから、母上、姉上など、もしか逃れたもうたのではあるまいかと、もの思う日が多かった。

「それにつけても、たのもしいおん方は、あの信乃さま一人。このたびの合戦で滅びた練馬家のこと、真の親の姓名など、あの方にお問いすれば、きっと打ち明けてくださるにちがいない」

思いあまって浜路はある日ついに、信乃の部屋にしのんで行った。やっとの思いでものを言おうとした時、誰か来る足音がした。浜路ははっと思って、一言もいわずまた走り出た。信乃はその時気がついてふり返ると、足音は亀篠であった。亀篠は向こうに去る浜路の後ろ姿をじっと見おくっていたが、やがて信乃に向かって言った。

「そなたも承知のとおり、かねて長病《ながわずら》いの糠助《ぬかすけ》が、息あるうちにそなたに一度会いたいと言っているとのこと。もしか医師の薬礼《やくれい》（薬代）の相談なら、行けば損だが、どうします」

「おお、それは大事。これからすぐ見舞に参りましょう」

信乃はそう答え、刀を引っさげて立ち上がった。

巻の二

第二十三回　犬塚《いぬづか》義遺託《のぎいたく》を諾《うけひ》く　網乾《あぼし》謾《そぞろに》歌曲を売る

「糠助阿爺《ぬかすけおじ》」

と信乃《しの》は親しげに呼んで、枕頭《まくらもと》にすわった。

「ここちはいかがだ。信乃が看病に来たから、しっかりしてくれ」

「ああ、よく来てくだされました」

糠介は起き直ろうとしたが、首を回すことさえ困難でたちまち息詰まるように見えたので、信乃は手ばやく湯液《くすり》をあたためて、咽喉《のど》を潤《うる》おしてやった。

「信乃さま。いろいろお世話になりましたが、なんの御恩報《ごおんほう》じもできないうちに、どうやら今生《こんじょう》のお別れとなりました。私もすでに六十一歳、女房は先に死に、財産もなければ氏素姓《うじすじょう》もなく、死んでも気安い境涯《きょうがい》ではありますが、じつは私には一人の子がございます」

「なに、糠介阿爺に子があるというのか」

「はい、今まで誰にも告げませんでしたが、これがたった一つの気がかりでございます。どうかお聞きなされてくださいまし」

糠介は苦しい息の下から語るのであった。それによると、彼はもと安房国洲崎《あわのくにすざき》のほとりの土民で、長禄《ちょうろく》三年（一四五九年）十月、先妻に男児《おとこのこ》が生まれて玄吉《げんきち》と名づけたが、母は産後の肥立《ひだ》ちがわるくて死去、子の乳もらいに追われて家業も衰え、そのため禁漁を犯して捕えられた。しかし、国守の大赦《たいしゃ》で追放となり、玄吉を負うて上総《かずさ》の行徳《ぎょうとく》へ行く途中ついに飢餓《きが》に迫られ、あわや橋から投身しようとした。

その時、一人の武士に抱きとめられ、わしは鎌倉殿（足利成氏《なりうじ》のこと）の御《み》内《うち》の小祿者《しょうろくもの》だが子がないゆえ、くれないかと言われ、路銀《ろぎん》までもらって名も問わずに玄吉を託した。それから大塚に来て、翌年籾七《もみしち》の後家に入夫《いりむこ》した。

糠介はあらましそんなことを語って、さらにつづけた。

「聞くところによると、鎌倉の前管領《かんれい》は、あなたの父御番作《ばんさく》どのの主筋。ところが今の両管領と不和となり、鎌倉から滸我《こが》に移り、今は千葉の城にましますよし由《よし》。してみれば玄吉も千葉におるやもしれませぬ。万一あなたが滸我に行かれるようなこともあれば、心に留《と》めてさがしてみてください。ついてはわが子の面影を申しのこしておきますが、玄吉は生まれながらに、右の頰《ほお》にあざがありまして、その形は牡丹《ぼたん》の花に似ております」

「え、玄吉に牡丹の花に似たあざがあると」

「はい、何か」

「いや、ふしぎな話だと思うのだ」

「ふしぎと申しますと、玄吉が生まれました七夜《しちや》に、私が釣った鯛《たい》に包丁を下しましたところ、魚の腹から玉が出《い》で、それに文字のようなものが見えます。

私は無筆ゆえ産婦に読ませたら、まこととよむ信《しん》の字だと申すことでございました」

「糠助、いかにも承知した。おりがあったら下総《しもうさ》へおもむいて、さぐることにしよう。それに阿爺《おじ》、今の玄吉にまつわる話は、わが身にも暗合することがある。わしとても気がかりだ」

信乃は感嘆してこう答えると、すでにたそがれだったので行燈《あんどん》に火をともし、再び湯薬《くすり》をすすめてから家に帰った。信乃は額蔵《がくぞう》にこっそりこのことを話すと、額蔵もその奇異に驚いた。糠助は翌朝、ついに亡《な》くなった。

さて話かわって、ここに管領家の浪人《ろうにん》で、網乾左母二郎《あぼしさもじろう》という者があった。近ごろまで扇谷修理大夫定正《おうぎがやつしゅりのたいふさだまさ》につかえていたが、人間が小才子で佞弁《ねいべん》の持ち主だったから寵愛《ちょうあい》が長つづきせず、ついに浪人してこの大塚に移り住んで来た。

左母二郎《さもじろう》は、今年二十五歳。色の白い眉《まゆ》の秀でた非常な美男で、妻子もなく独身者だった。書がうまく遊芸もでき、今様《いまよう》の艶曲《ざれうた》、小鼓《こつづみ》など、ひととおりやれるという多芸さ。ちょうどこの村では番作《ばんさく》が死んで手習いの師匠がなかったので、昼は手習いを教え、女の子には歌舞今様を教えたところ、日々弟子がふえ非常に繁盛した。そのうち、いろいろと娘や後家《ごけ》との間に仇《あだ》なうわさがつたわったが、亀篠《かめざき》もひいきの一人だったので、村長蟇六《むらおさひきろく》にうまくとりなして、左母二郎は村から追われずに過ごしていた。

この年の暮、城主大石兵衛尉《おおいしひょうえのじょう》の陣代《じんだいひ》簸上蛇太夫《かみじゃだいふ》が病死し、翌年五月、蛇太夫の長男簸上宮六《ひかみきゅうろく》が職をついで新陣代となった。そこで初の巡視として、この村へやって来た。お供に属役《したつかさ》軍木五倍二《ぬるでごばいじ》、卒川菴八《いざがわいおはち》、および若党奴僕《しもべ》大勢ひきつれていた。その夜は蟇六邸を止宿《ししゅく》としたので、盛大な饗宴《きょうえん》が張られ、佞媚《こび》賄賂《まいない》、いたらざるなきありさまだった。また亀篠は夫にすすめて網乾左母二郎《あぼしさもじろう》を招いて、得意の艶曲《ざれうた》に興《きょう》を添え、娘浜路《はまじ》に羅衣《うすぎぬ》の盛装させて筑紫琴《つくしごと》を奏《かな》でさせ、宴席に出して酌《しゃく》をさせた。

新陣代宮六《きゅうろく》は酔顔《すいがん》をとろかせ、

「ああ、なんたる至妙、今夜第一の芸は娘ごの琴じゃ、美酒も美肴も遠くこれには及ばぬ。もし玄賓僧都《げんぴんそうず》(28)が聞いたら、仏心を忘れて堕落し、極楽天女もわが手の撥《ばち》を投げ捨ててため息をつくだろう。いやまだ、ほめ足らぬ」

わっわっと、拍手が起こって同感を表わした。それにもまして座中をにぎわしたのは左母二郎だった。時々警句《けいく》をとばして一座を笑わせ、陣代の前に出て殿様殿様と杯《さかずき》をいただいて追従《ついしょう》し、左右の近臣、蟇六夫婦、給仕婢僕《きゅうじひぼく》の末にいたるまで如才なく巧みに皆をあやなす手腕はなみなみならぬものがあった。

さてこの宴《うたげ》は翌暁《よくぎょう》までつづき、陣代の一行は宿酔《ふつかよい》のままようやく腰をあげて帰って行った。

網《あ》乾《ぼし》左《さ》母《も》二《じ》郎《ろう》は前々から蟇六宅に出入りして、いつか浜路に思いを寄せ、人目を忍んでは話しかけ、恋文など手渡そうとするけれど、浜路は受け取らなかった。ひたすらに信乃を夫と思い、婚姻を待ちわびるふうだった。亀篠は浜路の心をそれと知って、信乃を思い切らせるために、左母二郎の近づくことを望んだ。

第二十四回　軍木《ぬるで》媒《なかだち》して荘官《しょうかん》に説く　蟇六《ひきろく》偽《いつわ》りて神宮《かにわ》に漁《すなど》す

ところが浜路《はまじ》を想《おも》う者が、他にも一人現われた。それは過日の陣代簸上宮六《ひかみきゅうろく》で、あの夜から欲火《よくか》とどめがたく、寝てもさめてもいかにせんと悩んだ。早くもそれと察したのは属役《したつかさ》軍木五倍二《ぬるでごばいじ》で、自分からすすんでこの媒妁役《なかだち》を買って出た。

「しかしな五倍二、噂《うわさ》に聞けば先方には、婿《むこ》がね(29)もあるとの話ではないか」

「いや、向こうの都合をいちいち遠慮していては埒《らち》があきませぬ。蟇六《ひきろく》は御配下の荘官《むらやく》でございます。倒すも起こすも、尊公の心次第ではございませんか。まあ私におまかせおきください」

胸をたたいて引き受けたので、宮六は喜ぶことなのめならず、五倍二の計らいで、次の日、まず莫大な贈品《おくりもの》を七、八人の奴僕《しもべ》にかつがせ、五倍二が先に立って蟇六《ひきろく》宅をおとずれて、じわりじわりと浜路懇望《こんもう》の縁談をのべ、どうか快い返事をしてくれと言った。

「まことにありがたき仰《おお》せにはございますが、この儀《ぎ》は、家内ともよく相談の上にてお答え申しますから、暫時《ざんじ》お待ちください」

さすがに蟇六も即答をひかえ、奥にはいって亀篠《かめざさ》に告げた。半刻《はんとき》ばかりもかかって、ようやく出てきた蟇六は、

「願ってもない良縁ゆえ、御承諾申したいが、ここに一つさわりがあり、これには困《こう》じ果てました。と申すは、妻亀篠の甥《おい》にあたる犬塚信乃《いぬづかしの》という者に、浜路こと、おさなきころより妻《めあ》わす約束となっておりますので、この始末をつけませぬうちは」

「では、その婿《むこ》が気に入っておると申すのか」

「とんでもない、私ども夫婦は気に入るどころか、不満千万でございます。また当の浜路も喜んではおりません。しかし、里人《さとびと》が信乃をひいきにいたし、婚約の儀も最初から立ち会っておりますので、何をおいても信乃を遠ざけた後でなくては、お答えできませせぬ」

「なんだ、それならぞうさはない。某《それがし》不肖《ふしょう》であるが、当城の属官《わきやく》、こんにち

陣代の媒妁《なかだち》として来た以上、うろんの返答を持ち帰るわけには参らん」

半ばおどかされて蟇六は顔面蒼白となり、すぐには答えられなかったが、やがて太息《ふといき》を吐きながら、ぜひこれを果たすよう苦心して計らうゆえ、婚縁の儀はそれまで秘してくださ い、と頼みこんだ。

「よろしい。しからばこの品々を受け取られたい」

すかさず五倍二は、持ってきた贈品および目録を、若党にさしずして座敷にはこびこんだ。

「では後日、かならず正式の御来臨をお待ちします」

と誓って蟇六は媒妁人五倍二を送り出した。

亀篠が襖《ふすま》の陰で立ち聞きしていたか、客人が帰るとそこへ出て来て、座敷の品々を数え、ああめでたい祝納《ゆいのう》だと満足らしくほほえんだ。

その晩夫婦は、寝物語りに今後の方針を相談した。

夏の夜の明けがた近くになって、夫婦は欲につかれて、やっとまどろみにはいった。亀篠は次の日、こっそり家を出《い》で、網乾左母二郎《あぼしさもじろう》の宅をたずねて何ごとか密談にふけった。ときどき、信乃さえなければ浜路はおん身のものとか、蟇六も婿《むこ》にしたいと毎日申しているとか、口当たりのいい言葉が漏れた。また、信乃の一刀をすりかえるため、前もって鞘《さや》と刀の長短を量《はか》っておいてください、ともささやいていた。

これで亀篠の役目は首尾よくかなったので、飛んで帰って蟇六に告げると、蟇六は女房の弁才を賞揚《しょうよう》してにったり笑った。そこでその晩、蟇六、亀篠夫婦は信乃を自室によんで、いろいろと親切ごかしに話したあとで、用件を持ち出した。

「そこで今年、成氏朝臣《なりうじあそん》は、両管領と和議がととのって滸我《こが》へ帰城なされたそうだ。そなたの祖父匠作《しょうさく》殿は、成氏のおん兄、春王《しゅんおう》、安王《やすおう》両公達《きんだち》の近臣であった。だから今までは、大きな声で身の素姓ものべられなかったが、この和議で天下晴れての家柄となった。大塚家を興《おこ》すは今この時、そなたの立身もこの機をのがしては再びあるまい。ついては一案がある」

と蟇六は言った。それは滸我《こが》におもむいて村雨《むらさめ》の宝刀《みたち》を献納し、先祖の忠死を訴え出ることである、さすれば必ず召し出されるに違いない。そなたが滸我に逗留《とうりゅう》中、こちらから浜路をおくるが、帰って来る気ならそれでもよろしい。さっそく婿養子の披露《ひろう》をして、わが職禄《しょくろく》を譲る。さきごろ豊島《としま》の合戦で祝言《しゅうげん》がのびたが、もうなんの遠慮もなく盛大にとりおこなうつもりだ。

夫婦はそう言って、左右からひたすら滸我行きをしいるのであった。信乃は、軍木五倍二《ぬるでごばいじ》が陣代簸上宮六《ひかみきゅうろく》のために媒妁《なかだち》して祝納《ゆいのう》の品々をはこんだことを、額蔵《がくぞう》がさぐって告げたので、さては宝刀献上の旅に出した後で、浜路と宮六を妻《めあわ》す下心だなと察した。

「いや、この刀なら、私もおりを見て献上いたしたく思っておりました。亡父の遺言でもございますし、今また、お両方《ふたかた》も同じ仰せ、願ってもないことゆえ、さっそく滸我へ出発いたしましょう」

「おお、これで大塚の家は万々歳じゃ。で信乃、旅立ちはどうするか」

「善は急げと申しますから、明日発足いたしましょう」

「いやいや、明日では旅のしたくもかなわぬ、暦を繰《く》って日子《ひがら》が吉《よ》くば明後日《あさって》にしたがよい。供人《ともびと》は背介《せすけ》か額蔵かのうち、どっちか一人をつけてやろう」

これで旅立ちのことが決まったので、信乃は自分の室へ引きさがった。

初旅のことで信乃は墓参してきたが、亀篠に言われて滝野川《たきのがわ》の弁才天《べんざいてん》に詣《もう》で、やがて帰路についた。するとやや歩いたころ、蟇六と網乾《あぼし》左母二郎が老僕の背《せ》介《すけ》に漁網をかつがせて来るのに出会った。

「おお信乃、これはよい所で会った」

「これは、この夕方に、漁猟《すなどり》ですか」

信乃も近づいて、あいさつした。蟇六はこれに答え、明日《あす》はそなたの首途《かどで》だから、餞別酒《はなむけざけ》の肴《さかな》にと思って魚屋に問うたが、あいにく何もないのでとうとう自分で網を打つことになった。途中で網乾氏に会って、いっしょに連れて来た。そなたもいっしょに行こうと誘った。信乃は自分のための好意ゆえ、同行することになった。

神宮河原《かにわ》の船元で船を借りて、かじとり一人、この者は土太郎《どたろう》と呼んだ。船に乗りぎわに蟇六は、背介にむかい割籠《わりご》を忘れたと言って取りに戻した。蟇六は、信乃と左母二郎もろとも船に乗ると、土太郎がかじを取り取り船を中流へこぎ出《い》でた。見ると蟇六は襦袢《じゅばん》一つの肌《はだ》脱ぎになって、腰簑《こしみの》をつけ、竹笠をいただき、網を肘《ひじ》にひっさげて舳《へさき》に立った。

「わしは若いころから、網打ちは好きであった」

口で自慢するとおり、打ちおろす網の中に川鮒《かわふな》や州走《すばしり》などがかかって、板子《いたご》の上にはねた。そのうちに夕月の上る前、船中がしばらく暗くなった時、興に乗ったていの蟇六は、うちおろす網もろとも、ざんぶとばかり身をおどらして水中におちこんだ。

「あっ、たいへん」

船上は大騒動。板子《いたご》など投げ入れたが、水面《みなも》は暗く救うべくもなかった。信乃はさすがに伯母夫《おばむこ》のおぼるるのを、見のがしておれなかった。素早く衣《きもの》を脱ぎすて、波をめがけてさっと飛びこんだ。この時つづいて楫取《かじとり》の土太郎も飛びこんだ。蟇六はほんとうは水練《すいれん》が達者であったから、水中にくぐって様子をうかがい、信乃の飛び入るのを見ると、そばに近づいて行っておぼれるさまを装った。

「おお、伯父《おじ》」

と叫んで信乃が思わず救おうと差し出す手に、蟇六はすがりつき、深淵《ふかみ》へぐいと引き入れた。船頭の土太郎もそのとき泳ぎついて、蟇六を救うふりをして信乃の足をつかんで押し沈めようとはかった。けれど信乃はおさないころから水馬水練徒士渡の達人であった。うぬと足をあげて土太郎を三間ばかり向こうに蹴離《けはな》し、やにわに蟇六を小腋《こわき》に抱きすくめ、片手で波を切って岸辺へと真一文字におよぎ着いてしまった。

この時、船上にのこった左母二郎はかねてしめし合わせてあったから、船を川下へ流してすばやく信乃の宝刀《みたち》の目釘《めくぎ》をはずし、他刀の中刃《なかご》と替えようとした時、怪しむべし、さんぜんと立ちのぼる一連の水気《すいき》、はっと目をうつはまさしく村雨《むらさめ》の名刀だ。左母二郎はこの時、むらむらと欲心が起こった。これを奪えば千金の値打ち、また自分が鎌倉へ帰参するに都合がよい。そうだと思って、蟇六の鞘《さや》には自分の刀を入れ、宝刀は自分の刀とすりかえた。三刀三所《みところ》がえの

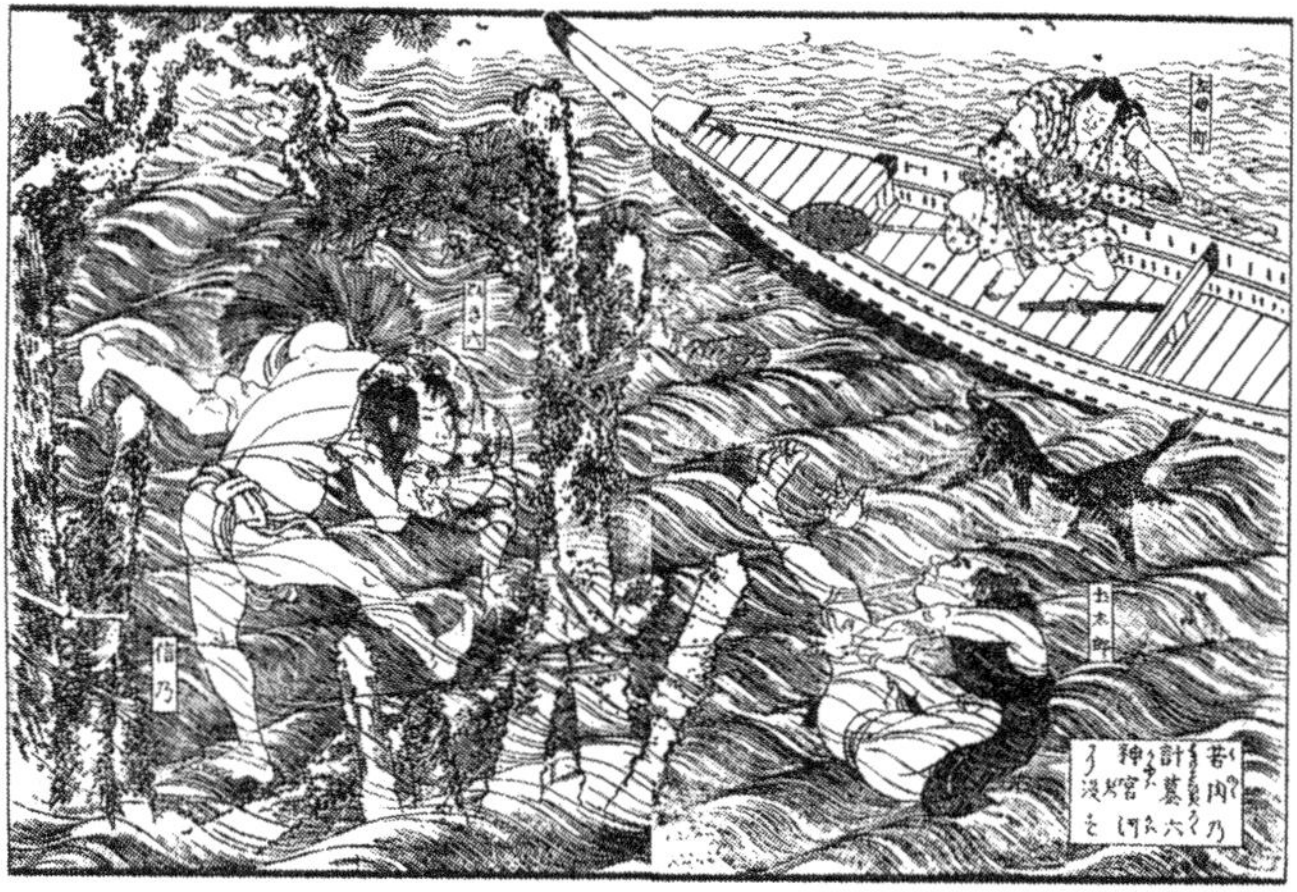

早業《はやわざ》。そこへ土太郎が船に泳ぎついて上がってきた。船はそのまま夏草茂る岸へ寄っていくと、陸には濡《ぬ》れ鼠《ねずみ》の蟇六が横たわり、信乃は裸身のまま立っていた。このとき信乃は、蟇六が入水《じゅすい》したのは自分をはかるためであり、土太郎もそれに加担したのだとは察したが、左母二郎が船上で刀をすりかえたことまでは気がつかなった。ああ惜《お》しむべし、ただ寸隙《すんげき》のゆだんから、宝刀は今やついに他手《ひとで》におちてしまった。

巻の三

第二十五回　情《じょう》を含《ふくみ》て浜路《はまじ》憂苦《ゆうく》を訟《うった》う　奸《かん》を告《つげ》て額蔵主家《がくぞうしゅうか》に還《かえ》る

家に帰ると亀篠《かめざさ》がいそいで出迎え、網でとった雑魚《ざこ》を焼かせ、酒をあたためてもてなしした。

「どうか旅中は、くれぐれもたいせつにしてくれ」

「さあ、かれこれもう丑三刻《うしみつどき》（午前二時すぎ）、明日の道中もあることだから早くおやすみなさい」

親切めいた夫婦の言葉に、信乃《しの》はおのが居間に引きさがった。あとで夫婦は、ひたいを寄せてひそひそ話を始めた。蟇六《ひきろく》は亀篠に今日の失策を語り、しかし刀だけは、左母二郎《さもじろう》が船中ですばやくすりかえたと言った。

「村雨《むらさめ》の宝刀《みたち》を、とにかく一見しよう」

蟇六は燈燭《ともしび》をひきよせ、刀のこいぐち（鞘《さや》の口）をくつろげて抜き放った。夜目《よめ》ゆえ焼刃《やきば》の色などわからないが、目ききのできない蟇六にも、抜き放った瞬間、さっとしたたる水しぶき、見るから畳の上に露《つゆ》を散らさんばかりであった。

「やあ、まさしく村雨だ。亀篠これを見よ、抜き放てば水気《すいき》あり、殺気をふくむと人伝てに聞いた。ほらそのとおりではないか、降りそそぐ雨とはよく言うた。いやありがたい、ははは、とうとう年来の目的を達した」

大喜びの夫にまねて、亀篠も畳のしずくを手でなでさすり、額《ひたい》に捧げて伏し拝んだりした。ところがこの水雫《みずしずく》はじつは、左母二郎が今日船の中で三所《みところ》がえした時、川の水をわざと鞘《さや》の中に注ぎこんで、水気と見せかけた奸計《かんけい》だった。

蟇六はまた、ふと思い出したように、

「おおそうだ亀篠、おまえにたのんでおいた額蔵《がくぞう》への手立ては、うまく運んだであろうな」

「はい、うまく運びましたとも。額蔵に一も二もなく承知させました。これで私どもは諸願成就《しょがんじょうじゅ》というわけですよ」

滸我《こが》へ供《とも》をする額蔵に承知させたというのは、信乃と同伴の途中、どこかですきをうかがい、不意に襲うて刺せという内命だった。万一返り討ちにあっても、もともと宝刀《みたち》はすでにわが手にあるから、別に損もない次第。どっちが死んだとて、平常仲の悪い二人だから、世間では喧嘩《けんか》の果ての刃傷沙汰《にんじょうざた》だと思うだろう。万事好都合と夫婦は高をくくって考えた。

その夜、信乃は臥床《ふしど》にはいってからも眠れなかった。いよいよ明日は父母の地を去らなければならない。行く末のことも思われた。同じ思いは浜路《はまじ》であった。未来の夫と定めた信乃とこのまま別れてよいものか、そう思うと悲しく、つらく、また恨めしくもあった。ついに乙女心に勇気を鼓《こ》して、信乃の部屋にしのび寄って行った。

信乃は人の気配に、夜陰《やいん》に乗じて自分を刺しに来たのではないかと、ゆだんなく枕刀を引き寄せ、行燈《あんどん》の火をさしむけて見て驚いた。

「浜路どのではないか」

「はい」

低い声で答えると、もの言う前に浜路はただ涙にむせんだ。信乃も胸うち騒がせ、

「わしも木石《ぼくせき》ではない。再び帰りくる日を待っていてもらいたい」

「いえ、あなたはもうお帰りなさいませぬ。丈夫《ますらお》が故郷を去るは、禄《ろく》のため、情を捨てると聞きます。私も旅に同伴なされてください。それがかなわねば、

いっそ殺して妻の身を守らせてくださいませ」

「その心はわかる。あとに残ったそなたの苦難も承知だ、しかし、苦しさを忍んでこそ妻ではないか、わしを思うなら頼む、頼む」

言い負けて、浜路は断腸の思いをいだいて、出て行った。

あくる朝、信乃は額蔵をともなって出かけた。

この日は文明《ぶんめい》十年（一四七八年）の六月十八日だった。信乃は年ごろから、志望していたことが実現して、下総《しもうさ》の滸我《こが》に向かった。信乃は十九歳、額蔵は二十歳である。そもそもこの年少の両雄は、固く同盟して義をむすび、苦楽をともにして来た。二人はあたかも信義のかたまりであったが、表面では互いに非難し、ののしり合って見せた。

途中、額蔵はこのあたりに母の墓がある、そこへ詣《もう》でて行きたいと言った。信乃も、それは当然のこと、おん身の母ならわれにも親、行こうと、みずからすすんで墓参した。行ってみると、榎《えのき》の木に注連縄《しめなわ》をはり、盛土《もりつち》の上に一石を建立《こんりゅう》してあって、行婦塚《たびめづか》と呼んでいた。これは額蔵が独力でつくったと知って、その孝心に信乃も感嘆した。二人はこれより道を急ぎ、十三里（約五十キロあまり）たどって栗橋《くりはし》の駅《うまやじ》につき、さらに四里（約十六キロ）行って滸我の里へ達した。二人は相宿《あいやど》にはいって、はじめてほっとした。

「じつは打ち明けますが、私のお供は、途中であなたを刺すためだったのです。これをごらんください」

額蔵は、亀篠に手渡された短刀を出して見せた。これは亀篠が幼いころ、父匠作《しょうさく》から護身刀《まもりがたな》として授かった桐一文字《きりいちもんじ》という刀だと言った。それがほんとうなら、その刀で血のつながる信乃を殺させようとは、鬼畜《きちく》にもひとしい心。信乃は、ああ同じりっぱな祖父を持つ亀篠が、なぜこの邪悪かと、思わず天を仰いで嘆息した。

「それで額蔵、そなたの身は、これからどうする」

「私はやはり大塚へ帰ろうと思います」

と額蔵は答えた。その理由は二つある、信乃どのは田畑《でんぱた》家屋を夫婦に横領されたから養育の恩義はないが、私は一生ただ奉公とはいえ、とにかく子供の時から夫婦の家で育った。このまま主家を去っては不義となる、またもう一つは、早く帰ってあの貞節な浜路どのの危難を救いたい。要するに、青雲の志を得るまでは人間の道を全《まっと》うするが本願だと言った。

「感服つかまつった。それでは額蔵、ここで別れよう」

信乃は思わず頭を下げて言った。

第二十六回　権《けん》を弄《もてあそび》て墨官婚夕《ぼくかんこんせき》を促《うなが》す　殺《さつ》を示して頑父《がんぷ》再醮《さいじょう》を羞《すす》む

さて蟇六《ひきろく》、亀篠《かめざさ》の夫婦は、信乃《しの》を旅に立たせてしまったので、半ばほっとしたが、途中で額蔵《がくぞう》が信乃を首尾よく討ってくれるかどうか。多分、かたづけると思うが、万一に返り討ちされても、信乃の献上刀は贋物《にせもの》だから、滸我《こが》殿から粗忽《そこつ》の罪《つみ》科に問われて、どうせ生きてふたたびかえってはこられまい。

ただ、ここに心配なのは浜路《はまじ》の病気だった。いわば浜路は金儲けの元手《もとで》、出世のたね。だから、鍼《はり》よ、薬よ、とあわてて看病するのは、愛ではなく、利欲からのことだった。

そのうえ、いちばん困ったことは、陣代宮六から婚姻について矢の催促。信乃がおらなくなったと知って、媒妁人軍木五倍二が、毎日のように厳談におよぶ。

「とつがせば、かえって病気がなおるかもしれませんよ。女はそうしたものですから」

「よし、これからとにかく、軍木殿《ぬるで》のところへ行って会って来よう」

蟇六は立ち上がってあたふたと出て行った。やがて夏の日の傾くころ、またあたふたと帰ってきた。亀篠は急いで出迎え、

「どうでした、あっちの首尾はうまく行きましたか」

「今話す。ああ暑い暑い」

そして、おもむろに語り出した。

「今日は軍木に向かって、信乃を遠ざけた苦心のいきさつ、それから浜路の病状など、つぶさに語ったところ、軍木はようやく心が溶けたか、納得顔《なっとく》にうな

ずき、ではしばらく待っていてくれ、陣代へ告げて相談してくるからと、そのまま一刻《ひととき》ほど待たされた。そして、帰って来た軍木の言うには、陣代殿は話を聞いてたいそうよろこばれた。そこで、明日がちょうど黄道吉日《こうどうきちにち》（何をするにも吉となる日）、わしが婿入《むこい》りをかたどり、明日の宵《よい》、亥《い》（午後十時）のころ荘《しょう》官《かん》宅へおもむき、万事省略でひそかに嫁《よ》女《め》を迎えて帰ることにしよう、となか」

「明日《あした》の夜」

「そうだ。そして、これは俗にいう客分《きゃくぶん》の新婦《よめ》ゆえ、衣装調度などは当座当用のものばかりでよい。病中ゆえ当夜の杯《さかずき》も略儀にするとして、嫁《よ》女《め》を乗せる轎《のりもの》だけは時刻にきっちり用意して、まちがいがあってはならぬ。もし故障があったら、この蟇六はもちろん、腹を切るよりほかはない、とな」

「それであなたは、なんと答えたのです」

「いなみがたく、承知して帰って来た」

ことは火急《かきゅう》であったが、亀篠はべつに当惑もせず大きくうなずき、浜路を説き伏せることを引き受けた。陣代にとつがすのに調度の物入りを心配していたところ、相手の性急で、本銭《もとで》が要《い》らなくなったのを結句《けっく》（かえって）喜ぶようにも見えた。

さて浜路は自分の部屋で浅病《あさわずら》いの床に臥《ふ》していたが、思うのは信乃のことばかりであった。そこへ障子《しょうじ》をあけて亀篠が入って来た。腰屏風《こしびょうぶ》の中をのぞきこみ、最初は食事はどうか、薬はのんだか、気を浮かせねばならぬなど、普通のことを言っていたが、やがていつか信乃の悪口となり、信乃とは一時の行きがかりから、そなたと許婚《いいなずけ》のようなぐあいであったが、あれは取り消しますから、けっして気にかけないでくださいと言った。

亀篠は言葉をつづけて言った。悪い話のあとには良い話があるのたとえで、じつはまだ話さなかったが、当地の陣代簸上宮六《ひかみきゅうろく》殿が、たってそなたを新妻にもらいたいとねんごろな所望《しょもう》。またその話を橋渡しした媒妁《なかだち》の人も、今を時めく歴々たる軍木《ぬるで》殿である。提灯《ちょうちん》に釣鐘《つりがね》だと言って、遠慮ぶかい蟇六どのは最初は再三辞退したが、信乃の逐電《ちくでん》（逃げて行くえをくらます）で急に話がすすんだ次第。三歳児《みつご》でも欲というものはある道理ゆえ、二親《ふたおや》を安心させる孝心があるなら、どうかこの縁談を承知してくださいと言った。

「なんという悲しいことでしょう」

浜路は話を聞くと泣き伏してしまった。

「信乃さまと私との婚姻は、たくさんの里人《さとびと》が承知していることですから、他へとつげば不義と言われましょう。私は信乃さま手ずから離別状を渡されなくては、親の仰《おお》せに従うわけにはまいりませぬ」

きっぱり言われて、さすがの亀篠もぐっと詰まった。そこへ外で立ち聞きでもしていたのか、がらりと障子をあけて突然蟇六がはいって来た。そして浜路のそばにばったりすわり、

「いや聞いた聞いた、浜路の言うことはもっともだ。親もはずかしいそなたの貞節、一言半句《いちごんはんく》も返す言葉はない。このたびの陣代との縁談は、じつは向こうから礼をつくしての懇望《こんもう》、この蟇六もつい断わりかねてここへ至った次第だ。破談《はだん》にすれば一家滅亡だがそれもいたし方がない、浜路、はやまった親どもをかんべんしてくれ」

こう言うと蟇六は、鼻をつまらせてしばらく泣いた。やっとわれに返ると、妻や子を救うために陣代にこの粗忽《そこつ》をわびて、自分一人皺腹《しわばら》を切ろう、明日ではおそいゆえ今夜ここで決行する、と言うや否《いな》や襟《えり》をおしひろげ、刀を引き抜いて、あわや突き刺そうとした。

「あっ、待ってください」

あまりのことに仰天して、亀篠と浜路が両方から思わずとりすがった。しかし蟇六は頭をふって、ただ放せとだけで思いとどまれるかと叱《しか》った。浜路は玉なす涙をふり払いながら、

「新縁談に従いますから、どうか腹切ることだけはやめてください。たとえ貞女を立てとおしても、不孝の子となっては、やはり人の道に欠けるわけ。すべてを思い返しました」

と答えた。それでも蟇六は、あとで変改するようなら今死なしてくれ、だいじょうぶまちがいないかと念を押し、まちがいありませぬと言わせてから、やっと刀をはなした。

「ああいとしや、なんという孝行の娘でしょう」

亀篠もまぶたを袖《そで》でぬぐって見せ、浜路のそばへ寄って背をなでさすり、茶よ薬よとかゆい所に手のとどくように慰《なぐさ》め、その夜はついに看病で明かした。

翌日浜路は、なんとなく廊下などがにぎわしいのに気がついて、なぜだろうと思った。そっと様子をうかがうと、戸障子《としょうじ》のふき掃除、畳よ襖《ふすま》よと、家人こぞって立ち働いていた。そのうち、下婢どもの立ち話がふと耳にはいって、今夜が婚礼の当日だということがわかった。

「まあ、私になんとも告げないのは、だしぬけに杯《さかずき》固めさせようとのお腹であろう。私としては、親に代わって死ぬよりほかはない。だが、それまではさとられぬように、わざと結髪《かみあげ》などして、聞かぬうちから知って用意をすると見せかけねばならぬ」

浜路は起き上がって鏡台に向かい、櫛《くし》をつかって髪をかきあげているところへ、亀篠が安否を見に来て、まあと驚き、案ずるより生むがやすい、やっぱりこれが娘心というものだろうと、ひとりにっこりほくそえんで安心した。

巻の四

第二十七回　左母二郎《さもじろう》夜新人《よるはなよめ》を略奪《りゃくだつ》す　寂寞道人《じゃくまくどうじん》見《げん》に円塚《まるつか》に火定《かじょう》す

「おや、あれはなんの響きだろう」

網乾左母二郎《あぼしさもじろう》は神宮川《かにわ》の船漁《ふなりょう》で風邪《かぜ》をひいてしまい、翌日までふせって、午《ひる》すぎやっと目をさまして、顔を洗いに井戸端に出た。響きはここからあまり隔《へだ》たっていない荘官《しょうかん》屋敷の方から聞こえてくるのであった。

左母二郎は顔を洗ってから門前へ出て見た。すると横の畑道から、老僕の背《せ》介《すけ》が帰ってくるのに出会った。目礼《もくれい》して行き過ぎようとする背介を、左母二郎は呼びとめた。

「爺《じい》や、忙しそうだね。あの物音はなんだ」

「今宵《こんや》、お婿《むこい》入りがございますので。なにしろ突然の忙しさで、みんな面くらっております」

「なに、婿入り」

左母二郎は思わず聞きとがめた。信乃はきのう旅立ったから、左母二郎には見当がつかなかった。そこでなおも問いただしてみると、当の婿とは、陣代《じんだい》の簸上宮六《ひかみきゅうろく》だとわかって、あっけにとられるばかりだった。

「背介、それはほんとうの話か」

「うそとお思いかもしれませんが、ほんとうでございます。密々の婚姻ゆえ、今夜亥《い》のころお越しになり、花嫁御寮《はなよめごりょう》をつれて館《やかた》にお帰りになりますので。はい、どうもはや、贈物を書院に山ほど飾り立て、親御のほうがほくほくもので」

あいさつして、背介は走るように行ってしまった。左母二郎は茫然《ぼうぜん》と見送ったが、胸はにえくり返る熱湯さながら。

「浜路《はまじ》を信乃《しの》にとつがすというのなら、ぜひもない。いやそれさえ、亀篠《かめざさ》の言葉を信ずるならゆるせぬ。しかるになんだ、浜路をおとりにして、自分にかの一刀をすり替えさせたまでの話だ。よし、それなら見ろ、今夜簸上《ひかみ》が着いたところへ踏みこんで、蟇六《ひきろく》夫婦の悪事をあばき立て、思いっきり恥をかかせたうえ、この縁談を打ちこわしてやろう」

だが待てよ、と左母二郎は思った。自分も宝刀《みたち》をこっちにすり替えている、露見《ろけん》したら陣代の手で獄舎に入れられ、牢死《ろうし》するくらいが関の山であろう。それはばかばかしい。そこで荒事《あらごと》はやめて、今夜こっそり闇《やみ》にまぎれて浜路を奪い、この地を逃亡しよう。宝刀《みたち》と美女、両手に花の道中もわるくない。

さて一方の浜路は、死ぬ覚悟にいそがしかった。わざと髪を結《ゆ》い上げ化粧までして親たちに安心させたが、黄昏《たそがれ》どきの忙しい最中を見すまして、裏庭へそっと抜け出した。背戸《せど》近くの土蔵《どぞう》のそばに築山《つきやま》があった。そこを死場所と決めたものか、用意の繊帯《ほそひも》を松の枝にさっと投げかけた。

「まことの親兄弟に、とうとうこの世で会わずじまい。また育ての親には恩も返さず不孝の罪はおゆるしください。女の操《みさお》にそむくことができませんでした。そしてそしてわが夫《つま》、信乃さま、おさらばでございます」

さすがに涙があふれ落ちて、浜路はしばらく地面に泣き伏した。その時ちょうど左母二郎は、浜路のおると知った小室《こべや》に近寄るため、背戸《せど》に面した垣根の穴から庭へもぐり込んだ。すると立木《たちき》の間から女の忍び泣きの声がもれてきた。おやと思って、そっとそばへ寄ると、なんとそれは浜路だった。

左母二郎はものをも言わず走り寄って、下から両手でがっしと抱きとめた。あっと、叫ぼうとする浜路の口を片手で押さえて、

「私です、左母二郎です。しずかに、悪いようにはせぬ」

浜路は手きびしくはねつけた。汚《けが》らわしい、無用のことを言わずに死なしてくれと言う。左母二郎はとっさに猿轡《さるぐつわ》をはめ小脇《こわき》にかいいだいて、塀《へい》ぎわの老松を足場にさっと外へ飛びおりた。

ややあって蟇六夫婦はこのことを知り、蒼白《まっさお》になって騒ぎ出した。すぐ家の若者、役には立つまいが老僕の背介、ちょうど小づかいをせびりに来た例の河舟の土太郎《どたろう》など、四、五人が追っ手に早変わりして走り出した。

またここに、寂寞道人肩柳《じゃくまくどうじんけんりゅう》という怪しげな行者《ぎょうじゃ》がいた。その生国《しょうごく》はわからな

い。烏髪長髯《うはつちょうぜん》、年もさだかでないが不老の術を心得ていると称していた。陸奥《むつ》出羽《でわ》、下野《しもつけ》の二荒山《ふたれやま》、さらに吉野《よしの》、葛城《かつらぎ》、九州の阿蘇山《あそやま》、霧島《きりしま》など、霊山《りょうぜん》名勝をことごとく遍歴し、薪《たきぎ》を焼く烈火《れっか》を踏むとも手足は焼けず、ただれず、百年前のことも眼前《まのあたり》に見るように知らざることがなかったので、行くさきざきの住民に尊信《そんしん》された。

さてこの怪行者肩柳《かいぎょうじゃけんりゅう》は、この夏ちょうど豊島郡《としまのこおり》に鳴錫《めいしゃく》（僧が修道弘法の旅をすること）して、土地の住民にむかって宣言した。

「それ三界《さんがい》は火宅《かたく》なり。(30)穢土《えど》にいて穢土をしらず、嗜欲《ぎよく》に耽《ふけ》りて嗜欲を思わず。(31)愛惜《あいじゃく》によりて輪廻《りんね》あり、(32)好悪《こうお》によりて煩悩《ぼんのう》多かり。(33)四大原《しだいげん》(34)これ何処《いずこ》より来る。おもんみれば悉皆空《しっかいくう》なり。十悪(35)いずこより到る。省《かえりみ》れば一妄想《いちもうぞう》のみ。ゆえに諸《しょ》仏悪趣《ぶつあくしゅ》(36)に出現して、済度《さいど》(37)に暇《いとま》なしといえども、凡夫《ぼんぷ》は無辺《むへん》無数なり。仏性《ぶっしょう》なきものは、畜生道中に堕《お》つ、かかればはやく一身を天堂《てんどう》にかえし納《おさ》め、(38)彼岸《ひがん》の禅《ぜん》定門《じょうもん》に入る(39)こそよけれ。よりて来る六月《みなづき》十九日、申《さる》の下刻《げこく》（午後五時）、日没にあたりて、まさに火定《かじょう》(40)に入《い》らんとす。その地は豊島本郷《ほんごう》のほとり、円塚山《まるつかやま》の麓《ふもと》なるべし。おのおの一束《いっそく》の柴《しば》を布施《ふせ》(41)して、来会せよ」

この宣言には住民も驚いたけれど、名僧が定《じょう》に入るのは皆生きながら土中に没するのに、これは火定《かじょう》と聞いて、いっそうありがたいことに思われ、われもわれもと一束の柴を寄進して積みあげ、当日の来るのを待った。

円塚山《まるつかやま》は高台ゆえ、安房上総《あわかずさ》のはてがながめられ、西は連山峨々《がが》として箱根、足柄《あしがら》、富士の雪が嶺《ね》を望むことができた。当日の定刻になると、寂寞道人肩柳《じゃくまくどうじんけんりゅう》は白布で頭を包み、同じ布の輪袈裟《わげさ》をきて、壇の中央のあぐらに尻《しり》をかけ、手には一個の金鈴《すず》をふり鳴らし、胸には一面の明鏡《めいきょう》をかけていた。

黄昏《たそがれ》ちかく、いよいよ壇下の柴に火を放った。めらめらと燃えあがる焔《ほのお》の中で、肩柳は読経《どきょう》を高らかに唱えおわると、金鉄《すず》を鎗々《さらさら》とおしもみ、身をおどらして猛火の中に飛びこんだ。火炎が一すじ高く立ちのぼり、見る見る骨もとどめず灰となってしまった。

「あっ、尊《とう》とや」

群衆はしばし感涙にむせんでいたが、やがてちりぢりに立ち去った。あとは沈々と夜がふけて、ほのかに残る荼毘《だび》の坑《あな》。すると人なきかなたの路から提燈《ちょうちん》が一つ現われ、通りかかったのは、旅駕《たびかご》の先頭《さき》に立つ網乾左母二郎《あぼしさもじろう》だった。かごかき二人がここでぱったり足を止め、弱味につけこむ脅迫をはじめた。あげくのはてにとうとう腕ずくの立ち回りとなったが、村雨《むらさめ》の名刀の威力で、左母二郎は二人を切り倒した。その時、そこへ駆けつけて来たのは、土太郎《どたろう》など三人づれの追っ手の者どもだった。

「やあ左母二郎、ここで追いついたからには、轎《かご》の中の浜路どのは、こっちにもらったぞ」

「また新たな追剝《おいは》ぎが出おったか」

「黙れやせ浪人《ろうにん》、戸田条《とだすじ》で名の売れた土田《どた》の土太郎だ。漁舟《すなどりぶね》で会ったを忘れたか、こっちは同僚《なかま》の井太郎《いたろう》、加太郎《かたろう》。ひっくるめて豊島の三太郎とはおれたちのことだ」

自慢の種類もいろいろある。世間の悪名《あくみょう》で自分をひけらかすつもりらしい。またもや鉄打つ切り合いとなったが、井太郎、加太郎はどうにか切り倒したが、三人目の土太郎は手ごわかった。受け太刀《たち》にまわり、あぶないと見た左母二郎はうしろに逃げ、石を拾ってはっしと打つと、これが幸い土太郎の眉間《みけん》にあたって、あっとさけんで仰向けに倒れた。しめたと踏み込んで、上から突きとどめを刺してしまった。

「浜路、わしが勝ってよかった」

轎《かご》の外へ浜路を引き出して、左母二郎は言った。こないだの神宮河原《かにわ》の船漁のこと、亀篠から頼まれて信乃の名刀を摺《す》り替えたのも、そなたと妻《めあわ》すと言われたから加担したまでの話。こうなったら、運命の流れに身をゆだねるよりほかはしかたがあるまい。

「さあ浜路、この山を越そう。背負うてやろうか、それとも手を引こうか、もう何も嘆くことはない」

と身をすり寄せ、背をなで、言葉巧みになぐさめた。

第二十八回　仇《あだ》を罵《ののし》て浜路《はまじ》節《せつ》に死す　族《やから》を認《みとめ》て忠与《ただとも》故《ふるごと》を譚《かた》る

浜路《はまじ》はその時、あることが心に浮かんだ。あることとは、宝刀《みたち》の行くえが信《し》乃《の》の手にあるとばかり思っていたのに、今左《さ》母《も》二《じ》郎《ろう》の問わず語りで、信乃は贋《にせ》刀《がたな》を持って旅立ったことを知った。そこで乙女《おとめ》心にこの刀をとりかえして信乃に渡さねばならないと決心した。

「網乾《あぼし》さま、もしただ今の話がほんとなら、宝刀《みたち》を一度見せてください」

「よいとも。ここにちゃんと持っておる」

左母二郎は村雨《むらさめ》の一刀を抜き放って見せた。浜路はそれを受け取ってながめながら、つと身を寄せた。

「夫の仇《かたき》」

手にきらめく刃《やいば》、そのまま力いっぱいえいと突きかかったが、左母二郎はあっと驚き、とっさに身をかわしてさけんだ。

「何をする浜路、ばかな真似をするな」

左にはずし、右に避け、下段に払うのをおどり越え、うしろにさがるを、浜路はさっと追い詰めた。

「おのれ、あま奴《め》」

自分も腰の小刀《こだち》を引き抜いて、ちょうちょうと受け流したが、つけ入って、浜路の乳下《ちのした》をぐさと切った。血潮《あけ》に染《そ》んで倒れるところを、のしかかって頭髪《たぶさ》をつかんで膝《ひざ》に引き寄せ、地面の草にすりつけた。こうなったらもうなぶり殺しだと左母二郎が叫べば、浜路も苦しい息の下から答えた。

「宝刀《みたち》を奪って、わが夫を死地に陥れた邪智《じゃち》奸悪《かんあく》のそなたの手にかかって死ぬるとは、この世に月日は照らぬものか。信乃さまにもう一度会いたい。誰か一時の命でも助けてくれぬものか」

「なにをほざくか、信乃のために命が助かりたいと、おのれ、よく言うたな、このうえは剛腹《ごうはら》ついで、因縁《いんねん》浅からぬ村雨で引導《いんどう》わたしてくれるわ」

左母二郎は言うや否や、村雨の一刀を取りなおして、観念せよとばかり浜路の胸を突き刺そうとした時だった。それより早く火定《かじょう》の坑《あな》から、誰が打ったか一本の銑鋧《しゅりけん》が、ずんと飛んできて左母二郎の左の乳下に、背までとおれと命中した。

「あっ」

と太刀をふり落として、左母二郎はのけぞった。怪しむべし、坑《あな》のあたりから忽然《こつぜん》と立ち現われた者があった。これ別人ではない、宵《よい》のうち火定で灰となったはずの寂寞道人肩柳《じゃくまくどうじんけんりゅう》だった。いでたちは、南蛮鉄鎖《なんばんぐさり》の纏身腹甲《きごみ(42)はらまき》をすきまもなく着こなし、網《す》にこもる蜘蛛《くも》のような姿であった。腰には朱鞘《しゅざや》の太刀を横たえ、容貌は眉秀《まゆひ》いで、眼《まなこ》すずしく、色が白く唇《くちびる》があかい。月額《さかやき》(頭髪を剃《そ》った部分)の跡が長くのび、髭《ひげ》のあたりだけあおかった。善とも悪とも得体のしれない面《つら》魂《だましい》で突っ立つと、わきめもふらず地上の宝刀を拾いあげて、ほの明かりに高々とかざして見た。

「おお、これこそ村雨の一刀」

いかにも満足感に浸《ひた》って、しばらくはひとり言をつぶやいていた。この刀が手にはいったからは、復讐の素志《そし》はもはや遂《と》げたも同然、などとも言った。やがて刀を鞘《さや》におさめ、はじめて地上に気絶している浜路を抱き起こし、懐中から薬を出して口を割ってふくませた。

「あっ」

浜路が目をあけ、怪しい人物に驚いてふり放そうともがくのを、

「そちは浜路というか、われはそなたの異母《はらちがい》の兄、犬山道節忠与《いぬやまどうせつただとも》という者。敗戦にまぎれて落武者《おちむしゃ》となったが、今ここで妹に会うとはまことに奇縁である」

「えっ、それではあなた様は」

浜路は一瞬でその言葉を信じた。血のつながりはあらそわれない、兄と言われただけでなつかしく、ただよよと泣いた。忠与の言うには、わが主君は練馬《ねりまの》平左衛門尉倍盛朝臣《へいざえもんのじょうますもりあそん》、また父はその家臣犬山貞与入道道策《いぬやまさだともにゅうどうどうさく》という者であったが、池袋の一戦で主従ともども滅びてしまった。自分は君父《くんぷ》の讐《あだ》を報いるため逃れて、行者《ぎょうじゃ》となって諸国を遍歴、この地にても火遁《かとん》の術により愚民《ぐみん》をあざむき、軍用金をかきあつめているのだと告白した。

「だが思えばわが行為は、忠孝《ちゅうこう》に似てじつは盗賊。慚愧《ざんき》にたえず仮髭《つくりひげ》かなぐり

自殺を
示しく藝
六ろ濱路
と贈る

名刀美
女の存亡
忠義節
操乃環會

捨て、立ち去ろうとした時、そなたが色魔《しきま》に迫られたをうかがい見て、話のうちに妹と知って銑鋧《しゅりけん》打った次第。そなたの幼名は、実家にては正月《むつき》とよんだ」

　そして家庭の事情なども語って聞かせた。浜路の母は黒白《あやめ》といい、父貞与《さだとも》の妾《めかけ》であった。またわが母は阿是非《おぜひ》とよび、男児を生んだ徳によって本妻《ほんさい》にすわった。ところが黒白《あやめ》はこれをねたんで、医師の手にてわが母を毒殺、生まれた子をくびりてともに葬《ほうむ》った。しかるに、土中よりその子は生き返って泣き立てたので寺人《てらびと》に救われた。それがすなわちこの自分であるが、土中にいたためか、肩のあたりのこぶに黒いあざがあって、その形は牡丹《ぼたん》の花に似ていたので、人々は奇異の感を抱いた。それはとにかく、黒白《あやめ》はその後、罪科《つみとが》露見《けん》して斬《ざん》せられ、そなたも生涯義絶《ぎぜつ》のやくそくで、大塚郷《おおつかごう》の村長蟇六《むらおさひきろく》のもとにもらわれて行ったのだ。

「けれど今知った実母に似ぬそなたの貞節、涙なしでは聞けなかった。左母二郎とやらいう悪者を、そなたと同じ乳下《ちのした》の傷でたおしたのも因果応報《いんがおうほう》であろう。ああ怨念《おんねん》はすでに彼方《かなた》に去った、妹よ、心安くあれ」

と言葉を尽くしていたわった。猛勇の道節《どうせつ》も、半面はこんな優しい心の持ち主だった。おりから十九日の月は出て、野火より明るく天地を照らした。

巻の五

第二十九回　双玉《そうぎょく》を相換《あいかえ》て額蔵類《がくぞうるい》を識《し》る　両敵《りょうてき》に相遇《あいおう》て義奴《ぎぬ》怨《うらみ》を報《むく》う

「兄道節《どうせつ》さま、わたしの宿業《しゅくごう》は罪の報《むく》いとわかりました。今さら妹と名乗り顔合わすは、はずかしゅうございます。でもただ今、実家の名を知って、うれしくなつかしく存じます。わたしはとうていこの深傷《ふかで》で助かるとは思われませんが、心にかかるは夫信乃《しの》の身の上。滸我《こが》殿に宝刀《みたち》を献上のみぎり、粗忽《そこつ》の科《とが》に問わるるは必定《ひつじょう》でございます。それが気がかりで死ぬに死なれませぬ」

と浜路《はまじ》は言った。そして兄さまには、滸我におもむき信乃の安否を探り、その宝刀《みたち》を手渡してくださらば、大慈大悲《だいじだいひ》の恩徳、臨終《いまわ》のねがいです、なにとぞと手を合わせたが、血は傷口からほとばしり出《い》で、もう息も絶え絶えだった。道節はこれを聞いて天を仰いで嘆息《たんそく》した。

「妹、言うことはよくわかる。だが、そなたのたのみは家事《かじ》、すなわち一私事だ。わしは君父《くんぷ》の讐《あだ》、扇谷《おうぎがやつ》定正《さだまさ》にこの宝刀を手づるに近づき、ひと太刀《たち》恨みをかえすつもり、されば私事私情をさきにするわけには参らぬ。もし目的を達したあかつきは、その後で信乃とやらを訪ね、村雨《むらさめ》の一刀を手渡そう。これも敵中にもし死なば、かなわぬと思ってくれ」

「ああ、それではだめですか」

浜路は絶望とともに、一声あっと叫び、命脈《めいきゃく》尽きたか、そのまま息が絶えてしまった。道節は瞼《まぶた》をしばたたき、火定《かじょう》の坑《あな》に死骸《なきがら》をおろして、柴《しば》をかきあつめて茶毘《だび》に付《ふ》した。それから念仏を唱えて立ち去ろうとした時、少し前からここを通りかかって物陰に身を潜めていた者がある。それは滸我《こが》からの帰途、本郷の円塚山《まるつかやま》の間道《ちかみち》を切った額蔵《がくぞう》だった。

「待て、行くことならぬ」

とさけんだ額蔵は、道節の刀の鐺《こじり》(43)をはっしとつかんだ。今の話で、信乃の許我に携えた村雨は贋物《にせもの》と知っておどろいた額蔵。尋常のかけあいでは、宝刀《みたち》を手渡すはずがない。このうえは力で取り戻すより法はないと思った。

「何をいたす、用を申してみい」

「その村雨の太刀《たち》を手渡せ。わしは犬塚信乃《いぬづかしの》が無二の友、犬川荘助義任《いぬかわそうすけよしとう》という者だ」

「いや、誰であろうと、こればかりは渡せぬ」

言うより二人は引っ組んでもみ合った。えいえいと、力足を踏み鳴らし、草を蹴《け》って争った。そのうちに、どうしたはずみか、額蔵の常に肌身をはなさぬ護身袋《まもりぶくろ》の紐《ひも》がとけて、道節の刀の下緒《さげお》とからみついた。双方の引く力で、袋はちぎれて道節の腰にくっついた。二人はそれを顧《かえり》みるひまもなく、今度は太刀《たち》を引き抜いて切り合った。

「うぬ、これでもか、えい」

道節の一太刀が、額蔵の胸を少し切った、と同時に額蔵も道節の肩を切り裂いていた。すると黒血とともに肩の辺《あたり》から何かぱっと額蔵の胸もとに飛んできたものがある。額蔵は思わず左手ではっしと受け止めてつかんだまま、右手の刀をふるって戦った。この時、なんと思ったか道節は手をあげて押しとどめ、

「待て、そちの武芸はなかなかよい。われは復讐の大望《たいぼう》があるから、小敵と命のやりとりは御免だ。よってこれにて退散する」

「卑怯《ひきょう》な怪行者《かいぎょうじゃ》、なんじょう逃がすものか」

「さらば」

声とともに火坑《かこう》の中にさっと飛び入ると、煙の立ちのぼる中に、姿は消えて見えなくなってしまった。額蔵はあっけにとられ、さては火遁《かとん》の術だなと思ったが、気がついて左手につかんだものを見ると、それは一個の玉であった。

「あっ、わが護身袋《まもりぶくろ》の玉は、道節の刀の鞘《さや》にからまって持ち去られ、代わりに手に残るこの玉。さては彼も同盟の士であったのか」

その玉には忠《ちゅう》の字が現われていた。同盟の士ならば、玉は換えてもいつかは相会う時があるであろう。やがて額蔵はこの場を去ろうとして、ふと左母二郎の死体に気がつき、矢立《やたて》を取り出して一札《いっさつ》を書いて建てた。一方は悪漢、一方は節婦《せっぷ》、前者は後者の従わざるによって惨殺す、ゆえにこの男女情死にあらずと。

額蔵は身をひるがえして帰途についた。礫川《こいしがわ》へと横切り下って、ひたすら大《おお》塚《つか》村へと急いだ。その大塚の蟇六《ひきろく》宅ではかの夫婦が、左母二郎のあとを追って行った者どもが少しも早く浜路を捕えて帰って来るのを、今か今かと首を長くして待っていた。

門先に足音がすると、浜路ではないかと走りいで、一方では陣代簸上宮六《じんだいひかみきゅうろく》のやって来るのが空恐《そらおそ》ろしく気がかりだった。そのうち、婚姻の時刻は容赦なく迫って、ついに陣代一行は、礼服をつけて乗りこんで来た。忍びの婿入《むこい》りなので、媒妁《なかだち》の軍木五倍二《ぬるでごばいじ》のほかは従者一人、若党と鞋奴《ぞうりとり》おのおの二人ずつの地味な同勢であったが、蟇六夫婦にとっては千人の鬼が一度に踏みこんだくらい、恐怖におののく気持だった。

「これはよくこそ御来臨。さきほどからお待ち申しておりました」

空世辞《からせじ》をのべながら座敷へ招じた。席定まって祝辞の交換、形のごとく酒膳《しゅぜん》が出たが、蟇六は狼狽《ろうばい》はなはだしく、やたらと燭台《しょくだい》の蠟燭《ろうそく》を継《つ》いでばかりいた。そのうち、軍木五倍二が立って次の間《ま》に蟇六をよんで、新嫁《よめ》の浜路をはやく席へ出せと催促した。

「ただ今、少々お待ちいただきとうございます」

「何ゆえだ、用意はもうできておるのであろう」

「はい。それがなにぶん、宵《よい》より胸痞《むねつかえ》が起こり、ちょっと、したくがおくれましたので」

「病気は先刻承知のことだ。それゆえ手厚く治療してつかわす約束ではないか。とにかく、一応病床を見舞うこととしよう」

「いえ、すぐ席上へ連れて出ますゆえ」

一時はうまくなだめたものの、当の宮六《きゅうろく》まで正面切っておこりだしたので、夫婦はついに真相を告げないわけにはいかなかった。宮六と五倍二はさらに烈火のごとく怒った。蟇六はいよいよあわてて、一刀を取り出して両人の前に置き、

「私の誠心《まごころ》はこの村雨《むらさめ》の宝刀《みたち》が証拠でございます。信乃から謀《はかりごと》をもって奪ったもの、輿入《こしい》れの贈品《ひきでもの》にしてもよいと存じております次第」

「なに村雨の名刀。うん、そうかよし、それならそれを一見しよう」

宮六はいくらか顔色を柔らげ、目の前の刀をとりあげて鞘《さや》を払った。抜けば水気《すいき》立つはずの一刀は、赤くさびついてじゃりじゃりときしんだ。宮六は手にかざしてしらべ、

「うぬ痴者《しれもの》、嘲弄《ちょうろう》する気か」

とさけんで立ち上がった。酒気もあったが、重ね重ねのことにほとんど狂乱に近いありさまで、五倍二ともども逃げまどう蟇六をさっと抜き討ちにし、返す刀でとめる亀篠《かめざき》も同じく切り捨てた。この時、老僕の背介《せすけ》が驚いて駆けつけたが、五倍二のため、やにわに浅手を負うて縁の下に逃げこんだ。この時ちょう

ど、旅から額蔵が帰って来た。出会い頭にばったり、血刀をぬぐって帰ろうとする宮六、五倍二の両人に出会ったので、額蔵は大手を広げて立ちふさがった。

「お待ちください、主人夫婦を殺したのはそなたたちか」

「そうだ」

「尋常に勝負せい。下郎《げろう》にも五常がある、主を討たせておめおめ見のがすわけにはいかぬ。私は、この家の小者《こもの》、額蔵というものだ」

額蔵はこう言いざま、二人の腕をつかんだ。何をっ、と振り払おうとしたが臂力《ひりき》（腕の力）の強さ、腕はしびれて動かなかった。二人ははじめて驚いて、双方から無言で切りつけた。額蔵も腰刀《わきざし》を抜き合わせ、ここで激しい立ち回りとなったが、十合ほどで陣代宮六を袈裟《けさ》掛《が》けとし、五倍二は重傷をうけ、家来にかつがれて逃げうせて行った。

家人たちは陣代を殺した一大事に、度を失っておろおろするのを、額蔵はなだめ、明日は問注所《もんちゅうじょ》へ復讐の趣を出訴《しゅっそ》しようと言った。ともあれ、一夜で奸悪《かんあく》どもが全滅したといえばいえる。

第三十回　芳流閣上《ほうりゅうかくじょう》に信乃《しの》血戦《けっせん》す　坂東河原《ばんどうがわら》に見八勇《けんはちゆう》を顕《あらわ》す

翌六月二十日の朝早く、近所の者も駆けつけて来て、ことのあらましを問注所《もんちゅうじょ》へ告訴した。額蔵《がくぞう》は事件とじかの関係者なので、一応謹慎《きんしん》のかたちで控えているところへ、どやどやとはいって来たのは、簸上宮六《ひかみきゅうろく》の弟簸上社平《ひかみしゃへい》、軍木五倍二《ぬるでごばいじ》の同僚である卒川菴八《いざがわいおはち》などで、それに数人の捕吏《ほり》がつきそっていた。

まず一応死骸を検視してから、家人ならびに額蔵の取り調べにかかった。額蔵は主命で滸我《こが》まで行って帰宅したところ、主人夫婦が殺害されていたので、下手人《げしゅにん》とわたり合ってその一人簸上《ひかみ》を討ち、他の一人軍木《ぬるで》を傷つけて討ち漏らしたが、主人の仇《かたき》をうったにまちがいはないと申し立てた。

「怪《あや》しい申し分だ。これはおそらく額蔵一人で皆を殺害しておきながら、うまくのがれるため巧《たく》みに演じた狂言であろう」

と簸上社平《ひかみしゃへい》は断じた。これはてっきり、額蔵が浜路《はまじ》を逃亡させたうえ、立ち帰って金銭衣装を盗み出そうとしているところを、蟇六《ひきろく》夫婦に見とがめられたため、その場で惨殺したにちがいない。

「そして運悪く、そこへわが兄宮六は品革浜《しながわはま》へ遠足のかえるさ、属役《つきやくご》五倍二《ばいじ》とともに、茶を一ぱい所望のため蟇六宅に立ち寄ったので、同じく額蔵のために殺傷の災難をこうむったのだ。これは生き残った軍木がそう証言しているから疑う余地はない」

社平は五倍二と打ち合わせでもして来たものか、筋目立ってこう言い張り、額蔵をすみやかにくれとどなった。その時、縁の下にうめき声が聞こえたので、引き出してみると老僕の背介《せすけ》だった。

「主人夫婦が、簸上様、軍木様に討たれたことは、私がよく承知しております。障子《しょうじ》をあけて中をのぞいたので、私まで切られました」

背介の証言で不利に陥った社平は、それなら鎌倉の尉《じょう》の殿の裁きを待とうと言い出し、卒川菴八《いざがわいおはち》もそれに同意して、捕吏はついに額蔵を引き立てて問注所さして行くことになった。

話かわって、滸我《こが》の犬塚信乃《いぬづかしの》はどうなったろう。十九日、額蔵と別れてから城下に宿をとり、あくる日、執権横堀史在村《しっけんよこほりふひとありむら》の屋敷をたずね、名簿を通じ、由緒《ゆいしょ》をのべ、村雨《むらさめ》の宝刀《みたち》を御所さまに献納したい旨《むね》をつたえた。すると在村《ありむら》は出《い》でて対面し、さきに旧臣の召し出しを発令《ふれ》たとき、なぜ名乗り出なかったかとたずねた。信乃は父番作《ばんさく》が深傷《ふかで》のため廃人《はいじん》となり、伯母夫婦が代わって跡目《あとめ》を継《つ》いだ由《よし》を答えたが、蟇六の奸悪《かんあく》にはすこしも触れなかった。在村は信乃の才《さい》幹《かん》を見て心でひそかにきらったが、近日御所《ごしょ》へ宝刀の件をつたえて召し出すから、それまで旅館にさがって待つようにと言った。

「承知つかまつりました」

信乃は安堵《あんど》して宿へ帰った。その日は暮れて翌日の朝、いま一度宝刀《みたち》を調べておこうと思った。床柱《とこばしら》の前にすわって、一刀《ひとこし》をおもむろに引き抜いた。じっと刃《やいば》に目を注いだ時、信乃はあっと驚いた。それは村雨の名刀ではなかった、長短も同じく焼刃《やきば》も似てはいるが、一目でわかるまっかな贋物《にせもの》だった。

「さては発足《ほっそく》の前夜、神宮川《かにわがわ》の船漁《すなどり》の際、水中に飛び入った時だけわずかに刀から離れたから、すり替えたとしたらあの間だ。すると、それをやった者は左《さ》母二郎《もじろう》にちがいない、遊芸三昧《ゆうげいざんまい》の男と思ったため、油断《ゆだん》がそこにあったのだ」

このうえは、滸我《こが》殿から召し出しのない前に、はやくこの旨《むね》を申し出て、宝刀《みたち》の献納を延期してもらおう。信乃はそう思ったので、髪をかきなぜ、袴《はかま》の紐《ひも》を結ぶのももどかしく、両刀をたばさみ外へ出ようとした時、城中から横堀在村の使者がやって来た。使者は若党二人で、昨日話のあった宝刀の件は、老臣たちが一覧して御所《ごしょ》の見参《げんざん》に入れるから急いで持参せよ、という伝達であった。

「ついては、時装一領《じそうひとかさね》を賜《たま》わる由《よし》でござる。なにとぞお受け取りください。これよりわれらと同伴して登城《とじょう》せられたい」

「承知いたした。ちょうど当方にても申しあぐることがあった際、さっそくまかり出ることにいたそう。ただし下賜《かし》の衣装はしばらくそちらにお預かり願いたい」

信乃はそう答え、柳筥《やないばこ》(44)の時装を再び使者に持たせて、横堀の屋敷へと急いだ。ところが、屋敷には在村はおらず、成氏《なりうじ》のもとにもう登営《とえい》したあとだった。やむなく信乃はさらに営中へおもむいたが、平服では不敬と思って、さっきの時装に着替え、在村へ申し入れの儀《ぎ》があると告げたが、通されたのは公式の滝見《たきみ》の間《ま》で、上壇に翠簾《みす》がたれさがり、成氏朝臣《なりうじあそん》の着座する裀《しとね》が設けてあった。その下段の左右には、横堀在村およびその他の老臣がずらりと居ながれていた。

その時、在村は信乃に向かって言った。

「このたび、結城《ゆうき》の城にて討死《うちじに》の旧臣、大塚匠作三戍《おおつかしょうさくみつもり》の孫犬塚信乃、その亡父《ぼうふ》番作《ばんさく》の遺言《ゆいごん》にしたがい、当家の什宝《じゅうほう》、村雨《むらさめ》のひと刀《こし》を献《たてま》つる由《よし》、まことに神妙である。ついてはわれら側臣が、まず一見しようと思う。太刀《たち》をここへ差し出すがよい」

「その儀《ぎ》につきまして、言上《ごんじょう》申しあげたく」

信乃は一身の浮沈《ふちん》に追い詰められて必死だった。私の方から申しあげようと思っていた際、事が前後して申し遅れましたが、昨日帰宅して宝刀《みたち》のすり替えられたことを発見、慚愧至極《ざんきしごく》であるが、暫時御猶予《ざんじごゆうよ》をたまわれば、探し出して改めて献納いたします、なにとぞこの儀お聞き届けにあずかりたいと言った。

「なにっ、宝刀は失《う》せたと申すのか。なんたる粗忽《そこつ》だ、どこに失せたという証拠がある、こやつ初めから偽言をもって、接近しようと企てたに違いない。くせもの、去らせぬぞ」

在村は烈火のごとく怒《おこ》った。

「ごもっとも至極《しごく》のお怒りであるが、私持参の一刀《ひとこし》、この鞘好《さやごの》みより見て、中《なか》刃《み》をすり替えられたは明らかと思います」

「広言《こうげん》無礼な奴《やつ》、思うに敵方の間諜者《まわしもの》に違いない、この曲者《くせもの》を生捕《いけど》れ」

と下知《げち》した。廊下外《そと》の士卒《しそつ》がいっせいに立ち上がり、わっと信乃に迫った。成氏は短慮《たんりょ》の大将、捕われたら死と同然だと思った。信乃は群がる敵を蹴《け》ちらし、白刃《しらは》の下をかい潜《くぐ》って庭へ跳《おど》り出た。あたりは死山血河《しざんけつが》、松の木から軒端《のきば》を伝い、屋上に飛び登った。

この建物は芳流閣《ほうりゅうかく》といった。三層の楼閣《ろうかく》、はるかに流るる大河は八州第一《はっしゅう》の

仇を殺す

君命《くんめい》によつて
見八《けんはち》
信乃《しの》を搦捕《からめとら》んとす
犬塚信乃
犬飼見八

坂東太郎《ばんどうたろう》（利根川）だった。蒼々渺々《そうそうびょうびょう》として葛飾《かつしか》の行徳《ぎょうとく》につながり、巨海《うみ》へ通ずる咽喉《のどくび》をなす。数百の士卒は楼上に向かって矢を放ったが、屋上へ登ろうとする者はなかった。在村はますます苛立《いらだ》って、管領《かんれい》成氏に向かい、

「かの獄舎吏《ひとやつかさ》の犬飼見八信道《いぬかいけんぱちのぶみち》は、さきに職役を固辞した罪で、ただ今入牢《じゅろう》中でございますが、彼は古人二《こじんに》階松山城介《かいまつやましろのすけ》の高弟にて武芸無双《むそう》の達人、なかんずく捕物拳法《とりものけんぽう》にすぐれておれば、死罪をゆるし、その代わりに信乃の捕縛《ほばく》をお命じなされたい」

と進言した。成氏はうなずいて、

「うん、左様《さよう》にとりはからえ」

と答えたので、在村は犬飼見八《いぬかいけんぱち》なる者をただちに牢内から引き出し、太刀《たち》、身《はら》甲《まき》、肱盾《こて》、臑盾《すねあて》、十手《じって》を与えた。見八は猿《ましら》のごとく長梯子《ながばしご》を走り登ると、信乃も心得たと甍《いらか》を踏んで血刀をとり直し、屋根の中央に突っ立った。芳流閣上、今や両雄の勝負いかにと、数百の目が下から仰いでいるのであった。

第四集

巻の一

第三十一回　水閣《すいかく》の扁舟《こぶね》両雄を資《たす》く　江村《こうそん》の釣翁《つりびとそうく》双狗を認《みし》る

人間万事《ばんじ》塞翁《さいおう》が馬(45)と古人も言っているが、禍《わざわい》と福とはより合わした縄《なわ》と同様、交互《たがいちがい》にやってくるもので、その終極がどうなるかはだれにもわからない。犬塚信乃《いぬづかしの》も名をあげ、家を起こすはずの村雨《むらさめ》の名刀は正真正銘のものではなく、かえってわが身を切りつける敵となった。そこでおおぜいの囲みを切り開いて芳流閣《ほうりゅうかく》の屋上によじ登ってはみたものの、絶体絶命におちいってしまったのだった。

一方、罪なくして、この何カ月かを獄に繋《つな》がれていた犬飼見八《いぬかいけんぱち》は縄を解かれ、ついに捕手《とりて》となって犬塚信乃を搦《から》めるためにえらび出されることとなった。そして見八は、むささびのようにするすると登って行った。追うもの防ぐもの、二人は互いに隙《すき》をうかがいながら睨《にら》み合った。

楼《ろう》下の広庭には成氏朝臣《なりうじあそん》が横堀史在村《よこほりふひとありむら》らの老職以下、家の子郎党にかこまれて床几《しょうぎ》に腰かけ、固唾《かたず》をのんで見上げていた。

さて、屋根の上で睨み合った二人は、まさに好敵手だ。互いに目にもの見せてくれようという形相凄《ぎょうそうすさま》じい。

「御諚《ごじょう》（君主の命令）だ」

呼びかけると、見八《けんぱち》は十手《じって》をひらめかして飛鳥《ひちょう》のように近づき、やにわに組もうとする。それを寄せつけまいとして信乃の鋭い太刀《たち》風が走った。はっしと受けとめて見八がさっと払えば、すかさずつけこんでくる信乃の刀尖《きっさき》、すべる甍《いらか》を踏みしめ踏みしめ、一方が捕手《とりて》の秘奥《ひおう》をつくせば、一方もまた手練《てだれ》の太刀筋を発揮して一上一下《いちじょういちげ》。はるか下から眺《なが》める主従士卒はひとしく手に汗を握って、まばたきもせず、ただ息をのむばかりだった。まさに両虎深山《りょうこしんざん》に戦う時、風おこり、雲わくとはこのことか。

その時、信乃が畳《たた》みかけて打ちおろす太刀先を見八は右手にさっと受け流し、信乃の引く拳《こぶし》につけ入ると、すばやく十手が信乃の眉間《みけん》にとんだ。はっしと受けとめる刃《やいば》の音、瞬間、信乃の持つ刀が鍔《つば》ぎわからぽきりと折れた。得たりと見八はおどりかかって、信乃に組みつくのを、信乃は組ませたまま利腕《ききうで》とってねじ倒そうと、互いにもみつもまれつした。そのうち、二人は同時に力足を踏みすべらした。

あっという間に、険《けわ》しく聳《そび》え立つ高閣《こうかく》の真下を目がけ、削《けず》りなした断崖《だんがい》を二つの米俵《こめだわら》のように転《ころ》げ落ちて行った。ちょうど、その直下の水ぎわに繋《つな》ぎとめてあった小舟の中に、折り重なってどしんと落下した。たちまち舷《げん》が傾き、ざあっと水煙《みずけむり》が立ったかと思うと、張り切った纜《ともづな》がぷつりと切れて、舟は矢のような流れの真ったただ中に吐き出され、おりからの追風と退潮《ひきしお》にのって行くえも知れず流れて行った。

「すわたいへん、どこへ行った」

芳流閣の士卒どもは、屋上に人なきを見て罵《のの》り騒《し》ぐばかりだった。成氏は猛《たけ》り立って、

「おお在村、舟を出して曲者《くせもの》のあとを追え」

と命じた。執権《しっけん》、横堀在村はぱっと畏《かしこ》み、四、五艘《そう》の早舟に士卒を乗せ、みずから指揮して飛ぶように櫓《ろ》を急がせて追跡したが、もう遅かった。二、三里（約八〜十二キロ）のあいだに影も形も見えない、ただ渺々《びょうびょう》たる大河《たいが》の一すじがあるばかりだった。


話かわって、下総国《しもうさのくに》（今の千葉県北部）は葛飾郡行徳《かつしかごおりぎょうとく》の浦《うら》、その入江橋《いりえばし》の橋詰《たもと》に古那屋《こなや》という古い旅宿《はたごや》があった。主人を文五兵衛《ぶんごべえ》といい、一昨年妻を失ったが二人の子があった。上は男で小文吾《こぶんご》といって今年二十歳《はたち》、身長は五尺九寸（約百八十センチ近く）、筋骨逞《たくま》しく、その力は百人力とうわさされ、とにかく一般の若者とは類を異にした器量の持ち主だった。天性武芸を好み、幼児か

ら親にかくして、師につき、技をみがいているうちに剣術、拳法《やわら》、また相撲《すもう》の手まで、すっかりものにしてしまっていた。下は女で名を沼藺《ぬい》といい、十九歳。ちょうど十六の春、隣郷《りんごう》の市川の船頭、山林房八郎《やまばやしふさはちろう》という若者の家に嫁《とつ》いで、その年の終わりごろには、もう大八《だいはち》と名づける男の子を儲《もう》けた。大八は今年、四歳になるわけだった。

さて、主人の文五兵衛《ぶんごべえ》はいたって釣《つり》道楽で、入江で釣糸を垂《た》れるのが何よりの楽しみだった。ところでこの年、つまり文明《ぶんめい》十年(46)（一四七八年）の六月二十一日、ちょうどこのあたりの牛頭天王《ごずてんのう》の船祭の日のことだった。文五兵衛は商売がら、昼間はひまなので、釣竿《つりざお》をかついで、ただ一人入江に出かけた。七つ時（午後四時）に近く、あいにく干潮《ひきしお》の最中だったから小鯊《こはぜ》一匹かからない。

すると、潮にひかれて波のまにまに川上から流れてくる怪しい一艘《いっそう》の放れ舟、何げなくひょいと見ると、舟の中に二人の武士が折り重なって倒れていた。どうやら死んでいるらしかった。

「おやこれは、戦《いく》さ舟《ぶね》のかたわれかな」

なおもよく見ると、月額《さかやき》の跡が長く伸びて元結《もとゆい》の切れた鬢《びん》の毛が顔に乱れかかっている一人の、右の頬《ほお》にあざがあって、それが牡丹《ぼたん》の花の形をしていた。

「おお、これは、かねて見覚えのあの人ではないか。そうだそうだ」

驚きの声を発した文五兵衛は、その舟に乗り移った。二人は気絶してはいるが、どうも死ぬほどの深痍《ふかで》ではない。そこで文五兵衛は、まず頬にあざのある方の武士を抱き起こし、大声で呼んだりいろいろと介抱したが、息を吹きかえしそうにもない。薬をとりに一走りしようと立ち上がった。そのはずみに思わず、他の一人の武士の脇腹をしたたか蹴《け》ってしまった。

「うん」

その武士は偶然、喝《かつ》を入れられた形となって、唸《うな》って目をひらいた。そしてあたりを見まわし、文五兵衛を見あげた。

「おお、いったいここはどこの浦だ。貴殿はどなたなのか」

文五兵衛は武士の顔をつくづく見まもって、

「やあ、お気がつかれましたか。ここは、下総は葛飾の行徳の入江、手前はこあの里の旅宿《はたごや》の文五兵衛という者。釣りに参って流れ舟を見つけました次第。この頬にあざのある仁《じん》は滸我御所《こがごしょ》の飛脚侍《ひきゃくざむらい》、犬飼見兵衛《いぬかいけんべえ》様のお子息見八信道《けんぱちのぶみち》殿という方です。あなた様も御同藩の方ですか、さだめしわけあってのことでしょうが、いかなる次第でございます」

武士は言うまでもなく、信乃であった。彼は何度も嘆息していたが、

「何を隠そう、それがしは江戸に近い大塚村のいささか由緒《ゆいしょ》ある郷士《ごうし》、犬塚信乃戍孝《もりたか》と申す者である」

信乃はそれから、身の上話をはじめた。

「それにしても亭主、今そなたから名を知ったばかりだが、この見八の面部《めんぶ》のあざが牡丹《ぼたん》の花に似ているのを見て、身にゆくりなく思い合わされることがあるのだ」

「なんとおっしゃいます。このあざに何か心当たりが」

「うん、ある。それがしの故郷大塚に糠助《ぬかすけ》という貧しい百姓があったが、その糠助《ぬかすけ》の臨終《いまわ》のきわに語ってくれたことがあるのだ」

安房《あわ》を追放された糠助がこの行徳の入江橋で嬰児《えいじ》を抱いて投身しようとした時、通りかかった武家の飛脚に止められ、乞《こ》われるままに二歳の子を託した。その武家は成氏朝臣《なりうじあそん》の御内《みうち》ときいただけで、名も名乗り合わずに別れた由《よし》だが、子の名は玄吉《げんきち》といい、生まれながらに右の頬先にあざがあって牡丹の花に似ていたと、糠助から聞いた。

「今この犬飼見八のあざも、その話と符節《ふせつ》を合わすようではないか」

それがしに時節《じせつ》到来して滸我《こが》殿に参ることでもあれば、その子が今もその領内におるかどうか、調べてみてくれと言い遺《のこ》した。どうやらその尋ねる人らしい。今それがしのみ生き残り、その人が死んでしもうたとはなんという悲運であろう。文五兵衛は思わず小膝《こひざ》をうって、

「いや、今のお話は手前の方にもぴったりと合うことがあります。こうっと、さよう、十七、八年前、いや十九年にもなりましょうか、確かに見兵衛《けんべえ》様は、それそれ、あの橋の畔《ほとり》に、飢え疲れた旅人が幼な子を抱いて身を投げようとしたおり、これをおしとめて、その子をもらい受けたと申され、手前の宿に預け

て行かれたことがありました。それは手前の総領（長男）の小文吾《こぶんご》が生まれた翌《あく》る年で、たっぷりあった女房の乳を分けて育てたかいで、その子もよう肥《こ》えたものでございます。それから一と月あまりたって、その子を迎えに見兵衛様はお越しになりました」

それから一昨年の秋であったか、見兵衛様が手前の宿に泊まられた際、こんなことをおっしゃった。わしももう寄る年波、お役目も長くは勤められぬから、倅《せがれ》の見八《けんぱち》に見習をさせようとつれて来たが、じつのところは見八が一人前の男になったのを、そなた夫婦に見せたいためじゃ。この子は幼少から人一倍武芸が好きで、たいそう早くから二階松山城介《にかいまつやましろのすけ》様の教えを受け、弱年ながら、えりぬきの高弟、ちっとはものになったであろうと思うている。息子どの小文吾《こぶんご》とはいわば乳兄弟、それゆえ昔を忘れぬよう兄弟の義を結ばせたならば、ゆく末までたのもしいことではないか、とおっしゃった。見八様は長禄《ちょうろく》三年（一四五九年）十月下旬に生まれたというはっきりした書付《かきつけ》が守袋にあり、倅《せがれ》の小文吾は同じ年の十一月生まれゆえ、ひと月の違いながら兄弟の順をきめました。こんなわけで、この舟のお方こそ小文吾の兄分の見八様です。倅はこの里の若者の頭《かしら》と立てられ侠気《おとこぎ》の強い男ゆえ、この悲報を聞いたらなんと言うか。

「あなた様も悪心あってこの人を殺したのではなく、見八にしても恨みがあってあなた様を搦《から》めとろうとしたわけではない。幸い、他に知る人もなし、さあ、ここから上がって、あとの祟《たた》りをさけなされ」

文五兵衛にせきたてられて、信乃は首を振った。

「今の物語で、この犬飼見八が、糠助の子ということが名乗りあわずとも知れ申した。知らぬうちならぜひもないが、知りつつ自分のみが生きながらえては、世に立つ面目もないわけだ」

信乃はそう言い終わると、見八の腰の刀をとって抜いた。あわてて、文五兵衛は押しとどめて、

「まあまあ、刀をお放しなされ。この惜しい方を見殺しにはとうていできませぬ」

「いや御亭主、それは情けに似てかえって情けではない。そこお退《ひ》きくだされ

たい」

信乃は文五兵衛の手を振り払って、やにわに刀を取り直して腹につき立てようとした。その時だった、死んだと思っていた見八がすでに正気がついていたのか、にわかに身を起こして叫んだ。

「やあ、待たれい。犬塚氏、はやまるまいぞ」

「えっ、息をもどしたか」

と見かえる信乃。文五兵衛はただ啞然《あぜん》として驚きの目をみはるばかりだった。

第三十二回　紗欏《もがり》を除《のぞ》きて少年号《ごう》を得たり　角觝《すまい》を試《こころみ》て修験《しゅげん》争《あらそい》を解く

「これは意外、犬飼《いぬかい》殿、息たえたとのみ思っていたに、では今の話を残らず聞いておられたのか。自殺寸前にまことに吉左右《きっそう》（吉報）」

信乃《しの》が驚いて言うと、文五兵衛《ぶんごべえ》もそばから胸なでおろして、

「傷所はなんともござりませぬか」

「いやいや、心配をおかけ申して済まぬ。ああ、世にもたのもしい武士、また良友が今日、この舟の中で顔を合わすとはふしぎな縁故」

見八《けんぱち》はさらに言葉をつづけて言った。

「犬塚《いぬづか》殿、ならびに古那屋《こなや》の御老人、芳流閣《ほうりゅうかく》の屋上から落ちたなと思ったあとは、われを失ったが、そのうちだれかそれがしの亡《な》き親の名と拙者《せっしゃ》の名までが呼ばれているので、まだ覚《さ》めきらぬ夢心地のうちに心を静めながら、その話を聞いていると、それがしの身の上。だが、不意に話の腰を折るよりも、終わりまで聞こうとそのまま臥《ふ》していた次第。けれど、君命《くんめい》をよそにしてみずからの都合のみをはかる不埒者《ふらちもの》と思われるな。まずそれがしの身の上をひとわたり、お聞きくだされたい」

と見八は言った。義父見兵衛《けんべえ》は卑《ひく》い身分ながら陰徳《いんとく》（ひそかに行う善行）を旨《むね》とした人で、実父のように見八を養い育てたが、見八がもの心つくころになると、もらいとった次第を言い聞かしてくれた。

「おまえの実父の形見《かたみ》は、今そちの腰につけている守袋だけだ。中にいろいろはいっているが、臍《へそ》の緒《お》をまきこんだ紙の端に書きつけがあって、長禄《ちょうろく》三年十月二十日誕生、安房国《あわのくに》住人糠助《ぬかすけ》の一子玄吉《げんきち》の産毛《うぶげ》臍帯《へそのお》などとしるしてある。だが、父御《ててご》はその時、安房を追放されてさまようておったので、その行くえはたしかでない。母御《ははご》はその年に身まかられたと伝え聞いた」

こう教えさとされて、われは幼な心に悲しいような、なんともやる瀬ない気持で涙にくれるばかりだった。それからは養父母に養育の恩を返し、実父《じっぷ》の恥をすすぎたいと心を励まし、学問武芸も人におくれまいと一心に習い学んだ。そのうちに年を経て、昨年、春夏三月《みつき》ほどのあいだに養父母がそろって他界した。

その忌《き》が明けると御所《ごしょ》に召し出され、父の職を継いだが、この春、役儀《やくぎ》が変わって獄舎《ひとや》の長《おさ》となった。職役もずいぶんいろいろある中に、よりによって獄卒《ごくそつ》の長を承《うけたま》わるとはなんとしてもいとわしいと思った。そのうえ、執権《しっけん》の横堀在村《よこほりありむら》は権力を悪用して人を苦しめること甚《はなは》だしく、罪なくして獄に繋《つな》がれ、あえなく命を失う者も多い由《よし》。いかに役儀とはいえ、罪なき人を罪に落とし笞《しもと》で責めるのは忍びがたい。また、すでに養父母が世を去ったうえは、実の親の安否をたずねもしたい。そう思案したすえ、願書をさし出して、獄卒の役を辞した。

ところが、このため上《かみ》をないがしろにする重罪であると、ただちにわが身は獄に繫《つな》がれ、およそ百日を経た。いずれは死すべきかと覚悟をきめていたところ、急に罪を許され、曲者《くせもの》信乃を搦《から》めよと、うって変わった意外な厳命だった。それゆえ信乃殿が実父の恩人とは知らぬまま挑《いど》み戦った次第であった。

「これも親と親との陰からの助け、神助《しんじょ》があったればこそ、貴殿は危急を免《まぬか》れ、それがしはどうにか身を退《ひ》く機会を得たばかりか、互いにこうして無事に親交を遂げることができて、このうえもない幸いでござった」

見八の長い話が終わると、あたりはただ、かすかに浦風が涼しく吹いているばかりだ。信乃は、

「いや、あっぱれな見八殿の御胸中。御実父のことは一口に語りつくせぬが、去年七月二十三日の明け方、じつにりっぱな往生《おうじょう》を遂げられた。享年《きょうねん》は六十一

歳ときいております。御老人が臨終にあたり、それがしに頼んだことはただ、貴殿のことばかりでござった。

安房《あわ》の洲崎《すざき》で見八殿が出生された七夜の日、糠助《ぬかすけ》老人は網取りした鯛《たい》を手ずから料理したが、その時、魚の腹に玉があって、文字のようなものが見えたゆえ産婦に読ませたところ、これは「まこと」とよむ「信」の字であろうと言う。そこで誕生の月日、幼名と、その玉のことまで紙片に書きつけ、産毛臍帯《うぶげへそのお》といっしょに守袋《まもりぶくろ》に納めておいたが、守袋も失わなければ今も彼の手にあろうから、それを証拠にすれば会えるかもしれぬなど申されていた」

「おおその玉は、今もそれがしの許《もと》にござる」

見八は紐《ひも》を解くのももどかしげに膚《はだ》につけた袋をおし開いた。

「もしも貴殿と名乗り合わなんだら、実父のことをこうまで詳しく知ることはできなかったであろう。守袋はなんとしても身から放さず玉だけは失わずに来た。これ、ここにござる」

「ふうん、話に聞く唐土《もろこし》の隋玉《ずいぎょく》、夜光《やこう》の名玉とはこのようなものか。さてさてじつにみごとな宝でござるな」

と奇異に打たれながらほめたたえた。見八もありし日の思い出にたえかねて目をしばたたき、

「いや、よけいなことを申すようなれど、養父の名乗りを隆道《たかみち》というので、それがしは信道《のぶみち》と命名された。道は養父の一字、信はこの玉の文字を表した実父の形見とは伝え聞いていたが、今こそそれが事実とわかった。玉の出処《しゅっしょ》はますますふしぎ」

「いや玉については、貴殿ばかりではない。それがしにもやはり、なつかしく奇《く》しき親の物語がござるのだ」

信乃もそこで、自分にも孝の字の玉があることを語った。

「今まざまざ、その人と玉を見て、いよいよ前世《ぜんせ》の因縁《いんねん》があることを知ったわけ。なにとぞ、わが玉も御覧ください」

信乃はこう言って彼の玉を見八にかえすと、首にかけた守袋の紐《ひも》を解いてまず玉を見せ、それから膚《はだ》をぬいで、腕のあざをみせた。

やがて両人とも玉をしまうと、すぐ天地を拝して誓いをたて、兄弟の義を結んだ。文五兵衛は、はじめからただ黙然として腕ぐみをしながら二人の話を聞いていたが、二つの玉を見て、ますます驚きの目を見はった。そして、たまりかねたように口をはさんだ。

「今から思うと、倅《せがれ》の小文吾《こぶんご》が見八殿と兄弟の約束を結んだのは、犬塚殿とも前世の縁があるのかもしれませぬ。じつを申せば、倅も一つの玉を持っておりまます。さよう、そこの二つの玉に似て、顕《あら》われた文字は孝悌《こうてい》の悌《てい》の字ゆえ、商人にはなくてよい名乗りまで自分勝手につけて悌順《やすより》と申しております。小文吾がまだ赤子で食初《くいぞめ》の祝いをいたしましたおり、赤飯を含ませようとして椀《わん》の中に箸《はし》をさした時、その箸にあたってころころと転《ころ》がり出たのが、やはりその玉でした。なんともふしぎなこと、小さいがみごとなものゆえ宝として、そのまま小文吾の守袋に入れてやりました。今も大切に持っております」

亭主は言葉をつづけ、皆様の今のお話のように、小文吾は商人の子にも似ず、子供の時からやはり武芸に励み、八歳の時でしたか、十五歳の子供と相撲《すもう》をとって相手をしたたか投げとばし、おのれまで尻餅《しりもち》をつき、あたりの葛石《かつらいし》に尻をうったため大きなあざができました。それが、やっぱり牡丹《ぼたん》の花の形と申せば、そのとおりに思われます、と言った。

話のあいだ、信乃と見八はわれを忘れて膝《ひざ》をのり出していたが、やがて信乃はうなずいて、

「文五兵衛殿、御子息《ごしそく》の話をいま少し詳しく語ってはくださらぬか」

老人はにっこりとほほえんで答えた。

「まことにおはずかしい次第ながら、手前の素姓《すじょう》を少々申しあげましょう」

文五兵衛は安房半国の主《あるじ》であった神余長狭介光弘朝臣《じんよながさのすけみつひろあそん》の近習《きんじゅう》で、那古七郎由武《なこしちろうよしたけ》の弟だった。山下柵左衛門定包《やましたさくざえもんさだかね》の逆謀《ぎゃくぼう》によって光弘が横死《おうし》した時、兄の七郎はもと金碗八郎孝吉《かなまりはちろうたかよし》の下僕杣木朴平《そまきのぼくへい》、洲崎無垢三《すざきのむくぞう》らと戦い、その場に無垢三を仆《たお》したが、その身も深痍《ふかで》を負い、ついに朴平のために討たれた。そのとき十八歳だった弟の文五兵衛は弱冠《じゃっかん》ゆえに出仕せず、かつ病いがちであったので、定包を討つ志もかなわず母の故郷の行徳《ぎょうとく》に落ち、後に旅宿《はたごや》を開いたのであった。

屋号の古那屋《こなや》はこの那古《なこ》の名を逆に呼んだもの。町人とはなったが、父祖は武士、倅《せがれ》の小文吾も自然、武芸をたしなむことになったのであろう。と語ってから老人は、

「倅小文吾《こぶんご》は身の長《たけ》五尺九寸、測り知れない膂力《ちから》の持ち主と申しましょうか、わが子ながらあきれたもので、さきごろこんな武勇伝がございます」

とつけ足した。それによると、この行徳に杪欏犬太《もがりいぬた》という悪者がいて、世間から毒蛇《どくじゃ》のように恐れられていたが、ある時この犬太、酔狂《すいきょう》にも里の真ん中に縄を張って、

「ここを通り過ぎる者は、銭《ぜに》百文《もん》を出すべし」

などと人々に難題をふっかけた。するとこの時、十六歳の小文吾は、一人でそこへ出かけて行って物をも言わずその縄をひきちぎり、力まかせに犬太を蹴とばし、のりかかって胸のあたりをぐいと踏んだ。このため犬太はとうとう息絶えて死んでしまった。

それからは小文吾は、この犬太の名をもじって犬田《いぬた》小文吾という綽名《あだな》をつけ

られた。

また、これもごく最近のことだった。鎌倉《かまくら》に大先達念玉《だいせんだつねんぎょく》、修験道観得《しゅげんどうかんとく》という二人の山伏《やまぶし》がいて、ともに剛慢《ごうまん》な悪僧であったが、親戚のくせに争いを起こし、なかなか解決がつかないでいた。そこで二人が話し合って、互いに好きな相撲《すもう》でこの争いを解決しようということに相談がまとまった。

いよいよ各自あちこちから名高い力士をさがすことになり、念玉坊《ねんぎょくぼう》は小文吾の噂《うわさ》を聞いて話をもちかけ、観得坊《かんとくぼう》の方は小文吾の妹婿《むこ》で市川の里にいる山林房八郎《やまばやしふさはちろう》が強いと聞いて味方にした。この房八郎は今年二十二歳、数艘《そう》の川船の船主だが、これまた身の長《たけ》五尺八寸、力は山を抜くほどだとの噂が近国《きんごく》に響いていた。

さて、八幡《はちまん》の社頭で山林と犬田の取組みとなったが、二人は技といい力といい伯仲《はくちゅう》とみえ、組んでは離れ、離れては組み、半刻ももみあったあげく、ついに小文吾は房八を倒してしまった。

「このことがあってから、小文吾と房八の仲が気まずくなりました。おやおや、むだ話に実《み》が入ってしもうて、日が暮れるのもとんと忘れていました。どうやら暗うなって、人目を忍ぶのに都合がよかろう。さあ、参りましょう」

老人がつと歩き出そうとした時、いつ忍んでいたのか水ぎわの芦《あし》をかきわけ、不意に半身を現わした男があった。

巻の二

第三十三回　小《こ》文吾《ぶんご》夜麻衣《よるあさぎぬ》を喪《うしな》う　現八郎《げんぱちろう》遠く良薬《りょうやく》を求む

その男は芦《あし》をわけて水ぎわにおり立つと、そのまま艫《へさき》の方に近づいて来た。見ると、これこそ、だれあろう小文吾《こぶんご》だった。

あきれた亭主文五兵衛《ぶんごべえ》が腹立たしげに、声を荒だてて、

「おい小文吾、このたわけ者、神酒《おみき》に酔っ払って、おまえはこの方々に敵対するつもりでそんなところから出てきたのか」

と我鳴《がな》りたてると、見八《けんぱち》は後から老人の袂《たもと》をひいておしとどめながら、にっこりして、

「犬田《いぬた》どの、久し振りだった。ご無事で重畳《ちょうじょう》(この上もなくうれしい)。それにしても思いもかけぬ再会、たった今、むつかしい生命《いのち》をとりとめたのも皆、御老人のおかげであった」

と言ったが、気がついて慌《あわただ》しく信乃《しの》の方を見かえって、

「これが小文吾でござる」

とひきあわせた。信乃は小文吾に近づくと、

「それがしは犬塚信乃戌孝《いぬづかしのもりたか》と申す者、御老人に同じ前世《ぜんせ》からの因縁があることを聞いたので、そなたとは初対面とも思えませぬ」

「いや突然に声をかけ、親にたわむれ、方々《かたがた》を驚かしてまことに御無礼でした」

小文吾も笑いながら、膝《ひざ》をなでさすって蚊《か》を追った。

「そこは蚊もいるし、裾《すそ》がぬれる。小文吾殿、狭いがやはりこの舟にはいったら」

「いや、御両所をいつまでもこんなところに置くわけにはいきません。じつは私、途中で一度もどって、再びお迎えのために参りました。それというのが、先刻からこの深い芦の間から見ていると、父上が見なれぬ舟に乗って誰かと話しこんでおられる。何かわけがあろうと察してぶしつけに呼び立てもできず、近寄ってつい立ち聞きしてしまいました」

すぐ、とび出して対面をと思ったが、女中《おなご》どものいるところへ御両人をつれて戻れば何かと気がかり。そこで、家に帰ってまたここへ迎えに来ることに決め、いったん家にとってかえし、女中《おなご》どもに暇を与えて外に出してやった。ちょうど、日も暮れて都合はよく、門をしめて背戸《せど》から出て再びここに来てみると、父上の長話がまだつづいている。

「私のことをもったいぶって、いやもう自慢たらたら、聞いていてばかばかしいので冷汗びっしょりです」

「ははは。年が若いのによう気のつく奴《やつ》じゃ。そうとは知らぬゆえ、びっくりさせられた。いやともかく客人をおつれすることにしよう。おまえが先に立って案内するがよい」

立とうとする父を、小文吾は手でとめた。

「市《まち》の中は祇園会《ぎおんえ》で人通りも多い。また門《かど》ごとの燈籠《とうろう》もあかるいゆえ、犬飼《いぬかい》氏のかわった姿を見て怪しむ者があってはなりません。そう思って、単衣《ひとえ》を持って来ました。これに着替えてください」

小文吾は手に持っていた風呂敷包みを舟板の上において解くと、衣類のほかに両口《ふたふり》の刀さえ出て来た。

信乃はその至れりつくせりにあきれたが、ひざまずいてうやうやしく両刀を受けとった。

「それがし、滸我御所《こがごしょ》で不意をつかれ、刀をとる遑《いとま》がなく、しばらくささえて、隙《すき》を見て一人の刀を奪って戦ったような始末、ところがそれさえも折れて、寸鉄も帯びておらなかった。衣類のみか、こんなにまで細かい配慮、千金にまさる贈物でござる。貴殿の俠気《おとこぎ》と勇力はさきほど御老人から詳しく承《うけたま》わったが、義勇ばかりではない、分別才覚も兄分《あにぶん》と申せよう。いや、まことの兄弟とても及ばぬ、返す返すもかたじけない」

信乃が大喜びで礼をのべると、見八も同じく謝して、信乃とともに手早く衣服を脱ぎかえ、互いに助け合って浅痍《あさで》を布でまいた。中でもわが子の分別をほめ立てられて、文五兵衛はさすがにうれしい親心を満面にあらわしていた。信乃、見八のぬぎすてた衣服や肱《こ》当《て》臑《すね》当《あて》を、一つにまとめて風呂敷に包んでしまった小文吾は、あたりを見回してから父に、

「御両人を案内して早くお帰りください。私はこの舟をおし流してあとから帰ります。風呂敷はそのままにして釣竿《つりざお》を持ってお立ちください。忘れ物をなさらぬように」

「さらば」

文五兵衛につづいて信乃、見八もひらりと水ぎわに降り立った。

「では小文吾殿、御老人と同行して宿所にてお待ち申す」

「さあ早くおいでください」

せかれるままに二人は一礼して、文五兵衛のあとについて古那屋《こなや》に向かった。小文吾は舟を川の中におし出し、力まかせに突き放した。舟は後むけにゆれながら、走り出して海の方へ出ていった。

日はもうとっぷりと暮れはてて、深い宵闇《よいやみ》があたりをつつんでいる。小文吾は、家路《いえじ》をさして帰りはじめた。その時、それを四、五間《けん》やり過ごしておいて、芦原《あしはら》のほとりからだれか現われた。紺《こん》と縹《はなだ》を経緯《たてよこ》に織《お》った、大きな縞《しま》の浴衣《ゆかた》を着ている。片つまを高はしょりして腰刀《こしがたな》を一本さし、藍絞《あいしぼり》の手拭《てぬぐい》で頰《ほお》かむりした男だった。ぬき足、さし足、小文吾のあとをつけた。手をのばして無言で鐺《こじり》(刀の鞘《さや》の末端)をぐっと握りとめ、二足、三足引きもどした。小文吾は少しも騒ぐふうがなく、身をひねり、一揺《ひとゆ》り揺すって振りはらった。その男はその肩先を押さえて、ぱっと手をまわして小文吾が背負っていた風呂敷包みの真ん中をつかんで、力一杯ひき倒そうとした。

包みはびりびりと綻《ほこ》ろび中から麻衣《あさぎぬ》が落ちたが、まっくらやみの中だから小文吾は気がつかない。容赦はならぬと、躍《おど》りかかって男の右腕をしっかと握った。と、男もひるまず振り放した。

ともに劣らぬ拳法の秘術、顔もわからず、闇の中で無言の闘《たたか》いだ。狙《ねら》いさだめた男が突っ掛かってくるところを、さっとつき出した小文吾の拳《こぶし》がくるいなく男の脇腹《わきばら》をしたたかうった。

「あっ」

と一声、男は一間《いっけん》（約一・八メートル）あまり、だだっとあとすざりして、どうと尻餅《しりもち》をついてしまった。小文吾はゆるんだ風呂敷を固く結び直すと、そのまま足を早めて去って行った。

倒れた男は、しばらくしてわれにかえって起き上がった。そして足をふみ出した時、その下に落ちている麻衣《あさぎぬ》につまずいた。男は手早く拾いとって、それを懐《ふところ》にねじこんだ。そして、そのまま塩浜の方に走り去った。

一方、文五兵衛は二人を伴なって橋詰《はしづめ》の旅宿《はたごや》に帰って、奥まった小さい座敷に二人を案内して、酒や料理の支度《したく》をして、ねんごろに二人にすすめながら言った。

「毎年のことながら、この六月《みなつき》は宿をとる客もすくない。ただ、先刻お話ししたあの鎌倉の大先達念玉坊《だいせんだつねんぎょくぼう》という山伏《やまぶし》だけが、供の者をかえして泊まっております。いや、それさえも神輿洗《みこしあらい》を拝《おが》みに昼ごろから浜べに出て行き、明日《あす》でなくては帰って来ませんので、都合がよろしい。倅《せがれ》も御両人と兄弟の義を結んだからには、わが子とどこに差別がありましょう。いつまでも、ここにござらっしゃれ、なんとかして、おかくまいするつもりです」

文五兵衛はいっこう、気にもとめずに飯《めし》をもりそえしたりしてすすめてくれるので、二人は心の中で感謝するばかりだった。そこへ小文吾も帰って来た。

信乃、見八は喜んで小文吾を迎え、座を譲《ゆず》って車座になり、父子の恩義を改めてこまごまと謝した。終わりまで言わせず、

「いや、お二方、こんなことぐらいで礼をのべられては困ります。私は先に犬《いぬ》飼《かい》氏とは兄弟の誓いを交《か》わしているし、今は犬塚《いぬづか》氏とも同様です。そのうえ、玉のことやあざのことがあるから、当然苦労をともにしなければならぬ義理合

いのはずです」

小文吾はそう言うと、懐中《かいちゅう》の古金襴《こきんらん》の袋から一つの玉をとり出し二人に示した。二人も誘われて自分の玉を出したので、そこへ三つ並んだ。互いに見くらべると、どれがどれだかわからぬくらいに見えたが、ただ、幻影のごとく玉に顕《あら》われた孝、悌《てい》、信の文字の違いで持ち主がわかるだけだった。三人はいまさらのように何かしら奇異の感動に打たれながら、なおも灯の下に寄せて眺《なが》めた。

文五兵衛はたいそううれしそうだった。はては小文吾に向かって、

「玉のついでにおまえのあざをお見せしたらどうじゃ」

と言い出した。小文吾は少し当惑そうにほほえんで答えた。

「私のあざは悪いところにあるゆえ、お見せするのは失礼かと思いますが」

と帯を解き、衣服《きもの》を脱いで、行燈《あんどん》の火影《ほかげ》に背中をむけた。

よく肥《こ》えて、あぶらぎった膚《はだ》は雪のように白かった。背中には灸《きゅう》のあともないが、尻《しり》に寄ってたしかに黒いあざがある。そしてそれは牡丹《ぼたん》の花の形だ。二人は感動に打たれた。小文吾はしずかに袖《そで》に手を通した。すると信乃が言った。

「犬田氏が人に見せられぬところをお見せくださったのは、相許《あいゆる》した友なればこそ」

そして自分のもお見せすると言って、片はだをぬいで腕《かいな》を見せた。そこにもまさしく牡丹の花が漂《うか》んでいた。小文吾がこれを見て感嘆の声を放つと、信乃はさらにつぶやいた。

「ここの三人ばかりではなく、犬川荘助義任《いぬかわそうすけよしとう》、かりの名を額蔵《がくぞう》という者もこれとまったく同様でござる。この座に彼一人欠くのはいかにも残念だ」

それから、こんなことを言った。

「じつは私のなき母の遺愛の与四郎《よしろう》という犬の死骸《しがい》を庭の梅の木の下に埋めましたところが、その翌年、梅は八房《やつふさ》になって実《み》を結びましたが、その梅の実に文字のごときものが読まれ、まことにふしぎなことと、その実をとって残して置きました。文字はその実の皮や肉とともに失せて、跡形もなくなったが、その核《さね》だけは今も残してあります。その八房の実を見たのはそれがしと額蔵のみでした。その時二人はこの梅が玉と似ているゆえ、この世にいくつかの玉があるのではないか。それを秘蔵する者は、おそらくわれらと盟《ちか》う兄弟であろうと語ったが、そのとおりここに、犬飼、犬田の両友を得て四人となりました。思うに行く末ますますたのもしくなるようだ」

信乃の語る話を聞いて文五兵衛は膝《ひざ》をのり出し、見八、小文吾の両人も奇異の念を新たにするのみだった。

それから見八が杯《さかずき》をとって、信乃と小文吾にすすめたので、両人は喜んで兄弟の義を結び、

「楽はともにせぬことはあっても、憂《うれ》いをともにしよう、同じ日には生まれなくとも、同じ日に死ぬ覚悟でいよう」

と改めて誓い合った。それから小文吾は父に言った。

「言うまでもないことだが、それがしが不在のおりはことに気を配ってください。このごろは泊まりの客もないが、あの念玉坊《ねんぎょくぼう》は明日は必ず帰ってくるに違いない。それればかりか、八幡《はちまん》の相撲から房八《ふさはち》がひどく私を恨《うら》んでおります、妹婿《むこ》だとて油断すれば、そこからまちがいが起こらぬものでもない」

やはり芦原《あしはら》での曲者《くせもの》のことが、気がかりになるからであろう。そんなことは知らぬ文五兵衛は大きくうなずいて、

「いや、まったくそのとおりじゃ」

すると見八もそばから言った。

「事実、ここの領主の千葉殿は滸我《こが》殿の味方、それに横堀在村《よこほりありむら》はひどく疑い深い男じゃ。屋根から落ちた見八が無事で、信乃殿と兄弟の義を結んだと伝え聞いたなら、まずこのそれがしの方をずっと憎むだろう。人の目や耳を避けるには名を変えるにこしたことはありません。そこで、見《けん》の字に玉《たま》を加えて、今日から現八《げんぱち》と名乗りたいと思うが、いかがであろう」

信乃も、小文吾も、異口同音《いくどうおん》に賛成した。それで見八は現八郎《げんぱちろう》と改名することになり、信乃もまた、世を偽《いつわ》るために別名を用いることになった。

夜はもうふけて、子《ね》の刻（午前零時）も半《なか》ば過ぎているらしい。

おりから、だれかがしきりに門をたたいているらしい音がした。小文吾が立って行って、

「だれじゃ」

と問うと、その声を聞きつけて外の声が高くなった。

「おれは塩浜《しおはま》の鹹四郎《からしろう》じゃ。神輿洗《みこしあらい》の帰りに浜べで若い者が喧嘩《けんか》して、怪我人《けがにん》がたくさんできてしもうた。中にはおまえさんの相撲《すもう》の弟子《でし》もいるし、市川《いちかわ》の山林房八《やまばやしふさはち》の弟子もいるのじゃ。はやく来てくだっせい」

とたいへんな慌《あわ》て方だ。いやな時に喧嘩《けんか》をおっぱじめおってしようのない奴じゃ、と小文吾は思わず舌打ちしたが、

「相手が市川の者で山林の弟子ならば知らぬふりもできまい。おまえは先に走れ。おれはあとから追っかけて行く。人さわがせな奴ばかりじゃ」

「そんなら、関取《せきとり》、待ってるゆえ、はやく頼むぜ」

念を押して鹹四郎《からしろう》は足音高く走り去った。小文吾はまた、小座敷にもどってくると、

「御二方《ふたかた》、御無礼をしました。父上、いま門の外で言っていたこと、お聞きでしたろう。父上は客人方《きゃくじん》にも寝てもろうて、戸をしめて寝てくだされ」

文五兵衛は眉《まゆ》をしかめ、

「若い奴らが酔払って撲《なぐ》りあいをするのは、珍しいことでもあるまいが、相手が市川の者で仲の悪い房八の弟子とあれば、これを種に枝葉をつけて大事にしようとかかるかもしれぬぞ。人の喧嘩を買うなよ」

「それは心得ています。負腹《まけばら》の立った房八が横車《よこぐるま》を押したとて、まっすぐな道を行くおれをどうすると言うのじゃ」

すると、文五兵衛は黙って、懐紙《ふところがみ》を出して引きさき、一本は長く、一本は短く紙《こ》よりをつくり、それを左手に持って、

「この喧嘩はどうも気がかりじゃ。その脇差《わきざし》をこっちに渡せ」

と言いながら、小文吾の刀をとって、膝《ひざ》にのせ、その紙よりを鍔《つば》の透《すか》しと鉃《しとどめ》に通して、しっかりと結んでかたわらに置き、小文吾の右の手を胸もとまで引き寄せて、もう一本の紙《こ》よりで右の親指と小指の根本を輪結びにして、

「親心というものがわかるか。紙《こ》よりは弱いものじゃが、結んで刀をとめたなら、引き切らぬ限りは抜くことはできぬ。国の法度《おきて》も親の意見も、この紙《こ》より

と同じじゃ。破ろうと思えばたやすいが、破れば非法、不孝となる。太刀《たち》は男の魂、身を護《まも》るもので、人を切るために腰にさすものではないぞ。両手はたいせつな宝で、万事の用を達するためのものじゃ。人を撲《なぐ》るためのものではない。いかに腹が立とうと堪忍《かんにん》ならぬことがあろうと、この紙《こ》よりは切れやすく、切ればもとどおりにならぬと思いかえして辛抱《しんぼう》するのじゃ。親に嘆きをかけるでないぞ」

いつもとは改まった意見だ。

小文吾も頭をあげ、

「短気で事は成らぬと言うが、その場の腹立ちで身を滅ぼすなとの御意見、よっく胸にこたえ、肝《きも》にしみました。父上、安心なされ。おれも今では三人、四人の豪傑《ごうけつ》の下に列《つら》なる千金万金の貴《たっと》い身じゃ。一ときの怒りにまかせて親を忘れ、友に背《そむ》くようなまちがいをしでかしたりするものか。この紙《こ》よりを切るようなことがあったら、親に勘当され御両人に見捨てられてしまう。それを忘れねば、紙《こ》よりの輪のように喧嘩も円《まる》く治まろうというものじゃ。もう夜もふけたで、おれは出かける。寝《やす》んでいてくだされ」

小文吾はこう言って一刀《ひとこし》を腰に差した。

翌朝になった。

文五兵衛は早くから起きて朝食の支度をととのえ、信乃、現八《げんぱち》が起きるのを待った。ところが、日がしだいに高くなってきて、もう巳《み》の刻《こく》（午前十時）になるのに小文吾はまだ帰ってこないし、二人の客もまだ目覚めないようだ。もはや、起きてもいい時分だと思って、

「客人方、起きなさらぬか。はや日も高くなりましたぞ」

大きな声で呼び起こすと、慌《あわ》てたふうで現八が障子《しょうじ》をあけ、

「それがしは明け方から目覚めているのですが、どうしたものか、犬塚氏は夜明け前から手瘡《てきず》がたいそう腫《は》れ痛んで、ひどく苦しんでいられる。どうも昨日一日、川風に吹きさらされたために破傷風《はしょうふう》になったのではないかと心配しています。もっと早く御老人に御相談をと思うたが、人手もないのに、まあ、しばらくこのままにしてくれ、と犬塚氏が言われるので黙っておりました」

と告げたので、文五兵衛は驚いて、

「それはたいへん、昨夜までは元気に話をしてござったに、病気というものはわからぬものじゃのう。まず容態《ようだい》を見てのことじゃ」

すぐ中にはいって蚊帳《かや》に顔をおしつけながら、

「犬塚氏、御気分はどうじゃな。何かほしいものはありませぬか」

問われて信乃は目を見開いて、頭をあげようとするができない。苦しそうに息をついて、

「御老人か。あれから小文吾殿はまだ帰られませぬか。世を忍ぶ宿にて、しかも重い病にかかってしまいました。それがしはともかく、人にやっかいをかけて心苦しゅうてなりませぬ。生きるも死ぬも天命、このままうっちゃっておいてください」

これだけやっと言えたが、また目をとじてしまった。文五兵衛はただ嘆息のほかはなかったが、現八を目顔《めがお》（目くばせ）で次の間《ま》に誘って膝《ひざ》をつき合わし、声をひそめて言った。

「なんとも困った容態じゃのう。療治看病《りょうじかんびょう》を怠《おこた》っては本復《ほんぷく》（全快）はむつかしい。田舎《いなか》のことで名医も良薬もありませぬ。それに、世を忍ぶ身なので、土地の医者に診《み》せるわけにもゆきますまい。わしの兄、那古七郎《なこのしちろう》から相伝《そうでん》の破傷風《はしょうふう》の奇方《きほう》（変わった治療法）もありますが、その伝えでは、死にかかった時、年若い男女の血潮を五合ずつとって合わしてその痍《きず》にそそいで洗えば、痛みも腫《は》れもひいて立ちどころに癒《い》え、気力も一日で本復すると言われています。わしも若いおり亡き兄から伝えられ、家の言い伝えに残すため小文吾にも伝授しておきましたが、さて五合の血潮といえば、とられた者は死ぬじゃろうし、よし死なずとも銭も勢《せい》もある者でなくては求めがたい。御身《おんみ》に何かよい分別はありませぬかのう」

現八は黙ってしばらく考えていた。そしてやがて低い声でいった。

「その血洗いの方はよいと言っても、医は仁術《じんじゅつ》というのに人を害《そこの》うてまで求めるのは不仁の術と申すもの、忍びがたいことでしょう。ただ、武蔵国《むさしのくに》の志婆浦《しばうら》に破傷風の売薬がありまして、これはよくきく薬でした。志婆浦はここから五、六里（約二十〜二十五キロ）はありましょう。日永《ひなが》のことだから、今からでもひたすら路を急げば今宵《こよい》の四更《やつ》（午前二時から四時）には帰れましょう」

文五兵衛はうなずいて、

「なるほど、その薬がよろしかろう。じゃが、御身も手疵《てきず》があり、この暑さに遠く走っては、からだにさわりがなくとも、人目に立って途中で難儀でも起これば取りかえしがつかぬ」

「いや、それがしはほんのかすり疵《きず》、道中は笠《かさ》をかぶって隠れて行きましょう」

そして、現八は、さらに、

「信乃にはわざと別れを告げませぬ。今、志婆《しば》に行くことを告げては断わりとどめるのは必定《ひつじょう》、とめるのを振りすてて出て行けば、かえって病苦も募《つの》るかもしれません。もし、あとで犬塚氏がそれがしを尋ねることがあれば、御老人からわけを申してくだされい」

こうささやき、身支度をととのえると、別れの言葉もそこそこに笠《かさ》を深々とかぶって背戸からそっと出て行った。

第三十四回

栞崎《しおりざき》に房八宿恨《ふさはちしゅくこん》を霽《はら》す　藁塚《わらづか》に犬田《いぬた》急難を緩《ゆる》くす

文五兵衛《ぶんごべえ》は現八《げんぱち》を見送ってから、また家の内にもどったが、出て行った人のことが気になってしかたがなかった。それにしても、小文吾《こぶんご》はいったい今ごろまで何していいるんだろう。若い奴《やつ》というものは先も長いせいか、気も長いことじゃ、とついひとり言も出てくる。門口《かどぐち》へ出てみようとした時、足音高くこちらにやってくる者があるのを見た。

一瞬、小文吾かと思ったが、よく見ると庄屋《しょうや》の使い奴《やっこ》で、向こうの方から濁《だみ》声《ごえ》で呼びかけて来た。

「古那屋《こなや》の旦那《だんな》はおいでかな。庄屋様からの急用じゃ、さあ、大急ぎで来てくだされ」

悪い時に来たわいと思ったが、慌《あわ》てず見かえって、

「これはまた口やかましい人じゃ。いくら庄屋殿のお呼び出しでも、御承知のとおり、女どもはいつものように昨日から藪《やぶ》入《い》りで一人もおらぬ。倅《せがれ》は浜の喧

嘩の仲裁《ちゅうさい》に昨夕《よんべ》出たまま、まだ帰ってこんわい。留守番がおらぬと言うて、ちっと遅れますと申しあげておいてくれ」

と答えたが、その言葉が終わらぬうち、奴は目を見はって、

「留守があろうと、あるまいと、そんなにぐずぐずしてはいられませんぞ。家におらねば行く先をさがしてつれてこいとの仰せじゃ。さあ、いっしょに行きましょう」

せきたてて奴は框《かまち》に尻《しり》を下《お》ろしてしまった。文五兵衛はますます不安になり、庄屋の呼び出しはひょっとしたら、あのことかと思案にあまる思いであった。もしそうなら、ぐずぐずしてはいられぬ。

「では、ちょっと待ってくれ。今行くからのう」

言いすてて中にはいると、奥を見せぬように障子《しょうじ》を慌《あわただ》しくしめて、信乃《しの》が臥《ふ》している小座敷に行って、小声でこの呼び出しを告げ、

「そのうち小文吾も必ずもどってくるはず、煎薬《くすり》も素湯《さゆ》も枕《まくら》もとの埋火《うずみび》にかけてある。不自由じゃろうがちっとのあいだ、一人でいてくだされ」

信乃は枕をそばだてて聞いていたが、眉《まゆ》をひそめ、

「不便など、いといませぬ。村の長《おさ》に呼ばれたのは、ひょっとするとそれがしのことではあるまいか。重い病でたよりにならぬ命をいつまで惜しんでもはじまらぬ。現八がここにおらぬのが幸い、もしそれがしのことに拘《こだ》わって難儀のことになったならば、腹かき切って死ぬまでのこと、この首をとって巻きぞえの罪をおのがれくだされたい」

「いやなことをおっしゃってはいけません。庄屋に呼ばれるのは珍しいことではありませぬ。旅宿《はたごや》のことだ、月に二度も三度も宿帳をしらべられます。今日もそんなことでなければ、浜の喧嘩のとばっちりじゃろう。つまらぬことにくよくよせず、気楽に養生さっしゃるがいい」

言葉せわしく慰《なぐさ》めると、文五兵衛はそのまま出て行った。

さて、浜の方では——

犬田小文吾は前夜、塩浜に出かけて喧嘩のいきさつを問いただしてから、市川の山林房八《やまばやしふさはち》の許《もと》まで使いを出して和議の相談をさせにやった。ところが房八

は家におらず、翌日、再び人をやったが、房八はとうとう来なかった。それで正式の和談は後日にまわし、おおかたの始末がつくと、小文吾は急いで帰路についた。途中、栞崎《しおりざき》という松原を通り過ぎかけると、不意に後から、

「犬田、待て」

と呼びかける声がした。振りかえってみると別人ではなく、さんざん探した山林房八だ。

越後縮《えちごちぢみ》の麻衣《あさぎぬ》に、燃えんばかりの緋《ひ》ぢりめんの犢鼻褌《ふんどし》の前さがりをちらつかせ、(47)銀の銃輪《どうがね》を施《ほどこ》した長い刀を落《お》とし差《ざ》しにし、黒い絽《ろ》の単羽織《ひとえはおり》を細くたたんで帯にはさみ、夕陽《ゆうひ》をさけるためか、晒《さらし》の鉢巻《はちまき》を額《ひたい》で巻きとめ、朱緒《しゅお》の桐下駄《きりげた》をはいている姿は、キリッとしまったいい男だ。確かに文五兵衛が言ったように、どこか犬塚信乃に似たところがあるようだ。小文吾はほほえんで言った。

「おお、だれかと思うたら、市川の婿《むこ》どんではないか。神輿洗《みこしあらい》のごたごたで、おまえの土地の者とこっちの者がお互いにちっと怪我《けが》をしたので、昨夕《よんべ》も今日も人をやって呼びにやったのに、おまえが顔を見せん。まあ、他人ではなく、

おまえの分まで骨折ってやっと今、話が半分ついたところだ」

房八はしまいまで聞かず、鼻先であざ笑った。

「フーン、そいつは御苦労だったなあ。だが今、途《みち》で聞くとおまえの方は浅疵《あさきず》、市川の者は三人までひどい手疵《てきず》だそうだ。なんで五分五分にして引き分けた。そんな片手落ちのさばきじゃ、房八は女房の兄貴がこわいので、知っても知らぬふりをして引き下がったと世間に噂《うわさ》を立てられちゃ、明日からおれの在所《ざいしょ》は歩けねえ、死ぬるも生きるも恥は恥、ここで一番、喧嘩の種を蒔《まき》直し、花を咲かさにゃおれの面《つら》が立たぬ。さあ、性根《しょうね》をすえて挨拶《あいさつ》をしてもらおうかい」

哮《たけ》り立つ房八を見ても、小文吾は少しも騒がない。

「房八、そりゃ、おまえのひがみというものだぜ。甲乙つけて分けたなら、そりゃ片手落ちとも言われよう、一日一夜待っても来なんだおまえを立てて、こちらから送らしてやったのは花を持たせたというものだ」

「そんなことが言い訳になると思ってやがるのか。どうせ男のすたったおれにゃ、どんな扱いをしてもかまうものかと侮《あなど》ってさばきをつけやがったのだろう。

それというのも、言わずと知れたあの八幡《はちまん》の晴れ相撲《ずもう》、みごとに負けたそのうえは、生涯《しょうがい》土俵に足をかけまいときっぱり思いきったこのおれだ。これ、このとおりだ」

房八は頭の手拭《てぬぐい》をとって、剃《そ》りたての月額《さかやき》をなでて見せた。

「親の意見をよそにして、今日まで惜しんで来た額髪《ひたいがみ》を剃《そ》り落としての青野郎《あおやろう》頭《ず》、これが武士であってみろ。弓矢すてての発心入道《ほっしんにゅうどう》だ。落目にたたる今度の喧嘩、相撲の日から怖気《おじけ》がついて、生まれ故郷に力を入れず、自分から潰《つぶ》すと言われりゃ、釈迦《しゃか》でも還俗《げんぞく》せずにゃおくめえ。もともと夫婦は合わせ物、女房を去れば兄とは言わさぬ。黒白つける覚悟をしろ」

ますますいどみかけてくるのを、小文吾はあくまで争わず、

「おまえ、ひどくのぼせているぜ。額髪《ひたいがみ》まで剃り落とした得度《とくど》ぶりはなかなか見上げた男ぶりだ。形と心とはうらはらで、相撲の恨みを拳法《やわら》で晴らそうなんて大人気《おとなげ》ないぞ。とにかく、おれは今日は用事が多い、文句はまた明日でも聞こうじゃねえか、今宵《こよい》一夜はあずけてくれ」

なだめて立ち去ろうとする小文吾を、房八はやにわにおしとどめて、

「なんとかもったいをつけて逃げようとしたって、逃がすものか。さあ、たった今、ここで挨拶《あいさつ》をしろ」

房八はいきまきながら、パッと裾《すそ》を後ろに蹴《け》あげ、これをつかんで高く端折《はしょ》った。小文吾はいまさらのようにもてあまして、しばらく思案していたが、

「そんなら、いったいどんな挨拶したら、きっぱりとおまえの顔が立つというのだ」

「こうして立てるのだ」

房八はいきなり身をひねって刀を抜きかかり、サッと詰め寄って来た。小文吾はその臂《ひじ》をしっかとおさえて半分と抜かさず、つくづくと房八の顔をながめ、

「おまえは酒にでものまれて、気でも狂ったのか。ええい聞きわけのない奴、人を殺せば、わが身も殺す。親の嘆きや、子のこともよく考えてみろ」

どこまでもたしなめて小文吾が臂《ひじ》をつき放すと、ますます房八はいきり立って、下駄《げた》をぬぎすてざま、

「やい、小文吾、刀がこわくなったのか。生酔《なまよい》扱いは胸糞《むなくそ》が悪い。おまえはいったい、いつこの房八に酒を飲まして酔わしたと言うのだ。親の嘆きも子のことも、覚悟のうえの命がけ、ぐずぐず言わずに勝負をしろ」

声をふりしぼって言い募ると、パッと汗とともに玉散るような刃《やいば》の光、房八はまたまた、小文吾めがけて詰め寄ってくる。

こうなると、小文吾も我慢がなりかねる。

「おれも抜くぞ」

こう言って小文吾は声をかけたが、手を刀にかけようとしてその鍔際《つばぎわ》、親が慈悲でかけた紙《こ》よりを見て、小文吾はハッとして怒りをおさえ、刀から手を放した。

「おい、房八、なんとでも言うなら言え、おれには親仁《おやじ》がある。二つとない命じゃ。そんな相手にはようならんわい」

ちょっと呆気《あっけ》にとられた房八は思わず、からからと笑った。

「フン、長い奴をひけらかしても、いざという時はよう抜きおらぬ。そのはずじゃ。紙《こ》よりでとめてあらあ、そんなに刀が恐ろしけりゃ、ともに拳が砕《くだ》けるまでうち合うてやる。さあ、かかってこい」

今度は房八、両膚《りょうはだ》おし脱ぎ、足ふみならして立ち向かって来た。小文吾はこれまた、指にかけた紙《こ》よりでどうすることもできない。たたずんだまま手をこまぬいて、頭をたれ、見かえろうともしない。房八はまたジロジロと小文吾を見て高笑いだった。

「おい、小文吾、なぜ立ち会わぬ。相撲とは違って、命がけの拳法《やわら》も恐ろしいか、男ぶりは大きいが見かけばかりで味がない、葉つき橙《だいだい》、銀甜瓜《ぎんまくわ》とはおまえのような奴じゃ。こんな腰抜けを人間扱いして、撲《う》とうものなら拳《こぶし》の汚れ、これでもくらえ」

足をとばして房八は小文吾の向臑《むこうずね》をパッと蹴《け》った。小文吾が思わず尻《しり》をつくと、房八はその肩に土足を踏みかけた。その足をしっかりつかまえて、さすがに小文吾も怒りにもえて顔面に朱をそそぎ、はったと房八を睨《にら》みつけた。だが、ここで堪忍袋《かんにんぶくろ》の緒《お》を切れば、昨夜の意見は反古《ほご》になる。親には不孝、友には不信、ぐっと思いかえしてこらえたが、おさえきれない不覚の涙。これを見せまいと汗にまぎらしてふり落とせば、はらりと鬢《びん》の乱れ髪がたれ下がる。小文吾は顔をそむけて動かない。

ここに最前《さいぜん》から、木陰に隠れてこの様子を見ていた者があった。満面に笑《えみ》を浮かべながら姿を現わしたのを見ると、これぞ鎌倉《かまくら》の山伏観得《やまぶしかんとく》だった。大股《おおまた》にかたわらまで歩み寄ると、おおげさに扇を開いて房八に向かってあおぎかけ、あおぎかけしながら、

「いや、天晴《あっぱ》れ、天晴れ、これで気持がすうっとしたわい。八幡《やはた》の相撲の恥もすっかり雪《そそ》げたわ。なんとも上首尾《じょうしゅび》、上首尾。さあ、例の酒屋で一杯やろうではないか」

房八は観得《かんとく》とつれだって酒屋の方に去って行った。

しばらくして、小文吾はやっと立ち上がって、裾《すそ》の砂を払い襟《えり》をかき合わした。そして、相撲には勝っても、ばか者の無法には勝てぬわいと嘆いたり、まだいえやらぬ余憤《よふん》をしずめたりしながら乱れた鬢《びん》をかき撫《な》で、再び道を急いだ。

わずか三町ばかり行っただけだった。藁塚《わらづか》のあたりから、おおぜいの捕手《とりて》らしい男がばらばらと走り出て来たかと思うと、それ逃がすなとたちまち小文吾を取り囲んだ。小文吾は驚きながら、叫んだ。

「つまらぬ人違いをするな」

するど、

「これ、小文吾、手向《てむ》かいするな」

と声高に呼びかける声がして、野装束《のしょうぞく》をした一人の武士が、この地の庄屋千鞆《ちとも》檀内《だんない》を先頭に現われた。それに意外や、その配下に搦《から》め捕《と》られて曳《ひ》かれているのは父の文五兵衛ではないか。これはいったいどうしたことと、縄目にかかった父の姿に仰天して思わずそこに立ちすくんだ。

その武士はつかつか近づいてくると、

「これ、小文吾、わしは滸我《こが》殿の御内《みうち》にて武者頭《むしゃがしら》を承《うけたまわ》る新織帆《にいおりほ》太夫《だいふ》敦光《あつみつ》じゃ。犬塚信乃という曲者《くせもの》が昨日、御所を騒がし奉《たてまつ》り跡をくらまし、落ちうせたによって、昨夕より夜もすがら水陸を探索《たんさく》いたしておるうち、葛浦《かなうら》の沖に信乃を乗せた舟を見つけたが、求める者の姿が見えぬ。さてはこの浦になお潜《ひそ》んでおるであろうと檀内《だんない》に市中村落ことごとく探索させたところ、その方の親、古那屋《こなや》文五兵衛の宿に、一人の武士が滞留《とうりゅう》いたしておることが明らかとなった。よって、文五兵衛を庄屋の許《もと》に呼びつけ、その人相人柄、滞留の趣《おもむき》を問いただしたところ、その返答にははなはだ怪しい筋がある。さてはかの滞留客こそ、まさしく犬塚信乃に相違あるまい。偽《いつ》わりを申せば、文五兵衛もまた同罪となるによって、きびしく縛《いま》しめ家捜《やさが》しをしようとここまで来たところ、その方を見たゆえ、とどめたのじゃ。親の縄目を解こうと思えば、その方、先に立ってかの旅人を搦《から》めとらせよ」

半ばおどし、半ばすかすように言った。

意外なことをこの目で見、この耳で聞いて小文吾は、胸をしめつけられる思いだが、そんなことは顔色にも出さず頭を上げて、

「仰《おお》せの趣《おもむき》、委細《いさい》承《うけたま》わってございます。しかしながら、それがしは昨日の祇《ぎ》園会《おんえ》から浜べに遊んでおって家におりませず、いま帰宅の途中、思いもかけず、

驚いているばかりでございます。それゆえ、親仁《おやじ》の縄目を解いてくだされば、先に立っての御案内は願うてでもいたしますが、証拠も明らかでないことに貧乏を隠す家の内をくまなく捜されるのはこのうえもない恥。そのうえ、その曲者《くせもの》がまだ滞留しておりましても、武芸勇力にすぐれた太刀先《たちさき》ならばおおぜいでうちかかっても、とり逃がさぬともかぎりませぬ。三十六計だますが上策、それがしにお任せくだされば何事も親のためじゃ。ひとりわが家に立ちもどり、その旅人がまだおるならば、なんとかだまして搦《から》め捕りましょう。たとえ、その手段《てだて》がなくとも、むりに酒を飲まして酔い臥《ふ》させ寝首をとって参りましょう。この議《ぎ》はいかがなものでございましょうか」

帆太夫《ほだいふ》はころりとのせられて、「ウム、ウム」とうなずき、

「その方《ほう》の意見、たしかに一理がある。よし、それではいったん、その方にまかすこととといたそう。ぬかるまいぞ」

こう言いながら帆太夫は檀内《だんない》を見かえり、人相書を出させて、

「小文吾、これがその曲者、犬塚信乃の人相書じゃ。この図に引き合わし露ほ

ども似ておれば、うまくたばかって搦め捕れ。市の出口、川の船着場は厳重に守らせる。さればといってぐずぐずしてもおれぬ。今宵《こよい》一夜限りといたしておく。明ければ首尾《しゅび》を告げに参るのじゃぞ。わかったか」

小文吾はその人相書を受けとり、そのまま巻いて懐中に入れ、

「もはや、このように命がけの御奉公を勤めますからには、なにとぞ親の縄目《なわめ》を解《と》いて、それがしにお預けくださいますよう」

「いや、それはならぬ。その方とて、まだ一つ穴の貉《むじな》かどうか知れたものではない。うかとその手にはのらぬぞ。曲者を搦め捕るか、首を取って見せるか、二つに一つ、功をたてるまで文五兵衛は人質《ひとじち》じゃ」

小文吾はお受けはしたが、立ちかねて親を見送ると、親はまた子以上にもの言いたげに何度も何度もふりかえり、立ちどまっては追いたてられ、つまずきながら、𠥔《なわて》の藪《やぶ》の彼方《かなた》に消えて行った。

あとにただ一人、小文吾は悲痛の胸をおさえながら、腕をこまぬいて考えこんでいた。

六十近い親の縄目を解くことはたやすいかもしれないが、また一面むつかしい。それはただ義《ぎ》という一字の重さゆえだ。おりからの入相《いりあい》の鐘《かね》（夕暮れにつく鐘）もいつもとは違って、ことに胸にこたえて響いてくる。

ここはぐずぐずしている時ではないと、小文吾は喘《あえ》ぎながら帰ってくると、店先はおおかた簾《すだれ》をかけ、ひっそりして家の中が暗い。音さえ外にはばかりながら火を打ち、二つ三つ行燈《あんどん》にうつしとり、一つは店先に置き、一つは提《さ》げて小座敷にはいって行くと現八はおらず、信乃がただ一人病《や》み臥《ふ》していた。

驚いてわけを聞くと、信乃はかろうじて起き上がり、自分の手疵《てきず》の痛みのこと、現八が薬を求めに志婆浦《しばうら》へ行ったことがあとでわかったこと、文五兵衛が庄屋に呼ばれて出て行ったことなどを、苦しい息の下からしだいに細まってゆく声で語った。

心配のうえに心配が重なって、小文吾はますます心中の苦悩が募ってきたが、親のことはもちろん、房八のことまで病人に告げかねて、うわべは何げなく慰め、慌《あわただ》しく火をおこし、粥《かゆ》を煮かえしてすすめた。信乃も少しは痛みが遠ざかったのか、やっと箸《はし》をとった。

その時、簾《すだれ》をあげて、

「だれもいないのか、だれかおらぬか」

と言いながらはいってくる者があった。

巻の三

第三十五回　念玉《ねんぎょく》戯《たわむれ》に笛を借《か》る　妙真哀《みょうしんかなしみ》て婦《よめ》を返す

こんな場だから、心中ドキリとしながら小文吾《こぶんご》が店先に出て見ると、それはこの宿の客となっていた鎌倉《かまくら》の山伏念玉《やまぶしねんぎょく》であった。

「やあ、関取《せきとり》、たった今帰りましたぞ。これで、そなたのお陰で訴訟《あらそい》には勝ったし、心にかかることもなくなったので、ついでのことにこの辺の旧跡や真間《まま》、国府台《こうのだい》あたりまで残らず見ようとして長逗留《ながとうりゅう》になってしもうたが、明日か明後日は鎌倉に帰ろうと思う。今しばらくやっかいをかけまするぞ」

小文吾は心中いてもらっては困るのにと思ったが、

「それはお名残《なご》り惜しいことになりました。それでは今宵《こよい》は心ばかりの御馳走《ごちそう》をしたいと思いますが、なにしろ、土地の習わしで女どもは昨日から藪入《やぶい》り（奉公人の休暇）で一人もおりません。親仁《おやじ》まで近郷《きんごう》に出かけて、留守はそれがし一人、勝手仕事はようできませんが、夕食を差し上げましょう」

念玉は頭を振って、

「いや、途中ですませて来たゆえ、どんな御馳走でも明日までは腹にはいらぬ。どれ、もう寝るゆえ、蚊帳《かや》を頼む」

そのまま立ちかけるのを、小文吾はおしとどめて、

「灯《ひ》をいれますから、お待ちください」

と言いながら、念玉が大きな貝をもっているのに目をとめて、

「おや、これは珍しい大貝、どこで手に入れられました」

「ああ、これか、これは浜べの人の家にあったのを、少しの酒代と換《か》えてもろうた。水なら一升《いっしょう》余、ひょっとすると二升ははいろうかな。まあ御覧なされ」

小文吾はほら貝をとって見まわしながら、

「なんと大きいほら貝もあったもの、浜近い手前どもでも、こんなのは見たことがありません。山伏殿だからこそ、お目にとまったというものじゃ」

小文吾が笑うと、念玉も笑みかえして、あたりを見かえって、

「おや、あの壁の下にあるのは尺八《しゃくはち》ではないか。おぬし、笛が好きかな」

「仰《おお》せのとおり尺八ですが、それがしは音曲《おんぎょく》は無調法。あれは、だれかが置き忘れたもので……」

念玉は尺八をかき寄せ、袖《そで》で拭《ふ》いてから歌口《うたくち》をしめして、ちょっと吹いてみたが、

「こりゃ、なかなかよい尺八だ。今夜一晩借りて行くとしよう。退屈しのぎに

はもってこいのもの、まあ、これでも吹きながら月を待つとしようか(48)」

そこで、小文吾は急いで行燈《あんどん》に燭《ひ》を入れ、念玉を離れ座敷に案内して戻ると、思わず嘆息をもらした。こんな時にあの山伏が帰って来ては、いよいよ心配だが、いまさら出てもらうわけにもゆかない。

今ごろ親仁《おやじ》はどうしているだろうか。いやそれよりも、救い出せないのは奥の客人だ。船に乗せて逃がそうとしても、水陸とも里の出口は固められているし、それを切り開いて逃げ去れば父の命が危うい。こうして夜が明けるまでに手段ができなかったら、思っていたことはみな、画に描いた餅《もち》になってしまう。

そのような心中を知るや知らずや、離れ座敷から念玉が吹く尺八の音《ね》はますます冴《さ》えてくる。

おりから、はや五つ時（夜九時ごろ）になっていようかと思われるころだった。

一つの駕《かご》がこの宿に近づいて来た。駕によりそって筒提灯《つつぢょうちん》をもった女が一人、年のころは四十余り、後家《ごけ》なのだろう、黒髪を切ったままの男髷《おとこまげ》、地味な無地《むじ》絽《ろ》の薄衣《うすぎぬ》の下に白帷子《しろかたびら》、前結びにした繻子《しゅす》の帯に、韓組帯《からくみ》を結び添えている。

門を見上げて声をかけ、それからくぐり戸をあける。

小文吾は頭を上げると、

「これはこれは、思いもかけず妙真《みょうしん》様ではありませんか。こんな夜ふけに……。ただお一人でござるか。いったいどんな御用で……」

妙真と呼ばれた老女はほほえんでうなずきながら、

「いえ、わたしのほかに、沼藺《ぬい》と大八《だいはち》をつれて来ました。途中で暮れると思うたので、駕《かご》に乗せて来ました。よいことで来たのではないので、供をつれてくるのもどうかと思うて、水入らずでおしかけて来ましたのじゃ。こんな夜ふけにと思うてでしょうのう。まあ、大戸をあけてくだされ」

なんでもなさそうな口ぶりだ。小文吾はさりげない様子で、

「それはまあ、ようこそ、さあ、こちらへ」

と妙真を上座にすわらせておいて、表の大戸《おおど》をひろくあけた。駕《かご》かきは土間《どま》にはいり板の間《ま》の框《かまち》まで駕を進めて横づけた。簾《すだれ》をかかげると、沼藺《ぬい》は熟睡した

大八《だいはち》を膝《ひざ》にのせている。縮羅《しじら》(49)の単衣《ひとえ》に緋《ひ》の襦袢《じゅばん》、段子《どんす》の黒入茶《すみいりちゃ》の交野賽《かたのまがい》の帯を片結びにして、照斑《てりふ》の玳瑁《たいまい》(50)の櫛《くし》 笄《こうがい》をさし、すべて鎌倉風で田舎《いなか》じみたところがない。派手《はで》なようだが、子持ちのことだから十九にしてはふけた感じ。何か深い心痛の色が顔にあらわれている。

駕から出ようとすると、揺り覚まされた大八が泣き出した。抱き直して背をたたきながら沼薗は小文吾に声をかけた。

「兄様、暑さにもめげず、父様《とと》はいよいよ御達者でか」

一応の挨拶だが、たまりかねた悲しさにこみ上げる涙を見せまいと背を向け、暗い方に向いている様子はただごとでなさそうだ。

妙真は駕かきに、外で待っているようにと言いつけて、大戸がしめられると、しばらくしてから言った。

「これ兄御《あにご》、父御《ててご》はもうお寝《やす》みかえ。この暑さにもお変わりはなかろうの。で、女中《おなご》たちはおらぬのかえ」

その言葉だけは晴れやかだが、どうも様子がおかしいので、小文吾は眉《まゆ》をひ

そめて、

「いや、親仁《おやじ》は人に誘われて真間《まま》に行ってまだ帰らず、女中《おなご》どもは藪入《やぶい》りでおりません。おりあしく、人手がなくてなんの御愛想もありませんが、しばらく、ここでお話をしましょう。それにしても、女が夜道をかまわず、沼藺をつれておいでになったのは、何かたいへんなことでも起こったんじゃありませんか」

ときくと、妙真は小膝《こひざ》をすすめて、

「お察しのとおり、なんとも言いにくいことながら、憎うもない嫁を離縁するという断わりを言いに憎まれ役になって来た心の苦しさ。神様だけがご存じや。そのわけは、あの八幡《やわた》の相撲《すもう》に房八《ふさはち》がおまえ様に負けて帰ってからは、とかく機嫌《きげん》が悪かったけれども、この嫁も慰めかねているうち、どう思うてか、房八は一生相撲はとらぬと額髪《ひたいがみ》を剃《そ》り落としたその昨夕《よんべ》、にわかに浜べでごたごたが起こり、まだ腹のおさまらぬ矢先なので、房八がひどう怒ってのう、女房を離縁して、この喧嘩《けんか》の黒白をつけると言うて、この母の意見も聞いてはくれませせぬ。と言うて、わけも告げずに帰せるものでもないゆえ、この母がいやな役目でつれて来ましたのじゃ」

小文吾は妙真の言葉をただ憮然《ぶぜん》として聞いていたが、

「いや、お話はだいたいわかりました。で、沼藺、おまえにはおまえで思うこと、言いたいこともあろう。それを聞かしてもらおうではないか。ええどうだ」

沼藺はやっと頭を上げた。

「今まで四年のあいだ、大きな声で叱《しか》られたこともなく、ここで一生、死ぬまでと思うていたのに、離縁されるなどとは思いもかけぬこと……。わたしの願いは、ただお両方《ふたかた》の心が和《やわ》らいで、もとのように帰れることばかり、そのためならどんな苦労もいとわぬ、恨みとも思いませぬ」

と、とめどもなく涙があふれ落ちる。

小文吾は腕組みを解くと、妙真をキッと見て、

「姑御《ははご》、離縁の趣《おもむき》はおおかたわかったが、沼藺は親仁の娘、また、この家は親仁の家、親仁の留守に離縁を承知しては道理にそむく。まして、大八は小さくとも、母につけられるものではありませぬ」

こう荒々しく言い放って立とうとした。その袂《たもと》を妙真はしっかりつかんで、

「兄御、それは違いますぞえ。まあ、おちついてお聞きやれ」

また、おしすわらせて、洟《はな》をかみ、

「姑《しゅうとめ》と嫁の仲がよいのは、ふしぎなことのように世間では言いますがのう。お沼藺が何かにつけて行き届き、房八よりも孝行をしてくれるので、房八にまして可愛《かわゆ》く思うているわたしじゃ。こんなよい嫁を離縁して、どうして知らぬ顔をしていられましょうぞえ。離縁というても、夫の意地をいったん、たてておけば、またあとでおさめる術《すべ》もあろうもの。また、大八は生まれつきから左の拳《こぶし》がなみなみでなく、物も持つことができぬゆえ、不具者じゃともてあまして、母につけてよこしたかと思いなさるかもしれませぬが、不具の孫はそれだけにかえって可愛さがますものじゃ、それを離縁される母につけてよこしたのは、子にほだされて房八のきつい心も折れよ、孫といっしょに嫁を呼びもどそうと思わねば、掌中《しょうちゅう》の珠《たま》のように一日もかたわらを離さぬ一人の孫をここに残して、祖母《ばば》ひとり別れてどうして帰れましょうぞい。これを疑《うたご》うて泊めぬと言

うなら、二人は旅人、宿銭を出しますゆえ、宿を借してくだされ」

こんなにすらすらとまくしたてられてはたまらないが、信乃《しの》のこと、今夜にかぎられた切羽《せっぱ》つまった難儀《なんぎ》、いくら妹でもここに泊めて、どうして秘密を知らされよう。なんとか口実をつけて帰してしまわねばならぬと、小文吾ははじめから考えていたので、妙真が理詰めにおしてくるのをわざと嘲笑《ちょうしょう》するように、

「フン、お口のうまいことじゃ。そりゃ宿屋のこと、宿は貸しもしようが、もうこんな夜ふけでは、あいた部屋がない。今夜のところは、枉《ま》げてつれもどり、去状《さりじょう》もたしてまた来てほしいものじゃ」

突き放すようなその言葉が終わらぬうち、妙真はホホホッと笑い出した。

「それでは、おまえ様は去状《さりじょう》がほしくて、何やかやと断わりなさるのかえ、離縁するのに去状を渡さぬものが、どこにありましょうぞえ。それを出さぬのがわたしの情《なさけ》、渡せば二度とは結ばれぬ去状はここにそれ、このとおり」

帯のあいだから一通の状をとり出して差し出すのを、小文吾は受け取って開き見て思わず、あっと叫んだ。それもそのはず、これこそ、さっき途《みち》で落とし

た犬塚信乃の人相書《にんそうがき》ではないか。これはいよいよたいへんなことになったぞ。と心中、仰天しながら、小文吾はさあらぬ態《てい》で、そのまま巻きおさめてかたわらに置き、

「これは奇妙な書き方じゃ。離縁状といえば三行半《みくだりはん》、世間普通の文句をこの人相書にかえたのは……」

妙真はじっと小文吾の顔を見つめて、

「おとぼけもたいがいになさるがいい。それはおまえ様も御承知のはず、それを受けとらぬと言やるなら、庄屋の許《もと》までもって行って裁《さば》きをつけてもらうまでのこと、そんなにまでさせて、事を好むおまえ様でもありますまい。お沼藺をお受けとりなさるか、それともその去状をもって訴えられてもよいか、どうなされますぞよ」

問いつめられて、小文吾は、

「姑御《ははご》、まあ、そう慌《あわ》てなさるな。離縁状は確かに受けとりました。沼藺も大八も今夜はそれがしが預かりましょう。返答は親仁が帰ってからと房八にお伝

えください。さ、夜もひどくふけました。お急ぎください」

妙真は涙をぬぐうと、

「それでは、合点《がてん》なさいましたのう。心にもないことを言うのもお互いの身のためと思うばかりからじゃ。世間では鬼のような婆《ばば》が、毛ほどの疵《きず》のない嫁を追い出したと言いましょうのう。いやいや、つまらぬ愚痴《ぐち》をくどくどくりかえしてもしかたがありません。では、わたしはお暇《いとま》しましょう。これ、お沼藺、狭い了簡《りょうけん》から病にかかり、親きょうだいに苦労をかけてはなりませぬぞえ。夏の夜は眠くとも、大八に着物を脱がして、寝びえさせたり風邪《かぜ》をひかさぬようになさるのじゃぞ」

沼藺は泣きはらした目をおしぬぐって、

「長いあいだ御恩を受けながら、なんにも孝行を尽くせぬうちに、思いがけないお別れになってしまいました」

またしても落ちてくる涙をおさえかねながら答えた。するとそれを慰めるかのように、またもや尺八の音が聞こえて来た。

妙真が別れを告げても、小文吾はただおし黙ったままで見送り、沼蘭の泣き声はますます高くなるばかりだった。

第三十六回　忍《にん》を破りて犬田《いぬた》山林《やまばやし》と戦う　怨《うらみ》を含《ふくみ》て沼蘭《ぬい》四大《しだい》を傷害《しょうがい》す

家の中では沼蘭《ぬい》がやっと涙をおさえ、父の文五兵衛《ぶんごべえ》が帰ったらどう話してよいか、どうも女の身ではよい思案が浮かばぬのか、

「のう、兄様《あにさん》、よい分別があったら聞かしてください。くよくよものを思うより、大八《だいはち》を納戸《なんど》に寝さして、父様《とと》をお待ちします。ああ、胸の痛むこと」

こう言いながら立ち上がろうとした。すると急いで小文吾《こぶんご》はパッとその前に立ちふさがった。

「おい、お沼蘭《ぬい》、どこへ行く」

沼蘭はあきれたように、兄の顔を見守り、

「まあ、ひどい。離縁されても親の家、納戸《なんど》に行ってもかまわないではありま

せんか」

　小文吾はなおも、激しく頭を振り、

「たとえ親の家でも、留守ならば兄の勝手じゃ。今宵《こよい》は庚申待《こうしんまち》（庚申の日は徹夜して夜明けを待つ行事）だということを知らぬか。おれには祈願の筋があって、精進《ものいみ》（飲食や行ないを慎み、不浄を避けること）をしているので、親類だとてよそから来た者は泊めないのだ。まして奥に通しては心願が破れてしまう、一足でも通せないぞ」

　小座敷の信乃《しの》を見せないための口から出まかせの口実を並べて、表面だけは荒々しくいきまいた。沼藺は涙ぐんで、

「うそばっかり、今宵はよいひとが忍んで来ているのでしょう。妹にまで隠さずともよいのに」

　恨《うら》めしげに言うのを、小文吾は目をいからして、

「きたない当て推量をすると承知せぬぞ。祈願のほかに何もあるものか。しいて納戸に行こうとするなら、斎戒《ものいみ》の妨げをする悪魔の仕業《しわざ》だ。ええ、もう、こ

こに置くことはならぬ。不愍《ふびん》ながら、親子もろとも軒端《のきば》に立って夜をあかせ。本気で言っているのだぞ」

とどなりつけると、沼蘭のからだを引っつかんで、むりやりに戸口の方におし下《お》ろした。あっ、と叫ぶ母の声に驚いて目を覚ました大八《だいはち》も母と声を合わせて泣き出した。とその時、戸の外から手をかけて沼蘭の肩先をおしもどして、パッと中に飛びこんで来た者がある。と、小文吾が叫んだ。

「や、房八《ふさはち》か」

「小文吾か」

「この真夜中にどうしてまた……」

「知れたこと、喧嘩《けんか》のあと始末だ。そのほかにちと文句もある。きれいさっぱり他人になってから片づけようと思ってな」

「フン、それで来たと言うのか」

「そのとおりだ」

やりとりしながらも、互いに油断のない身構えだ。房八は枢戸《くぐりど》をぴしゃりとしめ、小文吾がさっともとの座までとび退《すさ》って、一刀をとってひきつけて迎えようとする間も与えず、長脇差《ながわきざし》をひらめかせ、裾《すそ》をかかげて家の中に突き進んだ。小文吾のそばまで来ると向脛《むこうずね》をあらわし、高あぐらをかいて膝《ひざ》をつきつけ、小文吾をぐっと睨《にら》みつけた。沼藺はこの夫の凄《すさ》まじい剣幕と、さすがに殺気だった兄の心底を汲みかねて、ただ胸を震わせ、なだめることもできず、また啜《すす》りあげて泣きつづける大八を横に抱いて乳房を含ませながら、おろおろとあと退《しざ》りして見ているばかりだった。

「おい、小文吾、おまえも男なら栞崎《しおりざき》で踏みつけられたのを恥だと思わぬのか。辱《はず》かしめても、いじめてもいっこうにこたえぬ臆病者《おくびょうもの》を相手にするのは大人気《おとなげ》ないが、ちとばかり見聞《みきき》したこともある。女房とは切れても衣装調度をまだ返さぬと、あとでごたごたと文句もおこり、欲に転《ころ》んだと世間に言わさぬようここにもって来た。よう検《あらた》めて受けとるがよい。それ、どうだ。これに見覚えがないとでもいうのか」

房八が見せつけたものを見て、小文吾はハッと声をのんだ。

「そ、それは、まさしく」

「さぞ欲しかろう。欲しいはずじゃ。昨夕《ゆんべ》、入江の芦原《あしはら》で……」

「さては、そのおりの曲者《くせもの》は……。房八、おまえの仕業《しわざ》だったのか。それで読めたわ、離縁状」

「思いがけなく夕暮れに道で拾うて、また道で母に渡した信乃《しの》の姿絵」

「それでは秘密を皆知って」

「女房を去ったのは、巻きぞえくわぬ身の用心。そこらに隠した犬塚《いぬづか》も、外から洩《も》れてはしかたがあるまい。今までのよしみに褒美《ほうび》はおれの酒手《さかて》にもらおう。庄屋《しょうや》の屋敷に繋《つな》がれた親の縄目《なわめ》を解こうとするなら、信乃を搦《から》めておれに渡せ。いやなら奥に踏みこんで縄をかけるばかり。さあ、どうだ」

　この時、たまりかねて沼藺が慌《あわ》てて二人の間に割ってはいり、必死になってあちらこちらとなだめながら、泣きからした声をふりしぼる。

「ちぇ、みぐるしい女のさばき、ここはおまえなんぞの出る幕ではないわい。いくら泣こうと、くどこうと、せっかく宝の山にはいりながら、手ぶらでおめおめ帰れるものか。喧嘩のそば杖くわぬうち、とっとと、そっちへひっこんでいろ」

いきまきながらつと立ちあがると、パッと足をあげて蹴《け》った。ところが爪先が狂って、大八の脇腹をしたたか蹴ったからたまらない。大八は、

「ギャッ」

と叫んで、そのまま息が絶えてしまった。沼繭も大八を抱いたまま横ざまに転んで、その場によよと泣き伏した。

房八はこれに目もくれず、信乃はまさしく小座敷にと、立ち塞《ふさ》がる小文吾をサッと抜き討ちに切りつけた。小文吾、これをガッと鍔《つば》で受けとめた。封印の紙《こ》よりが、その途端に切れてしまった。こうなっては堪忍《かんにん》も何もあらばこそ、恨みの刀尖《きっさき》抜きあわして、たちまちおこる太刀風《たちかぜ》、あたりを蹴立《けた》てて切り結ぶ、互いにしのぎを削《けず》る凄《すさま》じさだ。

この時、沼繭はやっと身を起こした。見ると、わが子の息が絶えている。ハッとふさがる胸に、見かえると、兄と夫が今や一上一下《いちじょういちげ》の必死の決闘をつづけ

ている。夫には離別され、子は殺され、自分一人がなまじっか生きているかいもないこの苦しさ、刃《やいば》の下に伏して死ぬなら死ねとキッと心を励ますと、抱いていた大八を投げすてて沼藺は立ち上がった。悲しみも極度までくると、もうかえってためらわないものだ。

「これはなさけない無分別、気でも狂うてか、おやめなされッ」

叫びとともに、切り合っている白刃《しらは》の中にとびこもうとした。小文吾が、睨《にら》みつけ、寄せつけようとしないのを、あっちにまつわり、こっちをとめようとして、女の念力、サッと身を投げかけて夫の袂《たもと》にすがりつく。パッと房八が振り放して、

「あ、危《あぶ》ない、退《の》け」

「ええい、邪魔するなッ」

と蹴倒《けたお》せば、笄《こうがい》（髷に刺す飾り）がピシッと折れとんで髻結《もとどり》ちぎれて乱れ髪、臥《ふ》しまろびながら足に抱きつこうとして踏みかえされ、起き上がろうとした時、ふみこんで小文吾に切りつけようとする房八の手許《てもと》が狂って、あっという間も

なく沼蘭の乳《ち》の下に夫の刃がザクッとはいった。

急所の深手《ふかで》にたまらず倒れ臥す妻に、さすがの房八も、これはッ、と驚いたその隙《すき》に、得たりと小文吾の刃が電光のようにひらめいて、房八の右の肩先をしたたかに切り下ろした。刀を取り落として房八がどっと尻餅《しりもち》をついてへたばれば、さらに一撃と小文吾が刃をふりあげると、

「待て、犬田《いぬた》、言うことがある」

と、房八が慌《あわただ》しく制止し、左手をつき立てて頭を上げた。もう息もつけないほどの深痍《ふかで》の苦痛がありありと見えるが、小文吾はなおも油断なく血刀をとり直し、片膝をついてグッと睨《にら》みすえ、

「卑怯《ひきょう》だぞ、山林《やまばやし》、言うことがあるならなぜ先に言わぬ。今になって聞く耳もたぬわ」

房八は苦しい目を見はり、

「いや、その疑いはもっとものことながら、おれの本心をはじめからあかしても、義に強いおぬしがどうしておれを切ろう」

白刃交る

小文吾はまだ腑《ふ》に落ちぬが、刃《やいば》の血のりをぬぐって鞘《さや》におさめ、単衣《ひとえ》の袖《そで》をちぎって手拭《てぬぐい》と結び合わし、房八の傷口をしっかり巻いた。

「どうも合点《がてん》がいかぬぞ、山林、たとえおぬしが惜しい命を落としたとて、今宵《こよい》に迫ったおれの難儀が救われるということもない。いったい、どうしたわけだ」

房八は声をはげまし、

「さあ、そのことだ、まあ聞いてくれ。これも最後《いまわ》のきわの懺悔《ざんげ》だ」

房八が瀕死《ひんし》の苦しい息の中から喘《あえ》ぎ喘ぎ語ったのは――

山林房八の父は一昨年死んだが、その直前、病が重くなった時、房八の母、すなわち当時戸山《とやま》と呼んでいた妻と房八を枕《まくら》もとに呼んで、今までだれにもかくしていた素姓《すじょう》をはじめてあかした。

それによると、房八の祖父は、もとの領主神余《じんよ》長狭介光弘《ながさのすけみつひろ》の悪臣山下定包《やましたさだかね》を討《う》とうとして、かえって光弘を討った杣木朴平《そまきぼくへい》だった。そこでその朴平の子でそのとき十四歳だった父は、安房《あわ》の国を出てさすらううちに、この市川に来て犬江屋《いぬえや》の下男となり、先代に可愛がられて婿《むこ》になった。ところが、その子の房八にもらった嫁の父文五兵衛《ぶんごべえ》が那古七郎《なこのしちろう》の弟だということが、あとでわかった。那古七郎といえば朴平が光弘をあやまって討った時、奮戦して朴平の手に倒れた光弘の近習《きんじゅう》である。してみると、房八と沼藺《ぬい》の間に生まれた孫の拳《こぶし》が人なみでないのも、そんな悪因縁《いんねん》のたたりであるかもしれない。

ところで、こんなたたりを解くには、陰徳《いんとく》（ひそかな善行）をつむのにまさるものはないのだから、どうかそのつもりで古いたたりを解いてくれたら、このうえの孝行はない、と遺言《ゆいごん》して父は死んだ。

房八はそれから、この義理がたい父の子として、その志をつごうと決心した。杣木《そまき》の苗字をもじって山林《やまばやし》と名乗ったのも、そのころからだ。だから、八幡《やわた》の相撲《すもう》も負けて、これでよかったと思ったくらいで、恨む気持はまったくなかった。また、昨日も行徳《ぎょうとく》の浦《うら》で、犬塚《いぬづか》、犬飼《いぬかい》のこと、小文吾にもふしぎの玉があることを聞いて、おれにも玉とあざがあれば仲間入りをして豪傑と言われたいものだと思ったが、そんなものはない。せめて、犬飼、犬塚が探索《たんさく》を受けて難儀することがあれば、生命《いのち》をすててもその危急をすくってやろう。親仁《おやじ》の遺言を果たすのはこの時だ……と、小文吾が帰ろうとするのを引き留めると、小文吾は曲者《くせもの》と思ったのか、振り払われて呼びかけずにしまった。あとに落ちていた血のついた麻衣《あさぎぬ》は他人に拾われてはと思ったので、拾いあげて家に帰ってみると、庄屋からまわってきたのが犬塚追捕《ついぶ》の触《ふ》れ書《がき》だった。

どうしたらよいものかと、とつおいつ思案したあげく、ここだ。一番おれが命をすててこの急場を救わなければ、どうしても逃げきることはできぬ。昨日、入江の芦原《あしはら》でつくづく見たところでは、あの犬塚はおれに顔つきがよう似ている。おれの首を犬塚の首と偽《いつわ》って滸我《こが》の使《つかい》に渡してやれば、舅《しゅうと》親子にはたたりもなく、犬塚を落としてやるこれ以上の手段はないと、そこで、八幡の相撲に負けたので、生涯《しょうがい》土俵に足をかけぬと嘘をついて、翌朝にわかに額髪《ひたいがい》を剃《そ》り落とさせ、鏡で見ると年といい顔つきといい、犬塚によく似ている。

そこでいよいよ思案を固め、行徳《ぎょうとく》の浜に向かうと、おりよく小文吾と栞崎《しおりざき》で出くわした。ちょうど往来に人影もなし、討たれるにはよい場所だと浜の喧嘩にかこつけて仕かけてみたが、これも失敗だった。たまたま小文吾が落として行った犬塚信乃の人相書が手にはいったのをさいわい、いよいよ今宵《こよい》こそはどうしても本意を遂《と》げようと、このふるまいに及んだわけである。

それにつけても不愍《ふびん》なのは、沼藺《ぬい》と大八《だいはち》だ。とりわけ沼藺は、おれがやつあたりして離別したと思い、さぞ恨んだことだろう。おれは死ぬにきまっているが、沼藺はまだ二十歳《はたち》たらず、後家立《ごけだ》てさせるのも不愍《ふびん》と事にかこつけての仕打ちだったが、こうなるものと知っていたら、なんで離縁などするものか。ここまで語ってきて、房八はこの自分たちの死をむだにせぬようにしてくれと、苦しい息でとぎれとぎれにたのむのだった。

小文吾は耳をそばだてて聞いているうちに、感嘆の涙をしきりにしばたたいていた。やがて、熱涙を払うと、

「思いもかけぬことだった。山林、おぬしは親の遺訓を守り、古い恨みを解き、身を殺して仁《じん》をなしたのだ。今、思いがけぬおぬしの助けによって、親仁《おやじ》の縄《なわ》目《め》を解《と》き、同盟の士を救う手だてになってくれた。人を殺して、人の命を救う

のはおれの本意ではない。だが、いまさらおぬしの志を無にして犬死《いぬじに》させてはなんにもならぬ。妹の死もけっして犬死にはならぬぞ。おれの家に伝わる破傷風《はしょうふう》の奇方《きほう》では、若い男女の血潮《ちしお》を五合ずつとって合わせ、その傷に注《そそ》げば起死回生の効《ききめ》があって、傷が癒《い》えるのは百発百中だということだ。ところが、沼藺の死によって、はからずもここに男女の血潮が得られるのは、類稀《たぐいまれ》な犬塚氏の孝心義胆《ぎたん》を神明仏陀《しんめいぶつだ》が哀れみたもうたのだろう。安心してくれ。山林、おまえとおれとは前世では殺し合った讐敵《かたき》だったが、「今はその古い恨みも解けたのだ」

義理にからむ愛情の哀《かな》しさ、苦しさにはりさけんばかりの心中を吐露《とろ》して、小文吾がいつまでもかきくどいていると、おりから丑満《うしみつ》の鐘が遠くから響いて来て、ひとしおの哀れさを増すかのように小文吾の胸の中にしみとおってくるのであった。

巻の四

第三十七回　病客薬《びょうかく》を辞《じ》して齢《よわい》を延《の》ぶ　俠者身《きょうしゃ》を殺して仁《じん》を得たり

房八《ふさはち》は小文吾《こぶんご》の言葉に苦しい息の下から、にっこりと笑《えみ》をもらした。

「不慮《ふりょ》に流した女房の血潮《ちしお》が、自然と犬塚《いぬづか》氏の薬になるとは、天のお恵みに違いない。おれの過失《あやまち》もこれで面目《めんぼく》が立つというものだ。うかうか時を移すより、さあ、早く血をとってくれ」

せきたてられて、小文吾は倒れている妹を引き起こし、念玉坊《ねんぎょくぼう》が置き忘れた例のほら貝を瘡口《きずぐち》におしつけて、

「南無阿弥陀仏《なむあみだぶつ》、南無阿弥陀仏」

と唱えているあいだに、血は貝に半分ぐらいも溜《たま》った。

お沼藺《ぬい》はかすかに目を見ひらいて、

「兄様《あにさん》、夫はまだ生命があってかえ。よにもたのもしい真心を説きあかす話の

数々を夢心地に聞いて、心の中で泣いておりました」

声は冬枯れの虫の音のようにかすかに、もはや最後の息づかいだった。胸のふさがる思いで一杯になって、小文吾はあふれてくる涙をしたたらせて、

「それでは、おまえは現《うつつ》のうちに、おおかたは聞きとったか。そうか、そうか、それで冥途《めいど》への迷いもはれようぞ。山林《やまばやし》はな、そら、あちらだぞ」

房八の方におしむけてやると、これを見て房八は目をしばたたき、

「いや、それも無用じゃ。めめしく愚痴《ぐち》ばかりこぼして面目《めんぼく》ない。犬田《いぬた》殿、さあ、はやくこの布をとって、おれの血もとってくれ」

その時、

「もし、わたしにも、しばしの別れを」

と、はいって来たのは妙真《みょうしん》であった。われを忘れたように、房八、沼藺のそばに身を投げかけると、そのまましばらく泣き伏し、涙にむせかえっていたが、ややあって大八《だいはち》の亡骸《なきがら》を抱きとって、

「これ、坊よ、祖母《ばば》じゃぞ、もの言うてたもれ」

と揺り動かして、またまたこみあげてくる涙にむせかえる。もう慰《なぐさ》める言葉もなく吐息《といき》ばかりもらしていた小文吾も、今は房八のかたわらに身を寄せて布をとき、はしり出る血潮をほら貝にうけ、心の中で、

「夫婦手をひき、子を負うて、どうか迷わず十万億土《おくど》の蓮《はす》の台《うてな》に往生《おうじょう》してくれよ」

と一心に念ずると、妙真が唱える念仏も涙にくもりがちだった。

一方、小座敷にいた犬塚信乃《いぬづかしの》、小文吾と房八の打ち合う太刀《たち》の音が聞こえて来たので、さては一大事出来《しゅったい》と不安に波だつ胸をしずめ、起き直ろうとしても腰が立たない。枕辺《まくらべ》の刀を杖《つえ》に、身をいざらしては息をつきつき、やっと障子《しょうじ》の外までたどりついたが、苦痛にたえられなくなって覚えずそこにうち伏してしまった。

この時、血潮を貝に受け終わった小文吾は、溢《あふ》れるまで一杯に盛ったほら貝を右手にもって障子を開き、進もうとして、そこにいる信乃《しの》につまずいた。と、その拍子に、貝をあっという間もなく落としてしまった。その血はたちまち信

乃の肩から脛《はぎ》、腓《こむら》まで全身にざっと打ちかぶさった。信乃は、アッと叫んでのけぞった。小文吾は、いよいよ驚きあわてて、

「どうなされた、どうなされた」

と呼んだ。ところが信乃は急に夢から覚めたように、身をふるわして目を見ひらき、起き上がって来た。と、ふしぎや、輪血のためか、顔色にわかに生気をとりもどし、太刀《たち》痍《きず》はみるみるうちに口を塞《ふさ》ぎ、熱は退き、身は軽く、元気は日ごろにまさって回復し、心地《ここち》も清々《すがすが》しげに見えるではないか。

小文吾はこのありさまに二度びっくり、さてはあやまってかけた薬血《くすりち》の効《ききめ》だったのだなとはじめて悟った。

信乃は形を正して、房八と沼藺の方に向かい、

「それがし、はからずもこの御夫婦のお恵みによって、難治《なんじ》の太刀《たち》痍《きず》は癒《い》えました。だが御夫婦を生き返らす良薬がないのが、返す返すも恨めしゅうござる。それがし、難をのがれて志を得ることができ申したならば、この血染めの衣《きぬ》を後々にまで秘蔵して、厚い恩徳を子孫に伝えましょう」

言いもあえず、信乃は新たな感謝と、嘆きの涙にかきくれた。

この時、房八は絶えようとする最後の息を揮《ふる》いおこし、喜ばしげに目を見ひらいた。

「犬塚氏の信義あふれるお言葉、善知識(51)の引導《いんどう》、千万僧の説法《せっぽう》もこれにまさりませぬ。難病本復《ほんぷく》のうえははやくこの首をもって、帆太夫《ほだいふ》らを欺《あざむ》き、水ぎわの固めを退け、貴殿を落とし、舅御《しゅうとご》の縄目《なわめ》を解いてほしい。犬田《いぬた》殿、さ、はやく介錯《かいしゃく》頼む」

その時だ。障子《しょうじ》のかなたに思いがけない大きな声がした。

「やあ、やあ、人々、しばらく待て。安房《あわ》の国主《こくしゅ》、里美治部大輔義実朝臣《さとみじぶのたいふよしざねあそん》創業の功臣、金碗八郎孝吉《かなまりはちろうたかよし》の一子、金碗大輔孝徳法師《かなまりだいすけたかのりほうし》、大坊《ちゅだいぼう》、同藩の士、もと伏姫君《ふせひめぎみ》の御守役《もりやく》、蟹崎十郎照武《あまさきじゅうろうてるたけ》の長男蟹崎十一郎照文《あまさきじゅういちろうてるふみ》ら、これにあるぞ。今対面して疑いをはらそう。しばらく待て」

叫ぶかと思うと、障子《しょうじ》をさっと開いて並んではいって来た、その一人は別人ならず、墨染《すみぞめ》の法衣《ころも》をまとった大先達《だいせんだつ》の念玉《ねんぎょく》ではないか。念玉はしずしずとはいって来て上座《かみざ》についたが、他の一人は、朱鞘《しゅざや》の両刀を横たえて、四、五通の書札《かきつけ》をのせた白木《しらき》の器をうやうやしく捧《ささ》げ、次の座についたが、これまた例の山伏観得《やまぶしかんとく》なのだ。だが、ああ、二人は実《まこと》に安房の国を出てから杳《よう》として二十年余も消息をたったままの、、大法師《ちゅだいほうし》と蜑崎照文《あまさきてるふみ》だったのか。

、大は一座を一わたり見まわしてから、

「皆の者、疑うでない。はじめより、まことのことをその方《ほう》たちに告げなんだのは思うところがあったがためじゃ。わしは年来、ゆえあって仁義礼智忠信孝悌の八文字がおのずから顕《あら》われおる八つの玉を求めるため、六十余国を行脚《あんぎゃ》して参った。が、今年まで一つの玉も見ることができなかった。今年、五月のはじめより鎌倉に杖《つえ》を曳《ひ》くうち、昔、竹馬《ちくば》の友であった蜑崎十一郎照文が君命を受け、賢良武勇《けんりょうぶゆう》の浪人《ろうにん》をひそかに集めるため関東諸国を忍び歩くのに出会ったが、おりからこの行徳《ぎょうとく》に力士あって、その一人は臀《しり》に黒く大きなあざがあり牡《ぼ》丹《たん》の花に似ているという噂《うわさ》を聞き、そのあざに思い合わすことがあるによって、その力を試み、またそのあざを見ようとして、ひそかに十一郎《じゅういちろう》としめし合わし、山伏念玉、観得と仮名《けみょう》して、山伏姿となってともどもこの浦に来た次第じゃ。かくて訴訟《あらそい》にかこつけ、犬田、山林の相撲《すもう》の勝負を試み、はたして犬田にあざあり、これを目《ま》のあたりに見て、いよいよすてがたく思ったが、よくその行ないを見極めて後と思案して、遊山見物《ゆさんけんぶつ》に名をかり、十一郎とともに今宵《こよい》まで逗《とう》留《りゅう》に及んだ次第。昨日も宵の間に生垣《いけがき》のあいだから、ふと主人《あるじ》父子が小座敷において、犬塚、犬飼の両名とかの玉やあざのこと、さらに額蔵《がくぞう》の荘助《そうすけ》のことまで噂しているのをうかがい見て、これこそ年来の宿望成就の時が来たと、わしの喜びはたとえようもなかったわ」

つづいて、蟹崎照文も、

「それがし、主君の密命を承《うけたまわ》って国を出、英士《えいし》を求め、また二十二年のあいだ消息絶えた孝徳入道《たかのりにゅうどう》、大坊《ちゅだいぼう》の行くえをたずねて今年、関東八カ国を遍歴《へんれき》いたしておった。はからずも、大坊と再会したことは、今、大坊の言われたとおりだ。うわべは争いのように見せかけてはいたが、今宵は背戸《せど》に忍び寄り、ともに離れ座敷におり、残りなく見聞して感涙《かんるい》に袖《そで》をぬらしておった次第。犬塚、犬飼、犬田はすでに、わが主家《しゅか》に宿縁がある。山林はまた得がたい豪雄、それがしもなんとか相談に加わり、今宵に迫る厄難《やくなん》を救おうと思っていたのに、はやって身代わりになったのはまことに無念至極《しごく》。わが主君、里見《さとみ》殿は、御父季《すえ》基朝臣《もとあそん》とともに結城籠城《ゆうきろうじょう》のおり忠戦なされ、成氏朝臣《なりうじあそん》のお味方であったが、ちかごろは滸我《こが》の執権横堀在村《しっけんよこほりありむら》が奸佞《かんねい》非法の噂《うわさ》高く、自然疎遠となられ、交わりももとのようではなくなった。よって犬塚が難儀に及べば、それがしもまた力を合わして追手《おって》を切りちらし、本国に伴ない還《かえ》ろうと思っている。方々《かたがた》も安心せられたい」

そこで、信乃、小文吾はともに膝《ひざ》を進めて、、大、照文《てるふみ》に向かって言った。

「思いがけず、御両所《ごりょうしょ》の本名、これにおいでのわけを示され、疑いもたちまち解けました。しかしながら御僧はまた、どんな事情で仁義礼智などの八文字の玉をお求めになるのか、また何ゆえ牡丹《ぼたん》に似たあざをひそかに心にかけていられるのか、合点《がてん》が参りません」

と口をそろえて問うた。、大は何度もうなずいて、

「ごもっとものこと、では、そのおこりを語って聞かそうぞ」

と、これから、八房《やつふさ》の犬、伏姫《ふせひめ》、役行者《えんのぎょうじゃ》の示《じ》現感応《げんかんのう》、白玉《はくぎょく》の数珠《じゅず》のこと、自分が出家行脚《しゅっけあんぎゃ》して二十二年を経《へ》たこと、安西景連《あんざいかげつら》の滅亡から伏姫自殺のことまで手みじかに物語って、伏姫形見《かたみ》の数珠をとり出して示した。信乃と小文吾は目が覚めたようにはっきりと玉の由来を悟ったが、急ぎその数珠を受けとってよく見た。なるほど四人がそれぞれもっている玉と露ばかりも異なったところがない。ただ顕《あら》われた文字がないだけだった。その数珠は百粒の玉があるが、数とりの八つの大玉がなかった。

さては、われわれがもっているのは、この数珠の大玉であったかと思ったものの、まだ自分の過去の因縁《いんねん》を怪《あや》しんでいるらしい両犬士《けんし》のそばから妙真も感嘆して、この数珠を見て拝《おが》むのだった。

しばらくして、、大法師は妙真のかたわらに寝させてあった大八の亡骸《なきがら》をつくづく眺《なが》めて、嘆息しながら、

「哀れな子供じゃ。死んで時もたつのに、顔色一つ変わらず、まるで生きてい

るようじゃ。これも、わけがありそうなことではないかな。ふしぎなことである」

こうひとり言《ごと》を言って、、大は膝《ひざ》をつき、やおら死骸《しがい》を抱きあげてそのまま膝にのせ、脈を見ようとして左手の手首をしっかり握《にぎ》った。すると急に世にもふしぎなことが起こった。

大八がにわかによみがえって、わあわあ泣きはじめたのだ。そればかりではなかった。生まれてから、ずっと握りつめてきた左の掌《たなごころ》をぱっと開いた。ところがその開いた掌の中に玉があった。それは、信乃や小文吾の玉と少しも違わない玉であった。しかも、その玉には仁《じん》の字がありありと見える。

驚きはまだその他にもあった。大八の脇腹にもあざがあらわれて、単衣《ひとえ》の脇あけから黒く見えたが、それはまさしく、噂の牡丹《ぼたん》の花の形に似ているようだ。父の房八に蹴《け》られた時に生じたあざだが、だれも気がつかない瞬時のできごとである。

一同はひとしく、この奇跡に驚嘆の目を見はったままだった。とにかく今ま

での悲しみが、たちまち喜びの声にかわった。なかでも妙真は喜びにあまる涙をふいて、小文吾とともに、房八夫婦の耳もとに、

「これ、房八、お沼藺《ぬい》、大八は生きかえった。それに、こんなふしぎなことがあったぞい。これ、見えるかえ」

「これ、のう、のう」

と呼びかけると、房八はかすかにうなずき、

「さては、わが子にも同じ因縁があったか、その玉とあざがあれば、だれにもはずかしくない犬士《けんし》だわい。それを冥途《めいど》のはなむけに受ける親のおれさえ果報《かほう》者《もの》。女房もさぞ満足だろう、天晴《あっぱ》れ、よい子を生んでくれたぞ」

ほめられて、沼藺も目をひらき、

「ああ、よろこばしや」

これが最後の一言だった。

この時、妙真は頭をあげ洟《はな》をかんで、、大に向かって言った。

「大八が生まれながら左の拳《こぶし》を開かなんだのは、胎内《たいない》からこの玉を握っていた

ためでしょうのう。この孫を大八というのは、人のつけた渾名《あだな》、片輪車《かたわぐるま》という謎《なぞ》でございます。実の名は真平《しんぺい》と申し、氏《うじ》は犬江《いぬえ》と申し、家号《やごう》も犬江屋《いぬえや》と呼ばれておりました。今から思えば、これも犬の字を冠《かぶ》らせたふしぎの因縁とも申せましょう。どうぞ、ものの数ではなくとも犬士の端になりと加えてくだされば、いま目をつむる親への孝養これにまさることはございますまい」

丶大はにっこり笑った。

「いや、けっこうけっこう。祖母御《ばばご》の願いもっともじゃ。親の房八が身を殺して仁《じん》をなしたによって、その子は仁の字の玉を得た。仁は五常《ごじょう》の第一、とりも直さず天の心じゃ。今、真平は親に代わって犬士の仲間にはいるのじゃから、真の字をおやと読む親の字に書き改めて、犬江《いぬえ》親兵衛《しんべえ》仁《まさし》と名乗るがよい。その子にしてこの親。房八が再び生を受け、犬士の仲間にはいるにひとしい。それに房八の二字をかえせば、これすなわち、八房《やつふさ》、沼藺《ぬい》をかえせば、いぬじゃ。また妙真の俗名《ぞくみょう》戸山《とやま》も富山《とやま》と同じよみ、いずれも名がそのまま実を現わし、八房の犬、富山に因縁があろうと申すものじゃ」

人々は皆、耳をすまして聞いていた。そしてますます驚嘆するばかりだった。

第三十八回　戸外《とがい》を戍《まも》りて一犬間者《いっけんかんじゃ》を拉《とりひし》ぐ　徴書《ちょうしょ》を返して四彦来使《しげんらいし》に辞《じ》す

信乃《しの》はそれまで、黙ってこれらの話を感嘆して耳を傾けているだけだったが、ここで話の中に加わって口を出した。

それは、彼が舟の中で語った例の与四郎《よしろう》という犬のこと、八つの文字が顕《あら》われた八房《やつふさ》の梅のことである。そして、彼はつづけて、

「まことに、房八《ふさはち》、沼藺《ぬい》の血潮《ちしお》でなければ、たとえ男女の血を注いだとて、それがしの難瘡《なんそう》がこんなに早く癒《い》えたでしょうか。まして、その血を盛った貝は修験道《しゅげんどう》の法器《ほうき》（仏道修行の素質を持つ人）、役行者《えんのぎょうじゃ》の利生《りしょう》もあったのでしょうな。とにもかくにも、この夫妻はそれがしの再生の恩人、ああなんとも惜しいことをいたしました。よって核《たね》を夫婦の墓に埋め、末世《まっせ》までその功徳《くどく》を顕《あら》わそうと存じます」

そう言って、信乃は肌の守袋《まもりぶくろ》から梅の核《たね》を出して見せた。房八は、このあふれるばかりの信乃の真心をかたむけに、やがて小文吾《こぶんご》の介錯《かいしゃく》で果てた。

この時、土間《どま》の枢戸《くぐりど》をあけて飛びこんで来たのは、犬飼現八《いぬかいげんぱち》だった。彼は、破傷風《はしょうふう》の薬を求めて志婆浦《しばうら》に行ったところ、その薬屋は去年鎌倉《かまくら》に移って今はなく、すっかり落胆したが、しかたなくとってかえした。

さて帰ってみると家の中の様子がどうもおかしいので、大事をとって様子をうかがいながら、あらましを聞いたという次第だった。

そこで現八は、、大《ちゅだい》、照文《てるふみ》に対面し、妙真《みょうしん》を慰《なぐさ》め、山林《やまばやし》の義死への嘆賞を新たにし、大八《だいはち》が犬士《けんし》の一人になったことを祝した。

それがすむと小文吾はさっそく、現八にささやいた。

「もう外で事の始末を聞かれたうえは、くだくだ告げるまでもないが、すでに夜も明けようとしている。ぐずぐずすると、帆太夫《ほだいふ》らが手下をつれてきっとやってくるに違いない。おれは首をもって庄屋の許《もと》に行って、親仁《おやじ》を救《たす》け出してくる。橋のかたわらに家の釣舟《つりぶね》がつないであるから、房八、沼藺の亡骸《なきがら》、人々を舟に乗せて、市川の山林のところまで逃げてもらいたい」

「よしきた、だいじょうぶだ。犬塚《いぬづか》とも相談してなんとかうまくやる。夜はもう明けたのにまだこんなに暗いのは、もやが深く立ちこめて目の前もわからぬからだろう。これこそ神の助けだ」

この時、丶大《ちゅだい》は照文を顧《かえり》みて言った。

「これで四犬士がそろった。御諚《ごじょう》を伝えたらどうじゃな」

そこで、照文は信乃、現八、小文吾に向かって、

「前にも語ったように、おのおのがたは里見殿と世の常ならぬ関係がある。御《お》墨付《すみつき》をいただいて主従の義を固められるがよい。それがしが相伴《あいとも》なって安房《あわ》に帰るでござろう。もちろん、お受けになるであろうな」

こう言って召文《めしぶみ》を一人一人に手渡すと、信乃は改めてこれを返しながら、

「それがしらは、幸いに貴藩に深い縁があります。この後、将軍家や管領《かんれい》に召されても、他の祿《ろく》を受けるようなことはありませぬ。しかしながら、今、五人のほかにまだ三犬士があるはず、なおまた、額蔵《がくぞう》の荘助《そうすけ》はすでに同列の犬士、

彼一人がこの座に欠けていますのは甚《はなは》だ残念でござる。その犬川《いぬかわ》荘助と申すのは、もと伊豆《いず》の北条《ほうじょう》の庄屋だった犬川衛二《えじ》のひとり子、その母は蜑崎《あまさき》氏の父君《ちちぎみ》といわれる十郎《じゅうろう》殿の従妹《いとこ》ということ、寛正《かんしょう》六年（一四六五年）の秋九月、衛二は横死《おうし》して、その妻子が追放されましたが、時に荘助は六、七歳、幼名を荘之《そうの》助《すけ》と申しましたが、安房の親族蜑崎氏をたずねる途中、その年の冬、武蔵《むさし》の大塚にてにわかに母に死なれ、土地の庄屋蟇六《ひきろく》の下男となり額蔵《がくぞう》と名づけられ、今もその家におります。武芸を好み、思慮も深く、信義を重んずる得がたい豪傑です。余人は別として、それがしは荘助とともに仕えるのでなければ、義に反することとなりますので、それがしの心中御察しくだされば、ありがとう存じます」

　こう言って辞退した。すると、小文吾、現八も声をそろえて、

「それがしらの願いも犬塚と同様、一応は大塚の里におもむき、荘助に対面してこれらの事の趣《おもむき》を告げなくては、犬塚ばかりかそれがしらも不本意。それに当分は武者修行して武芸をみがき、里見殿の御ために敵国の事情を探《さぐ》り知れば、

後のたすけとなることもあろうかと存じます。それにまた、この五人のほかに三犬士があるならば、会わずにはおれませぬ。八人ことごとく集まってから安房に参っても遅うはありますまい。この召文《めしぶみ》はどうか、その日まで貴殿がお預かり願えませぬか」

と意中をのべたので、照文は感服した。

「三士の謙遜《けんそん》、感服つかまつった。また、犬川荘助が伊豆の北条の庄屋、衛二《えじ》の子ならば、それがしとも再従兄弟《またいとこ》になる者、その子がいま無事で、しかも犬士の一人とはなんとも幸いの至りである。それならば、それがしも大塚の里におもむき、荘助に対面して召文を授《さず》けるがよろしかろうかのう」

ゝ大はちょっと考えたが、

「武蔵の大塚には管領扇谷《かんれいおうぎがやつ》の将、大石兵衛尉《おおいしひょうえのじょう》の城がある。もし荘助が、かかる勇士で里見より召《め》されるということが洩《も》れては、大石の方も荘助を当方に渡すまい。それでは、惜しくも一犬士を失うこととなろう。わしは行脚《あんぎゃ》の僧だから、わしが出かけて荘助に対面して命《めい》を伝えても、人に疑われることもなかろう。だが蟇崎氏《あまさきうじ》、たまたま四犬士に出会って、その一人も伴なわず、何をみやげに主君の前に報告できよう。だから、犬江親兵衛とその祖母妙真を伴ないなされい。親兵衛が安房におったなら、他の犬士は招かんでもついには参り集《つど》うだろう。わしも消え失《う》せた八つの玉がまた残らず集まり、満願《まんがん》の時が来たら七犬士をつれて拝顔しようと思うのじゃ。それで、その召文《めしぶみ》はわしがしばらくお預かりすることとしよう。犬塚、犬田、犬飼らはひとまず市川にのがれ、はやく大塚の里に行って、ひそかに事情を荘助に告げるがよい。わしは山林夫婦のために追善《ついぜん》の読経《どきょう》をしてから行く」

これには照文も賛成し、別に四通の召文を取り出して、大に渡した。

さて、いよいよ時は切迫した。

まず、小文吾は信乃の血のついた麻衣《あさぎぬ》を裂いて房八の首を包む。、大、照文に別れを告げ、信乃と現八に後のことを打ち合わせておいて、まだ深くたちこめている靄《もや》の中に姿を消して行った。

巻の五

第三十九回　二箱《じそう》に斂《おさ》めて良儔《りょうしゅう》夫妻を葬《ほうむ》る　一葉《いちよう》を浮《うか》めて壮士《そうし》両友《りょうゆう》を送る

犬塚《いぬづか》、犬飼《いぬかい》の両勇士、、大、照文《てるふみ》らが、庄屋《しょうや》の許《もと》に出かけて行く犬田《いぬた》小文吾《こぶんご》を見送ったのは、文明《ぶんめい》十年（一四七八年）、戊戌《つちのえいぬ》の夏六月二十三日のことであった。

まだ涙のとまらない妙真《みょうしん》の案内で、さがし出して来た二つの葛籠《つづら》に山林《やまばやし》夫婦の亡骸《なきがら》を納め、その上を筵《むしろ》で掩《おお》い、船荷のように信乃《しの》と現八《げんぱち》がつくっているあいだに、、大と照文は入江《いりえ》橋《ばし》のほとりまで行って、文五兵衛《ぶんごべえ》の釣舟《つりぶね》をひそかに漕《こ》ぎ寄せてきた。まだ靄《もや》が深いのでだれにもわからない。

「さあ、この隙《すき》に」

互いにささやき合い、まず妙真が大八《だいはち》を抱いて乗りこんだ。信乃《しの》、現八《げんぱち》もつづいて乗りこみ、板子《いたご》の下に隠れ伏した。簑笠《みのかさ》姿に身をやつした蜑崎照文《あまさきてるふみ》が、そっと舟を漕ぎ出した。、大《ちゅだい》が独《ひと》り河原《かわら》にとどまってしばらく見送っているうちに、舟ははや深い靄《もや》の中に没してしまった。

舟はつつがなく、水上はるかに走り出した。そのうちに靄も消え、日が高く昇《のぼ》って来た。照文は元来、安房《あわ》の人だから水上を行くのは陸路よりも得意なくらいだった。やがて、市川《いちかわ》の里が見えて来て、

「わたしの家はあそこ、あそこ」

と妙真が指さすのにしたがって、舟はその門辺《かどべ》に着いた。

幸い、犬江屋《いぬえや》の船夫《かこ》たちは、それぞれ遠く船を出して昨夜から一人もいなかった。ただ、耳の遠い飯焚婆《めしたきばば》がひとり留守番をしているだけだったので、信乃、現八も安心して、照文とともに上陸した。

その夕暮れ、小文吾《こぶんご》と、大《ちゅだい》とがつれだって行徳《ぎょうとく》からやって来た。

妙真が目ざとくこれを見て奥に案内すると、現八、信乃、照文らは互いに再

会を喜び合った。そして首尾をたずね、文五兵衛の安危《あんき》を問うと、小文吾《こぶんご》は声をひそめて語り出した。

それによると、小文吾が庄屋の檀内《だんない》の許《もと》まで行った時は、靄《もや》が深くてまだ戸をとざしていた。戸をたたいて、犬塚信乃の首をとって来たと告げると、新織《にいおり》帆太夫《ほだいふ》は奥から出て来て、みずから事の次第を問いただした。

「かねての仰《おお》せにより、犬塚信乃の首をとって参りました。ついてはなにとぞ、この恩賞に親の縄目《なわめ》をお免《ゆる》しくださりませ」

小文吾がこう言って包んだままの首をさし出すと、檀内が受けとって実検《じっけん》に具《そな》えた。帆太夫はたちまち手をうって、満面に笑《えみ》を浮かべた。

「小文吾、でかした。これは紛《まぎ》れもなく信乃の首、文五兵衛は許して家に帰してやる」

それから後はもうぐずぐずしていられない様子で、大急ぎで配下をひきつれ、首桶《くびおけ》を携《たずさ》えて帰って行った。

許された文五兵衛は、家に帰って、大《ちゅうだい》に迎えられ、小座敷におちついてからはじめて、小文吾から事の次第を聞いた。

小文吾は後は親まかせにして、、大とともに市川にやって来たのである。

小文吾の話を聞いて、一同はほっとした。そして、夫婦の葬送は船夫《かこ》どものいない今宵《こよい》が好都合だ。房八《ふさはち》、沼藺《ぬい》の死はしばらく人に知らさぬほうがよい。もし人に問われたら、沼藺は行徳にやった。房八は用件があって鎌倉《かまくら》に行ったと答えようなどと打ち合わせ、この宵闇《よいやみ》を利し、亥《い》の刻（午後十時）に葬送を行なうこととした。

、大が導師《どうし》として、夫婦の埋葬を終えて一同が帰ってくると、妙真に小文吾が言った。

「母御《ははご》、ここは滸我《こが》とは遠くないので、こうそろっていては危ない。おれは明け方、犬塚、犬飼を船で大塚まで送って行く」

今度は信乃が現八とともに妙真に言う。

「それがしらはこのたび、母御にも御子息にも、いまさら言いようのない恩義を受けました。後難《こうなん》をはばかって不本意ながらここでお別れしますが、ここにも生まれながらの犬士もあり、隣郷《りんごう》には犬田《いぬた》親子がいることでもあり、また会う日もありましょう。御自愛くだされよ。再会の日にはまた、心をつくして語り合いましょうぞ」

と別れを告げた。

この時、蜑崎照文は懐中から用意していた五包みの沙金《しゃきん》をとり出し、その三包みを扇にのせて、信乃、現八、小文吾のかたわらに寄って、

「この金は一包み三十両、些少《さしょう》ながら路用《ろよう》の資《たす》けにせられい。これはそれがしの餞別《せんべつ》ではない。里見《さとみ》殿からの賜《たま》わりもの、遠慮なくお受け願いたい」

と差し出した。

また、一包みを扇にのせて、

「御老母、これは房八夫婦追善《ついぜん》の香華料《こうげりょう》として、子の親兵衛《しんべえ》に賜わるもの、辞退は無用ですぞ」

こう言って妙真に差し出した。

もう一包みを犬川荘助《いぬかわそうすけ》の分として、信乃に渡した。

やがて、短い夏の夜も明けようとして鐘の音《ね》が響いて来た。信乃、現八は旅支度《たびじたく》をととのえ、別れを告げて出ようとした。その時、小文吾は妙真に言った。

「おれは大塚までこの両友を送りとどけ、早くて三日、遅くとも四、五日で帰って来ます」

三人が河岸まで出て行くと、、大、照文も妙真とともに、水ぎわに立って見送った。

その日の正午ごろ、文五兵衛が行徳《ぎょうとく》からやって来た。しばらくはともに涙ぐんだまま言葉がなかった。やがて、文五兵衛が口を切った。

「のう、おふくろ、房八は見上げた男だったのう。いまわのきわの遺言《ゆいごん》もくわしく聞いた。そんなにまでせずともと恨めしかろうが、いまさらしかたがない。これからは、互いに持ちつ持たれつ、頼りあうのが何よりの追善じゃ」

「ほんにそのとおり。口には出さんでも忘れられぬのに、またまた、くどきたてて泣いては、冥途《めいど》への障《さわ》りにもなりましょうのう」

やがて、文五兵衛は小座敷に行って、、大、照文と対面した。

これから、、大と照文は一日あるいは二日と、市川と行徳にかわるがわる泊まったが、四、五日するともう房八夫婦の初七日《しょなのか》が来た。

ところが、小文吾はまだ大塚から帰ってこない。その日は文五兵衛も朝からやって来て法事を手伝い、、大は逮夜《たいや》から読経《どきょう》した。照文も威儀を正して席に加わった。

もう秋風が吹きはじめて来た。小文吾はどうしたのであろうか。皆、非常な不安に襲われ、そのことばかり話し合っていた。

七月二日になった。

その前から、、大は行徳にいた。、大は早朝から起きて文五兵衛に言った。

送って行った小文吾までが今日になっても帰らぬのは、思いがけないことが起こったからであろう。ここで心配しているより、わしが行ってみようと思う。

ちょうど未《ひつじ》（午後二時）のころに出る船便があったので、、大はその時刻になると旅支度を急いでととのえて出《い》で立った。

第四十回　密葬《みっそう》を詰《なじり》て暴風妙真《あかしまみょうしん》を挑《いど》む　雲霧《うんむ》を起《おこ》して神霊《しんれい》小児を奪う

、大《ちゅだい》が大塚《おおつか》に行ってから、また三日も経《た》ってしまった。なんの音沙汰《おとさた》もない。

この日は、何かとくよくよ嘆いてばかりいるうちに、もう二七日《ふたなのか》にあたっていたのだが、妙真《みょうしん》は朝のうちは何やかやいつもより忙しく、少しのあいだも数珠《じゅず》をとるひまもなく昼になってしまったので、大八《だいはち》が寝ているあいだに線香を立て添えようと、燈明《とうみょう》をかきおこして線香にうつし、外にはばかるように木魚《もくぎょ》をたたき看経《かんきん》をはじめた。

だいぶ時が移り、日ざしが横ざまになって来て、背戸《せど》の槐《えんじゅ》に秋蟬《あきぜみ》の声がひとしお暑くるしげな時だった。

突然、高いだみ声が背戸の方から聞こえた。

「おふくろ、ごぶさたしたのう」

「どなた」

妙真は木魚をわきにおしやり、数珠をしまって立ち上がろうとした。すると、はや、縁側の簀戸《すど》に手をかけて無遠慮におし開いてはいってくる者があった。驚いて見かえると、年は五十がらみであろう。どんぐり眼《まなこ》に獅子《しし》っ鼻、高い頬骨《ほおぼね》に厚い唇、一本欠けた前歯を蠟石《ろうせき》で補い、秋茄子《あきなす》みたいに赤黒い皮膚《はだ》、ひね冬瓜《とうがん》そのままのごま塩の無精《ぶしょう》ひげ、ひどく汗じみたかすり木綿《もめん》の単衣《ひとえ》に、褌《ふんどし》だけをこれ見よがしにむき出した、みるからに柄《がら》の悪い男。片端《かたばしょ》折りした裾《すそ》もおろさず、ずかずかとはいってくるなり縁柱にもたれかかって、高あぐらをかくと、そばの団扇《うちわ》をわが物顔にとって、あたりかまわず襟《えり》をひろげて熊のような胸毛をあおぎ出した。

この男は土地でも有名な暴風舵九郎《あかしまのかじくろう》という奴《やつ》で、あちこちと雇われては船を漕《こ》いでいるが、酒とばくちに身をもちくずしている住所不定の無頼漢《ぶらいかん》だ。そいつがひょっこり姿を現わしたものだから、妙真もいやな奴が来たと思った。が、顔色もかえず、

「背戸から奥まで、ずかずか案内なしにはいってくるのはだれかと思うたら、舵九郎殿だったのかえ。今日はまたどんな風の吹きまわしで、こんなところに

とたしなめたが、別に恥じた様子もなく、

「まあ、そんなにいやな顔をしなくてもいいじゃねえか。懐《ふところ》が寂しけりゃ、薄ぎたない風にもならあ。別に風に吹かれて来たんでもねえし、波にもまれて寄ったんでもねえ。聞きゃ、兄貴は先月からいまだに帰らぬ。御新造《ごしんぞう》は里にかえされたそうだが、どうも合点《がてん》がゆかねえ。こりゃ何か曰《いわ》くがあろうと人の疝気《せんき》を頭痛に病んで、いろいろと思案をしてみりゃ、ちょっとは耳にはいったこともあり、また見つけたこともあるというものさ。これから勘《かん》ぐってみると、このごろ坊主と侍《さむらい》がかわるがわる泊まっているというじゃねえか。それでやっと、こうこうしかじかと睨《にら》んだ目は狂うめえが、人の陰口をしちゃいけねえ。こんな時こそ馴染《なじ》みがいというやつだ。おふくろの返答次第で、敵にも味方にもなろうと思うておしかけ相談、人に聞かれちゃお困りなさろうと、背戸から御入来というわけだ。今まではまだ序《じょ》の口、これからが長帳場《ながちょうば》だ。まあ、もっと、こっちへ寄りなせえ。それに聞きてえこともある。さあ、こっちへ」

慣れ慣れしそうに畳《たたみ》をたたいて招く言葉の端に、どうやら何かたくらみでもありそうに見える。妙真は騒ぐ胸を静めて、油断なく、

「それはそれは、はばかりさま。お心はうれしゅうござんすが、疑われるようなことはなんにもありませんよ。房八《ふさはち》が鎌倉に行ったことはだれも知ってるし、沼藺《ぬい》は媒人《なこうど》の方の後家《ごけ》殿が長病《ながやまい》ときいたゆえ、その看病に行徳《ぎょうとく》にやったのじゃ。二人の旅人はもと古那屋《こなや》の客じゃが、房八《ふさはち》とも懇意ゆえ、あれが帰るのを待ちかねて、たびたびここに見えるだけのこと」

「フン、隠したってだめだ。訳《わけ》はおおかた承知の助、おまえさんだって四十過ぎと言っても、その容色《きりょう》のうえに脂《あぶら》もぬけず、色気たっぷり、どんな堅造《かたぞう》でもフラフラする女房ざかりを、長年の後家《ごけ》暮らしの悲しさ、枕《まくら》さみしく、ふとしたことから迷いそめて、どこやら寺の助平和尚《すけべいおしょう》、なまくらの痩浪人《やせろうにん》、一人と言わず二人まで情夫《いろ》にもってる証拠はちゃんとあがってるんだ。色に迷えば子でも殺す昔話はザラにあらあな。気の毒に兄貴は殺されたんだろう。だいいち、怪しいのはここの岡山の墓地にちかごろ何か埋めた跡があることだ。あの墓地

の新仏《あらぼとけ》が、よしや兄貴夫婦でなくとも、人に隠して埋めたところを見るとなんだか臭《くせ》え訳《わけ》がありそうだ。そればかりじゃねえ。昨日聞いた噂《うわさ》では、このあいだ、古那屋では犬塚《いぬづか》とかいう罪人に宿をかした科《とが》で、文五兵衛《ぶんごべえ》が搦《から》め捕《と》られた時、倅《せがれ》の小文吾《こぶんご》がその犬塚の首をとって許我《こが》の使《つかい》に献上して、親仁《おやじ》はやっと許されたそうだが、その日から小文吾がどこへ行ったか、家に帰らぬと言うじゃねえか。岡山に埋めたのは犬塚の死骸《しがい》か、それともさすがに気になるのでしばらく姿を隠したか。こう抜け目なく考えつめた一つは違うまいぜ。人はだまされても、蛇《じゃ》の道は蛇《へび》だ。おれをごまかそうたって、そうはいかねえ。え、まっすぐに言いな。あの新仏はいったいだれだね」

波だつ心を懸命《けんめい》にしずめて顔色に出すまいと、妙真はしいて笑顔をつくった。

「まあ、ひどい邪推《じゃすい》だこと。畜生《ちくしょう》だって子を慈《いつく》しまぬものがござんすかえ。色には迷うても、そんな悪人が今の世のどこにいましょうぞえ。疑われては、そう隠してもおれまいがのう。あの犬塚信乃《しの》とかいう人をお沼藺の兄貴が討ち取ったのは別に恨《うら》みがあるわけでもありませぬ。せめてその亡骸《なきがら》を葬《ほうむ》ろうと思うても、行徳でははばかりがあるので、こちらの墓所へと頼まれて房八《ふさはち》がやったこと」

白ばくれてみても、舵九郎《かじくろう》はおおげさに笑って見せ、

「そうくるだろうと思ったから、信乃を数の中にいれておいたんだ。語るに落ちるというやつだ。まあ、考えてもみな。犬田《いぬた》が仏心でたとえ信乃の亡骸《なきがら》を埋めてやろうと思うても、もう八幡《やわた》の相撲《すもう》から恨みをもつ妹婿《むこ》に頼まれもすめえし、また承知もすめえ。それじゃ、ちと辻褄《つじつま》が合わねえぞ。おれが睨《にら》んだところじゃあ、小文吾はここの兄貴を殺してずらかったに違えねえ。それを親仁の文五兵衛に金で話をつけられて、おまえさん、わが子の亡骸をおめおめ内証《ないしょ》で葬ったという寸法だろう。それに嫁を出したあとは、情夫《いろ》をとりかえひきかえ楽しみ放題、人目ばかりの念仏三昧《ざんまい》でごまかそうたって、その手は食わねえ。論より証拠だ。あの新仏をあばき出して目にもの見せてやらあ」

こう言って舵九郎は立ち上がろうとした。妙真はその裾《すそ》を思わずしっかりひきとめて、

「まあお待ち。あの新仏がだれであろうと、役目でもないのにあばきたてればお咎《とが》めを受けますぞい。自分にかかわりのないこと、うっちゃっておいてもらいましょう」

妙真も必死だ。

「その役目でなくったって、この不敵の悪事を庄屋様に訴えて御褒美《ごほうび》にでもありつかなくちゃ、酒も飲めねえ。宝の山にはいりながら、手ぶらで帰ってたまるものか。嘘《うそ》か実《まこと》か、岡山までは一跨《ひとまた》ぎ、引っぱって行ってきれいさっぱり黒白をつけて見せる。そうなりゃ運の尽きだ。覚悟をするがいいぜ。とまあ、言っちまっては実《み》も蓋《ふた》もねえ。おまえさんの心一つと言ったなあ、ここのことだ。何かに人目につきやすい情夫《いろ》を引き入れるより入婿《いりむこ》でも入れちゃどうだ。その婿殿というなあ、ほかでもねえ。ちとはずかしいがこのおれ様だ。年も十《とお》とは違わねえし、からだも達者なら、よう漕《こ》げるし、そうつり合わぬこともねえはずだ。いやだと言うなら天罰覿面《てきめん》、庄屋に訴えて情夫もろとも、御牢《ごろう》入りになるだけのことだ。さあ、どうだい。色よい返事をうけたまわろうじゃござんせんか。ええ、じれってえ」

まくしたてるだけまくしたてると袖《そで》を引っぱり、払っても払っても搦《から》みついて、年柄にも恥じぬ助平根性まるだしになって来た。妙真は、さりげないふうで、

「そうまで思われてはわたしもなんとか思案もするが、年に限らず男というものはとかく浮気、つい出来心で口説《くど》かれても、まに受けることもできませぬ。またの日に来てくだされ。今すぐ返事ができぬのもむりはありますまい」

「フン、こっちゃそんな暢気《のんき》なことは言っちゃおれねえ、否《いや》と応《おう》とで地獄、極楽、死人を掘り出すのも人を助けるのも、たった一言、否《いや》なら否でもいいや。そんなら岡へ」

舵九郎はまた、立ち上がりかけた。妙真は慌《あわ》ててひきとめ、

「それではあんまり性急《せっかち》な」

「そんなら応か」

「それはまた」

「ええ、じれってえ、こっちへ向きやれ」

引き寄せて、すがりついてくるのをふりほどき、かいくぐって逃げると、なおもすがりつこうとした途端、つとはいって来た者に真正面からぶつかり、勢い余って舵九郎はあおむけざまに、ひっくりかえった。

見れば、ありがたや蜑崎照文《あまさきてるふみ》だ。照文は文五兵衛をつれて行徳から帰って来たやさき、家の中で人が争っている気配に、台所の方からとびこんで来たところだった。妙真は狂喜して、

「これはよいところへ、蜑崎様」

と叫んだ。そのうち、舵九郎はむっくり起き上がって、

「やい、無遠慮にもほどがあるぞ。出来かかった相談の腰を折りゃがって、よくもおれを投げつけたな。手前《てめえ》は後家《ごけ》の情夫《いろ》だな。それなら、ちと穿鑿《せんさく》することがある。庄屋のところへ引きずって行って、このお礼はたんまりしてやる。さあ、ついてこい」

立ちかかってくる腕をぐっとひっつかんで、手練《てれん》の拳法《やわら》で照文がどすんと投

げつける。舵九郎は縁側の戸をうち倒して、庭の真ん中にもんどりうってぶったおれる。

「痛てて、痛てえ、痛てえ」

着物についた土を払うと、草履《ぞうり》をつかんで悪態をつきながら、足ばやに逃げ去ってしまった。

そこへ文五兵衛もはいって来た。妙真は倒れた雨戸を急いで立ててから、舵九郎の邪推と狼藉《ろうぜき》を声を忍ばせて語った。二人は驚いて、また禍《わざわい》の種ができた、どうしたらよいかと思案するのだったが、照文は、

「こんなことと知っていたなら、討ち果たして禍根《かこん》を断つのだったわい。今からでも追っかけて討ち果たすのほかはない。では」

と、刀をとって立とうとするのを、文五兵衛はおしとめ、

「お言葉はもっともながら、いまさら追っても及びますまい。あいつは定まった家もなく、無頼漢《ならずもの》のばくち仲間も多い。あいつのことはうっちゃっておいて、禍《わざわい》を未然に避ける手だてが肝心《かんじん》じゃ。はやっても、しようがありませぬ」

文五兵衛《ぶんごべえ》が妙真に向かって言った。

「のう、おふくろ、おまえ様はどう思うかな。小文吾が武蔵《むさし》に行ってから十日、大様《ちゅだい》さえ三日、四日と経《た》ってもお帰りにならぬ。今日は妙真どのと相談しようとつれだって来たのじゃ。それがまた、思わぬ心配の種ができてしまった。どうすりゃいいかのう」

「わが身は無実の罪に落とされてもいといませぬが、孫だけはつつがなく大きゅうなってくれれば、今までの苦労はかいがあるというもの、女子《おなご》はあさはかで、こんな時にはますますよい思案も浮かびませぬ」

また、嘆きはじめるだけなので、照文が横から励ました。

「長談義をしてもはじまらぬ。これでは、大《ちゅだい》と小文吾をここで待つのは危険千万。それがしは大八の親兵衛《しんべえ》をつれて、すぐさま安房《あわ》に帰ることとし、祖母《ばば》どのも孫につき添うてしばらくここを遠ざかるのが、舵九郎の毒気を避ける最上の分別ではないか」

文五兵衛もこれに賛成した。

「それが一番の分別、わしが郡境《こおりざかい》まで孫を背負って行こう」

そこへ、昨日、江戸まで船出していった依介《よりすけ》という下僕《こもの》がひょっこり帰って来た。妙真が慌《あわただ》しげに旅支度をしているのを見てふしぎそうに問うので、妙真はくわしいことは告げず、風呂敷包みを背負わせ、照文を先頭に背戸から出て、人に顔を見られぬように笠《かさ》を深く傾けて、裏道をとって進んだ。

まもなく、市川の町を出はずれ、田舎道《いなか》を上総《かずさ》の方へとり、松原《まつばら》のあたりに来た時は、ところどころに生《お》いしげる茅萱《ちがや》にすだく虫の音《ね》の聞こえてくる方から暮れはじめて、日は沈んでしまった。

この時、行く手の一むらの黒い松の陰から一人の曲者《くせもの》が不意に飛び出し、大道《おおじ》狭しと立ちふさがった。言わずと知れた暴風《あかしま》の舵九郎《かじくろう》だ。舵九郎は声高らかに、

「やい、盗人《ぬすっと》ども、よう待たせたなあ。きさまら、悪事の楽屋をおれに睨《にら》まれ、後家もろとも逐電《ちくでん》する気だな。そんなことだろうと思って、門にはちゃんと犬をつけ、道には張番《はりばん》を立てておいたのだ。逃げようたって逃がすものか」

とほざきちらして睨《にら》みつけた。

性懲《しょうこ》りもない悪党め、禍根《かこん》を断《た》つのにあつらえむき、刀を穢《けが》すは惜しいが、おのれ目にものを見せてくれると照文が刀をさっと抜くと、舵九郎は声をはりあげ、

「皆、出てこい」

とどなった。

声に応じて、三人、五人と悪党どもがバラバラと飛び出して来て、照文らを取り囲んだ。照文は少しもひるむ色なく、悪党どもを左右に引きつけ戦いはじめる。そのあいだに文五兵衛は、大八を妙真に抱かせ、

「子どもと女は危《あぶ》ない。依介をつれてもとの道を市川に帰るのじゃ。はよう、はよう」

とせき立てた。ところが、後の方からまた一団の悪党が不意に現われて、かかって来た。文五兵衛はキッとなって妙真を後に立たせ、旅刀を打ち振り打ち振り防ぎ戦った。だが、敵も多勢を恃《たの》んで踏みこんでくる。

依介はとっさに妙真の杖《つえ》をとると、これをふりたてて飛びこんだ。そして、しばらくは敵をささえたが、杖一本の悲しさ、眉間《みけん》をうちやぶられ、あっと叫んで倒れてしまった。これを見た文五兵衛、さすがに勇気も腕も衰え、しだいに妙真とのあいだを、へだてられた。

その隙をうかがっていた舵九郎、急に物陰から走り出してくると、声もかけず妙真を幼児もろとも抱きかかえた。妙真はとっさに簪《かんざし》を抜きとって、抱いている舵九郎の腕を骨も徹《とお》れと突きさした。さすがに痛みに堪《た》えかねた舵九郎が、

「何をしやがる」

思わず、組んでいた両手を解いた。その隙に妙真は幼児を肩にして逃げ出そうとする。逃がしてなるものかと舵九郎、親兵衛の肩先をつかんで引き寄せ、枝の果実《このみ》をもぎとるように、ひっさらった。

「これ、それはあんまりな」

泣き叫んで、ひきとめようとすると、

「ええい、邪魔するな」

舵九郎は妙真を蹴倒《けたお》して、幼児を手玉のように投げ上げて地上に落とし、またひきつけて、

「これ尼《あま》よ。まあ、よく見るがいい。おれの心に従わねば、この餓鬼《がき》も今ここでお陀仏《だぶつ》だ。今から一生身をまかすと言うなら、市川につれて帰って今宵《こよい》が夫婦のことはじめ、否だと言うなら、この雑魚《ざこ》をしおからにして酒の肴《さかな》、性根《しょうね》をすえて返答しろ。返答がなけりゃ、この餓鬼を……」

舵九郎は手ごろの石を拾って、幼児の胸を打とうとばかりに振りあげた。

そこへ、照文が二十余人の悪党を切りちらして、文五兵衛とともに妙真をさがしにかけつけて来た。

「待てい。しばらく待てい」

舵九郎は笑いころげるような身ぶりで、

「二人ともまだ生きてやがったのか。一足でもそばに寄ってみろ。料理はお好み次第だ。さあ、望みの料理を言ってみろ」

あくまで嘲弄《ちょうろう》するが、照文も文五兵衛も隙があればと思っているばかりで、

立ちつくしている。舵九郎とのあいだは四、五十歩に過ぎない。

舵九郎はますます調子にのって、

「では、この餓鬼を料理してやろう。拳《こぶし》の冴《さ》えをよく見ていろ」

と、再び石を取り上げた。妙真は手をあげて、あれよあれよと叫ぶばかり、もはや絶体絶命、照文も文五兵衛もたまらなくなって、おのれ、幼児を打ってみよ、その返報の太刀《たち》、唐竹割《からたけわ》りにしてやろうと、刀の柄《つか》に手をかけて走り出そうとした。

舵九郎は今しも石を幼児の胸に打ちつけようとした。と思わず手許《てもと》が狂って地上をどしんと打った。

慌《あわ》てて、またも微塵《みじん》になれと手をふりあげた、その刹那《せつな》、その腕がにわかにしびれた。あきれ顔に舵九郎が一瞬茫然《ぼうぜん》となったその頭上に、むらむらと一《ひと》朶《ひら》の雲が舞い降りて来たように見えた。

と、凄《すさま》じく電光が光った。さっと音を立てて風が吹いて来た。石を捲《ま》き、砂をとばして、草木もなびく鳴動が起こった。雲はしだいに降りて、親兵衛をひっ包むと見えたが、あっと言うまもなく中天高く巻きあげた。

竜巻《たつまき》であろうか。舵九郎が地上にばたりと転《ころ》んだ。かと思うと、さかさまになった舵九郎のからだが地を離れたとみるうち、血しぶきがぱっととび散って、驚くべし、舵九郎は臀《しり》から鳩尾《みぞおち》の辺まで、ばらりずんと引き裂かれ、再びどしんと落ちて来た。

やがて、風がおさまり、雲がはれた。あとには、沈んでゆく五日の月の光ばかりが、かすかに残っているばかりだった。

第五集

巻の一

第四十一回　木下闇《こしたやみ》に妙真依介《みょうしんよりすけ》を訝《いぶか》る　神宮渡《かにわのわたり》に信乃猪平《しのやすへい》に遭《あ》う

妙真《みょうしん》はまだ草の上にうつぶしたままだった。照文《てるふみ》と文五兵衛《ぶんごべえ》が馳《は》せつけて来て、一心に介抱したので、やっと人心地《ひとごこち》がついたらしい。目を開いて、ほっと息をつくと、どっと堰《せき》を切ったように妙真は泣きはじめた。

息子夫婦を失い、ただ一つの希望をかけていた孫が怪しい風雲《かざぐも》の中にかき消すように姿を没し去った今となっては、もはや、なんの生きがいがあろう。両人にも、もう慰める言葉とてはなかった。神かくし(52)なら早ければ三カ月、遅くも二、三年のうちには還《かえ》されるものだと慰《なぐさ》めてはみたが、そんな気休めでは、妙真の悲しみを緩《ゆる》めることはできなかった。

しかし、照文と文五兵衛はなお、さまざまに妙真を慰め励ました。それで、やっと妙真も照文とともに安房《あわ》におもむく気になった。

そこで、これも息をふきかえした依介《よりすけ》が、妙真に従って安房まで行くことになり、文五兵衛はここから市川に引きかえし、船で行徳《ぎょうとく》に向かった。

さて――

犬塚信乃《いぬづかしの》、犬飼現八《いぬかいげんぱち》らが小文吾《こぶんご》に送られて大塚《おおつか》に出発したのは六月二十四日の早朝だったが、船路で六里（約二十四キロ）、宮戸川《みやとがわ》から北、千住川《せんじゅがわ》を溯《さかのぼ》って、その日の未《ひつじ》（午後二時）ごろに武蔵国《むさしのくに》、豊島《としま》の神宮河原《かにわがわら》に着いた。

岸を上って行くと、一人の男が水ぎわに立っている。めざとく、信乃に声をかけた。

「おまえ様は大塚の庄屋殿の甥御《おいご》ではありませぬか」

驚いて信乃がよく見ると、年は五十か六十くらい、ちびた単衣《ひとえ》を着て、手に藻刈鎌《もかりがま》をもっている。

「お察しのとおり、蟇六《ひきろく》の親戚《しんせき》の者だが、おまえはいったいだれだい」

ときくと、男もほほえんで、

「もうお忘れになったかなあ。手前は前に網船《あみぶね》をお貸しした船主《ふなぬし》で、猾平《やすへい》と申します。忘れもしませぬわい、それ、この月の十六、七日ごろ、おまえ様は、もう一人の若い衆と庄屋殿につれられて漁に来なすっただ。あの時、庄屋殿にお尋ねしたら、あれは甥《おい》の犬塚信乃という者、これは、わしの在《ざい》の者で網乾左母二郎《あぼしさもじろう》という者じゃ、とおっしゃったのを覚えていますだ。あの日は庄屋殿が過失《あやまち》で船から落ちなすったのをおまえ様がうまく担《かつ》ぎあげたではなかったかね。それにしても、大塚じゃ、えらいことでお気の毒じゃのう。この騒ぎをよそにして、まあ、どこに行かしゃっただかね」

　信乃は二度びっくりして、

「ふうむ、そういや、そんなこともあったなあ。何かと心配事が多くておまえを見忘れていた。おれは伯母婿《おばむこ》につれられてここへ来た翌日、下総《しもうさ》に行って、そこの友に送ってもらって今帰って来たばかりで、なんにも知らないが、いったい大塚のえらいことというのはなんだい。聞かしてくれ」

尋ねられて、猪平《やすへい》は大きくうなずいた。

「では、あの事件をちっともご存じないのかね。そんなら詳しゅうお話しするが、まあ、こっちに来さっしゃれ」

そう言って三人を草葺《くさぶき》の家に案内して、

「手前も、自分で見て来たことではないがのう。どこでも、えらい評判じゃぞ。聞いたままお話しするだ。あれは、十九日の真夜中のことでしたわい」

と、それから、陣代簸上宮六《じんだいひかみきゅうろく》が庄屋の娘を権力を利して娶《めと》ろうとしたのを、信乃の伯母《おば》亀篠《かめざさ》から婿にするという約束をとっていた左母二郎が恨《うら》んで、娘浜路《はまじ》を誘拐《ゆうかい》したこと、その手違いから、庄屋夫婦が宮六とその部下の軍木五倍二《ぬるでごばいじ》に殺されたこと、その仇《あだ》を下僕の額蔵《がくぞう》が帰って来て討ったこと、浜路は左母二郎に殺され、その左母二郎も何人かに殺され、その首が木の枝にかけられて、そこに書き遺《のこ》しがあったこと、同じ場所で庄屋が網舟から落ちた時、傭《やと》った土太《どた》

郎《ろう》、加太郎《かたろう》、井太郎《いたろう》らのならず者も殺されていたことを語った。さらにつづけて、

「それにしても気の毒なのは、その額蔵じゃ。主《あるじ》の仇《かたき》を討ちながら、なにしろ相手は陣代とその下役、相手の都合のよいように罪に落とされて、なんといってもいっさいお取り上げにならず、背介《せすけ》とかいう老人《としより》といっしょに、むごいことに牢《ろう》屋に繋《つな》がれてしまいました。そのうちに、鎌倉《かまくら》から大石《おおいし》様の下知《げち》で丁田町進《よぼろだまちのしん》とかいう御老職が陣代にならしゃってのう、大塚に来て、額蔵と背介をひき出して、毎日絶え間のない拷問《ごうもん》じゃそうな。なんでもその簸上《ひかみ》の弟の社平《しゃへい》と、あのとき逃げて帰った下役の五倍二が、ありもせぬ罪をぬりつけて返報するつもりじゃということですわい。庄屋夫婦が殺されたのは、婚礼の夜に娘御を網乾《ぼし》に奪い去られたのと、婿引出《むこひきで》の名刀が似ても似つかぬ贋物《にせもの》じゃったことを、婿殿も仲人もえろう怒って、それで事件が起こったのを、蟇六《ひきろく》夫婦を殺したのは額蔵じゃ、宮六と五倍二はそのおりそこに行きあわして、事がそこまで大きゅうなったと、まことしやかに額蔵に罪をぬりつけたんですが、なにしろ、真

夜中ごろのことで証をする者がない。ただ背介とかいう老人は額蔵より早う帰って、庄屋夫婦が討たれた時に浅痍《あさで》を受けて倒れたというが、これが額蔵の証人になって申しあげましたのに、口べたのうえになんせ年が年じゃ。おまけに手傷を負うているので、はかばかしゅう言うことができません。とどのつまり、罪に落とされて毎日の折檻《せっかん》、両人とも近く首を刎《は》ねられるだろうと、やかましい評判でな」

信乃はもちろん、現八も小文吾もあまりのことに、ひとしく驚きあきれるばかりで、しばらくは口もきけないほどだったが、信乃は憂《うれ》わしげに眉根《まゆね》を寄せながら、

「われわれの同志は一人として不仕合わせな目に遭《あ》わぬ者がないのう。これでは額蔵の命が危うい。ああ、なんとしたものだろうか」

と瞼《まぶた》をしばたたいたが、両人も眼尻《まなじり》を決し、

「と言って、すぐ救い出す手段もないではないが、まず、われわれ両人が出かけて、もっと里の噂《うわさ》をしかと聞いてからにしては」

そこへ猪平《やすへい》が口を出して、

「おまえ様方、無分別なことをしてはなりませんぞ。どうも言いにくいが、犬塚氏は初め庄屋の婿がねだったそうじゃな。それを妬《ねた》んだ陣代の悪だくみで遠ざけられたと世間で言うとるが、社平、五倍二殿たちは安心ならぬかして、手下どもに浜路を誘い出さしたのも、蟇六が追っ手を出した左母二郎と余《よ》の三人を円塚山《まるづかやま》で殺したのも、信乃、額蔵の仕業じゃと触れ回らしているゆえ、犬塚殿にも疑いがかかって、行くえを尋ねているという話じゃ」

現八、小文吾はいよいよ悲憤《ひふん》に堪《た》えかねたが、思い直してうなずいた。

「ふうむ、ひどい悪だくみをしておるのう。いや、剣呑《けんのん》、剣呑《けんのん》、よう知らしてくれた。礼を言うぞ」

この時、信乃は財布から粒銀《たまぎん》を四つ五つとり出して、

「これは少ないが、われわれの志、お陰で様子もわかったし、無実の咎《とが》がかかっていることを聞かしてもらってありがたい。そんなわけならいまさら大塚へは帰れぬ。母の生国《しょうこく》の信濃《しなの》に行くことにしよう。言うまでもないが、われわれ

が下総《しもうさ》から来たことはだれにも知らさんでもらいたい」

猎平は二つ返事で引き受け、

「御安心なされ。万事心得ました。大塚の庄屋の甥御《おいご》のことだし、お気の毒ゆえ、そっと知らしてあげたのじゃ。だいたいこの辺は管領《かんれい》の領分になったばかりで、だれもありがたいとは思っておりませぬ。ことに大石殿の陣番ときたら絞《しぼ》るばかりで、ひどいことばかりしていますので、ここにいたとて知らすような者はありませんが、おりおり探索《たんさく》の者が回って来ますので、一晩も泊められません。早うお逃げなされ。わしは今では老いぼれたが、ただ、甥が二人いて、力二郎《りきじろう》と尺八《しゃくはち》と言いますが、きかん気の男なので、なんなら戸田《とだ》までの近道を送らせましょうか」

現八と小文吾はこれを断わって、

「何かと気をつかってもらってありがたいが、われわれ両人がここまで送って来て、道づれはこれでじゅうぶん。人数がふえては、かえって目立つばかりじゃ」

さらに信乃は先の銀を主人のかたわらにおしやりながら言った。

「まあ、これはとってもらいたい。じっと見ていたが、応答ぶりといい、気性といい、御身《おんみ》はただの人ではないらしい。昔の素姓《すじょう》が聞きたいものじゃ」

するど猪平は額《ひたい》を撫《な》でて、

「いや、たいしたものではありませぬ。若い時、ちと武士の祿《ろく》を食《は》んだだけじゃ。本姓は姥雪《おばゆき》、もとの名は世四郎《よしろう》、小身者じゃが、まちがいをおこして、この故郷に追い退《しりぞ》けられました。ところで、わしの知り合いの婆《ばば》が去年から上野《こうずけ》の荒芽山《あらめやま》の麓《ふもと》に住んでいるということ、もし信濃に行きなさるなら宿を借らっしゃれ。ついでがあったらと手紙が書いておいてある。おまえ様のことを書き足しておきましょうわい」

と言って、船日記の端を裂いて走り書きして、それを一通の手紙の中に巻きこみ、封をすると上書きを書いた。

「失礼かもしれませんが、この手紙をあげましょう。必ず行ってみなされ。婆の名は音音《おとね》と申します。何かと不自由じゃろうが、山の中だで、逗留《とうりゅう》しても怪しまれますまい。ではお願いしますだ」

信乃は手紙を受けとって、

「いつになるかわからないが、信濃路《しなのじ》に行く時たずねて届けておこう。で、これは少しだが受けとってもらいたい」

「そうまで、おっしゃるなら、ありがたくいただいておきましょう」

それから三人は厚く礼を述べ、笠《かさ》を深くかぶって南をさして急いだ。

第四十二回

夾剪《はさみ》を摭《ひろ》うて犬田《いぬた》進退を決《さだ》む
額蔵《がくぞう》を誣《しい》て奸党残毒《かんとうざんどく》を逞《たくましゅう》す

しばらく行くと左の方に小さな岡があって、木が隙間《すきま》なく茂っている。ここに立ち寄って切株《きりかぶ》に腰をかけて、三人はこれからの相談にかかった。

「前には神宮川《かにわがわ》で村雨《むらさめ》の太刀《たち》を盗まれたかと思うと、今度は猾平《やすへい》に会って思わぬ助けを得た。それにしても、自業自得とは言いながら伯父《おじ》夫婦の横死《おうし》は思いもかけなんだ。浜路《はまじ》も可哀《かわい》そうな女だったが、もう過ぎたことを悔《くや》んだとてしかたがない。だが、額蔵《がくぞう》は無実の罪で縛られているのだ。貴殿らはともかく、それがしは子供の時から生死をともにしようと誓った仲、まして、伯母夫婦の仇《あだ》をその場で討ってくれた男、失敗して助けられなくとも、ともに死ぬだけだ」

信乃《しの》が深く思いに沈んでささやくのを、現八《げんぱち》、小文吾《こぶんご》は勢いこんで、

「それは犬塚《いぬづか》氏、貴公一人のことではないぞ。われわれは犬川《いぬかわ》氏とはまだ面識はないが、玉とあざを同じゅうしている以上、すでに異姓の兄弟だ。ともに死んでも助ける覚悟じゃ」

信乃はにっこり笑って、

「二人が力を合わしてくれたら、こんなうれしいことはない。だが、犬田《いぬた》氏は送って来てくれただけだから、船で帰って行徳《ぎょうとく》と市川《いちかわ》へこの模様を知らせたらどうだ。皆、待ちくたびれて心配しているに違いない」

小文吾は首を振った。そして、手にもっていた鋏《はさみ》を示した。

「まあ、これを見てくれ、これは途中の畦道《あぜみち》で拾った鋏《はさみ》だ。鋏は進んで物を切

るが、退《しりぞ》いては役に立たぬ。鋏の本字は剪《せん》だ。鋏が落ちていたのは前《すす》んで仇《あだ》を剪《き》るという辻占《つじうら》だと思って拾って来た。それなのに、行徳に退いては鋏のかいがないではないか。それに、それがしが伝手《つて》を得て城中にはいろうとしても、商人に化けて行かぬとすぐ怪しまれる。どうしても、この額髪《ひたいがみ》を剃《そ》り落とさねばならぬが剃刀《かみそり》がない。鋏を拾ったのはちょうどあつらえむきだ。もうそれがしの決心はきまった。どこまでもいっしょに行くぞ」

「なるほど、その鋏のたとえはおもしろい。どれ、それがしがきれいに刈ってやろう」

現八は小文吾から鋏を受けとって、手ぎわよく刈り落とした。昨日剃《そ》った月代《さかやき》と同じくらいになった。

「フム、いちだんと男前が上がったわい。身をやつすのに好都合だ」

三人は再びもとの田圃道《たんぼみち》に出て滝野川《たきのがわ》に急いだ。

金剛寺《こんごうじ》に着いたのは日影も落ちて、見渡す限りの稲葉《いなば》に風渡《わた》る七つ下《さが》り（午後四時すぎ）だった。出て来た寺僧にはこの寺の弁財天《べんざいてん》に宿願《しゅくがん》があって、七日間の参籠《さんろう》に来たから休息所《いこいどころ》を借りたいと言い、それぞれ仮名《かめい》を名乗った。こんなことはよくあることだから僧は別に怪しむふうもなく、客殿のかたわらの小座敷に案内して夕食を出してくれた。

さっそく、額《ひたい》を集めて相談にかかる。

「それがしは大塚の者には顔を知られているから、夜でないと行けぬ。今宵《こよい》はそれがしが犬飼《いぬかい》氏をつれてそっと案内のために行ってみよう。犬飼氏《うじ》には実夫《じっぷ》の墓があそこにあるから案内しよう。犬田氏《うじ》は今夜はお残りください」

信乃の言葉に従って、寺僧には岩窟堂《いわやどう》で通夜《つや》すると言って外に出た。もう日は暮れている。しかし、滝野川から大塚まではわずか三十町《ちょう》（約三キロ）だ。

翌日は、朝食を済ますと、小文吾が現八の案内で大塚に出かけた。途中で、麻《あさ》、木綿《もめん》を十四、五反《たん》、それに行李《こうり》や風呂敷を買って旅商人の姿になった。現八は笠《かさ》を眼深《まぶ》かにかぶって知らぬ人にも用心した。

これを手はじめに、小文吾は城中に往復することができるようになったので、信乃はますます深く隠れて大塚へは行かなかった。現八は時々出かけて風聞《ふうぶん》を探《さぐ》った。

夏も過ぎて、もう、うら悲しい(53)七月一日がやって来た。

この夕暮れ、小文吾は城中のある情報をもたらした。皆、悲憤で胸が一杯になった。今日を限りに適切な進退を定めようと、夕食の時に寺僧に、七日の参《さん》籠《ろう》も今夜で満願《まんがん》になったから、明朝巳《み》の刻（午前十時）おいとましたいと告げ、小文吾の売り残した麻、木綿に永楽銭《えいらくせん》千五百文《もん》を今までの食事代、布施《ふせ》などに分けて贈り、夕方になってから岩窟堂に入った。そして、荘助《そうすけ》のために厄難《やくなん》解除を祈って、瀑布《ばくふ》にみそぎをした。

一方、籔上宮六《ひかみきゅうろく》の弟社平《しゃへい》はさる六月二十日、一通の訴状を腹心の者にもたせて、鎌倉《かまくら》にやった。

そこで、大塚城主大石兵衛尉《おおいしひょうえのじょう》は鎌倉の邸内で老臣とともに相談したうえ、丁田町進《よぼろだまちのしん》を陣代《じんだい》として大塚に派遣することに決定し、よくその真偽を取り調べ、社平の訴えがいよいよ真実とわかったら、刑罰は法に従って執行せよと命じた。

承《うけたまわ》った町進は翌日の未明、鎌倉を出発し、大塚に乗りこんで来た。そして社平とその下役卒川菴八《いざがわいおはち》に会い、主命を伝え、五倍二《ごばいじ》を呼び出してその事情を尋問した。

そして、その夕暮れから役所を開き、額蔵《がくぞう》、背介《せすけ》の両名を引き出させた。町進《まちのしん》は、縁側近く引き据《す》えられた両名を見て、事の顚末《てんまつ》を型通りに尋問しはじめた。その右には菴八、左に社平がおり、多くの燭台《しょくだい》の灯が昼のように明かるかった。その中に、額蔵は騒ぐ様子もなく平然と、

「主の仇《あだ》を見のがし難く、その場に討ち果たしました。そのほかは前に申しましたとおり、別に理由もございませぬ」

と答えると、町進は声を高くした。

「これ、額蔵、その方《ほう》は信乃としめし合わして主の娘を盗み出し、その夜、円塚山《まるづかやま》のあたりにおいて追っ手の者を切り倒したに相違あるまい。書き遺《のこ》しの筆者不明の書も、人を欺《あざむ》く奸計《たばかり》なることは、もはや風聞によって明らかであるぞ。そのうえ主家に帰り、銭財《ぜにかね》衣装を盗もうとして主人夫婦を殺したおり、行き合わした宮六と若党二名を殺害したであろう。その時、痍《て》を負わした五倍二が無

事に帰ったゆえ、その口状を聞くに風聞と符合いたしておって、事は明らかである。その方《ほう》のほかにだれが主の仇となろうか。この痴者《しれもの》めが」

罵《ののし》られても額蔵は屈せず、膝《ひざ》を進めて、

「はばかりながらお言葉、合点《がてん》が参りませぬ。それがしはその前の日、主の使いを承り、下総《しもうさ》から帰りましたばかりで、事の起こりははっきりとは存じませぬが、主人夫婦が殺されたのを見のがすことはできませぬので、簸上《ひかみ》殿を討ち留めましたが朋輩《ほうばい》にとめられ、軍木《ぬるで》殿を討ちもらしたのは残念至極、まして犬塚氏はその前日、訳《わけ》あって下総に参りました。朋輩の者にお聞きくださればおわかりになろうかと存じます。それがしよりも少し前に主の討たれたのを見た者が背介でございます。五倍二殿に小鬢《こびん》を切られて、縁板の下に隠れておりました。お問いくだされば、これも明らかになりましょう」

町進は扇を取り直して、

「こりゃ、背介、その方《ほう》はその夜、蟇六《ひきろく》とその妻が討たれるのをたしかに認めたか。夫婦を殺したのは額蔵か、それとも宮六か。ありのままに申せ」

と背介に呼びかけた。六十歳にあまる老齢で、小鬢《こびん》に傷を負うているばかりでなく、獄舎に繋《つな》がれていた恐ろしさに、背助はただ頭をふるわし、うなずくばかりではかばかしく答えられない。

町進はいら立って、

「庄屋夫婦を殺したのは額蔵であろうな。これ、額蔵か、額蔵か」

くりかえして問うが答えもできず、しきりにうなずくだけだったが、町進は額蔵をキッと睨《にら》みつけ、

「不敵《ふてき》の曲者《くせもの》、まだ言い分があるか、今、背介は宮六かと言えば頭を振り、額蔵かと問えばしきりにうなずいた。応答は明らかじゃ。こやつ鞭《むち》うって速《すみや》かに白状させい」

と獄卒に命じた。額蔵はふり帰って獄卒に言った。

「方々《かたがた》しばらく、背介がしきりに頭を振り、またしきりにうなずいたのは病のせいでございます。言葉もきかず、身振りのみで真偽を定められるのは、はなはだその意を得ませぬ」

その声の終わらぬうちに、容赦なく額蔵をおし伏せて、獄卒どもは百ばかり杖《つえ》をふるった。たちまち、背はやぶれ皮肉はみるみる爛《ただ》れて、額蔵はその場に気絶してしまった。獄卒は杖をやめて、額蔵を引き起こして水を吹きかけた。しばらくして額蔵は息を吹きかえしたが、社平と菴八《いおはち》は心地よげにほくそ笑んで、再び背介に目を向けた。町進もじっと背介の様子を見ていたが、

「えい、一筋縄《なわ》ではいかぬ奴《やつ》、背介がもの言わぬのは額蔵をひそかに助けた罪を脱《のが》れるためであろう。こやつも鞭《むち》うて」

獄卒はまた、荒々しく背介をおし伏せて杖をふるった。背介は十度もうたぬうちにたちまち絶息した。それを引き起こして、口の中に薬を注ぎ入れたが、やっと息をしているというだけだ。

もう夜も遅くなったので、額蔵と背介は獄にもどされたが、背介はその明け方、とうとう息を引きとってしまった。

ところが額蔵は弱った様子もなく、罪に服しそうもないので、社平、五倍二らは気がもめてしかたがない。

町進はいよいよ哮《たけ》り狂って、

「それ、こやつの骨をひしいでも白状させい」

とせきこんで下知《げち》した。獄卒どもは「ハッ」とこたえて、額蔵を責《せめ》道具の上にあおむけに縛りつけ、目といわず口といわず、水をひまなく注ぎかけたからたまらない。額蔵たちまち気を失ってしまった。獄卒はそれをさかさまにして、水を吐かしていると、しばらくして蘇生《そせい》した。

これより、二、三日、町進は手をかえ品をかえて拷問《ごうもん》を加えたが、額蔵は依然として、主の仇を討っただけだと言うばかりでとうとう白状しなかった。このあいだ、なん度、気絶したかわからないが、獄舎に帰るとたちまち回復してしまうのだ。それもそのはず、額蔵は先に犬山道節《いぬやまどうせつ》の肩の瘤《こぶ》を切った時、手にはいった忠《ちゅう》の字の玉をこの時まで身を離さず、自分の玉と換《かわ》ったものと思って、頭髪の中や耳の中、口の中に隠していたので、杖で打たれ、水をかけられたり種々の責め折檻《せっかん》に筋肉が痛み死ぬばかりの苦痛を味わっても、この玉を口に含んだり身を撫《な》でたりすると、神経の作用かすぐ苦しみが去り、心地がすがすがしくなるばかりか、杖瘡《しもときず》は一夜のうちに癒《い》えて痕《あと》さえもなくなってしまうからであった。

町進はそんなことは知らない。ついに使いを鎌倉に派遣し、大石兵衛尉《おおいしひょうえのじょう》に、背助の白状により額蔵と信乃の罪は明らかになり、ついに額蔵も白状した。背助は先ごろ獄死し、信乃は滸我《こが》に逃走したという噂《うわさ》だが、隣国は敵地ゆえまだ追捕《ついぶ》に至らない、ただし、額蔵は拷問はいっこうこたえず幻術邪法《げんじゅつじゃほう》を行なうのか、おりおり怪《あや》しいことがある。速《すみや》かに殺さねば大事に及ぶだろう。と、菴八と連署《れんしょ》して、まことしやかに報告した。

そして七月一日に、その使いが鎌倉から帰って来たのである。

その下知状《くだしぶみ》には、蟇六《ひきろく》を殺した者が額蔵ならば、主殺しの大罪人である。まさに竹槍《たけやり》の刑に行なうべし。簸上《ひかみ》社平《しゃへい》らの仇討ちは許せぬが、刑場において獄卒に代わり槍《やり》をつけるのは随意である。との旨《むね》が認《したた》めてあった。町進は喜んで、社平、五倍二にこの主命を伝え、明日未《ひつじ》の刻（午後二時）刑を行なうから用意せられよと親切に知らしてやった。

巻の二

第四十三回　群小《ぐんしょう》を射《い》て豪傑法場《ほうじょう》を鬧《さわが》す　義士《ぎし》を渡して俠輔《きょうほか》河水《すい》に投《しず》む

いよいよ七月二日になった。、大《ちゅだい》が大塚《おおつか》に行こうとして行徳《ぎょうとく》を立った日だ。この日、巳《み》の刻（午前十時）のころになると、町進《まちのしん》は菴八《いおはち》、社平《しゃへい》、五倍二《ごばいじ》らを役所にあつめ、額蔵《がくぞう》の処刑の手配を伝えた。

こうして、はやその日も少し傾いて八つ（午後二時）になると、額蔵は獄舎から引き出された。手かせ足かせも厳重に、縛《いま》しめの縄《なわ》も固く、五、六人の獄卒と三十余名の組子《くみこ》の兵にぎっしり囲まれ庚申塚《こうしんづか》にひかれて行った。

菴八らは庚申塚に着くと、塚を少しはなれた古い棟《おうち》の木の下に額蔵を引き据《す》えさせた。三十余人の組子《くみこ》は手に手に棒をもって往来の人を遮断《しゃだん》する。しかし、それでも観《み》ようと屋根に上がったり、木にのぼって眺めている者も多い。

　菴八が床几《しょうぎ》に腰をかけると、額蔵の手かせ足かせはとり去られ、縄だけが幾重にもかけられた。菴八は額蔵をぐっと睨《にら》み据えると、

「こりゃ、額蔵、その方《ほう》の罪は五逆《ごぎゃく》に当たっておる。よって大石殿の下知状《くだしぶみ》があるゆえ、謹《つつし》んで承《うけたまわ》れ」

といかめしく呼びかけると、懐《ふところ》から一通の刑書をとり出して読み聞かせた。すると額蔵はしきりに嘆息して、

「ああ、世は戦国末《すえ》の世とは言いながら、日も月も照らしているのに人の心は虎狼《ころう》と等しく良民を殺してこれを法度《はっと》だと言う。忠義の者を誣《あざむ》いて五逆(54)と罵《ののし》り、奸曲《かんきょく》の者（心に悪だくみのある者）を君子《くんし》だと言やがる。どう考えてもわけがわからぬわい」

　すると菴八、目をつりあげ、

「おのれ、憎い末期《まつご》の空《から》威《い》張《ば》り。ものを言わすな。早く刑にかかれ」

と床几《しょうぎ》を蹴《け》とばして叫んだ。たちまち獄卒らは額蔵の縄の端を楝《おうち》の枝にかけ、力まかせにつり上げた。みるみる足は地を離れること六尺（約一・八メートル）余り。背が幹を負うた形になった。

この時、社平、五倍二は衣服も袴《はかま》もつまどりかかげ、物々しげに亀甲《きっこう》のはいった臑《すね》あての上まで高脛《たかはぎ》をあらわし、青竹の槍《やり》を小脇《こわき》にはさんでずかずかと進み出《い》でて、額蔵を睨《にら》みつけ、

「逆賊《ぎゃくぞく》額蔵、今こそ天罰思い知ったか、国のためには大罪人、われらのためには怨敵《おんてき》、三年竹の短槍《てやり》の串刺《くしざし》受けてみよ」

と呼ばわった。遠くで見ていた者には、こみあげてくる涙をおさえきれず、さめざめと目を拭《ふ》きながら泣く者さえあった。

社平、五倍二は竹槍をりゅうりゅうとしごいて素突《すつき》を試み、今や左右からひとしく額蔵の脇腹を刺し貫こうと穂先《ほさき》を引き、やっと声をかけた。と、その声より早く、不意に弦音《つるおと》が東西五十歩ばかりの稲塚《いなつか》の陰から起こって、両方一時《いっとき》に飛んできた鏑矢《かぶらや》が五倍二、社平の肩先に突き立った。あっと叫んで二人はた

まらず槍をすてて倒れた。

驚いたのは菴八、これはまたどうしたものだとそばによってみると、その矢に五、六寸（約十五〜十八センチ）の紙札《かみふだ》が結んであって、奉納若一王子権現所《ほうのうにゃくいちおうじごんげんしょ》願成就《がんじょうじゅ》と書かれている。

「ふうむ、さては、上《かみ》をあなどり賊《ぞく》にひいきの百姓どもの仕業《しわざ》だな。者ども、はやくかかり出して生《い》け捕《ど》れ」

と声をふり絞って下知《げち》すれば、組子どもはただちに東西にわかれてばらばらと走って行くと、なおも稲陰から次々と射出される矢に次々と倒されて右往左往しはじめ、なすすべもなくうろたえるばかりだ。と、その稲塚をおし倒して東西から現われた二人の武士、弓を投げすてると竹槍《たけやり》をかいこみ、声高らかに叫んだ。

「やあやあ、悪役人ども、騒ぐな。額蔵になんの罪がある。虎の威《い》を借り、みだりに刑罰を行ない、おのれの恨みによって忠義の者を虐《しいた》げる奴ばら。同盟の義によって、天に代わって民の苦しみを救い、けだものどもを討ち殺しに参ったぞ。本郡大塚《もとごおりおおつか》の住人犬塚信乃戌孝《いぬづかしのもりたか》、下総許我《しもうさこが》の浪人犬飼現八信道《いぬかいげんぱちのぶみち》ら、ここにあり。弓矢も槍も王子の神宝《しんぽう》。今汝《なんじ》らの五毒の竹槍、その身より出てその身に返してくれる。観念せよ」

そのまま二人は槍をひねって走りかかってくる。庵八はいよいよ驚いたが、「それ、敵は矢種《やだね》がつきたぞ。とりかこんで討ち倒せ」と胴声《どうごえ》（太く濁った声）ではげしく下知《げち》すれば、組子どもはこれに励まされて、手に手に棒をふるって迎え進んで来た。両人はこれを右に受け左にささえ、またたく間に五、六人を突き伏せる。これを見た庵八、敵はわずか二人ながら勢いあたり難《がた》く、防ぎきれず額蔵を奪い去られてはたいへん、額蔵を手早く片づけて、後顧《こうこ》の憂《うれ》いを絶《た》ったほうがよいととっさに判断したので、落ちていた竹槍を拾い、急いで棟《おうち》のそばに近づいた。すると不意に後から声がかかった。「悪役人庵八、しばらく待て、犬塚犬飼同盟の死友、犬田小文吾悌順《いぬたこぶんごやすより》ここにあり。首を渡せ」

驚いた庵八、思わずあっとおびえて飛び上がり、足もとも危うくふりかえると、信乃、現八よりは一まわりも大きく骨たくましく大兵《だいひょう》肥満の色白の男が、奉納札を結びつけた王子の竹槍を隙間《すきま》もなく突きかけて来た。蓑八あわてて竹槍で受け、また払い、しばらく防いでいると、そこへ蓑八の若党と五、六人の獄卒が援《たす》けに駆けつけて来た。このあいだに信乃と現八は敵を思う存分討ち散らし、さらに蓑八めがけてまっしぐらに走って行くと、その前にむっくり身を起こして立ちふさがったのは五倍二と社平。この時、われにかえって肩先の矢を抜きすて、刀を抜きつれていたが、信乃と現八が駆けつけるのを見て寄らば切ろうと立ち上がったのだが、信乃と現八にはこれ幸い、

「望む仇《かたき》じゃ。さあ参れ。逃しはせぬぞ」

と大喝《だいかつ》一声、社平は現八、五倍二は信乃と刃《やいば》をまじえたが、ものの十合《とたち》と合わさぬうちに五倍二は刀を巻き落とされ、慌《あわ》てて逃げようとするのを背から腹へぐさっと信乃の槍が刺し貫いた。しきりに悶《もだ》え苦しむのをそのまま地上に縫《ぬ》いとめて、

「伯母《おば》の仇《あだ》、思い知ったか」

と太刀《たち》を抜いたかと思うと、その首を地上にうち落とした。これを見た社平が舌をふるって刀を引いて逃げ出した。現八すかさずこれを追い詰めて敲《たた》き伏せ、刺し殺した。なおも逃げ迷う組子らを前後左右に追い払う。このあいだに信乃ははやくも額蔵を樹上から助け下ろして縄を切りすててしまった。そこへ現八も引きかえして来て、社平の両刀を分捕《ぶんど》って額蔵に渡した。

小文吾の方も若党、獄卒を一人残らず突き伏せて、荘八にも数カ所の深痍《ふかで》を負わしたから逃げようとしても走ることができず、荘八はばったり倒れたかと思うとそのまま死んでしまった。ものの数でない下僕どもは真っ先に逃げ去り、手に合うような敵もなくなったので槍をすて、木の下にやって来た。

信乃は額蔵をいたわりながら、

「危《あぶ》ないところであったなあ、犬川氏《いぬかわうじ》。今までのことは一口には言えぬが、これは滸我《こが》殿の御内人《みうち》犬飼見兵衛《いぬかいけんべえ》老子の養子で、貴公も知る故糠助《ぬかすけ》の実子犬飼現《いぬかいげん》八信道《ばちのぶみち》、あれは下総《しもうさ》の行徳の人古那屋文五兵衛《こなやぶんごべえ》の長子犬田小文吾悌順《いぬたこぶんごやすより》じゃ。二人ともわれわれ同様の玉とあざとをもっている。日ごろからおれを助けてくれ、こうして貴公を救うことができた。こんなうれしいことはないぞ」

と言って二人を引き合わした。額蔵は感激の涙にむせんだ。現八、小文吾も、

「われわれも幸いにして貴公と兄弟になる因縁《いんねん》がある。いささか力を尽くしたのは義《ぎ》のためで、恩にきていただくことはござらぬ。さて、もうこの地に用はござるまい。はやく戸田川《とだがわ》を渡って隣郡《りんぐん》まで退《しりぞ》こうではないか。では参られい」

と慰《なぐさ》め、かつ励ました。そしていっしょに走り出したが、ふりかえってみると大塚から新手《あらて》の勢《ぜい》が二、三十人、鉄砲をもって追いかけて来た。

だが、城兵らが筒先《つつさき》をならべて火蓋《ひぶた》を切ろうとすると、急に夕立《ゆうだち》が来て火縄《ひなわ》が消えてしまい、中には雷火《らいか》にうたれて死ぬものもあった。

そのあいだに四犬士《けんし》は戸田川まで来たが、渡船がない。そのうち追っ手は、町進《まちのしん》みずから馬を飛ばしてきた。

四犬士は今度こそ進退きわまったかに見えたが、またもやこの時、思いもかけぬ救いの手が現われた。神宮《かにわ》の猾平《やすへい》が船を漕《こ》ぎ寄せて、四人を向こう岸に渡し、自分は船とともに河中に没してしまった。そのうえ、その子の力二郎《りきじろう》と尺《しゃく》

八《はち》も加勢して町進を殺し、その馬をうばって奮戦した。

第四十四回　雷電《らいでん》の社頭《しゃとう》に四 儁 会 話《ししゅんつもるものがたり》す　白井《しらい》の郊外に孤忠《こちゅう》讐《あだ》を窺《うかが》う

走る者は路《みち》を択《えら》まず。貧しき者は妻を択まず。餓《う》えたる者は食を択まず。寒き者は衣《ころも》を択まず。その時と勢いと人情とは、すべてこんなものであろう。

信乃《しの》ら四犬士《けんし》は上野信濃《こうずけしなの》（今の群馬県、長野県）を心あてにその夜を徹《てっ》して裏道をひたすら走るのだが、あやめもわかたぬ闇夜《やみよ》であったので五里（約二十キロ）ばかり行くとたちまち山路《やまじ》に迷いこんで、とかくするうちに夜が明けてしまった。

気がつくと名も知らぬ高い山の中腹《ちゅうふく》に来てしまっている。やがて頂上まで登って雲のあいだから西北《いぬい》の方を見下ろすと、さびしげな人里が遠くに見える。なおあちこち歩きまわると、山に荒れた神社があったので鳥居《とりい》にかかげた額《がく》をみると、雷電神社《らいでんのやしろ》という四つの大きな字が明らかに読まれた。これを見て信乃

が、

「ここは、桶川《おけがわ》の東南《たつみ》の雷電山《らいでんやま》に違いない。あちらの人里は桶川の里であろう。昨日は雷のおかげで追兵《おって》をとりひしいでもらったし、昨夕は道に迷うて今ここではからずも雷電の社頭で夜が明けたのも、何かの因縁だろう。ふしぎなことではないか」

と、おのおの社壇《しゃだん》にぬかずいていっしょに祈念をこらした。そのあとであちこち見わたすと神社の後ろに棗《なつめ》が多く、ぐみ、やまももも少なくなく皆よく熟していたので、棗とぐみを採《と》って餓《うえ》をしのいだが、なんとその甘いこと、すっかり疲労を忘れて心地《ここち》がせいせいした。皆はそれぞれ石に腰を下ろしたり、朽木《くちき》に身をもたせて話し合った。

信乃をはじめ、現八《げんぱち》、小文吾《こぶんご》からも、この面々が安房《あわ》の里見《さとみ》に関係のあるいきさつを聞き、一包みの沙金《しゃきん》を渡されると、今度は額蔵《がくぞう》も、

「今言われたような玉の文字から察すれば、われわれと前世が似た者が八人あるはずだが、犬江《いぬえ》氏《うじ》の子を入れてこれで五人、ところがこれにまた一つのおも

しろい話がござる。じつは先にそれがしは円塚山《まるづかやま》のあたりで一人の犬士に出会ったのじゃ……」

と、それから、彼が信乃に栗橋《くりはし》で別れた日、道をあやまって円塚山を過ぎる時、左母二郎《さもじろう》が村雨《むらさめ》の刀で浜路《はまじ》を殺したこと、犬山道節《いぬやまどうせつ》が左母二郎を切り倒して浜路と名乗り合ったこと、それで、浜路が道節の妹であることがわかったこと、その父と母のことなどことごとく立ち聞きしたこと、それから、その道節が亡君練馬倍盛《ねりまますもり》の仇《かたき》、管領扇谷定正《かんれいおうぎがやつさだまさ》を狙《ねら》い撃《う》とうと思っているため、浜路の願いを聞かなかったこと、浜路がそのまま息絶えたのを道節が火葬したこと、そのあとで、額蔵は村雨《むらさめ》の太刀《たち》をとりかえそうとして道節と戦った時、守袋《まもりぶくろ》を道節の刀の柄《つか》にからましてとられたこと、道節の肩の瘤《こぶ》を切った時、その傷口から飛び散った玉が手にはいって結局彼と玉をとりかえた形になり、その玉には忠《ちゅう》の字があること、道節が火遁《かとん》の術でついに逃げ去ったこと、その直後、左母二郎の首を木にかけ、浜路が人から変な邪推をされぬよう書き遺《のこ》しておいたこと、そして最後に獄中で拷問《ごうもん》をうけた際の、玉の法力《ほうりき》を述べて、髻《もとどり》の中から玉をとり出して見せると、三人の聞き手は声をあわせて嘆賞した。中でも、はじめて浜路の死の模様を知った信乃は、涙がさしぐんでくる瞼《まぶた》を思わずしばたたき、

「どうしてこのようにわれわれに縁のある婦人は皆、薄命なのであろうか。伏《ふせ》姫君《ひめぎみ》は神仏の生まれかわりとも言うべきであるのに、その御最期は伝え聞くだけでもいたましいし、またお沼藺《ぬい》といい、浜路《はまじ》といい、才色、心ばえ人にすぐれながら二十歳《はたち》を越えず非命の死に倒れた。その浜路の真《まこと》の親が練馬家の老臣犬山道策《いぬやまどうさく》だとすれば、素姓《すじょう》も卑《いや》しいものではなかったのじゃ。それがしは悪人どもに謀《はか》られて失った村雨《むらさめ》の太刀よりも、その犬山道節《いぬやまどうせつ》がなつかしくてならぬ。彼は玉が肉の中にあったゆえ、本人は知らなくとも、姓は犬山、忠の字の玉があって、名も忠与《ただとも》というのであれば、疑いもなく犬士であろう」

しばらくしてから現八が額蔵に、

「それがしの実夫《じっぷ》糠助《ぬかすけ》は貴公とも親しかったと犬塚氏に聞いたが、いろいろ思いあわせるのに、その犬山道節も前世《ぜんせ》では兄弟のはずだから、いま行くえが知れずとも、またかめぐり会う日がないこともあるまいと思うが」

小文吾もまた言う。

「同じ因果の六犬士はそれぞれ親兄弟があり、生まれたところは同じではないが、その気が通じて真の兄弟にもまさるものがある。それで、犬川氏は玉を道節とかえてもまだ、その玉の奇効《きこう》があったわけじゃ。同根同気《どうこんどうき》の感ずるところ、この玉をその証拠とすれば、なんの疑いもないではないか。ただ、山林房八《やまばやしふさはち》と猪平《やすへい》は犬士の列にはいれなんだが、房八には子に犬江親兵衛《いぬえしんべえ》があるし、ただ猪平の任俠《にんきょう》は因縁がさとりがたい。あの力二郎《りきじろう》と尺八《しゃくはち》は勇ましい男だったが、惜しくも討死《うちじに》したであろうか」

信乃もうなずいて、

「そう言えば、猪平の因縁というのはわからぬが、よく考えてみると、たしか本姓は姥雪《おばゆき》、もとの名は世四郎《よしろう》とか言っていた。それがしの飼犬は足が四白《よつしろ》なので与四郎《よしろう》と名づけたが、同じよみじゃ。それに世間の諺《ことわざ》に雪は犬の姥《うば》と言うではないか。すると姥雪という姓はやはり犬に縁がある」

四犬士の話はつきなかったが、いつしか秋の日は傾いていた。そこで彼らはまたそろって神前に額《ぬか》ずき拝礼して武運を祈り、細い山道を踏みわけて桶川の里に下った。桶川で一泊して翌日早朝に立ったが、別に急ぐ旅でもないから、名所をたずね、山水を見て日を過ごしながら、その月の六日、上野国《こうずけのくに》(今の群馬県)甘楽郡《かんらのこおり》、白雲山《はくうんざん》、明魏《みょうぎ》神社に着き、参詣《さんけい》した。

この明魏山《みょうぎさん》は白井《しらい》の城の北方にあり、西北は碓氷郡《うすいのこおり》を背後に同郡荒芽山《あらめやま》と南北に相対していて、尊意僧正《そんいそうじょう》の開くところで、南朝の名臣が隠れたという名だたる峻嶮《しゅんけん》だ。遠くに霞《かすみ》をめぐらし、清泉あり、奇岩あり、じつに天上の霊奇《りょうき》、人界の絶妙と言われている。本社は妙義権現《みょうぎごんげん》と唱《とな》え、すべて神殿仏堂神さびて、戦国末世といえども乱妨《らんぼう》の凶徒《きょうと》の難にも遭《あ》ったことがない。

四犬士はひとしく夢現《ゆめうつつ》のうちに感嘆しながら霊場をめぐり、あるいは上り、あるいは下り、隈《くま》なく遊観するほどにその日も未下《ひつじさが》り(午後二時すぎ)になった。そこで中嶽《なかのたけ》あたりの茶店《ちゃみせ》に腰を下ろして足を休めることにした。この茶店には遠眼鏡《とおめがね》があって麓《ふもと》の方に先を向け、台に据《す》えたままにしてあった。おもしろがって荘助《そうすけ》が引き寄せて山間《やまあい》を遠く見下ろすと、普通では見えない麓路《ふもとじ》までがじつにはっきり見える。

するとその視野の中に、藺織笠《いおりがさ》をかぶった一人の武士がはいって来た。総門《そうもん》のこちらにある谷川の橋をあちらの方へ渡って行く、なんとなく気になってよく見ると、ふと後をふりかえって、本社の方を仰ぎ見たその面影《おもかげ》がどうも犬山道節に似ているではないか。

「おや」

と瞬《また》きもせず見送っていると、はや総門を出て見えなくなってしまった。そのことを他の三人にも告げると、信乃はちょっと考えこんでいたが、

「昨日、里で聞いた噂《うわさ》では管領《かんれい》の扇谷《おうぎがやつ》定正《さだまさ》公はこのごろ白井に御在城ということだから、あの道節が両管領を狙《ねら》っているとすれば、このあたりをうろついていないとも言えぬぞ。とすれば、犬川氏の見た武士は道節かもしれぬ。そうだ、下りて行って白井の辺に行ってみたら、万が一、彼に会えぬこともなかろう」

三人はさっそく同意して、急坂を足にまかせて下って行った。

さて、この話題の主《ぬし》、管領扇谷《おうぎがやつ》修理太夫《しゅりのたいふ》定正《さだまさ》は昨今、山内顕定《やまのうちあきさだ》らと不和を生じ、急に鎌倉《かまくら》を退《しりぞ》いて上野《こうずけ》の白井に在城していた。上野から信濃、越後まで領有しているので、日ごろから人馬《じんば》の調練に怠《おこた》りなく不時に備えていた。昨五日も早朝から砥沢《とざわ》の山に狩競《かりくら》を催《もよお》し、翌六日は申《さる》の刻（午後四時）に帰城する予定であった。

巨田《おおた》新六郎《しんろくろう》助友《すけとも》、竈戸《かまど》三宝《さぼ》平五行《へいかずゆき》、妻有六郎之通《つまりのろくろうゆきみち》、松枝十郎貞正《まつえだじゅうろうさだまさ》らの近臣をはじめとして、従者、若党、弓矢鳥銃《てっぽう》を肩にした足軽小者《あしがるこもの》の類に至っては数えきれぬほどで、多くの列卒に野猪《のじし》、鹿《しか》など数々の獲物《えもの》をかつがせて、定正は今ゆうゆうと馬上ゆたかに帰城の途上にあった。

その五町《ちょう》（約五百五十メートル）にも及ぶ行列が、城までもう二十町（約二・二キロ）に足らぬ並松原《なみまつばら》を過ぎようとしている時だった。

と、その行く手の左方にある年ふりた松の下にある葛石《かつらいし》に腰を下ろして、右手にもった太刀《たち》を膝《ひざ》におし立て、一人の浪人《ろうにん》ふうの武士が急に大声で叫んだ。

「世には千里を走る馬があっても、これを知る伯楽《はくらく》（馬の良否を見わける名人）がない。わしのこの名剣も牛殺しのまな板に乗るか、百姓女の鍋《なべ》のすすを掻《か》くのが関の山か。ああ残念じゃ」

黒黄《くろき》羽《は》二重《ぶたえ》のくたぶれた単衣《ひとえ》を着て、編笠《あみがさ》を深くかむっているので、年齢ははっきりわからない。何度も何度も残念、無念をくりかえしている。

先ばしりの足軽がそれを見ると二、三人、つかつかとそばへ寄って、

「これは奇怪《きっかい》、何者じゃ。管領様が狩倉《かりぐら》よりただ今お帰りじゃ。御馬前《おんうまさき》近く笠《かさ》も脱がず、尻《しり》さえかけて、手に刀をもつとはなんたる無礼じゃ。さあはやく笠をぬぎすて、それへひざまずいて拝《おが》み奉《たてまつ》らぬか」

と叱《しか》りつけた。が、この浪人、ろくろく顔もむけず、あざ笑って、

「ええ、やかましい。やかましい。雀《すずめ》なんぞに大鳥の心がわかるものか(55)。管領がそんなにえらいのか。きさまらには主《あるじ》に当たるゆえ、えらいと思うているのじゃろうが、両管領は滸我《こが》殿のもとの老職、京都将軍の家臣じゃ。その将軍のうえにまだ天子《てんし》がおいでじゃ。この街道は別に狭いこともないではないか。や

せ浪人一人がこの木の下に休んでいたとてどんな邪魔になるのじゃ」と叱《しか》りかえしておいて、また叫び出した。

足軽どもはいよいよ怒って、

「大胆不敵の曲者《くせもの》め、縛りあげてしまえ」

といきまいて三方からかかって行こうとした時、定正は間近《まぢか》に馬を進めて来た。

「騒々しい。何事じゃ」

と制しておいて、鐙《あぶみ》のきわに従っていた松枝十郎《まつえだじゅうろう》に定正が何か命ずると、十郎は承《うけたまわ》って、木の下にやって来た。

「其許《そこもと》はいったいどこの者じゃ。かしこくも管領家のお尋ねじゃ。それがしは近臣松枝十郎貞正《さだまさ》。さあ、御前《おんまえ》に参られい」

浪人はもっていた刀を急いで腰に差し、緒《お》を解《と》いて笠を一間《いっけん》（約一・八メートル）ばかり投げすて、はじめて顔をあらわした。

年齢は二十《はたち》に二、三は出ていまい。色白く髭鬚《ひげ》あと青く、眉秀《まゆひい》で、眼《まなこ》は明かるく澄んで星の如く、高い鼻に赤い唇、堂々たる美丈夫《びじょうふ》だ。

巻の三

第四十五回　名刀《めいとう》を売弄《ばいろう》して道節怨《どうせつうらみ》を復《かえ》す　窮寇《きゅうこう》を追失《おいうしの》うて助友《すけとも》敵を換《か》う

浪人はおちついて答えた。

「それがしは下総《しもうさ》は千葉の福草《さいぐさ》村の浪人、大出太郎《おおいでたろう》と申す者、父ははやく世を去り、母は盲《めし》いて数年、親一人子一人の貧乏暮らしに、もはや薬餌《やくじ》の種にするものもつきてしまいました。わずかに残るものはこの太刀《たち》一口《ひとふり》。祖父から三代に伝わる家宝にて身にもかえられぬものながら、親のためには惜しんでもいられませぬ。よい値がつけば売ろうと思い、まず千葉殿に見せましたが、玉も石もわきまえられぬか贋物《にせもの》じゃとかえされました。なお懲《こ》りず、滸我《こが》の御所《ごしょ》に参って親のためのお願いを申しあげようとしましたところ、紹介がございませぬゆえ、おそばの人々に疑われて望みを果たさず、鎌倉に行き山内《やまのうち》の管領家《かんれいけ》にでもと思いましても、その御内《みうち》に知人とてなく、だれも手引きをしてくれる者がございませぬ。今申しあげた諸侯は皆、一口《ひとふり》の太刀をようお認めにならず、賢愚《けんぐ》を見わける方と思えませぬ。暗君《あんくん》にはこの太刀を売らずともよし、ただ扇谷《おうぎがやつ》の管領家のみは賢《けん》に親しみ、不才の者をあわれみ、度量《どりょう》は海のごとく広い無双《むそう》の名将ともっぱら世間の噂《うわさ》。今は上野《こうずけ》の白井《しらい》に在城し給《たも》うゆえ、道程《みちのり》は遠くとも参上すれば二倍の価《あたい》にても買ってくださろうと昨日この地に来ましたが、ここも知人がなくて、申しあげる手段《てだて》もなく砥沢山《とざわやま》に狩をしたもう御帰城を伺《うかが》い、御拝顔の栄にあずからんものと、無躾《ぶしつけ》にも推参《すいざん》しましたが、その非礼を許され、これらのことを申しあげてくだされば、このうえもない幸せでございます」

はばかるところもなく答える弁舌は流れるごとく、一癖《ひとくせ》ある面魂《つらだましい》に皆目を見合わせて、天晴《あっぱ》れ雄々《おお》しい人物と感嘆せぬものはなかった。十郎《じゅうろう》がもどってこ

のことを報告すると、定正《さだまさ》は何度もうなずいていたが、やがて馬から下りて、芝生《しばふ》に牀几《しょうぎ》を立てさせて、

「そのものを呼べ」

と命じた。十郎が浪人をつれて行くと、定正は間近に跪《ひざまず》いた浪人をじっと見ていたが、

「下総千葉の浪人、大出太郎とはその方《ほう》のことか。盲いた母のために家宝を売るその孝行賞《ほ》めてとらす。その太刀はいかなる徳があって予《よ》に売ろうとするぞ。その家伝の由来をのべてみよ。また太刀の銘《めい》はなんと言うぞ」

と問うた。浪人は悪びれず、

「それがしの祖父は故管領家に仕えたものでござりますゆえ、両公達《きんだち》に従い奉《たてまつ》って、嘉吉《かきつ》の結城《ゆうき》合戦に討死《うちじに》いたしました。そのため、父は仕官を望まず下総に退《しりぞ》き、四十歳にて世を去りました。長い浪々《ろうろう》にて武器、調度を売りつくしましたが、なお一口《ひとふり》の名刀がござります。これは世に名高い村雨《むらさめ》の太刀にて、尊《たか》氏《うじ》将軍より持氏卿《もちうじきょう》まで伝えられたものを春王《しゅんおう》殿にお譲《ゆず》りになりました。その後

春王、安王《やすおう》の両公達《きんだち》はお討たれになりましたが、この太刀は幸い、私の家に秘蔵しておりました。父はこの公達の御側役《そばやく》にござりましたゆえ、結城の城落ち し時、村雨を腰に佩《お》びて脱出いたし、千葉に仮住居を定めた旨《むね》、父自筆の記録も残っておりまする。まぎれもあるはずはございませぬ」

「うむ、その村雨の太刀のことは予も伝え聞いておる。と申して名をかたり贋《にせ》物《もの》をもって人を欺《あざむ》き利をはかる者も世に多い。その方の父の遺書というても見知らぬ筆跡の記録を証拠として信ずる者もあるまい。別に証拠とすべきものでもないか」

「仰《おお》せにはござりますが、贋物にて利をはかるのは奸商《かんしょう》のこと、高禄《こうろく》を望まず二世《にせ》浪人をいたしおりますそれがしまで疑われるのは口惜《くちお》しき次第、抜き放てば刀尖《きっさき》より水気《すいき》流れて深山《みやま》の清水《しみず》に似て、うち振る時は村雨の梢《こずえ》を洗うに異ならぬと村雨と名づけられたことは語りつぎ、聞き伝えて噂に高いものがござります。論より証拠、贋物か真《まこと》の物か、よく御覧くだされますよう」

浪人は得意げに太刀を取り直して抜き放ち、きらめかしながら振った。ふしぎや刀尖から水気がさっと四散して、警衛の近臣らの顔にかかった。皆、袖で払うひまもなく、ぱっと飛びのいた。

「いや、まて、大出太郎、それほどの証拠があれば、もはや疑念は解けた。その太刀、早うこれへもて」

太郎はいそいそとして身を起こそうとした。すると、松枝十郎《まつえだじゅうろう》がおしとどめて、

「無礼であろう。大出氏。貴人の御側《おんそば》近く参るときは、帯刀《たいとう》ですらはばかりがある。まして、白刃《しらは》をひっさげて近づき奉《たてまつ》ることは相成《あいな》らぬ。太刀をそれがしにお渡しくだされ」

と言ったが、太郎は聞き入れず、

「さては、貴殿はそれがしをお疑いめさるか。人々がそれがしを疑うならば、それがしもまた人々を疑わざるをえぬ。そんなにめんどうなら、いっそ売らぬ方が後悔もなくてよろしいというものじゃ」

すると、定正が、

「十郎は用心のため、そのように言うたのじゃ。それも人によりけり。およそ六十六カ国の中にも数国を領する大諸侯は東にも多いが、予《よ》を良君と思えばこそ家宝の太刀をはるばるここまでもたらして来たのであろう。予はその村雨よりもその太刀の主《ぬし》が気に入ったわい。許す、許す」

と鷹揚《おうよう》に言った。

「しからば、御免をこうむる。よく御覧《ごろう》じくださいませ」

定正の牀几《しょうぎ》のそばにつと寄って、跪《ひざまず》きながら、太刀を献上するように見せかけて、パッとその胸ぐらをつかんであお向けに突き倒し、おし伏せて刀尖《きっさき》をぐっとつきつけた。「あっ」と叫んだ松枝十郎《まつえだじゅうろう》、竈門三宝平《かまどさぼへい》、妻有六郎《つまりのろくろう》、その他近臣以下足軽小者、列卒《せこ》の末輩に至るまで色を失い、

「さては曲者《くせもの》、射てとれ、刺しとめよ」

とどよめいたが、叫ぶのみでためらっている。すると曲者はあたりに響きわたるような声で叫んだ。

「管領定正《さだまさ》、よう聞け、下総千葉の浪人、大出太郎とは汝《なんじ》ら主従をいつわるた

めの仮の名、まことは去年四月十三日、江郷田《えごた》、池袋の戦いに一族一門ことごとく汝に滅ぼされた練馬平左衛門尉《ねりまへいざえもんのじょう》倍盛朝臣《ますもりあそん》の老職にさる者ありと知られた犬山監物貞知入道道策《いぬやまけんもつさだともにゅうどうどうさく》の独子《ひとりご》、幼名道松《みちまつ》と呼ばれた犬山道節忠与《いぬやまどうせつただとも》とはわがこと、君父《くんぷ》の讐《あだ》をかえさんがため臥薪嘗胆《がしんしょうたん》、千辛万苦《せんしんばんく》の宿望《しゅくもう》を今こそ果たす、怨《うら》みの刃《やいば》、受けよや」

あっというまにその細首をかききってしまった。たまりかねた松枝、竈門、妻有以下の面々、われ先にと刀を抜きつれ、ひらめかし、八方からきそいかかる。道節は定正の首を投げすてて縦横無尽《じゅうおうむじん》に切りまくる。手練《てだれ》の早業《はやわざ》、たちまちのうちに血は街道を染め、討たれる者はますますふえてゆく。ただ一人の道節をもてあました敵の兵卒が、

「ここは足場が悪いぞ、ひとまず退《ひ》け」

と叫びながら逃げまどいはじめると、

「きたないぞ。かえせ」

道節は刀尖《きっさき》からしたたる水気《すいき》をうち振り、うち振り、一町（約百十メートル）

ばかり追って行った。すると、急に藪《やぶ》かげから、どっと鬨《とき》の声があがったかとみると、一人の若武者が現われた。その後には三十余人の配下がおのおの短槍《てやり》の刃頭《ほさき》をそろえ、たちまち道節の前後左右を犇々《ひしひし》ととりまき、再びどっと武者声をあげた。弓杖《ゆんづえ》を突き立て若武者は声高らかに叫んだ。

「愚かであるぞ、犬山道節、管領が何とてその方《ほう》如き素浪人《すろうにん》に討たれようぞ。その方のためにあやまって命を落とした仮《にせ》管領は当家の勇士、越《こ》杉駄《すぎだ》一郎《いちろう》遠安《とおやす》という者、その方の主君倍盛《ますもり》の首をとり、名誉の感状《かんじょう》を賜《たま》わった剛《ごう》の者、またかく申すわれをだれと思うぞ。管領補佐の老職、文武両道、歌道にも明かるく名声高き巨田《おおた》左《ざ》衛門佐《えもんすけ》持資《もちすけ》入道《にゅうどう》道寛《どうかん》の長男、新六郎助友《しんろくろうすけとも》なるぞ。父の奇計《きけい》を受け、その方を謀《はか》ったことに気づかぬか。父の先見《せんけん》に違《たが》わず、招かぬ網《あみ》にかかっては、その方の命運《めいうん》も尽《つ》きたるぞ。討ちとるは易《やす》いことながら、敵ながら惜《お》しい勇士と思うゆえ矢にもかけずにおいたが、非を悔《く》い、時勢を察し、降参せよ」

　道節は謀《はか》ったと思ったのが、逆に謀られて怒りに満面朱《しゅ》をそそぎ、今は必死の覚悟に敵を睨《にら》みつけた。

三犬士

名刀を
道節定正
英泉画

「さては、その方《ほう》が助友か。聞くも汚らわしい降参呼ばわり、幾世《いくよ》生きかわり死にかわるとも、だれが仇《かたき》の奴《やっこ》となるものか。定正は討たずとも、わが先君に槍をつけた越杉《こすぎ》も同じ主の仇《あだ》、思いのままに討ちとめて、少しは亡君の尊霊《そんれい》を慰め奉《たてまつ》ったるわ。ただ父の仇、竈門三宝平五行《かまどさほへいかずゆき》を得《え》なんだのは無念至極、名もなき雑兵《ぞうひょう》を幾百人殺すよりは、その方と二人で勝負を決しようぞ。さあ、参れ」

とばかり、助友めがけて殺到する。この時、ひきかえしてきた松枝、妻有《つまり》の面々、

「それ、討ち取れ」

と下知《げち》をしたので、またもやその隊の兵数十人、みるまに助友との間をおしへだてて、とり囲み、微塵《みじん》になれとおし寄せてくる。

この時、道節は、無謀にも進んで討死すれば世間の物笑いになる、大望を遂げるのは今日に限らないと、夕闇《ゆうやみ》を幸い、さっと旋風《せんぷう》のようにおおぜいの中に割ってはいったかと思うと、はや一筋《ひとすじ》の血路《けつろ》を開いた。

ちょうどこのころ、――

信乃、荘助、現八、小文吾の四犬士は、白井の城にほど遠くない一村落を通り過ぎようとしていた。すると夕闇ではっきりわからないが、年若い一人の武士が走ってくるようだ。じっとすかして眺《なが》めると、追ってくる敵を物ともせず、白刃をふりながら敵が近づけば引きかえし、切りなびき、撃《う》ち退《の》け、二度三度戦いながら、四犬士のところまで駆けて来たかと思うと、四犬士のあいだにぱっと飛びこみ、そのまま姿を消してしまった。その早いこと。

そこへ、士卒《しそつ》をはげましはげまし追って来たのは巨田助友《おおたすけとも》だ。行く手に立っている四犬士を、てっきり道節の同類と思ったのか、

「それ、討ちとれ」

と命じた。四犬士は、これはまたどうしたことと驚いて飛びのいたが、口をきく間もない。やむをえず刀を抜いて立ち向かった。おりから、城中から援兵が百騎ばかり、馬に鞭《むち》うち宙を飛ばして駆けつけて来た。これに力を得て、逃げた士卒も声を合わせて、きそいかかってくる。

さすが四犬士も不意をつかれたうえに不案内の夜戦で、しだいにかけ隔てら

れて、互いに救《たす》けることもできず、いつしか四人はばらばらになってしまっていた。道節はかろうじて敵を切り抜けてのがれたが、なおも聞こえる剣戟《けんげき》の音に、さてはあの旅人を敵はおれの助太刀《すけだち》とまちがえているのだと気づいた。そこで、これはならぬと引き返し、敵の後にまわって大声あげて切り込んだ。すると、日はもう暮れて暗さは増し、すわ伏勢《ふくぜい》とばかり、敵は助友の叱咤《しった》も聞かず城の方へ逃げ去ってしまった。そのすきに四犬士は荒芽山《あらめやま》の方に走った。

あとに残った道節は、あちこちに倒れ臥《ふ》している敵の死骸《しがい》を一つ一つさがしている様子だったが、さきに投げすてた越杉駄一郎《こすぎだいちろう》の首級《しゅきゅう》を見つけ出して拾いとり、やがて死骸の袖《そで》を裂《さ》きとって、その首級を包んで帯に通して結びつけた。それから、藪蚊《やぶか》を払いながら立ち去ろうとしたその途端、

「曲者《くせもの》、待て」

呼びとめるや否や、きらりと突き出す槍の穂先がひらめいた。

「フン、今度は一人か。名を名乗れ」

「おれの名は噂にも聞いていよう。去年四月の戦いに、きさまの父道策《どうさく》と組ん

でその場に首を得た竈門《かまど》三宝平《さほへい》五行《かずゆき》じゃ」

道節はこれこそ願う敵と、睨《にら》み据《す》えて声も高らかに、

「それではきさまが五行《かずゆき》だな。今、居残って名乗り出たとは天の賜《たま》もの、わが武運のたのもしさ、しばらくも忘れぬ父の仇《あだ》、そこ動くな」

刀を抜き放せば、三宝平《さぼへい》もまた腕に覚えの武芸自慢、少しもひるまず、互いに激しい気合いをかわして、突き出す槍、撃ち込む太刀、一上一下《いちじょういちげ》と秘術をつくし、しばらくは激しく挑《いど》み戦ったが、大喝《だいかつ》一声、道節がさっとうちおろした太刀がきらりとひらめくその下に、三宝平は身をひるがえして足を空にあげて倒れたかと思うと、そのむくろの上を飛びこえて、首ははるかかなたの松に当たって落ちてしまった。

道節は刃《やいば》をおさめて三宝平の首を拾いあげ、またその死骸の袖《そで》をちぎって包み、これも腰に下げた。

第四十六回　地蔵堂《じぞうどう》に荘助首級《そうすけしゅきゅう》を争う　山脚村《ふもとむら》に音音《おとね》旧夫《きゅうふ》を拒《こば》む

道節《どうせつ》の思わぬ援《たす》けに、囲みをやぶって思い思いにのがれ走った四犬士のうち、犬川荘助《いぬかわそうすけ》はとうとう信乃《しの》ら三犬士の姿を見失ってしまった。

そこでしかたなく、ただ、猪平《やすへい》が信乃に託したという手紙のことをたよりに、行きあたりばったり荒芽山《あらめやま》の方へ、足にまかして走った。ふと気がついてみると、森の中に燈火が見える。近づいてみると、それは田文地蔵堂《たふみのじぞうどう》の灯明《とうみょう》であった。そしてかたわらには石塔や新しい塔婆《とうば》もある。

荘助は、その地蔵堂の本尊《ほんぞん》の供物《くもつ》を食って飢渇《きかつ》をしのぐと、今夜はここで明かそうかと迷った。そこに人の足音がしたので、さては盗賊でも来たのかと、石塔の後ろに隠れた。

やって来たのは主と父の仇《かたき》を討って二つの首級《しゅきゅう》を腰につけた犬山道節《いぬやまどうせつ》だった。この堂のかたわらに、主君と父の一周忌《き》の追善《ついぜん》に建てた塔婆が一基あったので、首級を手向《たむ》けに来たのだった。

ところが、その後から跡をつけて来たものがあることには気がつかないらしい。年老いた百姓で竹子笠《たけのこがさ》(56)をかぶり、肩に二つの風呂敷を結び合わせてかけている。道節のあとからやってくると地蔵堂のかなたの木の陰に隠れて、離れたところから見守っていた。

道節は腰の首級の包みを解いて塔婆に手向け、うやうやしく額《ぬか》ずいている。塚の陰から見ていた荘助は、よし、驚かして腕をためしてやろうと、石塔のあいだから手を伸ばして並べた二包みの首級をむずとつかんで引き入れようとした。驚いた道節はとっさに荘助の腕をぐっとつかんで、引き出そうと前に引いた。引きつけられまいと荘助はそのままにふんばる。びくともしないので、道節はますます驚いて、さらに力をこめて引く。とうとうあいだにあった石塔が倒れてしまった。しかし、二人はなおも互いに相撲《すもう》の秘術、拳法《やわら》の妙技《みょうぎ》をこらし、地を踏み凹《へこ》まして争うが、勝負はいずれともわかち難い。

この様子を眺めていた老人は、思わず走り寄って両人のあいだに杖《つえ》を突き入れておしわけようとしたので、両人が二度びっくり、そのはずみに落とした首級の包みをまたまた両人、拾いとろうとするのを、老人はそのあいだにぱっと割りこんでおし隔《へだ》てた。と、その肩の二つの風呂敷包みを落としたので慌《あわ》てて身を屈《かが》めて、しきりにあたりをかきさがそうとした。その手の下にさぐりあてたのは、道節の仇の首級の包みだった。が、それとも知らず、老人は手ばやく左右に抱いて起き上がる。とも知らぬ道節は、さぐりあてた老人の包みを仇の首級と思い、諸手《もろて》にひっさげて立ち上がった。しばらく闇の中をすかし見ていた荘助は、腰の刀を抜くや、見当つけて道節にさっと切りつける。その狙《ねら》いがそれて倒された石塔の角《かど》に当たった。その鋭い腕の冴《さ》えに四、五寸（約十二～十五センチ）石塔が削《けず》られ、パッと火花が散った。この光を得て得意の火遁《かとん》の術を使ったのか、道節の姿はかき消すように消えてしまった。そのあとを追って老人がなおも、もと来た道の方へ走り出せば、それをまた荘助は、はじめの曲者《くせもの》と思いこんでどこまでももと追っかけたが、とうとう姿を見失って、そのままただ一人で荒芽山の麓村《ふもとむら》に着いたのである。

話はかわって、その上野国《こうずけのくに》甘楽郡《かむらのこおり》荒芽山《あらめやま》の麓村。

ここの一軒家に、音音《おとね》という貧しい老女が住んでいた。年は五十《いそじ》を二つ三つ越えていようか、もと武蔵《むさし》の者であったが、事情があって去年の夏、この山里に世を避けてうつり住んでわびしい暮らしを立てていた。すでに虫の声さえ秋の忍びよる気配に夜なべの苧《お》を績《つむ》いでいたが、世渡りの苦しさをしみじみ思い知るにつけ、老いの杖《つえ》と頼んでいた二人の子は先に主の供をし戦場に去ったまま、死んだとも生きているともわからないままに過ぎているのが案じられるのだった。家に残っているのは二人の嫁《よめ》だけで、曳手《ひくて》というのが兄の妻で、単節《ひとよ》というのが弟の妻である。年はまだ二十《はたち》と十八、夫が去ってから二年近くなるのだが、いずれ劣らずに姑《しゅうとめ》に朝夕の孝行をつくすやさしい嫁であった。

音音《おとね》は、仕上げた苧桶《おおけ》を横におしやって、後ろをかえりみて単節《ひとよ》に話しかける。

「のう、単節や。昨日の管領家の砥沢山《とざわやま》の狩倉《かりぐら》の人夫仕事の割りあてはなんとか免《のが》れても、今日は村長殿《むらおさ》が許してくだされず、男手がないので曳手《ひくて》が今朝《けさ》は早うから馬をつれて夫役《ぶえき》(57)に出たが、まだ帰ってこぬのはどうしたのやら」

「姉様《ねえさま》がこんなに遅いのは、わたしとても気にかかっておりました。まだ宵《よい》のうちゆえ、森のあたりまでわたしが一走り迎えに行きまする。しばらくのあいだ、お待ちくだされませ」

「いやいや、おまえをやろうと思うて愚痴《ぐち》をこぼしたのではないぞえ。今朝も今朝とておまえと曳手が夫役《ぶえき》に立つのを争い、女に似合わしゅうない馬追う仕事もいとわぬやさしい心根《こころね》、その孝行を見るにつけても、悲しいのは……」

　音音はここまで言って涙ぐんでつまり、やがてつづけて——自分が若くて犬《いぬ》山道策《やまどうさく》に仕えていたころ、姥雪世四郎《おばゆきよしろう》という若侍《わかざむらい》となじんで、力二郎《りきじろう》と尺八《しゃくはち》の双子を生んだが、主君の側室阿是非《そくしつおぜひ》どのにも道松《みちまつ》が生まれた縁でお叱《しか》りもなく、その道松の乳母《うば》にとりたてられた温情のほど。しかるにその後、黒白《あやめ》という側室に女子ができると、その悪略によって、阿是非《おぜひ》どのも道松も死んだが、ふしぎや道松は生きかえり、黒白らは滅ぼされたこと。その黒白の生んだ子が、二歳で大塚の庄屋に養女にやられた後の浜路《はまじ》であること。また、道策《どうさく》は力二郎、尺八郎兄弟を道松のお相手として文武の道を習わせてくれ、そのうえ昨年は豊《と》島《しま》の足軽禿木市郎《かぶろぎいちろう》の娘曳手《ひくて》と単節《ひとよ》を娶《めと》ってくれた。ところがその歓《よろこ》びも一夜きりで、不意の戦いで豊《と》島《しま》、練馬《ねりま》の一族は全滅、道策も曳手らの父も戦死、はては二人の子の生死もわからぬまま、自分たち女だけでこの荒芽山に落ちのびる悲運……それにつけても納得できぬのは、昔の世四郎が犬山家を去って猏平《やすへい》となり、神宮河原《かにわがわら》でおめおめ生きていること……などと、またしても老いの愚痴をくりかえすのであったが、やっと終わって鼻をかんだ。

単節《ひとよ》も涙ぐんでいた。すると、そのおり、音音《おとね》はふと外の方で人が立つらしい音を聞きつけた。

「おや、曳手が帰ったのであろう。はよう灯燭《あかり》を」

単節はさっそく脂燭《しそく》をつけて、折戸《おりど》の中からあかりの中に浮き出た顔を見ると、見知らぬ老いた旅人で、風呂敷包みを肩にかけ、竹子笠《たけのこがさ》を手にして立っていた。

その顔を互いに見合わせたとき、旅人が声をかけた。

「おまえは音音ではないか。おれじゃ、世四郎《よしろう》の猎平《やすへい》じゃ。忘れたのか」

すると音音は不意に中からピシャリと戸をしめてしまった。単節《ひとよ》も老人の名乗りを聞いて、胸に迫るものを感じた。そしてそのままもどろうとする姑《しゅうとめ》の袂《たもと》をそっとひきとめたが、姑は老いの一徹というか、

「何を言やる。女は心弱いものながら、浮世の義理にはそむけませぬぞえ。よう思うてみなされ。二十年あまりも縁絶えたもとの夫は、二人の子の親であって親でない。また猎平という御老人に訪ねられる覚えはありませぬ。二十年あまり、一日も帰参のお詫《わ》びを申し出ず、仇《あだ》の領民になるほど義理にそむいた人、うっちゃっておおき」

それをもれ聞いて、猎平は外から、

「音音《おとね》よ。怒《おこ》るのはもっともじゃ。おれは何も夫婦の情にひかされて来たのではない。前から思うていたことじゃが、心配なのは若君のこと、また子供のことをそっと告げようと思うて、武蔵の果てからはるばる恥を忍んでやって来たのじゃ。とにかくあけてくれ」

と、呼ぶのに返事もしないで、音音はそばで泣いている嫁を見かえると、

「単節は涙もろい人じゃのう。今の世の人の心は、親兄弟でもゆだんすればとんでもない目にあうためしも多いぞえ。戸締《とじま》りに気をつけなされや」

つぶやきながら、母屋《おもや》の中にもどってしまった。

単節はそれを見送り、なつかしい夫の安否を聞きたくて、母屋の方を見かえりながら、そっと折戸をあけて猎平をすかして見て、

「お気の毒に、こんな暗い夜にいつまで立っていらっしゃいます。姑様のきついお言葉は、あなた様のおためを思うてのまごころゆえ、お気を悪くなさいませぬよう、しばらく、あの柴置小屋《しばおきごや》にお休みなされませ。よいおりを見て母屋におつれしますほどに。わたしは単節《ひとよ》という嫁でござります」

と名乗るかと思うと、こみあげてくる涙を袖《そで》でぬぐった。

「そなたが、かねて聞いていた尺八の妻、単節だったのか。わしの前々からの志と事情を音音は知らぬゆえ、罵《ののし》られても腹も立たぬわ。二十年あまりもたよりを絶って、いまさら故主への忠義というのもおこがましいが、そっと若君に

お目にかかって申しあげたいこともある。それにまた子供のことを母にも嫁にも告げようと遠くから来たのに、このままむざむざ帰るのも不本意。どこでもよい一夜明かさしてくだされ」

「もったいないこと、夫の父御《ててご》に宿も貸せず、申し訳もございませぬ。心苦しゅうはございますが、しばらくあそこで隠れていてくださされませ」

気のおけぬ可愛《かわい》さに猜平もますます気が和《なご》んで、田文《たふみ》の森で取り違えたとは気づかぬまま、二つの包みを肩から下ろした。単節は柴小屋に案内した。

おりから二《に》更《こう》(58)の鐘《かね》が聞こえて来た。その時、障子《しょうじ》をあける音がして音音《おとね》の声が聞こえた。

「単節《ひとよ》、どこに行ったのぞい。曳手はまだ帰らぬかえ」

単節は柴小屋から二、三足の松明《たいまつ》をもって走り出て来た。

「まあ、そんなに御心配なさいますな。わたしもなれた道ゆえ、そこらまで行って見て来ます」

それから草鞋《わらじ》をはきしめ、松明に火をうつして照らしながら走って出た。

巻の四

第四十七回　荘助《そうすけ》三《み》たび道節《どうせつ》を試す　双玉《そうぎょく》交《こもごも》其主《そのぬし》に還《かえ》る

単節《ひとよ》が出て行く音を聞きつけて、音音《おとね》は慌《あわ》てて呼びとめに出たが、もうあとのまつり。そのまましばらくたたずんでいると、一人の旅人が案内を乞《こ》うて来た。

「失礼ながら尋ねたいことがある。このあたりに音音《おとね》という婆さんの家はないかな」

問いかけられて不安に騒ぐ胸をしずめて、

「音音はわたしじゃ。どこからおいでなされた」

「ふうむ。そなたがそうじゃったか。それがしは武蔵《むさし》からの四人づれの旅人。ところが道連れの一人がある人に頼まれて、そなたにとどける書状を一通もっていたのに、白井《しらい》の辺で思わぬ喧嘩《けんか》のそば杖《づえ》くって、皆ばらばらになってしもうたゆえ、ここで待てば必ず会える。しばらく休ませてもらいたい」

こう頼まれれば断わりもできない。案内されるままに旅人はやっとおちついて、いろりのそばにすわった。音音は灯をかきおこして旅人をよく見た。まだ年は若い。両刀を帯びているから浪人《ろうにん》武士に違いない。音音は一つためしてみようと、番茶を汲《く》んで差し出し、さりげないふうで、

「御覧のように山里の貧乏暮らし、明日の米の貯《たくわ》えとてありませぬ。家の者も今朝《けさ》出てまだ帰って参りませぬ。何かととのえたいと思うても留守をするものがありませせぬ。失礼ながら、しばらく留守番をしてくださらぬか。一走り行ってすぐもどって来まする。しばらくあとをお頼み申しますぞえ」

そう言うと、そのまま外に走り出て行った。これを見送った旅人は、

「なんと気さくの婆さんじゃ。いくら慣れた道だとて、こんなに暗いのに松明《たいまつ》

もなしにどこへ行くのかしらん。物の言いぶり、起居《たちい》ふるまい、どうも山家育《やまが》ちとは思えぬ。どんな人が落ちぶれて人里《ひとざと》はなれた山住居《やまずまい》をしているのだろう」

旅人がひとり言《ごと》を言って、縁側の刈草の籠《かご》をよせて一《ひと》いぶししようとした。その時、さっと山おろしが吹きこんで来て、燈火がふっと消えた。わずかな埋《うずみ》火《び》をかきおこし刈草を燃やそうとしても、なまがれの草が多くてなかなか燃えあがらない。ほとほと困りはてて、旅人は手をこまぬいてぼんやりしていた。

そこへやって来たのは犬山道節《いぬやまどうせつ》だ。

「ただ今帰って参った。なんとくらいなあ。音音《おとね》はいないか。灯火《ともしび》はどうしたのだ。曳手《ひくて》、単節《ひとよ》」

道節は大きな声で呼びかけた。返事がないので呟《つぶや》きながらも勝手知ったあばら家のこと、暗さにも迷わず、こわれた戸棚《だな》に二つの包みを投げ入れ、戸をしめて、また何度も音音の名を呼びながら、いろりの前にあぐらをかいて手さぐりに燧箱《ひうちばこ》をさがした。すると埋火が先に旅人がかぶせた刈草に自然とうつったのであろう、たちまちぱっと燃えあがった。その火の光にはじめて顔を合わし、驚く道節、怪しむ旅人、同時に刀をとって、互いの身構え、いらだった道節が太刀《たち》を抜こうとすると、それをとどめて旅人から声がかかった。

「はやるまい。犬山氏《いぬやまうじ》」

「おれの名を知っているおまえはだれだ」

旅人はにっこり笑った。

「それがしは貴公と因縁《いんねん》深い犬川荘助義任《いぬかわそうすけよしとう》じゃ。話したいことが山ほどある。まあ、その太刀をひかれい」

道節はまだ疑わしげにじっと荘助を見つめていたが、うなずいて、抜きかけた刀をおさめた。

「その名乗りを聞くと、覚えがないこともない。そうだ、六月十九日、円塚山《まるづかやま》のあたりで……」

「姿を隠して行くえを知らず、不本意であったに今宵《こよい》の再会とは」

「田文《たふみ》の森で祈念の邪魔をしたのは、貴公ではなかったか」

「あの古塚を祭っていたのは、さては道節、貴公であったか」

「そのおり、あいだに割りこんでおしへだてたのは何者であろう」

「それがしにもわからぬ」

「それが何者でもかまわぬが、感心したのは貴公の武芸勇力じゃ。互いに秘密を解きあかして同志の契《ちぎ》りを結べば万人の味方よりたのもしいのだが、貴公とそれがしには深い縁があろうはずがない」

「そのおこりを解きつくしていないゆえ、疑うのはむりもないが、互いに正しい証拠があるのじゃ。貴公のからだにあざがあって牡丹《ぼたん》の花の形に似ていたら、それが貴公とそれがしの異姓《いせい》の兄弟たるべき第一の証拠。まず灯燭《ともしび》を……」

道節は身の内のあざまで知られて、半信半疑のうちにも、行燈《あんどん》に火をうつした。

さて、一方、音音《おとね》はやがて帰って来て戸の辺から家内の様子をうかがっていると、道節と荘助の問答がかすかに聞こえたので、驚きながらそっと柴垣《しばがき》に手をかけて、二人の話に耳を傾けていた。

中では二人の問答がつづいている。

「おかしいのう。おれのあざまでどうしてわかったんだろう。それがしは生まれながら左の肩に瘤《こぶ》がある。六歳の時、故《ゆえ》あって一旦《いったん》は死んだのをふしぎに蘇生《そせい》したが、そのころから瘤の上にあざが出て来て、牡丹《ぼたん》の花の形に似て来た。その後、円塚山で貴公に瘤を切られた時、ちっとも痛まず、次の日、肩をなでてみたが瘤はなくなり刀痍《かたなきず》のあとまでなくなっていた。なんともふしぎの至りじゃ。それにしても腑《ふ》に落ちぬのは、どうしたわけでこのあざをもって深い因縁があると言われるのか、ひとつ聞かせてもらいたい」

するとにっこり笑って荘助は、

「まあ、これを見てもらいたい」

諸肩《もろかた》ぬいで背中をむけた。荘助のあざは襟《えり》もとから右の肩胛骨《けんこうこつ》にかけて、やはり牡丹の花の形をしていた。道節は思わず大息をついて、感嘆するばかりだ。荘助は膚《はだ》をおさめると、襟の縫目《ぬいめ》から忠《ちゅう》の字の玉をとり出した。

「これが貴公の肩から出た物。それがしのは守袋《まもりぶくろ》とともに貴公の手にはいったはず。まあよく見られよ」

道節は玉を受けとってしばらく見ていたが、ますます感嘆の叫びを放った。その玉をまず腰の印籠《いんろう》の中に納めると、襟にかけていた荘助の守袋を返しながら言った。

「それがしは前に、この袋を開いて世にも稀《まれ》な玉を見た。また臍緒《ほぞのお》を包んだ紙に貴公の幼名、誕生日、その玉を感得したことの次第を書きつけてあったから、これはきっとただ者ではない。また会う日もあろうと思うて、そのまま膚に着けていたが、このようなふしぎがあろうとはゆめにも思ったことはなかったわ。この玉とあざが似ているうえは因縁なしとは言えぬ。それがしのあざはこれだ」

左の襟をゆるめて肩をあらわして見せた。荘助は膝《ひざ》をうって喜んだ。

「貴公にこのあざがあることは、円塚山の妹御《いもうとご》に告げられたのを立ち聞きして知っていたが、しからば、この玉の由来を語り申そう」

荘助は、これから伏姫《ふせひめ》のことからはじめ、その由来《ゆらい》、さらに今まで行動をともにして来た四犬士のこと、犬江親兵衛《いぬえしんべえ》のこと、これらの人々の身の上とそれにまつわる因縁を語り、猪平《やすへい》ら三人が四犬士を助けてくれたことも詳しく語り添えた。

外で聞いていた音音《おとね》の驚きは、筆舌《ひつぜつ》につくしがたいものがあった。話では犇平は入水《じゅすい》して死んだと言い、力二《りきじ》郎《ろう》、尺八《しゃくはち》は生死のほどがわからないと言う。それでは今宵《こよい》、門口《かどぐち》に立ったのは犇平の幽霊であったのか。と、いまさら柴垣にすがってひとり泣き沈むのみである。

荘助の話を残らず聞いた道節は、容《かたち》を正して粛然《しゅくぜん》として言った。

「なるほど、世にもふしぎな話、たとい因縁はなくとも、村雨《むらさめ》の太刀《たち》を返さず、度々《たびたび》貴殿に敵対しておはずかしい次第でござる。それにしても、貴公一人がどうしてここに宿られた。犬塚《いぬづか》、犬飼《いぬかい》、犬田《いぬた》ら三犬士はどこに行ったのか、気がかりじゃ。この地はきわめて辺鄙《へんぴ》なところにて人気《ひとけ》も稀《まれ》に山路《やまじ》多く、また、定《さだ》正《まさ》の領分、再び不測の禍《わざわい》あらば危ういことでござる、さあ、来られい。あちこちを隈《くま》なくたずねて三犬士に会おうではないか」

とせきたて、荘助も刀をとってともに出て行こうとした。そこへ、

「お待ちくだされ」

とあわただしく呼びとめて音音が走り寄って来た。

道節はうなずいて、

「まず三犬士を伴ない帰ってから、ゆっくり話を聞くことにしよう」

と、荘助とつれだって出て行った。

音音は心中あれこれと思い乱れて、

「南無阿弥陀仏《なむあみだぶつ》、南無阿弥陀仏」

と念じながら、立ち上がろうとした時、

「婆さん、婆さん」

と呼びかけてはいってきた者がある。出てみると、村役人の根五平《ねごへい》である。後には樵夫《きこり》の丁六《ちょうろく》、顋介《ぐすけ》を従えている。縁側までやってくると、

「お婆さん、まだ寝《やす》んでなかったのかい。草木もねむる真夜中にまで走り回るのは余の儀でない。白井《しらい》の城からの火急の下知《げち》、よく聞きなされや」

と言って、根五平は下知状《くだしぶみ》を読みあげた。

下知状の内容は、要するに次のようなことだった。

練馬《ねりま》倍盛《ますもり》の残党に犬山道節忠与《ただとも》という者があり、ひそかに逆謀《ぎゃくぼう》を逞《たくま》しくし、恨《うら》みを報《ほう》じようとしている。かねて秘密の命《めい》により今日追捕《ついぶ》させようとしたが、逃亡して行くえを見失った。この賊は年齢二十二、三、身の丈《たけ》高く、色白く、月額《さかやき》のあとがのびている。もし、このような者を見れば速《すみや》かに報告せよ。搦《から》め捕《と》ってつき出したものは、功によって賞を賜《たま》わるであろう。なお、同類四、五人あり。知る者があれば訴え出よ。かくまう者は同罪となるであろう。巨田助《おおたすけ》友《とも》ら奉《うけたま》わる。

読み終わると、

「わかったかい。女子ばかりで、曲者《くせもの》を搦《から》め捕ることはできまいが、よく気をつけて、知らぬ人を泊めるでないぞ。もし隠れ家《が》がわかったら、そっとわしに知らしてくれ。褒美《ほうび》はもちろん、山分けじゃ」

と、根五平は二人の樵夫《きこり》をせきたてて、そのまま走り去って行った。

第四十八回　駄馬《だば》暗《あん》に両夫妻を導く　兄弟　悲《かなしみ》て二老親を全《まっとう》す

音音《おとね》はまた心配がつのって来た。追捕《ついぶ》の沙汰《さた》は覚悟していたが、ここへもはや届いたのも知らず、無謀にも出て行った和子《わこ》のことが気にかかった。追いかけて告げようにも西か東かわからず、倅《せがれ》が家にいてくれたらまた方法もあろうに、まだ嫁《よめ》が帰ってこないことまでくよくよ思い迷う味気なさ。

この時、丑《うし》の時（午前二時）の鐘が鳴り渡って来た。もう夜はふけ渡って風さえも膚寒《はだざむ》い。と、かすかに馬の鈴の音が聞こえて来た。そら耳かと音音が耳を傾けると、女の合唱《つれうた》で馬追いの小室節《こむろぶし》、

荒芽山《あらめやま》から、月出る夜の、翌《あす》を待ちませ袖《そで》しぐれ。ふるさと遠くひとりぬる。

秋はかなしや寝《ね》寐風《ざめかぜ》……。

と、しだいしだいに近づいてくる。そのうちに曳手《ひくて》はひどく病みつかれた旅人二人をいっしょに乗せた馬を引き寄せて来、単節《ひとよ》はその旅行李《たびごり》の二つを一つに背負い、右手に松明《たいまつ》をふり照らし先頭に立って、せわしげに戸をあけて、

「姑様《ははさま》、ただいま姉様をつれて帰りました」

と呼びかけながらはいって来て、行李を縁側に解きおろし、曳手は馬を軒下に引き据《す》えた。

音音《おとね》はばたばたとあわてて出迎えたが、

「どうしてまあ、こんなに遅くなったのぞい。さあ、早う足を洗うがよい」

そのまま、また台所に行って用意の湯を盥《たらい》にうつしたりしているあいだに、曳手《ひくて》、単節《ひとよ》は二人の旅人を馬から下ろして、まずその足を洗わせ、今度は姉妹で草鞋《わらじ》を解いて互いに足のよごれを洗い流す。音音は二人の旅人の後姿をまじまじと眺《なが》めてふしぎそうに、

「あれはどこの人たちであろうの。旅人ならば白井《しらい》よりきつい御下知《ごげち》があって、気軽には泊められぬのに」

と言うのは、今にも道節が四犬士をつれて帰って来たら、邪魔になると思う心中を知るはずもない曳手は、

「真夜中過ぎに旅人たちをつれて帰ったゆえ、おかしくお思いなされましょう

が……」

と、今日の夕方、白井の殿が帰城の途中で思わぬ騒動があったために、帰りの道中で難儀しているところをこの二人の旅人にたすけられた、ところが今度はこの二人の旅人が急病に倒れたので捨てもおけず、頼まれるままに乗せて来たことを、単節と交々《こもごも》話した。

音音は心の中で、あの旅人が二人まで、ともに病が起こったと言って、曳手の馬に合乗りして宿を頼んだのは何かわけがあるに違いない、まあ宿を貸してから、なんとか方法を考えたほうがよいかもしれないと思いなおし、やっと承知した。

「そんならお二方、こちらにはいってお休みなされ」

姑《しゅうとめ》の声をとりついで、姉妹も旅人らに向かって言った。

「ちと、さわりがあって姑が聞き入れてくれず心苦しゅう思うていましたが、もうそのことは解けて、お泊めせよと言うてくだされました」

二人の旅人はやっといっしょにからだをおこし、そのまま母屋《おもや》の窓のあたり

に並んだ。音音《おとね》はこの時、行燈《あんどん》の光の中ではじめて二人と顔を合わした。急にあわただしく膝《ひざ》をすすめて、

「これは、力二郎《りきじろう》か、尺八《しゃくはち》ではないかえ。まあ思いもかけず」

驚いた二人も見上げて、ひとしく膝をうって、

「これはあきれたわい。宿のあるじは母上だったのか。それにしても、命があって御無事なお顔を見た歓《よろこ》びは、このうえもありませぬ」

口をそろえて母を慰めながら二人は目をしばたたいた。音音も喜びで胸がいっぱいで、うれし涙をこらえかねている。そばで聞いている曳手と単節は、自分の夫《おっと》たちを知らなかったのがはずかしくて、よう名乗りもせず、胸がしきりに騒いで思わず袖《そで》で顔を掩《おお》っていたが、その袖ではつつみきれぬ喜びの涙が衿《えり》をぬらすばかりだった。

しばらくして、音音は鼻をかんで、

「これ、力二郎、尺八、もう忘れたのかえ、あれは曳手と、単節ぞ。これ、曳手よ、いまさら何を泣いている。単節も早う涙をふいて良人《おっと》のそばに寄らぬか」

と言えば、曳手、単節はやっと夫のかたわらに近づいて、互いに奇遇を喜び合う。それから、いそいそと茶をあたためてすすめるやら、縁側の旅行李を窓のあたりにうつすやら、かいがいしいもてなしをしている間、音音はただにこにこしているばかりだったが、

「そう、そう、途中で急に病気になったそうなが、そりゃ、去年の戦《いくさ》の古傷がおこったのかえ。それとも、戸田川《とだがわ》で敵を防いだ時、受けた傷かえ。心配じゃ」

これを聞いて兄弟は目を見合わして、

「この月二日の夕方、戸田河原であったことを母上はだれに聞かれたのじゃ」

すると音音は声をひそめて、

「それはのう。今日まではおまえたちが生きているとも死んだとも知らなんだが、宵《よい》にそっとある人が和子《わこ》に告げるのをもれ聞いてわかったのじゃ」

「そんなわけなら隠さず話しましょうが――」

と、兄弟は主君道節の意を含んで、世の豪傑《ごうけつ》を味方に引くため、神宮河原《かにわがわら》に世をさけている父上のもとにいるうち、犬塚《いぬづか》らの四犬士に目をつけた父上は、そ

れとなく母上に書状を託した。その心は、この四犬士をそこにいる主君にとりもつためであった。ところが、それまでに四犬士に危険が迫った。そこで父子三人で四犬士を救って、陣番丁田《じんばんよぼろだ》を討ちとったが、父上はその際水中に没し、また、自分ら兄弟は鳥銃《てっぽう》にうたれた。しかし主君をはじめ、母上や女房にも会いたくて、ここまで来たのだと言った。

それを聞いた音音が、今日の道節の一件と、犬川が来て主君道節とたちまち同志の交わりを結んだことを告げると、兄弟は、

「犬塚はまだ来なくても、その友に会いなされたうえは、主君のことはもう安心じゃ。ああ、それはよかったのう」

と、喜び合ったが、その顔色は死人のように悪かった。それに気づいた曳手《ひくて》と単節《ひとよ》は心配して保養をすすめると、力二郎と尺八は妻の方を見て、

「母上のお心尽くし、おまえたちの今にはじめぬ情愛はおろそかには思わぬが、戦国の武士がちっとの手瘡《てきず》にかかって、月日をむだにすることはできぬ。おれらは明け方には鎌倉《かまくら》に忍んで行こうと思うている。ただ母上のことはくれぐれ

も頼んだぞ。おれら兄弟になり代わって孝行をしてくれ。母上がなくなられた後は、良家に再縁《さいえん》してめでたく一生を送ってもらいたい。言いおくことはこれだけじゃ」

曳手と単節は聞きもあえず、よよと泣き出して、

「いくら勇ましいとて、親も身も妻をも思わぬのが忠義だとて、今日は白井のこなたであんなことがあったゆえ、仇《かたき》はいよいよきびしく穿鑿《せんさく》しましょうものを、みすみす知りながらたいせつな命を落としに近づくのが、どうして手柄でございましょう。後のことは思いもかけず、操《みさお》をかえて別の夫に再縁せよとは聞きとうもありませぬ。のう、姑様《ははさま》」

かきくどき、泣きたてられて、さすがに力二郎、尺八も、ただ嘆息《たんそく》するばかりだったが、やがて今度は母に向かって、

「名残《なご》りはいよいよ惜しいが、どうせおれらも長いあいだいるわけにはいかぬ。それについてお願いがありまする。それは父上だが、故主《こしゅ》の恩に報《むく》いるために身をすてて犬塚ら四犬士をこの地に引きつけ、自分の損得は思わず戸田川に沈

んでしまわれた。その義心《ぎしん》と侠気《おとこぎ》は、考えるだけでも腸《はらわた》がちぎれる気がしますのじゃ。だから、このたびの功によって主君の勘当《かんどう》が許されたら、おれらも天下晴れて親仁《おやじ》と言い、倅《せがれ》と呼ばれ、母上もまっとうな夫婦になれるわけ。この旨《むね》を一つとりなしてあげてくだされぱこのうえもない一家の幸い、お察しくだされや」

左右から膝をすすめて母の様子を見守った。秋の夜は長いというのに、もう七つ（午前四時）になったのか、遠寺《えんじ》の鐘がかすかに響いてくる。音音《おとね》はさっきから落ちてくる涙をそっと袖でぬぐって隠していたが、ややあって貌《かたち》を改めて言った。

「とどまれと言うのは妻の情愛、行くと言うのは良人《おっと》の勇ましさ。母はどちらがいいのか、なんとも言えぬ。また、あの世四郎《よしろう》の猎平殿《やすへい》が旧恩にこたえようとして倅《せがれ》をたすけてそんなことをなされたとは思いもかけず、まして入水《じゅすい》なされたとは夢にも知らなんだゆえ、いっこう帰参のわびもせず、故主の滅亡を知らぬ顔で仇の領民になられた人でなしと思うて、それが口惜《くや》しく腹立たしさに単節とうわさをしていたが、うわさをすれば影とやら、その猎平殿が門口《かどぐち》に立って宿を求めなされるのを、ののしりこばんで、いなしてしもうた。今から思えば、亡魂の幻に見えられたものでもあろうかのう」

これには兄弟、ほうと目を見合わして、ただ呆然《ぼうぜん》と嘆息するのほかはなかった。

巻の五

第四十九回　陰鬼陽人《いんきようじん》肇《はじめ》て判然　節義貞操迭《かたみ》に苦諫《くかん》す

音音《おとね》の悔恨と兄弟の嘆息《たんそく》は、曳手《ひくて》と単節《ひとよ》の胸をうたずにはおかなかった。すると、しきりに首をひねっていた単節が、

「幽霊というものはあるとはきいていましたが、眼《ま》のあたりに見たのははじめてでございます。それに、姑様《ははさま》のお心が和《やわ》らぐまでといって、柴置《しばおき》小屋に案内しておきましたし、風呂敷包み二つも、わたしが受けとって小戸棚《ことだな》に入れておきましたが、それも消えてしまったでしょうか……」

と言うと、曳手もうなずいて、

「そんなら、その風呂敷包みを捜してみたら」

と立ちかけるのを、尺八と力二郎はあわててとめた。しかし、音音も合点《がてん》がゆかぬので、立ち上がった。

いまは兄弟も争いかねてそわそわしていると、何か胸をつきとおすような七つの鐘とともに、もう夜は明けかけていた。何かあわてたように兄と弟は目を見合わし、心の中で別れを告げ、そっと旅の用意をした。それには気づかず、音音は棚の袋戸をあけ、手さぐりしていると、はたして二つの包みが手に当たった。とり出して、

「世にない人がもってきた物が二つとも残るのは、なんとも怪しいことじゃ。

なんの包みか、はようひらいて見やれ」

単節は恐る恐る堅くしぼった結び目をといた。曳手《ひくて》も手伝っていっしょに開いた。二人はたちまち、キャッと叫んでとびのいた。あらわれ出たのは男の切り首。もう色は死相に変わっている。そのとたん、後ろのほうで二つの苦悩の声が聞こえたかと思うと、ぱっと鬼火《おにび》がもえ上がった。驚いて見かえると、ふしぎや今までいた力二郎《りきじろう》、尺八《しゃくはち》の姿は忽然《こつぜん》とかき消すごとく消えうせているではないか。重ねがさねの奇異に驚きあわてた三人の女が、

「力二郎、尺八」

「もし、わが夫よ、わが背《せ》よ」

ひとしく呼びかえしたが、答えはなく、なんの跡かたも残っていない。三人はただ夢かとばかり茫然《ぼうぜん》としているばかりだった。やっと心をおちつけた音音は、二つの首を灯火の近くに引きよせつくづく見ていたが、

「これ、曳手《ひくて》、単節《ひとよ》、これをどう思うぞえ。狐狸《こり》のしわざに違いないわ。今姿を消した倅《せがれ》どもはまことの子でない。稍平《やすへい》どのと思うたのも皆心の迷いじゃ。

さあ、脂燭《しそく》をともして、縁側から庭、柴小屋まで行って見れば、獣の足あとがあろうもしれぬ。さあ、立ちやれ」

三人はいっしょに出ようとした。すると、外のほうで、

「これ、待て、つまらぬあやまちをするでない」

とおしとどめる声がして、さっと障子《しょうじ》が開いた。と見れば、別人ならぬ神宮河原《かにわがわら》の猾平《やすへい》だ。そのままつかつかと上座についた。曳手《ひくて》、単節《ひとよ》は顔を見つめてあきれているばかりだが、音音はまだゆだんせず、じっとまたたきもせず、猾平を見つめていたが、やっとうなずいた。

「異国人《とつくにびと》同様の姥雪《おばゆき》殿、今さらはばかりもなく、わたしをおとずれての土産、この切り首はどのようなわけじゃ。変化《へんげ》でないとおっしゃるなら、二人の倅《せがれ》と見えたのはいったい何者ぞえ」

猾平は例の首級《しゅきゅう》をしきりに見まわして、

「わしが武蔵《むさし》からもってきた二包みは、これではない」

と言うので、ふしぎそうに単節はまた棚の袋戸を開いた。ひょっとして、置い

た場所が違ったのかもしれないと夜具を入れる破れ戸棚をあけてみると、はたしてそこにそれらしい物がある。単節はそれに両手をかけて、

「これでございますかえ」

「おお、それだ、それだ」

「さても、ふしぎなこともあればあるもの。わたしが宵《よい》に受けとった包みがたしかにこれならば、収めておいた戸棚にあるはず、いつのまにかわったのでござりましょう。はじめのほうの包みは誰がもってきて隠しておいたのやら」

音音《おとね》も、曳手も聞きながらあきれていたが、

「ほんとに宵から明け方まで、わけのわからぬことばかり、これは皆、化物《ばけもの》のしわざぞ、必ずゆだんなさるなよ」

人か亡霊か、まだ猪平への疑いはとけないでいる。しばらく首をひねっていた猪平は、何を思いついたか膝《ひざ》をぽんと打って、

「音音、わからぬこともないぞ。おれが今日ここへ来る途中のこと、背の高い武士が腰に二つの包みをつけて白井《しらい》の方から走ってきて、わしの前の方をゆく

のを見た。どうも道節様《どうせつさま》ではないかと気づいたゆえ、見失うまいとあとをつけてゆくうちに、もう日は暮れてしもうた」

それから猎平は、田文《たふみ》の森でのことやら、ここに来てからの一くだりを述べて、言った。

「今から思うと、あの森でわしが包みを落としたとき、道節様に拾われたのであろう。それとも知らず、おれはまた道節様の二包みをそのままかついで、それを単節に渡したに違いない。察するところ、その二つの首は道節様のお討ち取りになった二人の仇《かたき》に疑いない。だからこそ、その二包みは風呂敷でなくて単衣《ひとえ》の袖《そで》なのじゃ。それでも疑わしければ、わしの二包みを解いて見やれ、倅《せがれ》どものこともそれではっきりわかるだろう」

ひらいてみると無惨や、力二郎と尺八の首級ではないか。色は変わっていても、まざまざと今までいた面影《おもかげ》にまぎれもない。

まことに胸つぶれる思いとは、このことであろう。

やっと心をはげまして音音が、

「それでは、倅どもは討たれたのかえ」

曳手、単節も左右から膝をのり出し、

「世にない人かと思うた舅様《ととさま》は御無事、御無事で帰られたと思うた夫の死顔。こうなった様子を聞かしてくだされ、のう」

声もかれて、うちのめされたように沈んだ嫁たちに泣き立てられて、猎平は老いの目をしばたたき、胸がふさがるのを、やっとおさえつけた。

そして語ることには——自分は、四犬士を助けた功を二人の倅にゆずろうと思って、戸田川に沈んだが水練《すいれん》が邪魔になって助かった。あとで倅の様子をさぐりに引き返してみると、戦いはすでに終わって、倅は庚申塚《こうしんづか》でさらし首になっていた。話によると、力二郎は陣番の丁田町進《よぼろだまちのしん》を討ちとったが、町進の下役仁田山晋五《にたやましんご》らのため、兄弟とも鳥銃《てっぽう》にうたれた。そして、犬塚信乃《いぬづかしの》と額蔵《がくぞう》の首だといって、さらし首にされていた。そこで自分がその首をさらってきたというのであった。

「だから、死んでから五日にもなる力二郎、尺八の霊《りょう》が、ありし面影をまざまざ現わして、母と妻とを慰めに来たのじゃ」

くどき立て、くどき立てて猾平《やすへい》は言い終わった。音音も嫁たちも、むせかえり、咳入《せきい》ってただ泣くばかりだった。やっと音音は頭を上げて、

「のう、曳手《ひくて》、単節《ひとよ》ももうそんなに嘆きやるな。妻子の涙は亡《な》き人の身にかかると昔から言うがまことならば、後世のとむらいこそたいせつじゃ。それにつけても、面目《めんぼく》ないぞえ猾平《やすへい》殿、世にない倅どもを怪しまず、生きながらえた父を鬼か変化かと疑うた愚かさ、許してくだされや」

と素直にわびながら、またもや涙にむせんでしまった。

音音《おとね》はふと気がついたように、

「これ、嫁女《よめご》たち、まあ気を落ちつけて、あれをご覧なされ。力二郎、尺八らの姿は消えうせたが、旅行李《たびごうり》は二つとも、もとのところにありますぞえ。早うひらいて見やるがよい」

そう言われて姉妹は涙をぬぐって、影も形もない人がのこしたものはいったいなんであろうと、力なく包みをさげて灯火の前に置いた。

姉妹でひらいてみると、黒革縅《くろかわおどし》の身甲《はらまき》の、血にまみれて赤く染まったのが出て来た。よく見ると、鳥銃《てっぽう》のため裏が欠けたあとが六つ七つ。それに小鎌《ぐさり》の籠手《こて》、臑当《すねあて》が添えてあった。これを見るだけでも、夫たちの討死《うちじに》した時の戦いの激しさが、こうであったか、ああであったかと思いたどられて、それがまた涙の種となってくる。

とその時、縁側の障子《しょうじ》をぱっと蹴《け》ひらいて、すっくと立った三人の曲者《くせもの》、向こう鉢巻《はちま》きに縄だすきの身軽ないでたちは、これぞ、昨夜来た村役人の根五平《ねごへい》と左右に従う丁六《ちょうろく》、顒介《ぐすけ》の両名、鬼の首でもとったように声高らかに、

「どうじゃ、肝《きも》がつぶれたか。こんなことだろうと昨夜《よんべ》から思うてたが、その知らぬ顔で帰ると見せかけ、背戸から縁側の下に夜っぴて隠れ、何から何まで聞きとったわい。音音《おとね》はもちろん、猜平《やすへい》らも練馬の残党の道節《どうせつ》の同類じゃ。神妙にお縄をちょうだいして白井まで来い」

と叫ぶや、根五平が腰の捕縄を手ばやくとって、ぐるぐる振り回しながらしごけば、丁六、顒介《ぐすけ》も木《き》やり歌《うた》めいた掛け声で根太《ねだ》もぬけよと、縁板をつきなら

した。

第五十回　白頭の情人合巹《ごうきん》を遂《と》ぐ　青年の孀婦《そうふ》菩提《ぼだい》に入《い》る

猾平《やすへい》はちっともあわてず、二、三歩、根五平《ねごへい》に進むと、あざ笑いながら、

「ふん、ぎょうぎょうしい、町人だてらに捕手《とりて》気どりとはちょこざいな。相手にするには不足だが、ひとりで死ぬのも芸がない。無益な殺生《せっしょう》はしとうないが、敵の片割れなら、望みどおりにあの世に送ってやるぞ」

右手にすがっていた仕込み杖《づえ》を左手にはさみ、必死の勢いで立ち向かう。老人一人と侮《あなど》った根五平はもとより躊躇《ちゅうちょ》の様子もなく、

「それ、かたづけてしまえ」

といきまくと、丁六《ちょうろく》、顒介《ぐすけ》は左右から斧《おの》をふりあげ、とびかかってくる。ひらりとやり違《ちが》わして猾平《やすへい》はさっと刀を抜き合わす。電光《いなずま》のように刃《やいば》が右に左に走ったかと思うと、丁六は脇腹を斜めにザクリと切りこまれて、そのままぶっ倒

れた。びっくり仰天した顋介が逃げようとすると、音音《おとね》が迎えうつ懐剣に額《ひたい》を割られ、あっと叫んで引き返そうとするのを肩先から背中を再び切りさかれて、死んでしまった。このありさまに根五平もあわてふためいて逃げ出した。間があるかないかのうち、奥の方に誰かいて、

「えいっ」

気合とともに襖《ふすま》の間からうち出す手裏剣《しゅりけん》、ねらいたがわず、根五平の背中から胸までつきとおった。根五平は虚空《こくう》をつかんで息が絶えた。

驚いてふりかえると、襖をあけてゆうゆうと現われ出たのは犬山道節《いぬやまどうせつ》、そのまま上座にむずとすわった。

音音が、

「まあ、いい時にお帰りくださいました。なんとみごとなお手のうち」

と言うと、道節は、

「わしは、犬川らの四犬士といっしょに明け方に帰ってきて、猪平のことも、力二郎、尺八のことも、首のまちがいも残らず聞いた。そして、わしはもとよ

り、四犬士も感涙《かんるい》にむせんだことだ」

とねんごろに慰め、さらに猪平に向かっても、

「旧恩を忘れぬ日ごろの功によって、なき父君に代わって勘当《かんどう》は許すから、今日からは音音をほんとうの妻として、力二郎や尺八の亡魂をなぐさめてくれ」

そして、猪平、音音が返答もできず口ごもっていると、

「こんなめでたい時に何をなげく、酒でももたぬか」

と、つづく四犬士を媒酌《ばいしゃく》に見立てて、形ばかりの杯《さかずき》がかわされた。

その席上で、信乃《しの》をはじめ荘助《そうすけ》、現八《げんぱち》、小文吾《こぶんご》の四犬士は、今後の方策について、あの定正《さだまさ》は大敵だから、八犬士がそろったうえで里見氏《さとみうじ》をたすけて戦うことにしよう、また、いま根五平らを討ちとったからとてここにいるのは危いから、まず女たちと猪平は行徳《ぎょうとく》の文五兵衛《ぶんごべえ》と妙真《みょうしん》にあずけよう……、と交々《こもごも》言うと、道節も同意して、力二郎、尺八の首級《しゅきゅう》も犬田小文吾にたのんで行徳に葬《ほうむ》ることにして、女たちにも納得させた。そして、さっそくその支度《したく》にかかった。

その時、姉妹は音音、猪平のそばにひざまずき、

「もはや自害も許されぬ今となっては、せめて今日からは尼になって、夫の菩《ぼ》提《だい》を弔《とむら》いたいと思いまする。これだけはお許しくださりませ」

と言うが早いか、用意の刃物を手に手にとって、頭髻《たぶさ》をぷつりと切り放った。

猪平、音音が驚いてとめようとしたが間に合わなかった。姉妹は切り放った頭髻を力二郎、尺八の首に添えて風呂敷に包んで、鞍《くら》の前輪につけた。五犬士たちも姉妹の貞節にはただ感嘆するばかりだった。

すると今度は、猪平が道節に、

「女どもを下総《しもうさ》にやるのはけっこうながら、それがしだけは倅《せがれ》どもに代わって、皆様といっしょに従わせてください。荷物でも背負ってまいります」

と頼んだ。

「それは無益のことじゃ。これから、めいめい袂《たもと》を分かてば、互いに行くえはさだまらぬ。わしはもう、犬塚氏と別れてから後の相談をしてある。現在の六人のほかに、因縁を同じゅうする二犬士があるはず。これは知恵だけでは招くというわけにはゆかぬ。思い思いに武者修行して諸国をめぐり年月を経て、はじめて会えるというものじゃ。それゆえ、供《とも》がない方がよい。おまえは音音とともに行徳に行くがよい」

この道節の言葉に、四犬士も口添えして猎平をなだめた。

出発の準備ができあがると、道節はやや沈んだ様子で四犬士を見かえり、

「それがしには今懺悔《ざんげ》しなければならぬことがある。家伝の秘書によって火遁《かとん》の術を得たのは、大きな過失《あやまち》だった。この術は難に臨《のぞ》んでわが身を免《まぬか》れるだけの邪法《じゃほう》で、真の勇士の行なうべきものではない。よって今、この書を焼いて、ながく邪法を断つ所存、ごらんくだされ」

懐中からとり出したのは火遁の秘書だ。道節はこれを、なお燃えのこるいろりの火の中へ投げつけた。たちまちめらめらとあがる炎。

この時だった。いつの間に忍びよっていたのか、十人ばかりの一隊が、柴垣の陰や、木立の間から、バラバラと走り出てきて、

「御諚《ごじょう》ぞ。御諚ぞ」

呼びかけ呼びかけ、はや縁にかけ上がってからめ捕《と》ろうと競《きそ》いかかって来た。

「心得たり」

と五犬士はこれに立ち向かい、修練《しゅれん》の太刀風《たちかぜ》をまきおこし、またたく間に真向《まっこう》、肩先、向臑《むこうずね》、当たるを幸い、切り倒してゆく。もとより、すべて比類のない勇士、どうして一人も漏らそうぞ。ことごとく枕を並べて討ち果たされてしまった。さて、血刀《ちがたな》をぬぐおうとしている時、はるかに陣鉦《じんがね》、太鼓の音が聞こえてきた。耳をそばだてた一同、さては後詰《ごづめ》の大軍が白井から押し寄せて来たわい、と思った。

現八《げんぱち》はすばやく、軒《のき》ばの松にするするとよじのぼって見渡したかと思うと、ひらりととび降り、にっこり笑って、

「敵は思ったより手回しがよかったぞ。およそ三百余騎が、もう、すぐそこに押し寄せているぞ。おもしろくなってきた」

腕をやくしていっこう、あわてたふうも見せない。その時、信乃は小文吾に分捕りの刀を渡して、

「それがしは幸い犬山氏のおかげで村雨《むらさめ》の太刀が手に戻ったから、刀が三本あ

る。貴公だけ差副《さしぞえ》がない。その刀が折れたら防ぐものがなかろう。これでも差すがよい」

「かたじけない」

小文吾《こぶんご》は、そのまま受けとって腰に差した。その間に猳平《やすへい》と音音《おとね》は力二郎、尺八の腹巻を着け、籠手《こて》や鉢巻《はちま》きもかいがいしく音音は納戸《なんど》にしまってあった薙刀《なぎなた》を出してかいこみ、猳平は仕込み杖《づえ》を腰に差し、ひざまずいてしきりにはやる五犬士をいさめた。

「差し出がましゅうはございますが、どんなに皆様が強くても、なにぶんにも敵は多勢、謀《はかりごと》なくしては危ういというではありませぬか。それがし夫婦はここに籠《こも》って、命を限りに防ぎますゆえ、敵の近づかぬうちに、はやく裏道から落ちてくだされ。足手まといではありましょうが、曳手、単節のことはお頼みいたします」

もう、ひたすら思いこんだように必死の覚悟を示した。

すると、道節よりも先に四犬士は頭を振って、

英泉画

英泉画

「なんということを言われる。先に受けた再生《さいせい》の大恩《たいおん》に露ばかりも報《むく》いず、まして、惜しくも両賢息《けんそく》を死なされた無念さはひととおりでないのに、今また敵を御老人らにまかして、どうして逃げられようぞ」

口々に強くこばんだ。道節もまた、どうしてそんなことが聞きいれられよう。皆、一歩も退《ひ》く気色もなく、いろいろと説きふせようとしたので、曳手、単節もかなわぬまでも、ともに決死の覚悟をきめてしまった。

第六集

巻の一

第五十一回　兵燹《へいせん》山を焼《やき》て五彦《ごげん》を走らす　鬼燐《きりん》馬を助《たすけ》て両孀《りょうそう》を導く

こうして猪平《やすへい》夫婦と五犬士が互いに言い張って、なかなか議論がつきない。いらだった道節《どうせつ》は、ここに一策を案じた。

「それでは、世四郎《よしろう》、音音《おとね》はここに籠《こも》って、しばらく敵を防いでくれ。われわれは背戸《せど》の山べまで退《ひ》き、暗い木の下からふいに横合いより敵の左右をうちくずせば、やつらはきっとあわてて、味方に伏勢があると思うだろう。その時、逃げ走る敵兵をいい加減に追っておいて、皆がもろともにすばやく他郷《たごう》に身をさけ、時節をまったなら、今死ぬよりはましだ」

四犬士も賛成した。

「ではまず、この足弱《あしよわ》を早く馬に乗せてしまおう」

と、小文吾《こぶんご》は縁側に馬を引きよせ、曳手《ひくて》、単節《ひとよ》を相乗りさせ、落ちぬようにとあちこちを綱でしっかり縛り、一町（約百十メートル）ばかり退け、木陰につないだ。猾平《やすへい》夫婦も今さらこれ以上争うこともできず、家の中に入り、家の片廂《かたびさし》、戸、障子《しょうじ》を盾《たて》にして、にわか準備に大童《おおわらわ》、すでに必死の覚悟を定めている。

この間に、道節、信乃《しの》、現八《げんぱち》、荘助《そうすけ》の四名は背戸《せど》の山のほとりに退き、先に曳手《ひくて》らを退かせてきた小文吾《こぶんご》とともに今やおそしと待っているうち、押しよせてきた討手《うって》の軍兵は一軒家をひしひしと取り巻いて、どっと鬨《とき》の声をあげた。

その時、大将巨田《おおた》助友《すけとも》、柴の戸まで馬を進めて叫んだ。

「やあ、やあ、犬山道節はどこにいるか。神妙にお縄をちょうだいすれば、場合によっては同類の命はゆるさぬこともない。どうじゃ。返答はいかに」

ところが、中からはウンともスンともいわない。助友はいら立って、

「それ、踏み込め」

激しい下知《げち》に、先手の雑兵《ぞうひょう》は競ってわれ先に踏み込もうとした。そのとたん、猾平《やすへい》、音音《おとね》はそれぞれ仕込み杖《づえ》、薙刀《なぎなた》をもって物陰からあらわれた。対《つい》の腹巻、籠手《こて》、脛当《すねあて》に、夫婦ひとしく音《ね》をあげ、

「ぎょうぎょうしい捕手《とりて》の勢かな。道節様がこれくらいの寄せ手を恐れて逃げ隠れするものか。時をまって再び義兵を起こさんため、同盟の勇士とともに、今朝、他郷にゆかれたわい。われこそは、犬山殿の譜代《ふだい》の郎党《ろうとう》、姥雪世四郎《おばゆきよしろう》、老妻音音《おとね》とともに、久しくおまえを待っていたぞ。さあ、討ち捕って手柄にせよ」

その声の終わるより早く、とびこんだ雑兵、ほざいたな、老いぼれめが、きゃつから搦《から》め捕れ、逃がすな。と前後左右にひしめいて、争ってうってかかる。猾平《やすへい》、音音《おとね》は右に左にうけながし、近づく敵を切り倒す電光石火の太刀風《たちかぜ》、しばらくはもちこたえたが、心ばかりははやってもここまで戦うのがせいいっぱいの老夫婦、今は最後と思ったのであろう。戦いながらしだいに退き、このう

えは家に火をかけ、猛火の中に焼け死のうとかねての覚悟の火を放った。

一方、道節は四犬士とともにその機を待っていると、家の方で鬨《とき》の声があがったので、その背後から不意打ちに出ようと行くと、伏勢の一隊が現われ、先頭の大将が巨田新六郎《しんろくろう》助友と名乗った。

「さては敵に裏をかかれたぞ、この助友を討ちとらぬと、世四郎、音音《おとね》があぶない」

と、ここを先途《せんど》と戦って追いちらすと、背後からも一隊が追いかけてきて、同じ出立《いでたち》の大将が、

「巨田新六郎助友ここにあり、返せ返せ」

と言う。これには五犬士も驚いた。そしてこれに駆け向かうと、今度は逃げた方がまた引き返してくる。

このとき母屋《おもや》の炎がもえあがった。おりからの秋の山風に炎は飛び散り、飛びうつって、樹木といわず草といわず、一面に燃えひろがったからたまらない。煙にむせんで、今は敵も味方も離ればなれに、頭の上にふりかかる火花を払い

かねて大混乱に陥ってしまった。

さすがの五犬士も、前後の敵と猛火に隔てられて、今は母屋に近づくことも、姥雪夫婦の生死を見とどけることもできない。そのとき犬塚信乃が、ふと思いついて村雨《むらさめ》の太刀を振りまわすと、その刀尖《きっさき》からほとばしる水気《すいき》が散って、あたりの炎が消え落ちる。

「さあ、この太刀で道芝《みちしば》の火を消して、焦熱《しょうねつ》地獄の山を越えてしまおう」

蘇生《そせい》の思いで、道節らもその声につづくと、またもや三人の助友の勢が、返せ、もどせ、と迫ってくる。その中を四犬士は別れ別れに血路《けつろ》をひらいて走ったが、小文吾だけがおくれてしまった。

さて、一人残った犬田小文吾は、満山《まんざん》の炎で敵の重囲は脱したが、曳手《ひくて》、単《ひと》節《よ》を乗せた馬が木陰につないであるので、これが心配、やっとそこまでたどりついてみると、火はまだうつっていないが、敵の雑兵《ぞうひょう》二、三人がこれを見つけて、これはよい獲物だと手綱《たづな》をとろうと争っている。

曳手《ひくて》、単節《ひとよ》も逃れたいと思うのだが、なまじ落ちぬためと搦《から》みつけた麻索《あさなわ》が解けぬうえに、煙に狂った馬がはねるので、生きたここちもなく重なり伏している。はっとして頭をあげたその刹那《せつな》であった。小文吾が飛ぶように走ってきて、大喝一声《だいかついっせい》、左手《ゆんで》に立った一人を、ばらりずんと切り倒した。残る二人が驚いて、刀を抜いて前後から同時にかかって来るのを、ひらりと身を沈めてかわした。空をつく刃《やいば》と刃のねらいがそれて、思わず馬の絆《きずな》を切りはなしてしまった、自由になった馬は姉妹を乗せたまま、さっと脱《ぬ》けて蹄《ひずめ》の音も高く、東のほうに走り出した。

「しまった」

驚いて小文吾は見かえったが、たちまち二人をその場に切り倒し、見かえりもしないで放れた馬の跡を追った。

この時、この荒芽山《あらめやま》の麓《ふもと》に、近辺の野武士《のぶし》が六、七人、落人《おちうど》を剝《は》ぎとろうと待ちかまえていた。そこへ、放れ馬が二人の女子を乗せたまま走ってきたので、馬を食いとめようとした。ところが、馬はすさまじい勢いで驀進《ばくしん》してきて、野武士たちを蹴《け》ちらしてしまった。それでも中の一人が鳥銃《てっぽう》をとりあげ、馬をねらって火ぶたをきった。馬は肛《こう》門から背柱にかけて打ち抜かれ、二人の主を乗せたまま、四足を折って倒れ伏してしまった。

「それ、あの女子《おなご》らを逃がすな」

駆けよろうとすると、ふしぎや、二つの鬼火《おにび》がどこからともなくひらめいて来て、伏したままの馬の頭のあたりに落ちてとまったかと思うと、馬は急にむっくりと起きあがってまた走りだし、たちまち姿を没してしまった。そこに小文吾が追っかけてきて、たちどころにその野武士を切ってしまった。

第五十二回　高屋畷《たかやなわて》に悌順野猪《やすよりいのしし》を搏《てうち》にす　朝谷《あさや》村《むら》に船虫古《ふなむしこ》管《かん》を贈る

野武《のぶ》士《し》を切りすてると、また小《こ》文吾《ぶんご》はひたすら馬の跡を追って走ったが、その日もやがて、はかなく暮れてしまった。小文吾はもう心身ともに綿《わた》のように疲れ、道ばたの切り株に腰をおろして、しばらく休みながら考えた。

あの荒芽《あらめ》山《やま》で離ればなれになってから、犬山《いぬやま》、犬塚《いぬづか》らの人々はかねての約束どおり、山を越えて西の方、信州路《しなのじ》に走ったに違いない。自分だけは馬を追うて東に十里（約四十キロ）も走ったように思うが、いったい、これからどうしたらよいものか。だが、野武士の鳥銃《てっぽう》に撃たれた馬が、怪しい光が落ちてからたちまち起き上がって矢のように走り去ったのは、神仏が助けてくださったのであろう。とにかく一夜の宿を求めてからにしよう。

小文吾はこう決心すると、またもや歩き出した。こうして道々、旅人や里人に馬の行くえをたずねながら、すでに三日、四日と過ごしてしまった。そして、いつとはなしに、武蔵の浅草寺《あさくさでら》に近い、高屋《たかや》、阿佐谷《あさや》両村の間をたどっていた。もう秋のこととて日は短く、七つ下《さが》り（午後四時すぎ）になった。

思いおこせば、先月二十四日の明け方、犬塚らを送るといって市川《いちかわ》からこぎ出した時は一両日の旅だと思ったのに、意外にも犬川《いぬかわ》の難儀《なんぎ》から悪いことばかりつづいて、とうとう今日まで帰れなかったのだ。はからずも、ここまで来たのだから、明朝早く行徳《ぎょうとく》へ帰って事情を告げようか。いや、いや、それも気がかりだ。

こんなふうに思い悩みながら小文吾は、鳥越山《とりごえやま》のこなたの一筋道の畷《なわて》に出た。入相《いりあい》の鐘が響いてきて、日は杜《もり》のかなたから暮れてきた。もう人里は近い。早く宿をとろうと、足をはやめていった。と突然、行く手の稲むらの陰からとび出してきたものがある。ものすごく大きい手負《てお》いらしい、猪《いのしし》だ。

ハッとした小文吾、一瞬、体をかわして、猪の脇腹を蹴った。ますますたけり狂った猪はまた、突っかかってくる。刀を抜く暇もない。そこで、左手《ゆんで》で猪の耳をつかみ、右手のこぶしをかためて、眉間《みけん》のあたりを続けざまになぐったので、さしもの手負《ておい》猪も脳骨はくだけ、目の玉はとび出し、血へどを吐いて死んでしまった。

塵《ちり》を払って、小文吾はまたもや宿を求めようと足をはやめた。すると、猪を退治したところから一町ばかりのところに道の真ん中で、のけぞって倒れている男があった。よく見ると、年齢は四十歳くらいの男だ。腰には銅作りの二尺四、五寸（約七十五センチ）もある猟刀《やまがたな》をさし、大身の槍《やり》を握ったまま、どうやらもう息は絶えている様子。近村の猟師か、力自慢の百姓かどちらかであろう。

小文吾は胴巻《どうまき》から打ち身の薬を出して男の口にふくませてみると、男は、ああ、とうめいて目をみひらいた。そしてそのいきさつをきくと、男は驚いて、

「それではあなたは命の恩人でございましたか。私も先ほど猪に一槍《ひとやり》つけましたが、急所をはずれたか、たちまち槍を振り解かれ、牙《きば》にひっかけられたと思うたあとはなんにも覚えてはおりませぬ。で、仕とめられた猪はどこに」

「すぐそこだ。来られい」

そう答えて、小文吾は薬と持参の沙金《しゃきん》を胴巻におさめて腹にまきつけ、二人はそれから猪の斃《たお》れている現場にいった。

男の話では、この猪は畑に非常な損害をかけており、三貫文《さんかんもん》の賞金が村長《むらおさ》から出ていたとのこと、そこで鷗尻《かもめじり》の並四郎《なみしろう》というこの男が、猪退治を買って出たということである。

「それはとにかく、御恩を受けた方、今宵《こよい》のお宿をさせていただきましょう。ご存じかもしれませんが、広沢、浅草からこちらの村々は石浜《いしはま》の千葉殿の領分、敵の間者《かんじゃ》の用心で、他郷《たごう》の人を泊めるのはむつかしいことになっています。わ

しから村長《むらおさ》に話をしておきますから、まあかまわぬでしょう。で、あなたはどこから来て、どこに参られるのでしょう。それにお名は」

並四郎にこうきかれて、

「おれは下総《しもうさ》の者で、犬田小文吾という者、上野《こうずけ》からの帰り。それでは一晩ごやっかいにならせてもらいたい」

小文吾も助かったというところだった。

「それは、おやすいこと。わしは、この獲物を村長のところまで引きずっていき、このことも、あなたのことも告げてあとから参ります。この畷《なわて》をつき抜けて、鳥越山《とりごえやま》の根かたから東北に三、四町（一町は約百十メートル）いくと阿佐谷《あさや》に出ます。その村はずれの東に大きな榎《えのき》があって、そのかたわらにある小さい家が私の家、船虫《ふなむし》という女房が留守をしています」

小文吾は一足先に阿佐谷に向かった。思ったよりも道は近く、村はずれの榎《えのき》のそばに一軒家があった。

折戸《おりど》をたたくと、中から返事をしながら脂燭《しそく》をとって出てきて戸を開いた。

並四郎の女房船虫《ふなむし》だった。

小文吾はまず名を告げ、並四郎に宿をゆるされた事情を語った。

「それは思いがけない御恩でございます。さあ、どうぞお上がりくださいませ」

船虫は小文吾を上座にすわらせた。それから小文吾に行水《ぎょうずい》をさせたり、夕飯をすすめたりして、かいがいしいもてなしぶり、そのうえ酒を出し、給仕をしてくれた。

家の中を見まわすと、この一間《ひとま》は外《ほか》に物はなく、畳を六枚ばかり敷いてあり、上手《かみて》に唐紙《からかみ》張りの袋戸《ふくろど》の小棚がある。割合いととのっているのに、客間の壁が三尺（約九十センチ）ほど落ちて骨もなくなっているのを、向こう側から戸をかけてふさいでいるのはどうしたわけだろう。次の間は台所、夫婦はここで寝るらしい。

女房の船虫は三十六、七にはなっていよう。ものの言い方から起居《たちい》振舞《ふるま》いまですべて男めいているが、そうかといって容貌は醜いわけでもない。ときどき簪《かんざし》を抜いて額髪《ひたいがみ》をかく癖《くせ》がある。

どうも、ここの主人の様子は百姓にも商人にもみえない。なんで生活しているのだろう。それにしても、主人の留守に人妻と向かい合っているのも気づまりで、困った宿をとったわいと、小文吾は閉口しながら杯《さかずき》も一杯だけは受けた。そのうち夜もふけてきたので、船虫は蚊帳《かや》を出してきた。そして、並四郎はあの猪の褒美《ほうび》で酒をのみあかしているだろうから、はやくやすめと床をのべて台所に退いた。

小文吾は横になったものの、あれこれ思いつづけて寝つかれない。そのうちまどろんだらしく、ふと胸さわぎして目ざめるといつしか行燈《あんどん》の灯が消えて、どうやら客間の壁のくずれにあててあった戸がなく、その辺に人がいるらしい気配がする。

さては盗賊かと小文吾は枕もとの脇差《わきざし》をとって、そっと蚊帳を出た。そのあとに旅包みを入れて人が臥《ふ》しているようにして、静かに這《は》って壁に身を寄せた。

盗賊は壁のくずれから何度もはいりかけてはためらっている様子だったが、急にすっくと立ち上がるや否や、抜いた刃がきらりと光って、蚊帳の釣緒《つりお》を切り落とし、夜着《よぎ》の上に乗りかかって、ぐざと旅包みを刺した。その刃《やいば》の光をめあてに小文吾はすかさずおどりかかって、抜く手もみせず盗賊を切った。と、そのはずみに首が落ちた。

「御家内《ごかない》、お起きくだされ。盗賊を討ちとめましたぞ。はやくあかりを」

小文吾が呼びたてる声に、船虫はやっと行燈《あんどん》をさげて出て来た。その火にうち落とした首をみると、驚いたことに主《あるじ》の並四郎だった。あまりのことに呆然《ぼうぜん》として小文吾は手をこまぬいて見守るばかりだったが、船虫もただ、さめざめ泣くのみだ。やがて船虫は気をとり直したのか、

「もし、お客人、犬田様とか。わたしの夫ながら欲に迷うて命の親の寝首をかこうとしたのは天罰というもの、少しも恨《うら》めしいとは思いませぬ……」

そして、その問わず語りによると、船虫の家は昔は村長《むらおさ》だったが三代前から水飲み百姓になったもので、並四郎は婿《むこ》であるが放蕩《ほうとう》やら酒や賭博《とばく》で悪いことばかり、そのためいやでたまらないが、ずるずる今日まで送ってきた。今夜も夜半に帰ってから、あなた様が沙金《しゃきん》をお持ちだとは言っていたが、まさかこん

小文吾

小文吾

なことをしようとは思わなかった……とくりかえしては、心細げに泣き沈んだ。

　小文吾も嘆息をもらすのほかはなかったが、

「お聞きすれば、そなたも不仕合わせな人、その嘆きはもっともながら、もう悔《く》やんだとてしかたもないことじゃ。村長《むらおさ》に知らせて、領主に訴えて掟《おきて》どおりになさるがよい」

「それはもとよりのことながら、わたしには一つの願いがございます。家の先祖は鎌倉の北条家《ほうじょうけ》の時には名のある武士でありましたとか、並四郎のために先祖の名まで汚されるのは口惜《くちお》しいこと、あなた様のお心におさめて今夜のことは人に知らせず、明朝早くお立ちなさったら、外に洩《も》れることもありませぬ。わたしは夜の明けぬうちに、菩提所《ぼだいしょ》にはよくつくろうて、村じゅうへは頓死《とんし》と告げて棺《ひつぎ》を出しましょう。願いのようになれば、わたしは髪を切り、仏に仕え親、夫の菩提を弔《とむら》うつもり、聞きわけてお許しくださりませ」

「先祖のために夫の悪事を隠そうとされるのは、まことに見上げた御心中、思わず涙が出ましたわい。ご覧なされ。並四郎の亡骸《なきがら》はまだ旅包みを刺したままじゃ。妻のそなたが証人であるからには、願いをきかぬわけにもいきますまい。寺さえ承知してくれたら、後はよいようにしてください」

するると、船虫はうれしそうに小文吾を伏《ふ》しおがんで、

「こんな御恩になりながら夜も明けぬうちに出ていらっしゃれば、いつの日にこの報《むく》いができましょう。家に先祖から相伝《そうでん》の尺八《しゃくはち》がございます。並四郎が売ると言うのをとめて隠してありますが、せめてあれをさしあげましょう」

と言いながら、立って古金襴《こきんらん》の袋にはいった笛を出してきた。紐《ひも》を解いて開くと、よほどの古物らしい、一尺八分（約三十三センチ）ばかりのもので黒塗りに樺巻《かばまき》がしてあって、

吹きおろすかたは高ねのあらしのみ
　音づれやすき秋の山里

という歌が高蒔絵《たかまきえ》にしてある。しばらく見ていた小文吾、

「わしも尺八は好きだが、それは虚無僧《こむそう》尺八の方で長さは一尺八寸（約五十五センチ）、この笛は一尺八分ぐらいだから、きっと古代の一節切《ひとよぎり》で、四、五百

年も昔の物であろう。こんな宝をどうして受けられましょうぞ」

こう言って断わったが、船虫がどうしてもきかないので、ぜひなく再会の日まで預かることにした。船虫は大いに喜んで、

「それでは、寺にいって参りましょう」

と、それから死骸を壁ぎわによせて蒲団《ふとん》をかけ、小文吾は笛を風呂敷にしまいこんだ。船虫は窓を細めにあけて空をながめ、

「まだ明けるまで少しの間がございます。菩提所までは十町たらず、おそくとも夜明烏《よあけがらす》が鳴くころには帰って参ります」

と菩提所に走っていった。

巻の二

第五十三回　畑上謬《はたがみあやまっ》て犬田《いぬた》を捕う　馬加窃《まくわりひそか》に船虫《ふなむし》を奪う

並四郎《なみしろう》を救おうと薬をさがしたとき、銅巻《どうまき》から出た沙金《しゃきん》を笠《かさ》の中にいれておいたのだが、蘇生《そせい》したとき見たのであろう。さればこそ、うわべは恩返しのように自分の家にさそっておいて、殺して金を奪おうとしたのだ。こう考え合わすと、きゃつはひそかに旅人を殺して路用《ろよう》（旅費）を奪いとる常習の強盗で、今宵《こよい》はじめて悪心が起こったわけではない。そうでなければ、あの壁だけ三尺ばかり落ちているのを修繕《しゅうぜん》もせず、戸でふさいでおくはずはない。あのとき目ざめなかったら、あの悪人の手にかかって死んでいたかもしれないぞ。

こんなふうに思案をめぐらしながら、小文吾《こぶんご》は船虫のことに思い当たった。

あの女房も悪人と知りつつ身をまかしていたのは、やはり、おれをごまかしているのかもしれぬ。かりに悪心がなくとも、出所正しい証拠もない尺八をどうして渡そうとするのだろう。そうだ、女房の帰らぬうちになんとかしておかなくては……。

小文吾はこう思うと、また旅包みを開いて例の笛を袋のまま取り出して、袋戸の小棚《こだな》の中にしまっておいた。それから縁側の蚊遣火鉢《かやりひばち》に太い木の枝が一尺あまり燃え残っていたのを、灰を払って風呂敷に手ばやく巻いて、もとのように包んだ。しばらくして、外で近づいてくる人の足音がした。

「犬田《いぬた》様、ただ今帰りました。さぞ、お待ちになったことでしょう。菩提所の方は首尾《しゅび》よう話をして来ました」

戸をあけてはいってくるなり船虫《ふなむし》はこう告げた。小文吾もうなずいて、

「それはよかった。あるじの横死《おうし》は自業自得《じごうじとく》だが、痛ましいのはそなたの不幸、皆、前世《ぜんせ》の応報《おうほう》であろう。なき人のため仏事追善《ぶつじついぜん》がたいせつじゃ。これは香奠《こうでん》と思ってくだされい」

とふところから粒銀《りゅうぎん》を取り出して紙にひねって亡骸《なきがら》のそばに置いて、手ばやく身じたくをととのえ、旅包みを肩に立ち出た。

小文吾は牛島《うしじま》の方へ渡ろうと河原《かわら》の方に足を急がせた。三町（約三百三十メートル）も行ったかと思ったころ、いつの間に忍びよっていたのか捕手《とりて》の組子《くみこ》

が後ろから、

「捕《と》った」

と声をかけるがはやいか、手を捕り足を抱きすくめ、とうとう縄をかけてしまった。

そして、捕手の頭《かしら》らしい、野装束《のしょうぞく》（武士の旅装）に十手を携《たずさ》えた一人が進み出て、

「この曲者《くせもの》、おまえは昔、当家にて紛失した古代の名笛《めいてき》、あらし山《やま》という尺八を隠し持っている旨《むね》の密訴《みっそ》をした者がある。そればかりではない。おまえは昨夕、阿佐谷《あさや》の里人《さとびと》並四郎方に宿をかり、その笛をひそかに取り出して見せたゆえ並四郎が怪しんで、この尺八は千葉殿が十六、七年も前からお尋ねの笛に似ていると言うたのに驚き、ひどく酔うた体《てい》に見せかけ、ついには喧嘩にことよせて並四郎の首を一刀のもとに撃ち落としたのであろう。女房の船虫が村長《むらおさ》のもとに告げ知らしたのじゃ。不肖《ふしょう》ながら千葉家の眼代《がんだい》（代官）、畑上語路五郎《はたがみごろごろう》高成《たかなり》がこうして捕縛したうえは首はねられる時節とあきらめて、当時のありさ

ま、ありていに白状せよ。さあ、はやく申せ」

と言葉せわしく責め立てた。小文吾は少しも騒ぐ色もなく、

「これは意外、それがしは下総《しもうさ》の行徳《ぎょうとく》の民の子、犬田小文吾悌順《やすより》という者、このたび上野《こうずけ》におもむいた帰り、道連れを見失い、それをたずねてこの地に来ただけのこと」

と、すべて残りなく供述した。その時、木陰から船虫が出てきて語路五郎《ごろごろう》の前にひざまずいて、涙ぐみながら、

「殿《との》たち、あの盗人《ぬすっと》の口にだまされないでくださいませ。論より証拠、その旅包みをあけて笛をご覧になれば、おわかりになることでございましょう」

声までふるわし、ぬけぬけと怨《えん》じた。語路五郎はうなずいて、

「それはおまえに言われるまでもないことじゃ。これ、者ども、その曲者の贓物《ぞうぶつ》をこれへ持て」

出てきたのは燃えさしの枝と、雨衣《あまぎぬ》のほかにはなんにもなかった。

これはまたどうしたことと驚きあきれたのは、語路五郎よりも船虫だ。

小文吾は左右をキッと見かえった。

「おのおの方、ご覧になられたか。まだ疑いがとけぬなら、家《や》さがしして見られよ。笛は戸棚の中にありましょう。また並四郎が刺しとおした太刀《たち》跡《あと》は蒲団《ふとん》をみても、畳をみても明らかで紛《まぎ》れもありませぬ」

そこで語路五郎は組子《くみこ》に命じて並四郎の家を家《や》さがしさせてみると、はたしてその口状《こうじょう》のとおりだった。すると、船虫はみるみる悪鬼《あっき》のような形相《ぎょうそう》になって、帯の間に隠した用意の魚切包丁《うおきりぼうちょう》を逆手《さかて》に取ってひらめかし、「夫の仇《かたき》」とばかり、突きかかってきた。

小文吾は縛られたまま、その刃《やいば》を身のこなしよく外《はず》しておいて、パッと蹴《け》りつけた。相撲《すもう》に熟練した力士の当身《あてみ》に、船虫はどっと倒れた。それを小文吾は片足でしっかり踏みすえた。そこを組子たちは集まって幾重《いくえ》にも縄をかけた。

語路五郎は小文吾の縄を手ずから解き、粗忽《そこつ》をわびてから、船虫を見すえて、

「これ、盗人女《ぬすびと》、これでもまだ申すことがあるか、身から出たさび、天罰と思いあきらめ、嵐山《あらしやま》の尺八を並四郎が盗んだ次第、同類まで白状せよ」

船虫はうなだれていた頭をもたげて、毒々しくあざ笑った。

「ふん、ぎょうぎょうしい。同類の名が聞きたければ、ぶちまけるのはたやすいが、困る人があろうと思うて言わないのがかえって情《なさ》け、わけがわからねば、御家老様に聞いてごらんなさい」

語路五郎は目を見はり、声を怒りに震わせ、

「おのれ、無礼な嘲弄《ちょうろう》、大胆不敵なやつじゃ。それ、はやく責めよ」

といきまいた。すると村長が走ってきて、

「守《かみ》（千葉介自胤《ちばのすけよりたね》）には小鳥とりのために今朝、館《やかた》をお出ましになって、このあたりをお歩きでございますゆえ、もう間近《まぢか》においでてござりまするぞ」

と告げた。うなずいた語路五郎は、さっそく部下に命じて船虫を阿佐谷の村長のもとに連行させ、小文吾をさして、

「この仁《じん》をわしの宿所に案内して、酒食を出してもてなしせい」

と言いつけて追い立て、主君自胤《よりたね》がやって来るのを待った。

千葉介自胤は鳥網《とりあみ》、吹矢[59]、もち竿《ざお》などを近臣らにもたせ、四、五十人の従者

を前後に従えてやって来た。語路五郎は恐る恐る膝《ひざ》を進めて、はからずも手にはいった嵐山の笛のことを詳しく言上しながら、例の笛をふところからとり出してたてまつった。

自胤《よりたね》は手ずから笛を袋から出して見て、うちいただいた。

「予《よ》が若年のころ、あやまって小篠《おざさ》、落葉《おちば》の両刀とこの笛を失ったが、またこの笛を見る喜び、これにまさるものはない。その船虫とか申す賊婦《ぞくふ》をきびしく尋問すれば、同じ消えうせた両刀がまた出て来ようかもしれぬ。と申しても小篠、落葉は先君相伝《そうでん》のものでなく、ただ一時の秘蔵に過ぎぬが、笛は当家の重宝《じゅうほう》じゃ。それにつけて、その犬田小文吾とかいう者は得がたい知勇の武士らしい。浪人ならば、ともかくも説きすすめて当家の股肱《ここう》（最も頼みとする部下）とすることになれば、その方《ほう》たちの忠節となるであろう。これらを馬加大記《まくわりだいき》に告げて、大記より報告させい。予が帰城のころまで犬田をよくもてなして、連れて参るがよいぞ。よいか、しかと申しつけたぞ」

自胤はていねいに念を押すと、床机《しょうぎ》から立ち上がった。

主君の行列を見送ると、語路五郎は配下を石浜《いしはま》の城にかえして、家老馬加大記《まくわりだいき》常武《つねたけ》に事の次第を報告させ、その使いが帰って来るまで、みずから杯《さかずき》をあげて小文吾をもてなした。未《ひつじ》の刻（午後二時）を過ぎたころ、使いが帰ってきての返事によると、旅人犬田小文吾は語路五郎が伴って城中に連れて帰れ、また賊婦船虫は村長にあずけて、明日獄舎につないだほうがよいとのこと、語路五郎はうなずいて、そのとおりにした。

さて村長が百姓らと、船虫を縛ったまま張り番をしていると、夜になって、畑上《はたがみ》殿からの使いといって「今宵《こよい》船虫をつれて参れ」と下知状《くだしぶみ》が来た。そこで村長らは船虫を引き立てて石浜に向かった。すると城近くまで来たとき、突然行く手の森陰から銃声がして、覆面の曲者《くせもの》が四、五人切りかかって来た。村長らは仰天して逃げだしたが、それでも船虫のことがあるので戻ってみると、もう人影もなく、切りすてられた捕縄《とりなわ》だけがあった。

一方、畑上語路五郎《はたがみごろごろう》は犬田小文吾をつれて、その日の申《さる》の刻（午後四時）ごろ石浜に帰ってきて、老臣馬加大記常武《まくわりだいきつねたけ》の屋敷にゆき、犬田小文吾をつれて帰城したことを告げると、常武は老僕を呼んで、その犬田を客座敷で休息させよ、語路五郎には今出て会うと言え、と命じた。

こうして語路五郎は待つうち、もう秋の日は暮れて、やがて常武に呼び入れられると、改めて事の次第を報告した。ところが常武はきいて冷笑して、

「その並四郎とかいう奴が小文吾を殺そうとしたことは明らかではあるが、笛が失《う》せたのは必ずしも並四郎をその賊とはきめられまい。盗んだ物と知らず買うこともある。そのことはともかく、この由《よし》をまずわしに告げず、その笛もわしに見せず、したり顔に計らったのは老職を侮《あなど》るというものじゃ。すべて、貴公の出過ぎは今日にかぎらぬが、今度のことは許せぬぞ。これはまた後日にいたす、して、その船虫《ふなむし》はどうしたのじゃ」

「されば、それがし、さきに配下をもって御下知《おんげち》を伺《うかが》わしましたところ、犬田は早く連れて参れ。船虫は村長に預けておくがよい。と承《うけたま》わりましたゆえ、かしこに残してございます」

すると、常武は再び声をはげました。

「それは、とんでもないまちがいじゃ。わしが言ったのは、そうではない。船虫を引き立てて参れ。犬田は長途《ちょうと》の疲れもあろうから、今宵は村長《むらおさ》のもとにとめておくほうがよかろうと答えておいたのじゃ。貴公みずからおもむいて、早急に船虫を引いて帰り、今宵獄舎につながねば、怠慢の罪は免《まぬか》れ難いぞ。これはまたなんという、うつけな……」

語路五郎はただその権威におそれ一言半句も弁解できず、夜がふけるまでさんざん油をしぼられてようやく家に帰り、急に配下を呼び集めて石浜の城戸《きど》を出たが、その時、総泉寺《そうせじ》の鐘がはや四つを報じていた。

第五十四回　常武疑《つねたけうたが》って一犬士《いっけんし》を囚《とら》う　品七漫《しなしちそぞろ》に奸臣《かんしん》を話説《わせつ》す

畑上語路五郎《はたがみごろごろう》は松明《たいまつ》に道を照らさせ、組子《くみこ》をせきたてて阿佐谷《あさや》村に向かったが、六、七町（一町は約百十メートル）もゆかぬうち、前方に大勢の者が何事かがやがや相談しているらしい。怪《あや》しみながら近づいてみると、阿佐谷の村長《むらおさ》が百姓どもと集まっていたのだ。

「おまえたちは船虫《ふなむし》の番をしているはずだのに、どうしてここに集まっている」

語路五郎がいぶかしげにきくと、村長らはあわてて、

「御眼代様《ごがんだい》、待ってくだされ。察するところ、同類の悪者どものしわざでございましょう。船虫をつれて来いとの御下知状《おんげちじょう》をいただきましたので、ことさら夜道の用心をしてここまで来ましたところ、あの森陰から大勢の曲者《くせもの》が現われ、鳥銃《てっぽう》や刀をうちかけ、うちふり参りました。そこで近くの村人を加勢にして再びここに来てみれば、もう誰もおらず、船虫を奪い去られ、申し訳が立ちませぬ。どうしたものかと相談をしておりましたところでござります」

語路五郎は、しばらく啞然《あぜん》としていたが、

「わしはけっして船虫を連れてこいという下知状《げちじょう》をやったことはない。その状があるなら早く出して見せい」

村長はあわただしくふところをさぐってみたが、鼻紙一枚もない。語路五郎

はますますいらだち、

「こりゃ、逃げようとしても逃がさぬぞ。おまえたち、船虫を落として、さまざまのそら言《ごと》を申すのであろう。それっ、一人も残らず召《め》し捕《と》れ」

激しい下知《げち》に、組子らは村長をはじめ十人の者を数珠《じゅず》つなぎにして、牢獄にぶちこんだ。

翌日、語路五郎はこの始末を恐る恐る馬加《まくわり》に報告すると、言い終わらぬうちに常武《つねたけ》は怒りの目をむいて、

「だからこそ、言わないことではない。船虫をとり逃がした村長らの罪は軽くはないが、事をゆるがせにしたその方《ほう》の罪はいよいよ深い」

とばかり、語路五郎にも縄をかけてしまった。

語路五郎はこの後、陽光《ひのめ》を見られずついに獄死したが、村長ら百姓たちは親族妻子らが毎日、石浜《いしはま》の城に来て悲しみ訴え、田や林を売って馬加《まくわり》主従に賄賂《まいない》を贈ったので、一カ月余りで出獄したというが、これは後の話。

これより先、千葉介自胤《ちばのすけよりたね》は嵐山《あらしやま》の尺八が手にはいると、あの犬田《いぬた》という勇士

と早く対面したいものと思っていたが、翌日になって家老の常武から船虫の逃亡をきくと、

「賊婦《ぞくふ》の逃亡によって小篠《おざさ》、落葉《おちば》の両刀を捜す手だてを失ったのは惜《お》しいことじゃが、古《いにしえ》の賢君《けんくん》（賢明な君主）は古器名物よりも良臣賢者を宝とした。予《よ》が欲しいのは笛や太刀よりも、その犬田小文吾《いぬたこぶんご》である。その方《ほう》はどう思うか」

と漏《も》らした。が、常武は言を左右にして、

「さりながら、たとい小文吾《こぶんご》に知勇《ちゆう》あって、言行ともに正しくとも、もし敵国の間者《かんじゃ》ならば恐るべき奴《やつ》でございまするぞ。下総《しもうさ》の行徳《ぎょうとく》あたりといえば孝胤《たかたね》殿の腹心《ふくしん》か、あるいは里見《さとみ》、許我《こが》殿の間者かもしれませぬ。いったい、知勇にすぐれた者が、この戦国に主取《しゅうど》りもせず諸国を流浪《るろう》するはずはござりませぬ。それがしの所存《しょぞん》では、小文吾を捕え、責め懲《こ》らし、いよいよ敵の間者ならば首を河原にはりつけ、後をいましめ、当家の武威《ぶい》を示すべきかと心得ます」

「敵の間者か間者でないかは測《はか》り難《がた》いが、とにかく功ある者を賞《しょう》せずに罰するのはよろしいことではない」

「それでは小文吾はお預かりして、衣食に心を尽《つ》くして、真偽をさぐりましょう」

常武は不承不承《ふしょうぶしょう》、生返事《なまへんじ》して退出した。

さて、小文吾はその日から馬加の離れ座敷にとめられ、不安の一日、二日を送ったが、やっと三日目になって老僕の柚角九念次《ゆづのくねんじ》の取次ぎで常武に対面した。

そこで、

「それがしはふしぎのことによって、当所に抑留されましたが、一日千秋《いちにちせんしゅう》の思いをしております。笛の賊が現われ出たうえは、別に用もありますまい。はやく放免されることばかり願っております」

と言うと、常武はうなずき、

「ごもっとものことじゃ。それがしも心苦しく思うているが、自胤《よりたね》が貴殿を疑っていられるので早急には決しがたいのじゃ」

小文吾は驚いたが、口だけは親切めかしているが君命《くんめい》にかこつけて抑留する気だと、常武の心中がわかってきたので、もうあきらめて態《てい》のいい牢獄にひきさがった。

　これから後は、男の子が三度食事を運んで来、月に、二、三日、召使が草刈や落葉を掃《は》きにくるだけで、これでは話し相手にもならない。小文吾はただいらだつばかりで、四友のこと、預かった二人の女、さては、老人や甥《おい》のことなどに心を走らさぬ日とてはなかった。

　毎日をこんなふうに思い暮らしているうちにも、その年は暮れて、明くれば文明《ぶんめい》十一年（一四七九年）、春も三月《やよい》の候になった。掃除の召使も、このごろはよく来て、一日じゅう草を刈っている。そのうちに品七《しなしち》という老爺《おやじ》だけは、よく小文吾を慰めてくれた。朴訥《ぼくとつ》だが実直《じっちょく》そうで小文吾も気がおけず、時には茶をのませたりして、しだいに親しくなってきた。

　ある日、彼は一人でやって来た。昼食の後、縁に腰をかけて憩《いこ》いをとっているのを、小文吾がねぎらいながら出てゆくと、

「とじこめられなすって、もう一年近くになりましたが、ほんにお気の毒なことじゃ。やっぱり、知者でも勇士でも時の運がなけりゃ埋もれてしまう人もあ

りますわい」

と、品七はこれもその一例として、犬塚番作《いぬづかばんさく》父子の名を口にした。小文吾は一瞬、胸の騒ぐのをおさえて、

「じつはおれも犬塚親子の名だけはかねて聞いている。おまえは知り合いだったのかい」

「いや、知り合いではないが、大塚の里人《さとびと》の糠助《ぬかすけ》という者がその先代からの縁者でな、その男が生きているころ、よう往来《いきき》して、その男の噂話で知っているだけですわい。大きい声では言えんが、ここの馬加《まくわり》様は恐ろしい人で、守さままでがはばからっしゃるというが、前世の約束でしょうかのう」

小文吾は膝《ひざ》をすすめて、

「そのわけを聞きたいな。世間にはばかることでも、おれはよその者、洩《も》れることはない。一つ聞かしてもらいたい」

品七は頭をかいて、四方《しほう》を見かえった。

「おまえ様は口数の少ない、考え深い人じゃと思うで言うがのう。よそで洩ら

しなさるなよ。ご存じじゃろうが、享徳《きょうとく》四年（一四五五年）の秋のころじゃ」

下総《しもうさ》の千葉家は二つに分かれて絶えず争っていた。そのおこりをたずねるとこうだ。

千葉介胤直《ちばのすけたねなお》はそのころ、一族の原越後介胤房《はらえちごのすけたねふさ》が滸我《こが》の御所成氏《ごしょなりうじ》に従うことをすすめ、円城寺下野守尚任《えんじょうじしもつけのかみひさとう》は鎌倉の管領に従うことを主張したとき、円城寺の議論を用いて管領方についたので、胤房は成氏《なりうじ》に加勢をたのんで、千葉の馬加《まくわり》入道光輝《にゅうどうみつてる》とともに軍兵数千をもって攻め、大将胤直に詰腹《つめばら》を切らした。

これによって成氏は、馬加入道光輝の嫡男孝胤《ちゃくなんたかたね》を千葉介に任じて千葉に在城させ、また管領家の方では、胤房の弟中務入道了心《なかつかさのにゅうどうりょうしん》の長男実胤《さねたね》と二郎自胤《よりたね》を取り立てて、武蔵の石浜、赤塚の両城に置いたので、千葉家はいよいよ二流に分かれて互いに敵視しあうようになった。馬加記内常武《まくわりきないつねたけ》は、初めは孝胤につかえていたが、出奔《しゅっぽん》して石浜の実胤にとり入り、名を大記《だいき》と改めて時めいていた。

ところが、実胤《さねたね》は多病のため、家督《かとく》を弟の自胤《よりたね》にゆずろうとした。そうなると、赤塚には粟飯原《あいばら》胤度《たねのり》、籠山逸東太《こみやまいつとうだ》縁連《よりつら》という自胤の老臣がいるので、この二人が第一の権臣《けんしん》（権力をもった家来）となるだろう。常武《つねたけ》はそれが不満である。そこで、常武は今度は赤塚の自胤にも接近をはかり、実胤の命《めい》であると偽って粟飯原《あいばら》をたずね、滸我《こが》殿と両管領家とが和睦《わぼく》するといううわさがあるから当家としては今のうち滸我殿にもとりなしておいた方がよい。それも石浜《いしはま》からでは管領家にまずいから、赤塚からの方が筋がとおる。ついてはその進物《しんもつ》にと始祖伝来の一節切《ひとよぎり》を持参した。ことは秘密を要するので貴殿に伝えよとのことであった、と言って、実胤の宝庫から盗み出した嵐山という一節切《ひとよぎり》を渡した。

胤度《たねのり》はこれを信じて、常武の伝えた密意を主君に告げると、自胤も大いに喜び、さらに秘蔵の小篠《こざさ》、落葉の大小を進物に加えて、胤度を滸我につかわすことになった。

巻の三

第五十五回

馬大記《まだいき》賺言《たんげん》して道に籠山《こみやま》を窮《きゅう》せしむ
粟飯原《あいばら》滅族《めつぞく》せられて里に犬阪《いぬざか》を遺《のこ》す

品七《しなしち》の話は、これからますます佳境《かきょう》に入る。

さて翌朝、馬加大記《まくわりだいき》常武《つねたけ》は、胤度《たねのり》の一行が出発したことをたしかめてから、知らぬ顔で赤塚《あかつか》の城に伺候《しこう》した。すると自胤《よりたね》は、

「昨日伝えられた御内意《ごないい》のとおり、嵐山《あらしやま》の笛に二刀を添え、今朝早々胤度を許《こ》我《が》に遣わしたぞ」

と言った。すると常武は意外な面持ちで、

「それはどうも合点《がてん》がまいりませぬ。それがしはそんな御内意を伝えたおぼえはございませぬ。いつか胤度《たねのり》から、当家の重宝嵐山の一節切《ひとよぎり》は貞胤朝臣《さだたねあそん》より六《ろく》世相伝《せそうでん》の秘法だが、赤塚の殿にはまだご覧になったことがないゆえ、拝借して

主君のお目にもかけたいとの頼みにより、重宝ながらほかならぬ御舎弟《ごしゃてい》の御所《ごしょ》望《もう》と存じ、昨日胤度のもとまで持参いたしたるもの。それを他家に渡されてはそれがしの落度《おちど》ともなり、罪をこうむりましょうものを……愚かにも胤度に欺《あざむ》かれて無念《むねん》至極《しごく》。このごろの世の風聞《ふうぶん》では、胤度は主君御兄弟に逆心《ぎゃくしん》を抱き、ひそかに成氏《なりうじ》に内応しているとか。さてはまことでありましたか」

みるみる自胤《よりたね》の顔色が変わった。

「一刻も猶予《ゆうよ》はならぬ。誰か、逸東太《いっとうだ》を呼んで参れ」

激しい仰せに、常武はうまくいったぞとばかりに退下した。入れ代わって当城第二の老職籠山逸東太《こみやまいっとうだ》縁連《よりつら》が走るようにしてやって来た。自胤は言葉せわしく事の次第を告げ、

「その方《ほう》、今より出《い》で立ち、胤度を追い留《とど》めよ。言いのこしたことがあるからすみやかに帰れ、と告げよ。もし命をきかずば搦《から》めて参れ。嵐山の笛と、二口《ふたくち》の名刀は必ずとり返して参るのじゃ。空手《からて》に帰ればその方を疑うぞ」

縁連《よりつら》はすぐさま退《しりぞ》いてくると、屏風《びょうぶ》の陰から常武が、そっと呼びとめ、

「貴殿が大事のお使いを承《うけたま》わられたとはおめでたい。胤度に追いつかれたならば、そのあとは考えておかねばならぬこともあるはず、胤度なき後には貴殿と肩を並べる者がどこにござろう。自胤殿が石浜にお移りになれば、それがしとても貴殿の下風に立つわけじゃ。必ずぬからぬよう」

そそのかされて縁連《よりつら》はその意を悟《さと》って、にっこり笑った。

同じ日の申《さる》の刻（午後四時）のころ、粟飯原胤度《あいばらたねのり》は、もう八、九里（約三十五キロ）も進んで、杉戸《すぎと》の里の手前の松並木を通っていた。と、後の方から時ならぬ馬蹄《ばてい》のひびきにふりかえると、思いがけなく縁連が、

「おおい、粟飯原《あいばら》殿、留まられよ」

と鞭《むち》を挙《あ》げて招きながら、馬をとばして来た。

「仰《おお》せの趣《おもむき》、余《よ》の儀でない。殿は一大事を仰せ残されたによって、連れて帰れとのことじゃ」

「何事かは存ぜぬが、それでは参ろう」

胤度《たねのり》はそのまま引き返した。道を急いでいるうち、日も暮れて来た。そのう

ち、おかしく思って胤度が、

「貴殿はまた、なぜこんなに多数の従者《ともびと》をつれて参られたのじゃ」

ときくと、縁連は急に声をはりあげ、

「その方《ほう》を誅罰《ちゅうばつ》するためじゃ」

と言うより早く、抜き打ちに胤度の肩先に切りつけた。とっさに胤度も刀を抜き合わせたが、ついに及ばず討たれてしまった。

しかし、さすがに胤度の従者どもも、主人の仇《かたき》をやらじと切りかけてくる。そのどさくさにまぎれて頰《ほお》かむりした男女の曲者《くせもの》が、落ちていた嵐山の尺八と小篠《おざさ》、落葉《おちば》の両刀を拾って逃げ出すのを見たが、縁連《よりつら》はとり戻すひまがない。やっと邪魔を片づけて曲者の行くえを求めようにも、日も暮れたうえに他領ではままにならず、早々にその場をひきあげてきた。そしてその夜は途中の古寺で夜を過ごしたが、胤度をだまし討ちにしたばかりか、笛と両刀を失ったのでは申し訳がないと考えたか、未明《みめい》に一人で姿をくらましてしまった。

夜が明けて帰ってきた従者からこれを聞き、自胤は驚きあきれてよい思案も

浮かばず、そっと馬加常武を招きよせて事情を告げ、

「いかがすればよいかのう」

苦しげに問われて、常武はことさら驚いたような面持《おもも》ちで、

「このうえもない一大事でござりますが、つまるところ、みな胤度より起こったこと、彼の妻子を誅戮《ちゅうりく》して言い開きなされたら殿にはそれがしがうまく計らいましょう。おまかせください」

と答えておいて、さっそく胤度の長男粟飯原夢之助《あいばらゆめのすけ》という今年十五歳の美少年に切腹させ、胤度の妻稲城《いなぎ》と五歳の女の子も同じ日に殺してしまった。

また、胤度の妾《めかけ》に調布《たつくり》という女があって、妊娠して三年にもなるのにいっこう分娩《ぶんべん》せず、医者も病症がわからず、血塊《けっかい》の病だろうとその治療をしていた。常武はこれも疑って、調布《たつくり》に堕胎《だたい》の薬を三日つづけて飲ませたが、その効《ききめ》がなかったので、やはり血塊に違いないと調布を追放した。十五、六年も昔の寛正《かんしょう》六年（一四六五年）の冬十一月のことであった。

調布《たつくり》は遠い縁者《えんじゃ》をたよって相模《さがみ》（今の神奈川県）の足柄郡《あしがらごおり》、犬阪《いぬざか》という山里

に落ちついたが、血塊ではなく、その年の暮れ、子を生んだ。三年後、すなわち応仁《おうにん》元年（一四六七年）の秋ごろ、このうわさを聞いた常武は驚いて老僕の柚角九念次《ゆづのくねんじ》を犬阪にやって、その真偽《しんぎ》をさぐらせた。ところが、生んだことは確実だが行くえは不明だった。

かくて石浜の実胤《さねたね》は念願どおり、所領を舎弟《しゃてい》の自胤《よりたね》に譲って退隠したが、間もなく他界した。そこで、鎌倉の両管領から自胤を千葉介《ちばのすけ》に任じ石浜《いしはま》の城に移らせた。

馬加大記《まくわりだいき》常武《つねたけ》はこうして、万事意のままに処理して権勢肩を並べる者なく、主《あるじ》の自胤まで一目《いちもく》おいているのは、嵐山の笛のことで実胤のとがめもなく、家督《かとく》まで継ぐことができたので常武を徳としているからであろう。笛と両刀にしても、どうやら常武がひそかに土地の悪者並四郎《なみしろう》に盗ませたに疑いないようだ。もしそうだとすると、せんだって船虫《ふねむし》を奪い去った曲者《くせもの》も馬加と一つ穴の狐どもであろう。

「だから、馬加殿の長年の悪だくみは今まで知っている者はありませなんだが、馬加殿の腹心の若党で秘密を知っている狙渡増松《さわたりましまつ》という者が、褒美《ほうび》が少ないのを恨んで秘密をもらしたんで次々とそれが伝わり、今は知らぬ者もござんせんが、馬加殿はそれをさとって毒害したものじゃやら、まもなく増松は寝たまま死んでしまいました。おまえ様もな、朝夕の食物には用心してその手に乗らんようになされや」

長い話に小文吾はわれを忘れて聞きとれていた。すると、いつの間にやってきたのか、男の子が夕食の膳《ぜん》をもって来ていた。

驚いて小文吾がふりかえると、品七《しなしち》もあわてふためいて出ていった。

この日の品七の話で、常武の秘密を知った小文吾は、いつも食後に急に腹が痛んだのに思いあたった。そのたびに彼は秘蔵の玉を出して腹にあてたり、口にふくんで苦しみをおさえてきたが、今にして思うとこの玉の徳によって無事だったのだろう。

そのうち、品七も姿を見せなくなったので聞いてみると、あの翌日血を吐いて急死したとのこと。さては品七も毒殺されたのだと、小文吾は心中いよいよ驚いた。執念深いやつは馬加大記、それに品七はわが兄弟犬飼現八《いぬかいげんぱち》の実父糠助《ぬかすけ》と遠縁《とおえん》だという。この心の悼《いた》みを誰に告げられよう。

小文吾はそれから後は必ず、玉をなめて馬加の毒計《どくけい》を払うことにした。

第五十六回

旦開野《あさけの》歌舞して暗《ひそか》に釵《かんざし》を遺《おと》す
小文吾《こぶんご》諷諫《ふうかん》して高く舟水《しゅうすい》を論ず

馬加大記常武《まくわりだいきつねたけ》が小文吾《こぶんご》を抑留《よくりゅう》しているのは、小文吾の知勇《ちゆう》が侮《あなど》り難《がた》く、当家に仕えたならば必ず敵になるだろうし、といって今追い払って他の諸侯のたすけにするのもおもしろくないからだ。殺してしまえば安心できようというので、椀《わん》の中に毒を入れてみたが効果がない。その小文吾が大記《だいき》の悪事を知ったとなると、捨てておけない。そこで大記は考えた。

おれには年来の大望がある。それは、なんとかして自胤《よりたね》に腹を切らせ、わが倅《せがれ》の鞍弥吾《くらやご》を城主として千葉介にしたいということだ。そのためには、小文吾を自分の腹心にしておきたいということであった。

そこで、ある日、九念次《くねんじ》を使いに小文吾に、

「あんまり長い御籠居《ごろうきょ》でお気の毒ゆえ、せめておりおりはお慰めしたいと存ずるによって、すぐ母屋の方にまいられたい」

と言ってよこした。

いつにないていねいな招待に、小文吾は、

「やつめ、また何をたくらんだのだろう。おれを殺すつもりだな。ままよ、運を天にまかせていってやろう」

こう決心すると、急ににっこり笑って、

「思わぬ御丁重《ごていちょう》なお言葉、お断わりするのも無礼であろう。御好意に甘えましょう」

小文吾は身なりをととのえ、九念次の案内で奥座敷に行くと、馬加常武はみずから立って迎え、茶菓、酒肴《しゅこう》を次々と並べて、すこぶるつきの手厚《てあつ》い饗応《きょうおう》ぶり。

「犬田殿、まず毒見《どくみ》をつかまつろう。君命《くんめい》によって貴殿ほどの豪傑を閉じこめて、まことに申し訳もござらぬ。さあ、さあ」

常武が甘言《かんげん》を並べて杯《さかずき》をさすと、小文吾はそれを受けて、

「意外なことから去年以来、衣食の養《やしな》いにあずかり、今はまた山海の珍味をもって、たいへんな御歓待《ごかんたい》を受けるのも、御老職の御好意、なんともありがたいことでござる」

と、酒は飲むふりをしながら、そっと椀《わん》の中に流しすてた。

そこへはいってきたのは四十歳ばかりの老女と、これに手をひかれた六つ七つの女の子、それに二十歳《はたち》あまりの肥《こ》えてあぶらぎった若い男。常武の妻、戸牧《とまき》と長子の鞍弥吾《くらやご》、それから娘の鈴子《すずこ》だ。

小文吾は膝《ひざ》をすすめてていねいにあいさつした。

常武はにこにこしながら、さらに腹心《ふくしん》の郎党を呼ばせた。

次の間に集まっていた四天王《してんのう》がはいってきた。渡部綱平《わたなべつなへい》、卜部季六《うらべすえろく》、臼井貞《うすいさだ》九郎《くろう》、坂田金平太《さかたのきんぺいた》の面々だった。

「おのおの方《がた》は源頼光《みなもとのよりみつ》の四天王《してんのう》に劣らぬ勇士でござろう。姓名といい、骨柄《こつがら》といい、たのもしいことでござる」

小文吾が水をむけると、四人ははずかしげもなく勝手な広言《こうげん》をはき、何度も杯がまわると鞍弥吾も四天王も酔っぱらってきて、小文吾を囲んで自慢げに武芸や相撲《すもう》の技などをがやがや論じはじめた。

「これ、やかましいではないか。しようのないやつばらじゃ。もう立て、立て」

常武はこの武骨《ぶこつ》な連中を追い払った。そして小文吾に、

「犬田殿、さぞお聞き苦しかったであろう。酒のうえじゃ、まあ気を悪くなさるな。じつはこのごろ、鎌倉から女田楽《おんなでんがく》(60)が幾人《いくにん》か参ったが、その中で一人すぐれたものがあったゆえ、呼んでここに留《とど》めてある。それを肴《さかな》に今一度、杯を過ごしなされ」

その声とともに次の間《ま》には準備がととのえてあったのか、太鼓や鼓《つづみ》をうち、笛を吹く女どもが美しく装《よそお》いをこらして縁側に並んだ。

その中に、めだってあでやかな十六歳くらいの少女がいた。摺箔縫箔《すりはくぬいはく》した六

尺袖《そで》の表衣《うちぎ》にいろいろの下襲《したがさね》をして、妙《たえ》なる香《こう》をたきこめ、この時代には珍しい帯を幅広く竪《たて》に結んでいて、腰は風になびく柳に似て姿は立っている花のようだ。

少女が主人夫婦と小文吾に頭を下げ、この座の真ん中にすわると、やがて笛の音《ね》に鼓《つづみ》の調べが加わる。旦開野《あさけの》と呼ばれている件《くだん》の少女が立ち上がって歌いはじめた。

「そもそもこれは讃岐州《さぬきのくに》（今の香川県）、八島壇《やしまだん》の浦《うら》のほとりなる弓削山《ゆげやま》の麓《ふもと》に住まい候《そうろう》、賤婦《しずのめ》にて候、一日《あるひ》里の少女子《おとめご》とつれ立ちて……」

歌う声も澄んで、仏の国に住むという迦陵頻伽《かりょうびんが》という鳥（人間の顔を持ち、美しい声で鳴くという鳥）もこんな声かと疑われ、舞《まい》の袖は見る目もあやしくひるがえり、かざす扇《おうぎ》は蝶《ちょう》のごとく、桃の花の簪《かんざし》に灯燭《ともしび》の光が照りそってひらめく。

舞曲《ぶきょく》が終わると、旦開野《あさけの》は笛や鼓《つづみ》の女どもの先に立って退いた。

四月の末で夜が短いころだったので、もう東は白んでいた。演技が終わって、小文吾が主人夫婦に別れを告げ退出しようとすると、常武にとめられた。

「なぜそのように急がれる。ここもあそこもわが家じゃ。この新座敷は眺望のために建てたもの。あの窓を開けば、墨田川の流れのながめが一段とよいゆえ、臨江亭《りんこうてい》と名づけ、また楼上からながめると牛島葛西《うしじまかさい》の海辺まで皆、眼下にある。よって対牛楼《たいぎゅうろう》と名づけた。さあ、来られい。薄茶《うすちゃ》を一服さしあげよう」

断わりもできず、小文吾は脇差《わきざし》をとって立とうとした。すると、白銀《しろがね》でつくた桃の花の簪《かんざし》がいつの間にか刀の緒《お》にはさまっていた。

「これは誰が落としたのじゃ」

こう言って召使の女たちにみせると、

「これは旦開野《あさけの》の物でございます。舞の時にふり落としたのを知らなかったのでしょう」

「それでは、そなたに渡す。届けてくれい」

さて、小文吾は常武について対牛楼に登った。

つくづく見渡すと、夜ははや明けて横雲《よこぐも》がたなびいている。墨田川の向こうに黒く見える牛島は水の中に臥《ふ》しているようだし、あちらには蒼《あお》い柳島《やなぎしま》が文字どおり波になびいているように見える。白波《しらなみ》の中には東にこぐ舟があるかと思えば、西に止まっている舟もある。昇る旭《あさひ》を故郷の方角と見ていると、小文吾はやるせない思いをおさえかねるのであった。

「犬田《いぬた》殿、犬田殿、いつまでもの思いにふけっていられる。あの船を見られい。長く水ぎわにつながれたのもあれば、真帆《まほ》あげて走るのもある。つないだ船は走れず、貴殿の今の滞留も同じ道理。それがしにたとえていえば、君は船、臣は水、水はよく船を浮かべるがまた船をくつがえしもする。自胤《よりたね》は暗愚《あんぐ》の弱将、どうして貴殿を知り得ようぞ。隣国の敵のために滅ぼされるは必定《ひつじょう》じゃ。それがしは千葉の一族、馬加光輝《まくわりみつてる》の甥《おい》、取って代わっても誰がとがめよう。よって享徳《きょうとく》の例にならい、自胤に詰腹《つめばら》切らせ、せがれ鞍弥吾《くらやご》常尚《つねひさ》を当城の主《あるじ》にしたいものと思わぬこともないが、まだ知勇の軍師を得ぬ。貴殿が今からそれがしをたすけてくれれば、事成《ことな》る時は葛西《かさい》のうち、半郡を与えよう。いかがじゃ、ご承知くださらぬか」

さりげない常武の言いぶりだが、容易ならぬ言葉だ。小文吾は顔色をかえた。

「これは意外な密議《みつぎ》、それがしもとより学問がございませぬので、聖人の教えはよく存じてもいませぬが、君臣礼あり、舟車《しゅうしゃ》に檝《かじ》あり、君臣礼を失う時は、舟車に檝を失うがごとく、いったんはその利を得ても、滅亡するは疑いなきところ、昔から臣として、その君を弑《しい》した者でながつづきしたものがありましょうか。どうか、不義の妄想をやめて千葉家の孔明《こうめい》（中国、三国時代の蜀《しょく》国の忠臣）と言われるようにしていただきますよう。それがしは武芸を好みますが、才薄《さいうす》く学問もありませぬ。どうして、人の佐《たすけ》になれましょうか。忠信《ちゅうしん》の狗《いぬ》となってもも乱離《らんり》（世の乱れに遭《あ》って離れ離れになること）の人とならぬように念ずるほか、それがしには志《こころざ》すところはありませぬ」

はばかるところなく、小文吾はきっぱり断わった。常武の面上には勃然《ぼつぜん》たる怒りの表情が走って、手をこまぬいて言葉がなかった。が、急ににっこり笑って、

「お言葉、道理にかなってござる。わしもそう思っている。今の冗談で貴殿をためしてみたまでのこと、いや思うたより頼もしい人じゃ。気にかけられるな。

さあ、朝食をさしあげよう。こちらに参られい」

と、何げなく言葉を濁《にご》してしまった。小文吾は別れを告げて、九念次に送られて離れ座敷に戻った。

縁側に出て顔を洗い、口をすすごうとして手水鉢《ちょうずばち》に立ちよると、筧《かけひ》の水に木の葉が流れてきて手水鉢の中にはいった。なんとなく気になってとりあげてみると、和多羅葉《わたらよう》という木の葉で、裏に何か書いてあるようだ。変に思ってよく見ると、

わけ入りし栞《しおり》たえたる麓路《ふもとじ》に
流れも出《い》でよ谷川の桃

という一首の歌である。よくその意味を考えてみると、どうも昨夜、酒宴の席で桃の舞を舞った旦開野《あさけの》のしわざらしい。とすれば、脇差のあたりに簪《かんざし》を落としておいたのも何かわけあってのことであろう。これも馬加《まくわり》がおれを誘惑させようとするためではなかろうか。

こう思案をめぐらすと小文吾は、その夜はまどろみもせず警戒したが別段の

ことはなく十日ばかりたって、五月もなかばになった。

ある日、疲れのあまり宵のうちからうたた寝していた。ふと障子《しょうじ》に人影がうつったので、小文吾が驚いて目をさまし急いで頭をあげて見すえると、外の方にあっと叫ぶ声がして、人が倒れる音が聞こえた。見ると、紛《まご》うかたない忍びの曲者《くせもの》が刃をもったままあおむけに倒れており、襟首《えりくび》のへんからおびただしく血が流れ出ている。よく見ると、桃の花の飾りがついた銀の簪《かんざし》が盆《ぼん》の窪《くぼ》(うなじの中央のくぼんだ所)の真ん中からのど笛まで打ちこまれていた。しかも驚いたことには、この曲者は常武の腹心卜部季六《うらべのすえろく》であった。常武が小文吾のすきをねらって季六を差しむけて殺そうとしたことは明らかだが、この簪も旦開野《あさけの》の物だと聞いているから、この曲者を殺したのはあの少女であろうか。女田楽《おんなでんがく》ながら輪鼓《りゅうご》、(61)品玉《しなだま》、刀玉《かたなだま》、八玉《やつだま》、綱渡りの技などにもじゅうぶんたけているそうだから、そんな技から自然と手裏剣《しゅりけん》を撃つことにまで妙を得たのであろうか。

もう月も傾いているところを見ると、夜は丑満《うしみつ》(午前二時)のころであろう。とっさに小文吾は熊笹《くまざさ》のそばの手ごろの石をおこして死骸の裳《すそ》に包み、泉水《せんすい》の深みに沈めた。と、庭の松を伝って垣を越える人影が小文吾の視線をかすめた。

「さては、またおれをねらって来たな。どうしてくれよう」

小文吾は足を忍ばせて、袖垣《そでがき》に手をかけて待ち伏せた。

曲者は頬かぶりしていた手ぬぐいの端をくわえて、ひらりと垣から庭に降り立った。樹間をめぐってきて縁側に手をかけ、中の様子をすかし見てから進み入ろうとした。

「曲者、待てっ」

走り出した小文吾は刀を抜いて切りかけようとした。その太刀の下を危うくくぐりぬけて一間《いっけん》あまりとびのくと、曲者はあわただしく叫んだ。

「もし、犬田殿、わたしでございます」

折《おり》から雲を離れた月の光の下に立ったのは旦開野《あさけの》だった。

「女だてらに、しかもこの真夜中、垣を乗り越え忍んできたのはいったいどうしたわけだ」

小文吾はなおもゆだんせず、問いただした。

「その疑いはもっともながら、さっき、わたしが花簪《はなかんざし》をうちかけてあなた様の敵を討ちとめたのでも、だいたいはわたしの心もお察しくださってもよいではありませぬか。再びここで逢《あ》おうとて、神かけて樋《とい》に流した木の葉にしるした深い思いも知らぬ顔の薄情《うすなさ》け、とてもかなわぬ恋ならば、せめてあなた様のお手にかかって死のうものと覚悟して来たのを、ふびんとは思うてたもらぬかえ。女だてらに花簪《はなかんざし》に血を染めたのを、誰のためと思われますぞえ。わたしの誠がとどかぬなら、さあ、はよう殺してたもれ」

旦開野も女の一念、少しも騒がず、首をのばして掌を合わせてすわったまま微動もしない。小文吾はしかたなく、

「死さえいとわぬそなたの情け、少しは疑いも解《と》けたが、災《わざわ》い身に迫《せま》ったこのおれだ。どうしても末長く添いとげられぬ恋とあきらめて、はよう帰られよ」

と言うと、旦開野はふり返って、

「そのような情けがおありなら、どうしてわたしをつれて逃げてくださりませぬ。手をつかねて、命をお落としになるのは愚かなことではござんせぬか」

「のがれられるものなら、とうの昔にのがれている。あの折戸《おりど》を越えるのはたやすいが、夜はことさら出入りを許さぬ城の門をどうするというのじゃ」

「それはまた手だてもございます。わたしはこの二十日あまり、馬加殿にとめられて勝手はよう存じていますぞえ。城の出入りには、昼は昼の符牌《きって》、夜は夜の符牌がございます。その符牌さえ手に入れば、やすやすと出られますものを。命にかけて明日の夜は符牌をとって参りましょう。暁《あかつき》まではかかりませぬ。用意をととのえて待っていてたもれ」

けなげな言葉に小文吾は、

「そなたの助けによって逃れ出ることができたら、天から授《さず》かった縁のつきぬところ、かねて約束した友のためになすべきことをなしとげ、この身が落ちついたら、そなたを妻に迎えようぞ。卜部《うらべ》季六《すえろく》を撃ちとめた簪《かんざし》はここにある。受けとられよ」

旦開野は簪を手にとると、

「眠っている竜の腮《あぎと》（えら）をさぐって採る珠《たま》よりもむずかしい符牌《きって》をとるか、

わたしの命をはかなくその場に失うか、命がけの大事を前に、この簪をなんにしましょうぞえ。明日の首途《かどで》の手向草《たむけぐさ》、小柴《こしば》のかわりに道祖神《たびのかみ》にお供えしましょうぞえ」

と泉水の中に投げこんで、木の間をめぐり裳《もすそ》をかかげてすばやく垣に登った。そこは田楽《でんがく》になれた手のこなしだ。ひらりと松に手をかけたかと思うと姿を消してしまった。

巻の四

第五十七回　対牛楼《たいぎゅうろう》に毛野《けの》讐《あだ》を鏖《みなごろし》にす　墨田河《すみだがわ》に文吾船《ぶんごふね》を逐《お》う

明くれば五月十五日、この日は朝から雨が降っていたが、未《ひつじ》（午後二時）のころから空も晴れてきた。小文吾《こぶんご》は季六《すえろく》が討たれたことを察知《さっち》して、常武《つねたけ》が今にも討手をよこすかと終日ゆだんせず心待ちにしていたが、その日もことなく暮れてしまった。

一方、常武の方では、もう小文吾を片づけて後の患《うれい》を断つよりしかないと、季六をやって討とうとしたが、これもどうやら失敗。このうえは何十人の討手《うって》をやってもと決心したが、この日はちょうど鞍弥吾《くらやご》の誕生日で例年の祝宴のため見送って、主客 杯《さかずき》をめぐらして夜半《やはん》に及び、常武父子も郎党たちも泥酔しきって前後不覚に寝てしまった。

すでに旦開野《あさけの》の約束の刻限も迫った。事のなるならぬはとにかく、準備にとりかかろうと小文吾はあわただしく物をとり集め、太刀《たち》をさげて縁側に出た。満月は西に傾いて、はや暁《あかつき》を告げる鐘の声、数えてみるともう四更《よつ》(午後十時)だ。

そこへ、庭の向こう側から松を伝って垣をおどり越え、飛鳥《ひちょう》のごとく走ってくる者がある。現われたのは旦開野だ。黒髪をふり乱し、衣《きぬ》は血で真赤に染められ、右手にもった刃《やいば》は氷のようにきらきら光っている。走り寄って、「犬田《いぬた》様、さぞお待ちかねでしたでしょう。やっと約束の符牌《きって》を手に入れました。ご覧くだされい」

こう言いながら左手にさげていたものを縁側に投げ出した。変に思って小文吾が引きよせてみて、はっと息をのんだ。馬加大記《まくわりだいき》の首だった。

「これはまた、どうしたこと」

と驚き顔の小文吾に、旦開野はにっこりと笑った。

「今までわけを告げなんだので驚かれるのも道理、もとよりわたしは女ではありませぬ。今は何を隠しましょう」

今を去る寛正《かんしょう》六年（一四六五年）冬十一月、馬加常武《まくわりつねたけ》におとしいれられて籠《こみ》山逸東太縁連《やまいっとうだよりつら》に討たれた千葉家の老臣、粟飯原胤度《あいはらたねのり》には、ただ一人常武の毒牙《どくが》を免《まぬか》れた遺児があったことを読者も覚えていられるであろう。胤度の妾《めかけ》だった調布《たつくり》は、相模国足柄郡《さがみのくにあしがらごおり》の犬阪《いぬざか》の里《さと》に落ちて、その年の十二月、男の子を生んだ。今から十五年も前のことだ。千葉家への聞こえをはばかって調布は人には女の子だと告げ、名も毛野《けの》とつけた。貯えもなくなったので、調布は毛野を抱いて鎌倉に行ったが、鼓をうつのに妙を得ていたところから、女田楽《おんなでんがく》に雇われて、毛野をかろうじて育てていた。八、九歳になると毛野も田楽の一座に入れ、毎日、技《わざ》を習わせたので、しだいに上達して、毛野の名をそのままに旦開野《あさけの》と名乗って人にも知られ、もてはやされるようになった。

十三歳の秋、母が大病にかかっていよいよ篤《あぶな》くなった時、毛野は母から自分の素姓《すじょう》をはじめて聞かされた。悲しさと口惜《くや》しさに毛野は、なんとかして馬加《まくわり》、籠山《こみやま》の二人の仇敵《きゅうてき》を討って亡父に手向《たむ》けなければ、人の子に生まれたかいはない。縁連《よりつら》の行くえはわからぬが、常武は今も石浜の城にいるに違いない。まず常武を討とうと決心した。母はその年の冬、死んでしまった。ただちに石浜におもむいて恨みをかえそうと思ったが、太刀抜くすべも知らず、大敵を討つこともできないので、心ならずも復讐《ふくしゅう》の時をひとまずのばして、田楽の稽古《けいこ》にかこつけて、日夜みずから一心に剣術、拳法《やわら》、槍《やり》、薙刀《なぎなた》、手裏剣《しゅりけん》、組撃《くみうち》、鎖鎌《くさりがま》を自得するまでに励んだ。三年もたつと自我一流を究《きわ》めた。

こうなるとかえって、常武に近づくためにも、このまま女田楽の一座にいた方がよい。すると、はたして天の助けか石浜《いしはま》の常武に招かれ、二十日あまりも逗留《とうりゅう》することになった。そのうち小文吾の行状《ぎょうじょう》を聞いて、こんな勇士を朽《く》ちさせてはならぬと思い、事ここに及んだという次第。

この犬阪毛野《いぬざかけの》の復讐によって、常武一門の奸《かん》もすでに除かれたことを知ると、さすがの小文吾も感嘆したが、今はうかうかしている時ではないと、さっそく城中を脱して墨田河原《すみだがわら》まで逃げのびた。ところがあいにくの出水《でみず》で渡し舟が見あたらぬ。そのうち城中からは追っ手が迫ってくる。やっと一艘《いっそう》の柴船《しばふね》が来たので毛野は飛び乗ったが、舟はそのまま流されていった。小文吾は泳いでまたきた荷船におし乗ってみると、舟子の頭《かしら》が、

「もし、古那屋《こなや》の若旦那《わかだんな》、こりゃ驚いた、まあ、待ってください」

と、小文吾の腕にすがった。

第五十八回　窮阨《きゅうやく》初《はじめ》て解《とけ》て転《うたた》故人に遭《あ》う　老実主家《ろうじつしゅうか》を続《つぎ》て旧憂《きゅうゆう》を報《つぐ》

その声に驚いてよく見ると、かねて見知りの犬江屋《いぬえや》の船頭依介《せんどうよりすけ》だった。

「これは久しぶりだ。依介《よりすけ》か。急ぎのおりだから、かいつまんでまず頼みたいことだけ言おう」

小文吾はこう言って、自分の命の恩人が前に下った柴船にいるので、追うようにたのんだ。依介は心得て舟子らにこがせたが、その舟の行くえはわからなかった。

そこで依介は、その柴船のことはあきらめていっしょに市川まで行くようにすすめ、小文吾もそうすることにした。

船はその日、午《うま》のころ（正午）市川《いちかわ》の犬江屋の門辺に着いた。すると依介は小文吾を奥座敷に案内し、まずお茶をはこんできた。だが、妙真《みょうしん》も大八《だいはち》の親兵衛《しんべえ》も姿を見せないので、そのわけをきくと依介は小膝《こひざ》を進めて、

「さあ、そのことですわい」

と語りだしたのは、小文吾が三犬士を送って大塚に行ったきりになった、その後のことで——あれから暴風舵九郎《あかしまのかじくろう》に房八《ふさはち》の死をかぎつけられて、妙真が安房《あわ》にのがれる途中、親兵衛の姿が消え去った一件、また、丶大法師《ちゅだいほうし》につづいて文五兵衛も大塚に出向いたが小文吾の消息がわからず、この事情を妙真にも告げに安房に行った。すると、かねて房八夫婦や親兵衛のことを聞いていた里見《さとみ》の殿様は、さらに大塚での一件を聞いていよいよ感嘆され、妙真や文五兵衛には扶持《ふち》を与えて安房に留《とど》め、蜑崎十一郎《あまさきじゅういちろう》を四犬士の消息《しょうそく》をさぐりにつかわされた。これが去年の秋、七月下旬のことで、そこで妙真と文五兵衛は相談のうえ、自分に犬江屋のあとをゆずり、妙真の姪《めい》の水澪《みお》を船橋から嫁に迎えてくれた……といった次第話。

そこで、小文吾も、大塚で額蔵《がくぞう》（荘助《そうすけ》）の無実の災難を知るにつけ、犬塚《いぬづか》、犬飼《いぬかい》だけを残して帰るに忍びず、行を共《とも》にしてから今日に及《およ》んだ始終を語り、このうえは早く文五兵衛に会って不孝を詫《わ》びたいと言うと、依介は、じつはそのことでまだ話があるのだと言って——文五兵衛は、小文吾に行徳《ぎょうとく》の旅館をついでもらうあてもないので、これはいっさい人にゆずって百五十両あまりの金にかえ、寺や貧民にも布施《ふせ》をして安房に落ちついたが、老病のためこの二月十五日に世を去った。その臨終《りんじゅう》に文五兵衛は自分を呼び、ここに行徳の家を売った金があるから小文吾が無事に帰ったら形見《かたみ》に渡してくれ、この中の十金《じっきん》はおまえに形見にやると、遺言されました。

そう言って、依介は水澪《みお》を呼んで包みを持参させた。

「これが老旦那《おやだんな》の形見でございます。数あらためてお受けとりくださいませ」

小文吾はこれをとっていただき、

「去年、蟹崎氏が里見殿からと贈られた沙金《しゃきん》さえ、まだ半分以上あるゆえ、路用《ろよう》には事欠かぬが、慈愛のこもった親の遺財ときいては他日の要に費わねばなるまい。この中の十金はそなたに与えられたものではないか。そのままにしていたとは律儀《りちぎ》なこと、感心した。さあ、さあ」

包みを解いて十金、さらに十金を加えて依介に与え、小文吾はつづけた。

「この十金は親の遺言どおり、またこっちの十金はそれがしが墨田川で助けてもろうた礼心じゃ、受けとってもらいたい」

依介があとの十金はいらぬと断わるのを小文吾はおし返して受けとらせた。

それから依介ははじめて妻の水澪を紹介した。

それから、依介は文五兵衛の墓参や妙真を慰めに小文吾に安房にゆくことをすすめた。自分も供をしようというのだったが、小文吾は頭をふった。

「里見殿の恩徳は仰げばいよいよ高いが、同じ因縁《いんねん》の友がそろわぬうえ、あずかった曳手《ひくて》、単節《ひとよ》を見失ってその生死がいまだにわからぬ。おれにはまた考えがあるゆえ、しばらくここに逗留《とうりゅう》して親の四十九日を送ることにする。だが、妙真殿にも他言《たごん》しないでもらいたい」

こう言っておいて、申《さる》のころ（午後四時）から小文吾は行徳の菩提所《ぼだいしょ》に行って、住持《じゅうじ》（寺の住職）に対面して、文五兵衛の菩提のために石塔を建てることと、月忌年忌《がっきねんき》の追善読経《ついぜんどきょう》をねんごろに頼み、多くの布施《ふせ》を包んでさし出した。そして次の日から喪《も》に籠《こも》って、七日の忌日《きにち》ごとに行徳に今度建てた墓にもうでた。はやくも四十九日の中陰《ちゅういん》（人が死んでから次の生を受けるまでの間）は果てる

と、小文吾は依介夫婦に別れを告げ、

「今こそ、わしのことも、思っていることも、妙真殿に詳しく告げて慰めてくれ。小文吾がこんなに健在な以上は親兵衛も無事だろう。八人の犬士が会う日に、お目にかかりましょう。おからだに気をつけて待っていてくだされと伝えてくれ」

言ったかと思うと、行くえも定めず出ていった。依介夫婦も今は止めかねて里はずれまで見送った。

巻の五　上冊

第五十九回　京《きょう》鎌倉に二犬士四《し》友《ゆう》を憶《おく》念《ねん》す　下毛州《しもつけのくに》赤岩《あかいわ》庚申山《こうしんやま》の紀事《きじ》

小文吾《こぶんご》は市川《いちかわ》を出ると行徳《ぎょうとく》に立ち寄って、両親の石塔に参り、別れを告げた。それから外に出ようとして、どこに足を向けようかと思い迷った。

犬山《いぬやま》、犬塚《いぬづか》らは信濃路《しなのじ》へ走ったろうと思っていたが、自分だけは曳手《ひくて》、単節《ひとよ》にめぐりあおうと東に帰った。あれからもう一年、何を心当たりに四犬士をたずねたらよいだろう。まして、曳手、単節は生死さえもわからぬありさまだ。

それればかりではない。気がかりなのは墨田川で不本意な別れをした犬阪毛野《いぬざかけの》のことだ。生まれた里の名の犬阪を氏《うじ》としているから、ひょっとすると彼もまた同じ因果の犬士ではなかろうか。いろいろと小文吾は思いめぐらしながら、ふと、犬阪が鎌倉で成長し、そこには母親の里があることを思い出した。

急いで寺を出ると小文吾は鎌倉に急いだ。翌日の七つごろ（午後四時）に鎌倉について米町《こめまち》の旅宿《はたごや》に草鞋《わらじ》をといて逗留《とうりゅう》して、毎日、町に出て茶店や居酒屋など人の集まる所で世間の雑談に耳を傾け、またそれとなくたずねてみるのだった。知らぬという人もあれば、また復讐《ふくしゅう》の様子を伝え聞いているものもあったが、はばかりがあると言ってはっきり告げてくれない。なるほど、管領家《かんれいけ》と千葉氏とが密接であれば、毛野の追捕を頼んでいるかもしれない。いや、そのうえ、おれのことまで頼んでいないとはいえないのだ。毛野に会えるよすがもない地に長居は無用、というより危険だ。

よしそれでは、日本国じゅう広いといっても限りがある。舟車《しゅうしゃ》の通う所、足跡の至る所、どこまでも捜すのだ。明けたらこの地を去ろう。そして、六十六カ国、ことごとく歩き回ってやろう。

小文吾はこう強く決心した。

ここで話をかえて、犬飼現八《いぬかいげんぱち》の足どりをたどってみよう。去年の七月七日、荒芽山《あらめやま》で白井《しらい》の城兵に追い迫られて踏みとどまっては立ちふさがり、それぞれ防戦に死力をつくしているうちに、現八はいつか、道節《どうせつ》、信乃《しの》、荘助《そうすけ》と離ればなれになっていた。

そこで現八は考えた。

ここまできて誰にも会えないなら、いっそ小文吾をたずねた方がよい。彼なら曳手《ひくて》、単節《ひとよ》をつれてのがれて故郷に帰ったであろうと、その月の二十三、四日に行徳《ぎょうとく》に着いた。

案内知った古那屋《こなや》の前に来てみると、空家《あきや》になっている。近所の人にたずねると、小文吾は家を出たまま帰らず、老父も安房《あわ》に行ったままとのこと。そこで市川の犬江《いぬえ》屋の様子をきいてみると、房八《ふさはち》夫婦は死に、幼児は神隠しにあって行くえ知れず、妙真《みょうしん》も安房に行ったきりの由《よし》。

古那屋の老人も、妙真も安房に行ったというのは里見《さとみ》殿に召されたのであろう。気にかかるのは行くえ知れずになったという親兵衛《しんべえ》のことだが、犬江屋に行ってみてもしかたがない。それよりも、犬田小文吾がまだ帰らず、なんの消息《しょうそく》もないのはおかしい。あの時、討たれたのであろうか。曳手《ひくて》、単節《ひとよ》はどうしたのであろう。

現八は悄然《しょうぜん》として思いを西にはせ、京に行って武芸拳法の指南で三年を過ごしたが、文明《ぶんめい》十二年（一四八〇年）八月、つまり小文吾が市川から鎌倉におもむいた翌年、再び東国に向かった。そして、まず荒芽山の姥雪《おばゆき》夫婦の討死《うちじに》の跡《あと》を弔《とむら》い、さらに下野《しもつけ》の網苧《あしお》の里で、とある茶店に腰をおろした。

見ると壁に六、七張《はり》の弓と鳥銃《てっぽう》がかけてある。

「爺《じい》さん、この弓、鳥銃はどうしたのだな」

すると爺さんは、これから庚申山《こうしんやま》の道中五、六里（約二十キロあまり）は人家がなく、山賊や化《ば》け物が出て命を失うことがあるので、案内人を傭《やと》うか、弓矢を買って行かねば不用心だ。手前は足緒《あしお》の鵙平《もずへい》という猟人《かりうど》で、今は道案内をしており、鳥銃は用心にもつのだ。

「そういっても、わけをご存じないから疑わっしゃるだろうが、まあ聞かっしゃれ……」

と言って語るところによると――この赤岩庚申山《あかいわこうしんやま》は、網苧《あしお》から上り下りの難路《なんろ》をおよそ五里で第一の石門《せきもん》、胎内《たいない》くぐりに達する。さらに進むと左右に高さ五、六丈《じょう》（約十五〜十八メートル）の仁王石《におういし》があり、それより奥は誰も恐れて行く者がなかった。ところが近郷《きんごう》の赤岩一角武遠《あかいわいっかくたけとお》という武芸の達人が、この奥《おく》の院《いん》を見きわめるとて、高弟《こうてい》もしりごみする石門や石橋をこえて単身進んだが、はたしてそれきり帰ってこない。そこで、翌日、里人《さとびと》五、六十人が手に手に得物をもって登ったが、やはり奥の院には近づけず空《むな》しく引き返してくると、あとから大声で呼びながら一角《いっかく》が戻ってきた。その一角の話によると、奥の院は神代《かみよ》の神跡らしい岩室《いわむろ》で、入口に石猿の三体が並び、これが庚申山の名のいわれらしい。そこから岩の切れ目を下って胎内くぐりに戻る途中で、数十仭《ひろ》（一仭は一・八メートル）の谷底に転落し、一夜を明かしてようやく帰ってきたとのこと。これは十七年も前のことだが、その山の麓《ふもと》でおりおり人の行くえが知れなくなることは、今も変わりがない……と、爺さんの話はまだつづく。

ところで、この赤岩一角の最初の妻は正香《まさか》といって賢女であったが、一子角《かく》太郎《たろう》を生んで間もなく死に、窓井《まどい》という美人の後妻《ごさい》に牙二郎《がじろう》という子が生まれてから、孝心のあつい角太郎を虐待するようになった。そこで、犬村《いぬむら》の犬村儀《のり》清《きよ》（俗称蟹守《かもり》）という先妻正香の兄が、養子に迎えて文武の奥儀《おうぎ》をさずけ、やがて娘の雛衣《ひなぎぬ》と夫婦にした。しかし間もなく養父母の蟹守《かもり》夫妻は、前後して病死してしまった。

一方、赤岩でも後妻の窓井《まどい》が急死し、一角は次々妾《めかけ》を入れたが、どれも逃げたり去ったりして長つづきせず、流れものの船虫《ふなむし》という女がどうやら本妻になって二年目になる。すると、この船虫が犬村の若夫婦に遺産がたくさんあると聞いて一角にすすめ、これを赤岩に迎えて同居させ、それに成功すると、今度は身重《みおも》の雛衣《ひなぎぬ》にけちをつけて去らせ、次いで角太郎までも勘当《かんどう》して、その財産だけは全部とりあげてしまった。

「そんなわけで、身一《みひと》つで追い出されてしまった角太郎というのは、世をはかなんで、赤岩村と犬村の間の返壁《たまがえし》という片田舎に草庵《そうあん》を結んで住んでいなさるが、なんと気の毒ではございませぬか」

老爺はそう言って、この話を結んだ。

巻の五　下冊

第六十回　胎内竇《たいないくぐり》に現八《げんぱち》妖怪《ようかい》を射る　申山《しんざん》の窟《いわや》に冤鬼《えんき》髑髏《どくろ》を託《ゆだ》ぬ

現八《げんぱち》は鵙平《もずへい》の長話を聞き終わると、世の中にはさまざまなことがあればあるもの、それにしても、その息子がりっぱな心の持ち主ながら世をはかなんで菩《ぼ》提《だい》の道にはいろうとしているのは惜しいことだ、と思いながら、

「いやいや、いろいろと聞かしてもろうて、ためになった。それではおれも弓矢を買って行くことにしよう」

現八は銭をはらって茶店を出た。

現八は老爺に聞いたとおり、山路を二里（約八キロ）ほど登って神子《みこ》内村《うちむら》を過ぎ、峠《とうげ》をさして急いだが、やがて日が暮れて道に迷ってしまった。そのうち話にきいた胎内くぐりらしい石門《せきもん》のところに来たので、ここで一夜を明かすことにした。すると丑三《うしみつ》（午前二時）ごろになって、忽然《こつぜん》と光が二つ三つ見えて、

近づくにしたがって松明《たいまつ》のように大きくなり、よく見るとそれは得たいの知れぬ妖怪の眼光だった。

面は虎のようで、口は左右の耳まで裂け、血を盛った盆より赤く、その牙《きば》は真白で剣《つるぎ》をさかさまにうえたようだし、幾《いく》千本とも知れぬ長い髯《ひげ》は雪にとざされた柳の糸が風に乱れてそよいでいるかとばかり怪《あや》しまれる。しかし、その形は人間そのままで、腰には両刀を横たえ、栗毛《くりげ》の馬に乗っているが、その馬も全身すべて枯れ木のごとくところどころに苔《こけ》むして、四つの足は樹枝とも見え、その尾も芒《すすき》かと見紛《みまご》うばかりだ。

左右には若党が従い、その一人は面が藍《あい》より青く、他の一人は赭石《しゃせき》に似て、頭髪《かみのけ》まで真赤で仏画の諸天《しょてん》(62)そっくりだ。この妖怪主従は徐々に馬を進めて、何事か語りながら、高く笑ったりなどして近づいてくる。

現八はその様子を見定めると、かえって落ちついた。

「あの馬上のが妖怪の王なのであろう。よし、先《さき》んずれば人を制すとか、きゃつさえ射落《いお》としたならば、その他は必ず逃げうせるだろう、恨《うら》みを返そうとして、ともにうち向かってきても恐れるには足るまい」

とっさに意を決すると、現八はそっと木によじ登った。そしてほどよい枝に足を踏みとどめると、弓に矢をつがえて、しばらく矢頃《やごろ》(63)をうかがった。

妖怪どもはのんびりと、なおも語りあいながら、胎内くぐりに近づいてきた。そして、今しも進み入ろうとした。そのとたん、現八のねらいすました矢が高いうなりを生じて馬に乗っている妖怪の左の目に深々とつきささった。あっという一声、妖怪はたちまち馬からどうと落ちた。と、二人の妖怪は頭《かしら》の手をとって肩に引っかけ、一人は馬をひきながら、もと来た方に逃げうせてしまった。

しかし、あれほど老《ふ》りた妖怪があの一矢《いっし》では死ぬはずはない。あるいは眷属《けんぞく》同類を集めてまたやって来たら、今度は防ぎかねる。場所をかえて、きゃつらがどうするか見てやろう。

こう思った現八は頼みの弓に一矢を携《たずさ》えて、胎内くぐりを抜けた。霊山《りょうぜん》のふしぎというのか、星の光がぐっと増して朧夜《おぼろよ》よりも明るくなった。これを頼みに現八はなおもひたすら山路をよじ登った。

石橋を渡りきると、前方に岩室《いわむろ》が数カ所ある。それなら奥の院まで遠くはないはずと、さらに現八はまた進んだ。

急に現八は思わず一、二歩さがった。一番大きな岩室の中に人がいて、火をたいているのだ。さては、ここにも妖怪がいたのかと騒ぐ胸をしずめて、わずか一本残った矢をつがえて、ひきしぼった。

その時、その岩室から、ひどく細い声で呼びかけてきた。

「勇士よ。われを怪しむな。われはもとより妖怪ではない。今宵《こよい》思いがけなく胎内くぐりのあたりで、わが讐《あだ》を射られたその喜びをいおうとて、久しく待っていたのじゃ。なお、語り頼むべきこともある。寄って、まず火にあたられよ」

「このような深山幽谷《しんざんゆうこく》、人の住むべき所ではないのに、おまえは妖怪ではないというのか、それならばいったい何者じゃ」

「さあ、そのことじゃ。それがしが幾年《いくねん》もここに住んでいるのはわが子さえも知らぬわけがあるが、一口には語り尽《つ》くせぬ。まげて、ここまで来られい」

と言いながら柴を折りたいて、そばにあった椎《しい》の実をすすめた。火の光でまじまじとながめると、年は三十歳あまり、やせきったからだ、あおざめた顔色、衣服は海松《みる》（浅い海に生える藻）のようにぼろぼろで、なんとなくこの世の人とも思えない。

「おまえはおれがさきほど射た妖怪を讐《あだ》と言ったが、いったい何者だ。はやくそれを言え」

男は嘆息して額《ひたい》をなでた。

「はや十七年もの昔のこと、はなはだ長々しい話になるが心を静めてお聞きあれ。さきほど貴殿が射落《いお》とされた妖怪は、この山に住む化《ば》け野猫《やまねこ》でござる。すでに数百歳の星霜《せいそう》を経て、大きさは犢《こうし》にひとしく、猛《たけ》きことは虎に似、神通《じんつう》自在にて、ここの山神、地神も召使同様にこき使われているありさま、今宵、きゃつの乗っていた馬も、千年を経た木精《すだま》にて老樹の精の化けたもの、従者と見えたは山神と地神でござる。さてそれがしは存生の者ではござらぬ」

そして語るところによると、この怪人こそ赤岩一角《あかいわいっかく》その人で、横死《おうし》した彼の魂魄《こんぱく》だというのだ。庚申山《こうしんやま》の奥の院をさぐろうとしたことは鵙平《もずへい》の話のとおり

妖怪を射て現八寃鬼に逢ふ

だが、さて、例の石橋を渡ってからのことだ。

彼がこの岩室の辺まで来た時、急に黒い旋風が吹いてきたかと思うと、前後もわからぬほどの風のすごさ、あっという間に砂に目をやられ、思わず弓を投げすてて目をおおった。

そこへおどり出たのが例の野猫《やまねこ》だ。後ろから一角の背中に爪をかけ、仰《あお》むけざまにひき倒した。ころびながら一角は手早く短刀を抜いて、野猫の咽喉《のど》を刺そうとした。手もとが狂って前足を一太刀《ひとたち》切ったが、野猫は勢いこんで一角の咽喉《のど》を襲った。鋭い牙《きば》にかけられて一角はそのままことされてしまった。

一角の門人たちが里人《さとびと》までかり集めて石橋のところまで来た時、姿を現わした一角はこの野猫《やまねこ》が姿を変えたもので、この化猫《ばけねこ》が一角に化けたのは、一角の後妻窓井《まどい》がこの時、二十二歳、田舎にはまれな美人だったので、これを犯そうとしての所行《わざ》であった。あわれにも窓井はこの変化《へんげ》の妖獣《ようじゅう》を夫と思って夜ごとに枕をかわして、牙二郎《がじろう》という男の子まで生んだ。しかも、妖怪に肌《はだ》を汚され、精液がしだいに衰えてきて、三十にも足らぬ年で死んでしまった。

この後、にせ一角は妾《めかけ》を何人もおきかえて淫楽《いんらく》にふけったが、一年とたたぬうちに死ぬ者もあり、ひそかに食い殺されたのを逃亡したろうと言われている者もあった。

ただ船虫《ふなむし》は邪知《じゃち》たくましく、行ないけがれた淫婦《いんぷ》なので、同気は相喜ぶというのか、妖獣の心にもかなない、本妻になったのだ。

角太郎《かくたろう》はなんにも知らず、幼いころから孝心《こうしん》深いので、この妖獣を親と慕《した》っていたのだが、妖獣は自分の子の牙二郎が生まれたころから角太郎を憎み、ひそかに殺してその肉をくらおうとしたが、角太郎には前世からの果報《かほう》があって神仏に護《まも》られ、また、身にそなわる瑞玉《ずいぎょく》があるのでいかんともできなかった。

こうして角太郎は養父の許《もと》で成長して犬村《いぬむら》の氏《うじ》を冒《おか》し、名を礼儀《まさのり》とつけられたのは、これも前世の因縁で瑞玉の字をとったものであろう。

「かような次第で、わが子ながら角太郎は孝にして仁義に篤《あつ》く、礼節も知恵も自然にそなわる豪傑でござる。貴殿はなにとぞ、わが子を助けて仇《かたき》を討たしてやってくだされ。お願い申す」

「さては、貴殿は今日網苧《あしお》ではじめてその名を知った赤岩殿《あかいわ》であったか。それにしても、貴殿は死後に霊《りょう》ありながら、なにゆえ妻子の枕辺《まくらべ》に立ち、夢の中にこの次第を告げられぬのじゃ」

「それは思わぬこともなかったが、妖怪もまた神通力《じんつうりき》を持つゆえ、なまじいなことをすれば、かえって妻子を疑わせるのみか、彼らをいよいよ危うくするであろうと思うて黙っておりましたのじゃ。これが、それがしが十七年、恨《うら》みを和《やわ》らげるよしもなく、死んでも朽《く》ちぬわけでござる。貴殿、この理《り》をよく考え、わが子の庵《いおり》をたずねても、それがしのことは告げずにいてくだされい。もし、軽々しく告げる時は、貴殿を疑いましょうぞ。ひそかに時を待って告げれば、無明《むみょう》の酔いもさめるでござろう。これはたいせつなことでござるぞ」

そして、その証拠として、さびた短刀と髑髏《どくろ》とを現八に渡した。

すでに星落ち、東の山の端が白んできた。一角は空を仰ぐと、

「もはや語るいとまもござらぬ。もはや、これまででござる」

「さらば、赤岩氏《うじ》」

現八が後ろをふりかえった時は、今までそこにいた一角の姿はもうなかった。

第六十一回　柴門《しばのと》を敲《たた》きて雛衣冤枉《ひなぎぬまがつみ》を訴《うった》う　故事《ふるごと》を弁《べん》じて礼儀薄命《まさのり》を告ぐ

現八《げんぱち》は一角《いっかく》の亡魂《ぼうこん》の教えてくれたとおりに山を下り、山路を上り下りして返璧《たまがえし》をさしていった。犬村角太郎《いぬむらかくたろう》の草庵《そうあん》についたのは、その日の巳《み》（午前十時）のころだった。

柴垣《しばがき》の外からここかなと思いながら中をうかがってみると、丸木の柱に萱《かや》の檐《のき》、二間《にけん》の竹縁《たけえん》、三尺の持仏棚《じぶつだな》、これから奥は見えないが、やっと膝《ひざ》をいれるに過ぎないいくらいらしい。

この庵《いおり》の主《あるじ》であろう。年は二十一、二というところか、色白く唇紅《あか》く、眉秀《まゆひい》で、丈《たけ》高く、月代《さかやき》の跡《あと》が真黒に伸び、髪は藁《わら》の元結《もとゆい》で結んだまま後ろに垂《た》らしている姿は、あの安珍《あんちん》にも似ているようだ。薄鼠《うすねず》色の衣《きぬ》をただ一枚着て、黒い輪袈裟《わげさ》をかけている。

端近《はしちか》く経机《きょうづくえ》を置き、新藁《にいわら》の円座《わろうだ》を敷いて、その上に結跏趺座《けっかふざ》し、首には菩提樹《ぼだいじゅ》の最多角数珠《いらたかずず》をかけ、合掌《がっしょう》して、観念の眼《まなこ》をとじて余念なく、口に青松葉をくわえている。維摩《ゆいま》の行《ぎょう》というのであろう。机上には五、六巻の経文《きょうもん》、小さな鐸《りん》が一つ、相馬焼《そうまやき》とかいう青磁《せいじ》の香炉《こうろ》がある。

現八はせわしく柴の戸をたたいた。

「突然ながら、もの申す。それがしは遠来《えんらい》の浪人《ろうにん》、犬飼現八《いぬかいげんぱち》と申す者、犬村氏《いぬむらうじ》に所用あって参った。あけてくだされ」

案内を請《こ》うたが返事がない。犬村角太郎は眼《まなこ》をとじたままで、こちらをふりむこうともしない。

現八はふと気がついた。犬村は今勤行《ごんぎょう》の最中であろう。こう思うと、現八は折戸《おりど》の外にたたずんで、時を移した。もう正午に近くなって来た。

そこへ、まだ年も若い女房で身なりも卑《いや》しからず、美しい女がこちらにやってきた。

現八はこれを見て、ひどく憂いを含んでいるし、腹がふくれているのは身ごもってからもう四、五カ月とも思われる。とすれば、犬村が離別した妻の雛衣《ひなぎぬ》ではなかろうか。人目《ひとめ》を忍んで夫に会おうとして来たのならば、おれがいては迷惑に思うだろう。こう思ったので、急いで女青《ねずみもち》の陰にかくれた。

雛衣《ひなぎぬ》は柴の戸に立ち、ただささめざめと泣いてばかりいたが、やっと気をとり直したか細々と戸をたたいた。

「もし、角太さま、ここをあけてくださいませ。心強いにもほどがございますぞえ。今日はどうあっても思うたことを言い尽くして、おききいれなさらねば、それをこの世の暇乞《いとまご》い、生きて家へは帰るまいと思い定めていますぞえ。はようあけてくだされ。これ、もうし」

たたいても、かきくどいても答えがなかった。夫はなおも無言の行《ぎょう》に心をこらしている。

雛衣はとうとう力もつき、声も弱まり、地上に身を伏せて泣き沈んだ。そして、とうとう思いあきらめたか、しばらくして裳《も》をひき合わせ、涙をふき帯をしめ直した。もはや死の決心をかためた雛衣はそのまま帰ってゆく。

女青《ねずみもち》の木陰からいっさいを立ち聞きしていた現八は、すでに雛衣が死を覚悟した様子に驚き、また哀れんで、あとを追って歩みかけた時だった。

「犬飼氏、待たれい。ただ今解行《かいぎょう》いたしましたぞ。さあこれへ」

角太郎の呼びとめる声に、現八はキッと見かえって、心一つを後先《あとさき》に躊躇《ちゅうちょ》しながら引きかえしてきた。角太郎は折戸《おりど》口《ぐち》の懸鎖《かけがね》をはずして出迎え、現八を客座につけて茶をすすめながら、

「さきほどは戒行《かいぎょう》の最中にて、失礼いたしました。なにとぞお許しくださいますよう。それがしは当国の住人、犬村角太郎礼儀《まさのり》と申す者、貴殿の高姓はしばしば名乗られたので承知しております」

現八も膝にきちんと手をのせて、

「それがしは凡骨《ぼんこつ》の俗人。ただ、異姓の兄弟五、六人あり、骨肉以上に交わり苦楽をともにしようと誓っております。ふしぎの厄難《やくなん》にて別れたまま、ひたすら尋ね巡ってすでに三年を経ました。このたび陸奥《むつ》を志し、当国に来たところ、昨日網苧《あしお》の茶店にて貴殿の孝友、学問武芸の趣《おもむき》を伝え聞いて景慕し、参った次

第でござる」

とあいさつをかえした。角太郎は喜び、

「初対面ながら、お急ぎでなくば、互いに心中を尽くして語りましょう。千金は得易《えやす》く、断金《だんきん》の友（金をも切断するほど強く結ばれた友情）ははなはだ得難《えがた》いと申します。こう申せば何やら高ぶるようながら、それがし貴殿を益友《えきゆう》と思うわけがあります。昨夜の夢に、どこからともなく、はなはだ大きい犬が黒白まだらなど七頭出て参り、掌《て》をうって呼んだところ、一匹の巨犬《おおいぬ》が走って来ました。それがしがこれを抱いたと思うと、この身もたちまち犬になったと思った時、驚いて目がさめました。今思えば貴殿は犬飼氏、それがしも養家を継いで犬村氏を冒《おか》しております。貴殿のお言葉では異姓の兄弟五、六人ありと言われましたが、いよいよ因縁がありそうな、その人々の姓名を知りたいもの」

現八も感嘆してやまず、

「それがしの義兄弟らは犬塚信乃戍孝《いぬづかしのもりたか》、犬川荘助義任《いぬかわそうすけよしとう》、犬山道節忠与《いぬやまどうせつただとも》、犬田小文吾悌順《いぬたこぶんごやすより》、犬江親兵衛仁《いぬえしんべえまさし》、それがしと六人、このほかになお二人あるはず、まだ会うことができぬだけのこと」

角太郎は驚いて膝の進むのも覚えず、

「皆、犬を氏《うじ》とせられるふしぎさよ。わが夢は夢ならず真《まこと》のことと悟りました」

「察するに、貴殿は感得《かんとく》の瑞玉《ずいぎょく》をお持ちではありませぬか。その玉には自然と礼《れい》の字があらわれてはっきり見えませせぬか」

角太郎はまたまた驚いて目をみはった。

「それをどうしてご存じなのか、それがし、じつはその瑞玉を年来秘蔵しておりましたが……」

言いかけて角太郎は嘆息し、

「その玉についてふしぎなことがありますのじゃ。それがしの実母は正香《まさか》と申し、神仏を信ずることがあつく、それがしを生んだころ、加賀《かが》（今の石川県）の白山権現《はくさんごんげん》の社頭《しゃとう》（社殿のあたり）の小石を請い子《うけお》の守袋にいれおけば、疱瘡《とうそう》も麻疹《はしか》もきわめて軽いということを聞き、北国へゆく旅商人に頼んで、その石を取りよせたところ、それは石ではなく玉であったということで……」

角太郎の話はまだつづく。かいつまんで言うと、こうであった。

しかるに今年の夏の初め、角太郎夫婦は赤岩の親たちと同居してから、ある日、雛衣《ひなぎぬ》にひどい腹痛が急に起こり、薬のききめがないので、玉を浸《ひた》して水を飲まそうとした、船虫《ふなむし》がその玉を見ようとしたので、雛衣があわてて水もろとも玉を飲んでしまった。角太郎もあわてたが吐かすこともできず、腹痛はすぐ治ったものの、玉はそのまま下らなかった。

ところがそのころから雛衣は月経がとまり、腹がしだいにふくらんで、妊娠したように見えた。しかし、角太郎は三年このかた、養父母の病中から妻と枕を並べたことがない。それに懐胎《かいたい》とはおかしいと言ったことから、船虫が密夫《みっぷ》(情夫)の胤《たね》だと騒ぎ出してうちすてておけぬことになり、角太郎は雛衣を離別して媒人《なこうど》に預けた。しかし、角太郎は婿《むこ》養子で雛衣は養父母の娘だ。犬村の田畑《でんばた》は雛衣が一生を送るもとにせねばならぬのを、それまで親が返さぬので、義理ある妻と、他界した養父に対して申し訳がない。しかたなしに世を捨て、僧になったら妻の恨みも晴れようし、親も考え直すこともあろうかと、日ごとに戒行をしているのである。

「どうも、初対面からの懺悔話《ざんげばなし》は恥知らずのようで面目もありませぬが、今さら隠してもしかたがありませぬ。他人には言わぬことを告げるのも良友を得た喜びのあまりでござる」

現八は角太郎の苦悶を慰めかねて、

「聞いた以上の貴殿の孝心、それにしても令室《れいしつ》（令夫人）に不義なきを知りながら、その死を救おうと思われぬのは主人に似合わぬことではありませぬか」

言うと、角太郎はにっこりとほほえんだ。

「ごもっともお疑いですが、たとえ、雛衣がそれがしの本心を知らずに死のうとしても、瑞玉がまだ腹にあれば、水に入ってもおぼれませんし、火にはいっても焼けませぬ。雛衣の腹の痛みはかの瑞玉のためで、懐胎ではないでしょう」

そうきけば、現八も言うことはなかった。角太郎はやがて、里人のくれた団子を現八にもすすめ、お茶をすすりながら二人は語りつづけた。そのうち現八は試みに問うた。

「親子が互いに見知らずして、その疑いを決するのに、その子の腕を裂《さ》き、親の血と合わせてみれば、実の親子は鮮血が交わり、あるいは親の死後に、その髑髏《どくろ》に血をそそいでもその験《しるし》は変わらぬと申すが、主人の御高説《ごこうせつ》を伺いたいものじゃ」

角太郎は唐土《もろこし》の史書を引き、詳しくその事例を説き、

「このことは唐土の俗説より出たものでござるが、梁《りょう》、唐の時にこのことがあり、当時の史官が明白にその経験を記《しる》しておりますからには、浮いた説でもありませぬ」

現八はその博学に感嘆した。

こうして互いに時の移るのも忘れて語り合っている時、外の方から多くの人が来て、女乗物一挺《ちょう》と辻駕籠《つじかご》を折戸口におろした。先の乗り物から戸を開かせて出てきたのは誰あろう。赤岩一角の妾上がりの妻、船虫だった。

注釈

池田弥三郎

（1）「又太郎御曹子《おんぞうし》」　公家《くげ》の子息で、部屋住みのものを御曹子といった。武家でもこの称を踏襲した。又太郎は幼名。元服、加冠して里見冠者義実となったのである。元服の儀式のすんで後いつまでも元服当時の、加冠の形でいるわけはないが、中世では、元服前の禁忌期間が長びいて、その慣れからして、「何々冠者であった人」という意味で、授戒後にも、……冠者という名を持続して、親しみの情をあらわした。

（2）「鶍《いすか》の觜《はし》のくいちがい」　鶍という鳥は、そのくちばし（嘴）が食い違っているのが特徴だが、そのように、物事が食い違って思いどおりにならぬたとえ。はまぐりの貝殻が、ほかの殻どうし合わせても食い違って合わないことから出ている「ぐりはま」（「はまぐり」の倒置）と同義語。

（3）「太公望《たいこうぼう》」　東海のほとりに生まれた呂尚《りょしょう》は、すぐれた才能と徳の持ち主であったが、あまりに偉大であったがために、なかなか理会するものがなく、困窮のうちに白髪のめだつ年齢になった。たまたま渭水《いすい》のほとりで釣をしているおりに西伯（後の周の文王）に見出され、その師となって、国の建設にすばらしい功績をあげた。西伯の祖父（その古称を太公という）の待ち望んでいた人物だということから「太公望」と称された。釣師を太公望というのは、この故事から出ている。

（4）「鷸蚌《いっぽう》争うて漁者に獲《え》らる」『戦国策』の「鷸蚌（鷸は「しぎ」、一説には「かわせみ」、蚌は「はまぐり」）の争いは漁夫の利をなす」という語から出ていて、両方が争っている間に第三者に利益を占められるという意である。これは、戦国の世に、縦《じゅう》横家《おうか》の蘇代というものが、趙《ちょう》の恵文王《けいぶんおう》に、川べりで日向ぼっこをしている「はまぐり」のところへ、「しぎ（雨の降るのを知る鳥といわれている）」が来あわせて、その肉をついばんだので、「はまぐり」は怒って急に貝殻をしめ、そのくちばしをはさんで離そうとしなかった。「しぎ」は、『このまま雨が降らなかったら、お前は死ぬだけだ』といい、「はまぐり」は『おれが離さなかったら、お前こそ死ぬんだ』と言い競っているうちに、通りかかった漁師に両者ともとらえられてしまった、という話をして、隣国燕と競って、大国秦の餌食になることの愚を説いた故事から出ている。

（5）「塗炭《とたん》」塗は途・泥のこと、炭は火のこと。泥道をふみ、炭火をふんでゆくといったような場合で、救うものがないことから、人民の非常に苦しい状態をいう。

（6）「城を傾ける」　城を危くするということである。中国でも古くはその意味に用いられていたが、李白の「名花傾国両《ふた》つながら相歓ぶ」あたりから、美人の意味に傾国・傾城《けいせい》が用いられるようになった。

（7）「灰を飲み、うるしを塗り」　中国の春秋の世、晋の公卿知伯の家来に予譲《よじょう》というものが、主家滅亡後、仇を討とうとして、身体に漆をぬって、それにかぶれて癩病患者のようになり、さらに灰を飲んで声をつぶして唖のようになり、市中に乞食をして相手の動静をさぐったという故事から出ていて、苦心して仇を報ずることをいう。

（8）「星祭《ほしまつり》の点茶《てんちゃ》の会」　七月七日、群臣が家長に花を献じる風は昔からあるが、点茶の会を催すということに、フォークロリック（民俗的）な意味はなかろう。ただ、『房総志料』に、里見の家例に星祭の点茶の礼ということがあるということを記している。

（9）「三伏《さんぷく》の候《こう》」　夏至の後の第三の庚《かのえ》の日が初伏、同じく第四の庚の日が中伏、立秋後の第一の庚の日が末伏、あわせて三伏という。この間に、夏の最も暑い時期を含んでいる。

（10）「権者《ごんじゃ》」　神や仏が衆生済度《しゅじょうさいど》のために、かりに化身してこの世にあらわれたもの。

（11）「思えばこの世は夢のようなものであろう。……」言うまでもなく、『平家物語』の書出し、「祇園精舎の鐘の声……」をふまえている。

（12）「栄花物語の峰の月の巻で読んだ牛仏《うしぼとけ》のくだり」逢坂山のあなた、関寺に御堂を建て、弥勒《みろく》仏を造営したおりに、一匹の牛が、ひとりで働いてそれを完成した。ところが、寺のあたりにすむ人の夢に、迦葉仏《かしょうぶつ》（釈迦の十大弟子の一人）があらわれて、牛は自分がつかわしたものだといった。この牛仏が次第に弱ってきたので、その寺の聖が、その影像を画いておこうとした。そのころ、西の京のさる聖の夢に迦葉仏があらわれて、涅槃《ねはん》にはいるのが近いと告げた。牛仏の影像に目を入れる日に、その牛は御堂を見めぐり歩いて、その場で死んだ。ちょうどその日は迦葉仏のおかくれになった日であった。

（13）「犬もそれと同じ仏心があることはものの本に出ている」原文には「いはんや又犬の梵音《ぼんおん》を歓《よろこ》べる事、古き草紙に夥見《あまた》ゆめり」とある。古き草紙というのが、何をさすのかはっきりしないが、『今昔物語』に出ている次のような話が、草紙などに書かれておったのかもしれない。三河《みかわ》国の郡司が妻二人に養蚕をさせていた。本妻のほうの蚕は皆死んでもうけもなくなったので、夫もよりつかなくなった。ところが、養いもせぬ蚕が一つ、桑の葉に付いてそれを食べているのを見て飼っているうちに、その家に飼っている白犬がそれを食った。その犬が鼻ひると、二つの鼻孔から、二筋の白糸が出てきて、それを引くと陸続としてつづき、四、五千両巻き終わると、犬は死んだ。これは仏神が犬に化して、自分を助けてくれるのだと思って、家の後の桑の木の下に埋めた。夫の郡司がその門前を通りかかって見ると、さびれた家の中で本妻が美しい糸を巻いている。夫は委細を聞いて、このように神仏の助けのある人を疎外したのを悔い、本妻のほうに留まった。犬を埋めた桑の木にも繭を作りつけてあるのをとって、無類の糸を仕上げた。やがて国司を経て朝廷に申し上げ、その郡司の子孫はその業を伝えて、犬頭という、すばらしい糸を蔵人所に納め、それで天子様の御服を織った。

(14)「円頂黒衣《えんちょうこくえ》」頭をまるめ、墨染の衣を着ること、すなわち僧形になること。

(15)「柳営《りゅうえい》」将軍の陣屋、居場所から転じて将軍のこと、または将軍家をいう。漢の周亜夫が細柳に陣営を構えた故事から出たという。

(16)「十念を授けた」僧が信者に南無阿弥陀仏の六字の名号を授けて、仏に結縁《けちえん》させること。

(17)「赤子の枕べに狗張子《いぬはりこ》を置く」犬張子というものは、もともと、しじゅう人の寝起きする側にあって、身の穢れを吸い取るものだと考えられていたのが、赤子などの傍らにあって、外からやってくる、目に見えぬ魔物の近づくのを防ぐものだというふうにも考えられてきて、さらに後には、馬琴のように、犬はたくさん子を生み、その子は皆よく育つので、それにあやかるように赤子の枕辺に置くものだと考えられてきた。少なくとも、この三段にわたって、民間語原説《フォーク・エチモロジー》が重なっている。

(18)「世に子を息災《そくさい》にそだてるには、男児《おのこご》なれば女《め》の子とし、女の子には男名《おとこな》をつけるとよいとの慣《な》らわしがあるから」 昔、貴人の名につけられた「まろ」は、賤民の名を命《なづ》けることによって、邪神の咒視《じゅし》を避けようとしたものである。これを、子を息災に育てるには、男の子には女の子の名を、女の子には男の子の名を、さらにはその衣服までも逆にして育てるというふうに、語原解釈してきたものかと思われる。

(19)「雀小弓《すずめこゆみ》」 小さい弓のことをいうのであるが、ここの場合は、『嬉遊笑覧《きゆうしょうらん》』が孫引きしている「田舎で正月の遊びに、生けた雀をくって、それを的にして二尺七寸の小弓で射て、あたった時は、雀を取り、あたらなかった時は賭けたものをやるといったものがあり、その時に用いる弓を雀小弓といったかもしれぬ」という説があたっていようか。

(20)「印地《いんじ》打《うち》」 端午《たんご》の節句に行なわれた子供の遊戯で、河原などに集まり、左右に分かれ、互いに礫《つぶて》を打ちあうのである。寛永以前には京都の藤の森の祭りの帰り、または賀茂の競馬の帰りなどに行なわれたが、多くの人が傷ついたので、寛永中に禁止され、その後は子供が旗をさし、冑を着て、紙幟を押し立てて、合戦の様を模したといわれている。印地打は「石打ち」の方言による音韻変化で、成男戒を受ける若い男を小石(河原に多いものである)の中に埋める儀式が、中国伝承による端午の日の習俗と混同するにいたったのである。

(21)「騟《よつしろ》」馬の毛色で、膝から下の毛の色の白いもの。あしぶちともいう。

(22)「小六月《ころくがち》」陰暦の十月。春のように暖かなところからいう。

(23)「昔から男の児は十五歳まで、額髪《ひたいがみ》をそりおとさず、袂《たもと》の長き衣《きもの》をきせるのが方式。女の櫛笄《くしこうがい》のように、男も烏帽子《えぼし》に櫛《くし》をさしたものだ」昔は、成年に達すると、花蘰《かずら》をもってそれを示した。貴族の少年が用いた黒幘《こくさく》(蘰のように、頭を巻き、頂きのない布のような物)は、それである。この他にも、下袴をつけて、掩《おお》うべき所を蓋《おお》う、袴着も、元服の一態である。これによって、男は結婚の資格を得るのである。近世になると、角入れ《すみいれ》(西鶴の『好色一代男』をみると、「十五歳にして其三月六日より角をも入て」とあるから、元服の前段の行事ということになろう)、月代剃《さかやき》りなどとなる。いずれも髪を剃るのに関連した行事である。「男も烏帽子に櫛を挿したものだ」というのは、烏帽子のうしろをとめる、保上串、宝生串《ほうじょうぐし》をさすのであろう。

(24)「五常《ごじょう》」儒教における、仁・義・礼・智・信の五つの徳。

(25)「冬は布子一つ、夏は貲布《さよみ》一つ」ここのところ原文には、「夏は貲布の帷布《かたびら》一つ、冬は小妻の布子一つ」とある。さよみ・さいみは、古くは木の皮の繊維を績いで織った布をいうが、このあたりでは、経糸《たていと》を少なくして、粗く織った麻布のこと。帷布は、夏着る単衣《ひとえ》のこと、麻で作るのが本来である。小妻は未詳。布子は綿入れのこと。古くは麻布で作ったが、このごろでは木綿であろう。いずれもお仕着《しきせ》としては、普段着の粗末なものである。

(26)「水魚の交わり」中国の三国時代、蜀《しょく》の国の劉備は漢室を復興しようとした。そして、隆中山の臥竜岡《がりゅうこう》に、世をかくれていた諸葛孔明《しょかつこうめい》に三顧《さんこ》の礼をつくして、その出馬を促した。孔明はその熱意に感じて、その全力をふりしぼって劉備のためにつくした。劉備も孔明の才幹に傾倒して、師とうやまい、寝食をともにした。それを劉備の側近の関羽や張飛がねたんで、孔明を敬いすぎると非難した時に、劉備は、「孤の孔明あるは猶魚の水あるごとし、願わくは復《また》言うこと勿《なか》れ」(孔明を得たことを、自分は、魚が水を得たとでもたとえたいほどだ。二度とそんなことはいうな)といった。君臣の間柄の親密なことをさして「水魚の交わり」というのは、この故事から出ている。が、この場合、犬塚信乃と額蔵との間柄を水魚の交わりというのは、君臣ではなく、同志なのだから、厳密にいえばおかしい。おそらく、馬琴自身も、そこまでは考えないで、慣用に従ったままでのことだろう。

(27)「臣田備中介持資《おおたびっちゅうのすけもちすけ》」「七重八重花は咲けども山吹のみの一つだになきぞかなしき」のエピソードや、後に江戸城を築いたことで名高い太田持資(道灌)である。

(28)「玄賓僧都《げんぴんそうず》」玄賓僧都は「三輪」の謡で人に知られている。三輪川に閼伽《あか》の水を汲む女人に乞われるままに、衣を与えた。そしてその女のいうたままに、三輪の山本の杉立てる門をもとめてゆくと、先に与えた衣が、三輪の社の杉の枝にかかっていたという伝説をもつ人である。

(29)「婿がね」婿の候補者ということ。あらかじめするものを「かね」という。

(30)「三界は火宅なり」法華経の「三界無レ安猶如二火宅一」から出ている。三界は一切の衆生が生死・輪廻《りんね》する欲界・色界・無色界、すなわちこの世の中のこと。火宅は火焔の家。この世は苦しい世界で、しばらくも安心できないということ。

(31)「穢土《えど》にいて、穢土をしらず、嗜欲《ぎよく》に耽りて、嗜欲を思わず」穢土は、煩悩・罪悪に満ちた現世界、嗜欲は欲望のこと。人間は自分の住んでいる所が、汚れはてたところであることを知らぬし、自分の欲望のままに生活していて、その生活を反省しないということ。

(32)「愛惜《あいじゃく》によりて輪廻あり」 愛惜は、惜しみ執着すること。輪廻は、車の両輪が回転してきわまりないように、衆生は生死の間をどうどうめぐりして、六道四生《ろくどうししょう》（六道は、善悪の業因《ごういん》によっていたるところの、地獄・餓鬼・畜生・修羅《しゅら》・人間・天上という六つの境界。六道の中に胎生・卵生・湿生・化生の四生があるという）の間を離れられないこと。執着があるから、涅槃《ねはん》の境地に入れぬということ。

(33)「好悪《こうお》によりて煩悩多かり」 好き嫌いがあるから、情欲・願望・瞋恚《しんい》・愚痴等の欲望に心身を煩らわせられる。

(34)「四大原」 原文に「四大原是何処より歟《か》来たる」とある。だから、これは「四大」原《もと》何処より……と読むべきで、「四大原」はおかしい。「四大」とは、地・水・火・風の四つで、物質の元素。

(35)「十悪」 仏教でいう、殺生・偸盗《ちゅうとう》・邪婬・妄語・両舌・悪口・綺語・貪欲《どんよく》・瞋《しん》恚《い》・邪見の十の罪悪。

(36)「悪趣《あくしゅ》」 悪道ともいう。現世で悪事を行なった者が、死後に堕《お》ちてゆく、地獄・餓鬼・畜生の三悪道。さらに修羅を加えて四悪道ともいう。

(37)「済度《さいど》」 衆生を苦海より済《すく》って、彼岸《ひがん》に度《わた》すこと。

(38)「一身を天堂にかえし納め」 天堂は天上界にあって、仏神がいるという想像上の殿堂。仏に身をゆだねる、仏門に帰依《きえ》するということ。

(39)「彼岸《ひがん》の禅定門《ぜんじょうもん》に入る」 彼岸は生死・煩悩《ぼんのう》の境界を超越した涅槃《ねはん》の境地。禅定門は、禅定《ぜんじょう》（心を一所に集中して、真理に達すること）を修める人。涅槃の境地に入るべく修行すること。

(40)「火定《かじょう》」 みずから火中に投じて死ぬこと。

(41)「布施《ふせ》」 人に幸福や利益、ことに財物を与えること。

(42)「纏身《きごみ》」 普通は着籠《きごみ》、上着の下に重ねて着る鏈帷子《くさりかたびら》。

(43)「鐺《こじり》」 刀の鞘の末端の飾り。玉・金属または木などで作る。

(44)「柳筥《やないばこ》」 二種類ある。一つは、柳の細枝をなめして編んだ箱で、今日の柳行李のようなものである。その蓋《ふた》は調度をのせるのに用いた。もう一つは、柳の木を広さ五分ほどの三角に削り、それを、幾つもよせならべ、生糸または撚紙《かみより》で二個所ずつ編んで、簀の子のようにしたものに足をつけて、調度をのせる台としたもの。この場合は持ち運ぶのであるから、前者であろう。

(45)「人間万事塞翁《さいおう》が馬」 『淮南子《えなんじ》』の「人間訓《じんかんくん》」に出ている故事から出ている。昔、中国の北方、胡《こ》（北方に住む異民族）との国境の城塞のあたりに、占術などに通じた老翁（塞翁）が住んでいた。ある時、翁の馬が胡の地に逃げた。近所の人が慰めると、翁は、これがどうして幸福に転じないことがあるかと言った。数カ月たつと、その馬はどうしたことか、胡の良馬を引き連れて帰って来た。翁は物持ちになったので、近所の人がお祝いをいうと、翁は、これがどうして禍に転じないことがあろうかと言った。果たして、乗馬の好きな息子が、馬から落ちて股《もも》の骨を折った。びっこになった息子を見て、近所の人が慰めると、翁は、これがどうして幸福にならないことがあろうかと言った。その後一年、胡人が城塞になだれこんで来た時、村の若い者は弓を引いて戦って、十人のうち九人まで死んでしまったが、翁の子は不具であったため戦争にかり出されず、父子共に無事であった。

(46)「牛頭《ごず》天王《てんのう》の船祭の日」 原文に、「時に文明十年六月廿一日、この浜辺にも牛頭天王を、うつし祭るよしありて、日は江山に没るころより、里人浦人うち雑《まじ》りて、船に神輿《みこし》を乗《のせ》たてまつり、浜辺沖辺を漕ぎ廻らして、吹鼓儛踏《うちはやしまいおどり》、をさ〳〵疫鬼《えやみのかみ》を禳《はら》ひ、或は海の幸を祈り、或は塩浜の繁昌を禱ること、土地の恒例なりければ……」とある。口訳にはないが、第三十二回の終わりの所に「この祇園会より三日の間……」とあるから、これは祇園祭である。祇園祭は日本的にいえば素盞嗚尊《すさのおのみこと》、仏教的にいえば、天竺において、仏教以前からあって、仏教に取り入れられた、天部の神に属する牛頭天王の信仰である。農村では、田植え前から、田を守り、田の稲虫を払うと同時に百姓を疫病から救ってくれるものとして、恐れながら、ちはやぶるまれびと神として、素盞嗚尊・牛頭天王を信じていた。奈良から平安初期にかけて起こった御霊《ごりょう》信仰は、奈良京・平安京の持ち主ともいうべき宮廷への怨念を、宮廷直轄の地ともいうべき京師の民・作物に表現した御霊を祀って、たたらぬように慰撫するということなのだが、この御霊を延長解釈して、凶悪・暴戻な者が死んで、農村・産業を災するると考えるようになった。そうした御霊をはらう役目を、素盞嗚尊・牛頭天王に科《おお》せてきたのである。こうした祇園信仰が最も盛んであったのは、鎌倉をすぎて室町戦国の時分であった。そしてそれに伴なう芸能が非常に発達した。祇園囃子がそれである。これはかつて、祇園の信仰でもち歩かれた一つの神輿、またはそれに類似のものが渡御《とぎょ》になる道筋の楽である。

(47)「越後縮《えちごちぢみ》の麻衣《あさぎぬ》に、燃えんばかりの緋《ひ》ぢりめんの犢鼻褌《ふんどし》の前さがりをちらつかせ」ふんどしは、もとは物忌みの禁欲期間中の貞操帯のような役目をしたものであろう。成年戒を受けるものは、ふんどしをすることが物忌み初めのしきたりであった。これがだんだん受戒者の誇りとなって、常にもみずから緊めて、自由に解きもし、「ふもだし」としての厳しい束縛をだんだんゆるく、自由にしていったのだ。だから、房八が緋ぢりめんのふんどしの前さがりをちらつかせるということにも、成年戒を通過したものがふんどしを誇示した、フォークロリックな記憶があったろうことに考えてよかろう。

(48) 「退屈しのぎにはもってこいのもの、まあ、これでも吹きながら月を待つとしようか」 原文には、「しかも今宵《こよい》は庚申《こうしん》なり。拙《おさな》くともわれとわが徒然《つれづれ》を慰むる、こは究竟《くっきょう》の物になん。遊《すさ》みてしずかに月をまつべし」とある。庚申祭は特に関東中部地方が盛んであった。庚申《かのえさる》の日は六十日ごとにめぐってくるが、初庚申の日をとくに重く祀る風があった。講組織の関係もあって、十二戸前後で組仲間をつくり、順次に「とうや」をきめて、まわり持ちに祭を行なった。三猿と鶏・邪鬼・蛇などを伴なう六臂《ろっぴ》の青面金剛像を祀り、念仏をとなえ、食事をして、徹夜して組仲間の互助的な仕事の相談をし、世間話をして朝解散するのがしきたりであった。講はなくとも、この晩寝ると三尸虫《さんしちゅう》が禍をして、命を短くすると考えて、信者は寝ないで、話をして夜を徹するという風があった。これももとは、最も忌むべき精霊が、神々の守護警戒のゆるむ時をうかがってこの夜やってくるので、偉大な力を離れては、まんじりともすることのできない無力な人間たちは、精進《しょうじん》・潔斎《けっさい》、ひたすら邪神・悪魔のつけ入ることのできないようにしておらねばならなかった生活の名ごりなのである。こうした庚申の宵を考えると、「退屈しのぎにはもってこいの」ということが、よくわかる。

(49)「縮羅《しじら》」縮緬などのように、地が縮んで、さざなみの形をした綾。

(50)「照斑《てりふ》の玳瑁《たいまい》」照りのよい鼈甲《べっこう》の斑。

(51)「善知識《ぜんちしき》」よく人を善に導く高僧。

(52)「神かくし」柳田国男の『山の人生』の中には、近代の神かくしの例がいくつかあがっていて、神かくしの研究が精細になされている。

(53)「夏も過ぎて、もう、うら悲しい……」ここは原文に、「夏をなごりなく客宿《たびね》に過して、秋としいへば魂悲《うら》しき、七月朔日《ふづきついたち》になりにけり。……今この同盟三士の中に、清浄なるものは犬飼のみ。その余は伯母と妹の服《ぶく》あり。……緦麻《しま》の服ありといふ共、わが身の欲に祭るにあらねば、神は免《ゆる》させ給はん歟《か》。いでや彼の瀑布《たき》に祓禊《みそぎ》して、同盟犬川氏の為に、窮厄《きゅうやく》解除の冥福を禱るべし。」とある。日は一日ずれているが、これは夏越《なごし》の祓えの印象があるのであろう。夏越の祓えは、祓えといっても禊である。この禊で忌服《きふく》を流してしまおうというのであろう。それに、神仏に祈る場合に、水を浴びて清浄を期する垢離《こり》の考えがはいっているのであろう。

(54)「五逆《ごぎゃく》」天理に反する五つの罪。すなわち、父を殺すこと。母を殺すこと。阿羅漢《あらかん》を殺すこと。和合僧《わごうそう》を破ること（妄語をして、四人以上集合して仏道を修めている者の間をさくこと）。仏身の血を出すこと。

（55）「雀なんぞに大鳥の心がわかるものか」　原文には、「燕雀《えんじゃく》那《なん》ぞ大鵬の志を知るよしあらん」とある。正しくは、「ああ、燕雀安《いずく》んぞ鴻鵠《こうこく》の志を知らんや」（燕や雀のような小鳥には、大鳥の大志はわからない）である。これは、次のような故事から出ている。中国の河南省陽武県に、陳勝という日傭百姓がいた。彼の胸は秦の圧政に対する憤りと将来への野望に燃え立っていた。彼は仲間に、「将来おれが出世しても、お互いに忘れないようにしようぜ」と言ったが、一笑にふされたので、溜息をついて、この語を発した。その後、陳勝は徴兵されたが、同じ徴用兵仲間の呉広とともに、秦に反旗をひるがえして、秦に対して不満を抱いていた農民を糾合《きゅうごう》して、世界史上最初の大規模な農民革命をおこし、張楚と国号を定めて革命政権を樹立した。

（56）「竹子笠《たけのこがさ》」　筍の皮を編んでつくった笠。

（57）「夫役《ぶえき》」　村などから、税金の一種として課される労働。

（58）「二更《にこう》」　昔の亥《い》の時、今でいえば午後十時から十二時までの間。

（59）「吹矢《ふきや》」　木製の筒に、紙の羽の矢を入れ、息をこめて吹き出して物に射あてるもの。小鳥狩りなどに用いられる。

（60）「女田楽《おんなでんがく》」　女子の演ずる田楽。永長（一〇九六）の大田楽の時も、女院の女房等が田楽を演じ、大治二年（一一二七）の祇園御霊会《ぎおんごりょうえ》にも童《わらわ》や巫女《みこ》の植女田楽というものがあったが、女田楽として有名なのは厳島神社の内侍と称する巫女の演ずるもので、八人で踊るから、八女田楽という。装束は法師が狩衣《かりぎぬ》を着るのに対して、内侍等はいろいろの水干《すいかん》を着、主として中門口を踊るのである。ここの場合は、女ばかりの田楽の座のようなものを考えているようだ。

(61)「輪鼓《りゅうご》、品玉《しなだま》、刀玉《かたなだま》、八玉《やつだま》、綱渡り」　いずれも田楽能のうちで、奇術・曲芸的なものである。輪鼓は、輪鼓（鼓の胴を長くしたような形のもの）のくびれた所に緒を巻いて、空に投げて緒の上に受け、少しずつ投げ上げ、回る勢いが強くなるところを、高く投げ上げるわざであろう。品玉は、投げあげた毬を次々にうまく受けとめ投げ上げてゆくもの。いわばお手玉。刀玉はそれに刃物をまじえたものであろう。

(62)「諸天《しょてん》」　天上界にある、もろもろの神たち。（仏教語）

(63)「矢頃《やごろ》」　矢を射あてるのに、ちょうどつごうのよい頃あいをいう。

本書は、一九七六年に小社より刊行された『日本古典文庫19　南総里見八犬伝』をもとにしたものです。

本書中に、身体や社会的身分などに関して、今日から見ると差別的用語と思われるもの、偏見を喚び起こす恐れのある表現が使用されていますが、作品が成立した時代背景を考慮されてお読み下さるよう、お願いいたします。

（編集部）

現代語訳 南総里見八犬伝（上）

訳者 白井喬二

二〇〇四年二月二〇日 初版発行
二〇二一年八月三〇日 17刷発行

発行者 小野寺優
発行所 河出書房新社
東京都渋谷区千駄ヶ谷二-三二-二
☎〇三-三四〇四-八六一一（編集）
〇三-三四〇四-一二〇一（営業）
https://www.kawade.co.jp/

デザイン 粟津潔

印刷・製本 大日本印刷株式会社

Printed in Japan ISBN978-4-309-40709-8

寄席はるあき

安藤鶴夫〔文〕　金子桂三〔写真〕　40778-4

志ん生、文楽、圓生、正蔵……昭和30年代、黄金時代を迎えていた落語界が今よみがえる。収録写真は百点以上。なつかしい昭和の大看板たちがずらりと並んでいた遠い日の寄席へタイムスリップ。

免疫学問答　心とからだをつなぐ「原因療法」のすすめ

安保徹／無能唱元　40817-0

命を落とす人と拾う人の差はどこにあるのか？　不要なものは過剰な手術・放射線・抗ガン剤・薬。対症療法をもっぱらにする現代医療はかえって病を増幅・創出している。あなたを救う最先端の分かりやすい免疫学の考え方。

映画を食べる

池波正太郎　40713-5

映画通・食通で知られる〈鬼平犯科帳〉の著者による映画エッセイ集の、初めての文庫化。幼い頃のチャンバラ、無声映画の思い出から、フェリーニ、ニューシネマ、古今東西の名画の数々を味わい尽くす。

あちゃらかぱいッ

色川武大　40784-5

時代の彼方に消え去った伝説の浅草芸人・土屋伍一のデスペレートな生き様を愛惜をこめて描いた、色川武大の芸人小説の最高傑作。他の脇役に鈴木桂介、多和利一など。シミキンを描く「浅草葬送譜」も併載。

実録・山本勘助

今川徳三　40816-3

07年、大河ドラマは「風林火山」、その主人公は、武田信玄の軍師・山本勘助。謎の軍師の活躍の軌跡を、資料を駆使して描く。誕生、今川義元の下での寄食を経て、信玄に見出され、川中島の合戦で死ぬまで。

恐怖への招待

楳図かずお　47302-4

人はなぜ怖いものに魅せられ、恐れるのだろうか。ホラー・マンガの第一人者の著者が、自らの体験を交え、この世界に潜み棲む「恐怖」について初めて語った貴重な記録。単行本未収録作品「Rojin」をおさめる。

著訳者名の後の数字はISBNコードです。頭に「978-4-309」を付け、お近くの書店にてご注文下さい。